KB189995

파타고니아,
끝과 시작

파타고니아, 끝과 시작

초판 1쇄 인쇄일 2025년 03월 18일
초판 1쇄 발행일 2025년 03월 27일

지은이 이인구
펴낸이 양옥매
디자인 표지혜
마케팅 송용호
교 정 조준경

펴낸곳 도서출판 책과나무
출판등록 제2012-000376
주소 서울특별시 마포구 방울내로 79 이노빌딩 302호
대표전화 02.372.1537 **팩스** 02.372.1538
이메일 booknamu2007@naver.com
홈페이지 www.booknamu.com
ISBN 979-11-6752-597-0 (03800)

파타고니아,
끝과 시작

이인구 장편소설

책나무

‘세상의 끝’에서 만날 수 있는 사람은 나다

나는 나에게서 가장 멀리 있다

나는 나의 ‘세상의 끝’이다

– 이승우, 『고요한 읽기』 중에서 –

프롤로그

그는 불길한 꿈이라도 꾼 것처럼 갑자기 눈이 떠졌다. 반쯤 열어 두었던 커튼이 꼼꼼하게 쳐져 있어서 잠시 동안 어둠에 적응해야 했다. 그녀는 곁에 없었다. 그녀가 누웠던 자리를 손으로 쓰다듬으니 아직 그녀의 체온이 남아 있는 듯했다.

그는 기지개를 크게 켜면서 커튼을 젖혔다. 어제와는 극적으로 다른 날씨였다. 먼 수평선에만 옅은 구름이 있을 뿐 하늘은 파랑 일색이었다. 바다를 겨우 벗어나 한숨 돌린 태양이 다리쉼을 하는 시간이었는지, 그 햇살로 바다 위엔 반짝이는 윤슬이 가득했다. 아름다웠다. 비글 해협이 남극에 가까운 바다가 아니라 한국의 어느 가을 호수같이 보였다. 어젯밤 생각에 벅차 있던 가슴이 차분하게 가라앉을 때까지 반짝이는 바다를 쓰다듬듯 바라보던 그의 시선에 한 사람이 잡혔다.

그녀였다.

그도 처음 이곳에 왔을 때 이른 아침에 바다를 보며 앉았던 벤치에 그녀가 앉아 있었다. 얼른 따라 나가려다가 잠시 멈추었다. 덩그러니 홀로 앉은 그녀의 모습이 가볍기만 했던 기분을 불길하게 흔들었기 때문이다. 일 분을 바라보았다. 다시 오 분을 바라보았다. 그러나 십 분을 넘어서도 벤치에 앉은 그녀는 움직이지 않았다. 망연히 바다를 바라보면서.

그녀는 지금 무얼 하고 있는 걸까?

목차

I

한 시간 그리고 한나절

그 순간 먼 우주의 한구석에서 일어난 초신성의 폭발처럼,

그녀의 눈빛이 그의 작은 손 위에서 반짝,

터지고 있었던 건 몰랐다.

*

　그가 엘 칼라파테 공항에 내리자 눈이라도 내리려는 듯 낮게 깔린 구름으로 날은 잔뜩 흐려 있었다. 그러나 남극이 멀지 않은 이곳은 지금 여름이다. 아직 막이 오르지 않은 무대처럼 확연한 모습으로 시선에 들어오는 건 아무것도 없었다. 공항 인근의 얼마 되지 않는 건물들조차 윤곽선이 흐릿한 도형이나 어떤 덩어리로 보였다. 하지만 탁 트인 사방의 어느 한 곳에서라도 빛이 비추어지기만 하면 모든 것이 금방 제 모습을 드러낼 것 같은 오후였다.

　비행기에서 내려다본 파타고니아 대평원은 세상이 2차원의 평면으로 환원된 것처럼 문자 그대로, 끝이 없었다. 광활했지만, 단순했다. 한 시간 남짓 비행 동안 풍광은 미동도 하지 않았다. 군데군데 거대한 호수들과, 뱀들이 지나간 자리 같은 길고 긴 하천들도 그대로 멈춘 정물이었다. 어떠한 서술이나 측정도 무의미한 단색의 거칠고 경계 없는 대지는 아직 인간이란 존재가 무대에 등장하기 전 세상을 그린다면 바로 그런 모습일 것 같았다.

　버스가 공항을 벗어나자마자 대평원이 거칠게 다가왔다. 버스 안에선 산도 볼 수 없었다. 크게 숨차지 않고도 뛰어오를 것 같은 야트막한 언덕들이 여기저기서 지루하기 쉬운 평원의 직선을 부드럽게 구부려 주고 있을 뿐이다. 흰칠한 나무 같은 건 옛 기념비처럼 찾기 어려웠다. 작은 무더기로 모여 있는 관목들과 풀 더미들이 대지가 내보이는 생명의 표시의 전부였다. 그렇듯 펼쳐진 땅 위를 드러나게 차지한 것이 아무것도 없어서였을까, 대지는 더욱 넓었다. 넓다는 말이 공허할 정도로.

조금씩 모습이 드러나는 엘 칼라파테는 아담했다. 아르헨티나를 상징하는 아르헨티노 호수와 세계적으로 유명한 빙하들을 끼고 있는 관광지라 도시가 제법 클 것이라는 예상은 완전히 빗나갔다. 도시라는 것이 큰 건물들과 사람들의 밀집으로 상징된다면 그곳은 작고 예쁜 시골 마을에 불과했다. 마치 거인[1]의 몸에 생긴 작은 상처 딱지 같은.

공중에서 황량하고 무언가 채워지지 않은 갈색의 광활한 대지에 놀라고, 땅에 내려와 잿빛으로 움츠린 도시를 보니 그는 자신이 진정으로 바라던 곳에 왔다는 느낌이 들었다.

....

1 파타고니아란 지명은 1520년 이곳을 탐험하던 마젤란 함대 선원들이 원주민의 발자국을 보고 '커다란 발(patago'n)'이란 이름을 붙인 데서 유래했다. 당시 이곳에 살던 테우엘체족의 평균 키가 180센티미터에 육박한 데 비해 스페인 사람들의 평균 키는 155센티미터에 불과했다고 한다.

13

*

"김 부사장, 파타고니아 가 봤나?"

그가 함께 일했던 김 전前 장관의 전화였다. 오랜만의 전화였는데 미처 인사도 하기 전에 물었다.

"파타고니아요? 그 먼 곳을요?"

"멀기만 한가, 먼 것 이상으로 멋진 곳이지. 쉽게 가 보기도 어려운 곳이고. 어때, 한번 같이 가려나?"

공직을 마친 뒤 사회봉사 재단을 운영하던 김 전前 장관이 그간 재단에 기여했거나 존중할 만한 사람들을 모아 기획한 여행이라고 했다. 여정 중엔 마추픽추라든지 우유니 소금사막, 이구아수, 리우 등 명소가 많았는데 하필 왜 파타고니아를 말했는지 알 수 없었지만, 그에겐 그 한마디가 뱉을 수 없는 낚싯바늘이 되었다.

그의 아내는 김 전前 장관을 잘 알면서도 멀다는 말 한마디로 간단하게 동행을 거절했다. 당연히 다른 이유가 있을 것이다. 그러나 그 이유를 묻거나 다시 요구할 순 없었다.

세상의 많은 남편들처럼 그는 언제부터인지 아내와의 긴 대화 방법을 잊어버렸고, 아내 역시 마찬가지였다. 두 사람은 다시 배우려 하지 않았으며 다시 배울 수도 없었다. 그들의 나이에서 그건 그다지 특별한 일이 아니었기 때문이다.

그와 아내는 평안했다. 주변의 그 누가 훔쳐본다 해도. 거친 언사나 성급한 감정의 충돌도, 지루한 시간의 틈새를 막아 줄 최소한의 미움이나 화해도 없이 오랜 시간을 함께 지내 왔다. 생활이 습관을 만들고, 습관이 평안을 만든 것일까. 그들 사이에는 새로움이나 설렘 같은 것이 어느덧 사라졌다. 평안함이 냉담이 된 건지, 무관심이 된 건지 깨닫기도 전에 그건 바꾸기 힘든 일상생활이 되었으며, 그 속에는 말해 주지 않아도 아는 일, 새삼스럽게 마음에 새겨 다룰 필요가 없는 감정들이 점점 늘어 갔다.

누구의 탓도 아니라는 걸 알았지만, 서로 자신의 탓이라고 받아들이진 않았다. 고쳐서 다시 쓰기 어려운 일이 되어 버린 것이다.

벽에 걸려 썩지 않는 드라이플라워. 아직 화려하고 아름답지만 생생한 향기도 없고 잘못 만지면 그대로 부서져 버릴. 꼭 두 사람만의 세계에 대해 말한다면, 그게 그와 아내의 세계였다.

아내의 거절은 김 전前 장관이나 다른 일행들에게 혼자 여행하는 이유를 군이 설명하게 만들 게 뻔했다. 하지만 그에게 파타고니아는 그 정도로 포기할 만한 곳이 아니었다. 그는 혼

15

자 가도 된다면 꼭 가겠다고 약속했다.

　파타고니아는 그렇게 손을 내밀었다.

＊

　그의 모든 네 자릿수 비밀번호는 1520이다.

　이유는 누구도 짐작조차 할 수 없을 것이다. 그나 가까운 사람의 생일도, 어떤 기념일도 아니며 특별히 좋아하는 숫자의 조합도 아니다. 아마 그 숫자가 그에게 주는 의미는 누구와도 공유할 수 없는 그만의 것일 것이다.

　1520은 특정 연도이다. 그해 봄에 마젤란은 천신만고 끝에 지금은 그의 이름이 붙여진 해협을 통과해 태평양으로 진출했다. 마젤란 함대의 성공적인 세계 일주의 의미는 단순히 지구가 둥글다는 걸 최초로 증명했다는 것에 그치지 않는다. 그건 오랜 시간 인간의 사고를 지배했던 평면적이고 맹신론적인 틀을 깨트리고, 눈에 보이는 세상을 전부로 알고 분투하던 인간의 세계를 지구라는 하나의 행성으로 확장하는 동시에 통합시켜 주는 계기가 되었다.

　그러나 미지의 탐험 같은 건 꿈도 꿔 보지 않은 그에게 그런 이유로 1520이 모든 비밀번호가 될 순 없었다. 그에게 1520년은 멀고 먼 지구 끝의 땅이며, 잊을 수 없는 유년의 기억이 아로새겨진 땅인 파타고니아가 세상에 알려진 해이기에 의미가 있었던 것이다.

그에게 파타고니아는 특별했다!

어릴 적, 학교를 아직 다니지 않았던 때일까, 아니면 갔다 온 시간이었을까, 덩그러니 혼자 집에 있던 기억이 꽤 있다. 가족 중 아무도 막내 아이와 함께 있어 줄 여유가 없는 힘든 시절이었을 것이다. 늘 커다란 느티나무 그늘에 가려진 어두운 골방에서 혼자 뒹굴던 쓸쓸한 그림을 그는 언제나 기억한다.

다행히 집엔 책이 있었다. 어떤 건 온전했지만 어떤 건 앞뒤가 뜯겨 나간 것이었다. 그저 손에 잡히는 대로 읽었다. 나중에서야 그게 『데미안』인지, 『노인과 바다』인지, 『폭풍의 언덕』인지 알게 되었지만.

내용도 의미도 가물가물한 책을 읽다가 지루하면 지도책을 펴곤 했다. 책장을 넘기면 바로 유럽으로, 아프리카로, 아메리카로 떠날 수 있었던 30페이지 남짓한 두꺼운 지질의 지도책은 유일한 그의 책이었다. 그만의 동화이고 극장이고 세계였다. 낯설고 신기한 어감의 도시 이름들을 다디단 사탕을

빨 듯 입속에 넣고 굴리다 보면 온갖 상상이 가능했다.

그는 그중에서도 뒤편 구석에 나오는 파타고니아를 좋아했다. 남극이나 펭귄에 대해서나 알았을까, 지리적 지식이 없었던 때이니 왜라고 확실히 말할 순 없다. 아마도 파, 타, 고, 니, 아란 이름이 주었던 어감이 좋았던 것일 수도 있다.

어떤 이유이든 지구의 끝이라는 설명이 함께했던 파타고니아가 그에게 준 느낌은 멀고 불확실했지만, 무섭지 않았고 아늑했다.

어두운 골방에서 의미도 제대로 모른 채 읽은 책들보다 지도책 한 권이 더 기억에 남은 것은 불우했던 시기에 그를 따뜻하게 감싸 주고, 고픈 배를 잊게 해 주고, 상상과 동시에 세상 어느 곳으로든 데려가면서 놀아 주었기 때문이다. 자칫 어딘가에 갇혀 왜소해지기 쉬운 몸과 마음의 성장판을 열어 주었던 것이다. 파타고니아는 그중에서도 으뜸이었다.

파타고니아를 향한 쏠림은 충실한 첫사랑처럼 오래 지속되었다. 그는 닥치는 대로 파타고니아에 대해 찾고, 보고, 읽으며 정보를 축적했다. 선댄스 키드와 부시 캐시디[2]가 볼리비아에서 사살당하는 극적인 죽음을 맞은 게 아니라 쫓기고 쫓기다 파타고니아에서 생을 마감했다는 것까지. 그리고 그들은 돌아갈 수 있었지만 그곳에서 생을 마감하기로 스스로 결정한 것이라고 결론짓기까지. 영화 속의 그들은 너무도 멋진 무법자들이었으니까.

그는 자연스럽게 마음을 정했다. 반드시, 죽기 전에 한 번이라도 그 땅을 밟아 보겠다고. 그러나 파타고니아는 멀었다. 미래의 어느 날을 정해 가겠다는 계획을 잡기조차 어렵도록 멀었다.

＊

그는 어느덧 장년에 접어들었다.

국어사전에 있는 '어느덧'은 이런 물건이었다. '어느 사이인지 모르는 동안에'.

모르는 동안이었다. 나이를 표시하는 숫자는 그의 삶을 거침없이 비집고 들어왔다. 무엇을 하건, 어떤 생각을 하고 살건, 그는 범상하고 일반적이지만 빠져나갈 수 없는 숫자의 그

....

2 우리나라에는 《내일을 향해 쏴라》라는 제목으로 개봉된 폴 뉴먼과 로버트 레드포드 주연 영화의 실제 인물로, 기차와 은행을 털던 전설적 범죄자들. 브루스 채트윈은 그의 저서 『파타고니아』에서 여러 주민들의 증언을 소개하면서 영화와는 달리 그들이 파타고니아에서 최후를 맞았다고 주장했다.

물에서 벗어날 수 없었다.

그는 썰물로 좌초된 모래 위의 배처럼 자신이 어떤 언덕 위에 고착되어 간다고 느꼈다.

처음엔 개의치 않았다. 자신이 가진 감성과 소양의 자산을 써 보지도 못하고 낭비하는 삶에서 벗어나고 싶었기 때문에 남들처럼 나이를 애써 피하려 하지 않았다. 오히려 그는 은퇴가 가능한 나이를 기다려 왔다. 더 늦기 전에, 감각이 더 이상 무뎌지기 전에 하고 싶은 일을 하겠다는 강박관념에 줄곧 빠져 살았다.

그는 그림을 그리고 싶었다. 아니, 그림을 그려야 했다. 남은 시간과 삶을 오롯이 자신의 것으로 만들고 싶은 그가 가진 수단은 오직 그림, 그것밖에 없다고 생각했다.

그러나 다시 시작한 지 십여 년을 넘겨 자신만의 기법과 주관으로 그림을 그리게 되면서부터, 특히 은퇴 후 그림에 전념하기 시작한 시기부터 그는 심리적 난관에 부딪쳤다. 자신의 그림이 탁월하진 않더라도 기성 화가들과 대동소이한 수준의 작품성을 가졌다는 자부심이 쌓일수록 낙담과 실망은 커졌다. 직장 시절 내내 벽장에서 먼지를 먹고 있던 화구를 버리지 못하면서 스트릭랜드[3]를 생각하고, 고갱을 생각하며 살았던 시절이 더 행복했다는 마음이 들 정도였다. 다시 시작하기 위해 넘은 벽보다 원하던 세계에 뛰어들어 만난 벽이 더 높고 두터웠다.

취미와 전문성의 차이는 형식 면에서 크게 갈렸다. 작품의 예술성 자체에서 비롯된 차이보다는 작가를 보는 시각, 작가의 학력이나 이력, 누구의 문하인가에서 오는 차별이 더 컸다. 은퇴 후 취미 생활은 쉽게 환영받지만, 전문화가로서 인정을 얻는 것은 또 다른 문제였다.

그는 고갱도 스트릭랜드도 아니었고, 될 수도 없었다. 그런 실망과 좌절이 그에겐 나이보다 더 큰 썰물이었다. 그렇다고 모든 기능이 작동하는 좌초된 배를 움직이기 위해 다시 오지 않을 밀물을 마냥 기다릴 순 없었다.

그는 제자리를 떠나는 일부터 시작했다. 작업 환경을 핑계로 교외로 집을 얻어 따로 생활하다시피 했으며, 일부러 힘들고 외진 곳을 택해 잦은 여행을 했다. 히말라야, 킬리만자로, 고비사막, 일본의 남북 알프스 같은 곳에서 바닥을 드러내곤 했던 땀과 에너지는 나름 의미가 있었다. 여럿에 섞였어도 온

....

3 찰스 스트릭랜드. 서머싯 몸의 소설 『달과 6펜스』의 주인공으로, 중년까지 평범한 은행가로 살다가 억누르기 어려운 그림에 대한 열정으로 파리로 떠나 삶의 경로를 바꾸어 버리는 인물. 작가가 폴 고갱에서 영감을 받은 캐릭터이다.

전히 혼자가 될 수 있었고, 끝이 없을 것 같던 결론 나지 않는 생각들을 결국엔 소진시킬 수 있었다. 자신을 짓누르던 많은 것들을 내려놓으면서 혼자라는 것과 외로움은 전혀 닮지 않은 감정이라는 것도 깨달았다.

그러나 그것으로 끝이었다. 빈 곳이 더 비어지면서 그를 힘들게 하진 않았지만 채워지진 않았다. 진정 살아 있는 삶을 위해서는 다른 것이 필요했다.

그는 나이가 던진 범용의 그물에서 빠져나가야 했다. 고착과 좌초에서 벗어나야 했다.

✳

일행이 묵을 호텔 이름은 로스 알라모스였다. 알라모라니! 어린 영화광이었던 그가 좋아했던 영화 제목이다. 그러나 기대와는 달리 텍사스 알라모와는 관계가 없고, 알라모가 스페인어로 포플러나무인데 호텔 주변을 둘러싸고 있는 키 큰 나무들이 다 포플러란다.

지금은 한국의 도시에서 거의 사라졌지만 그가 어릴 적 흔히 보았던 포플러는 키가 쭉쭉 큰 늘씬한 나무였다. 그런데 호텔을 둘러싼 나무들은 워낙 거목인 데다 줄기가 일부러 만든 것처럼 울퉁불퉁한 형태로 자라 설명을 듣기 전에는 포플러라는 생각이 들지 않았다. 알라모에 가졌던 잠깐의 기대는 착각이었지만 프레지던트니 파라다이스니 같은 이름이 아닌 것만 해도 다행이었다.

첫 밤을 달게 자고 그는 늘 하던 대로 아침 일찍 주변을 산책했다. 엘 칼라파테의 1월은 여름이고 낮이 길다. 일곱 시쯤일까, 날은 훤히 밝았지만 햇살은 채 퍼지지 못해 쌀쌀했고, 공기는 얼음을 씹은 뒷맛처럼 개운했다. 정신이 여간 맑고 상쾌한 게 아니었다. 공기 입자 하나하나가 물결처럼 찰랑거리며 얼굴과 손등 위를 구르는 느낌이 들었다. 그것들은 마치 착각이 아니라는 듯 그의 눈에 잡힐 것만 같았다.

포플러들의 가지 가득 달린 잎들은 오래 담가 둔 찻잎처럼 초록빛을 진하게 우려내고, 잘 정돈된 골프장 잔디가 맑아진 정신에 평안함까지 더해 주었다. 인적 없는 필드는 아직 잠에서 깨지 않은 초록빛 요정이 누워 있는 듯 고요했고, 그린의 깃발은 부드러운 바람에 조용히 흔들리고 있었다. 제멋대로 날아다니던 그의 생각들을 손가락 사이로 잠자리를 잡듯 부드럽게 주저앉히고 더는 산만한 날갯짓을 하지 않게 해 주는 고요하고 평안한 아침이었다. 처녀지 같은 푸른 잔디에 감히

첫발을 내디디고 싶은 아침이었다.

그에겐 어쩐지 이 아침이 무언가 새로운 페이지를 열기 위한, 아름답고 깊은 의미가 있는 주제를 꺼내기 위한 전주가 될 것이라는 생각이 들었다. 한발 더 나아가 그의 인생의 중심을 가득 채울 어떤 존재가 보내온 편지가 아닐까 하는 기대마저 품었다.

*

웁살라 빙하를 보러 가기 위해서는 배를 타고 아르헨티노 호수를 설산 방향으로 가로질러 한 시간 이상 가야 했다.

버스가 골목을 빠져나와 포플러들이 조금씩 멀어지기 시작하자 바다로 착각하기 쉬운 아르헨티노 호수가 눈앞에 나타났다.

한눈에 보아도 호수의 색깔이 독특했다. 보통의 밋밋한 푸른빛과는 다른 은은한 초록빛 바탕에 옥색을 가미했다고 할까, 얼핏 보면 회색 같기도 했다. 그렇지만 술렁거리는 물결 위로 산란하는 남반구의 햇살은 호수의 색깔을 시시각각 오묘하게 그려 냈다. 그건 강렬하거나 화려하진 않지만 깊은 자기주장이 있는 색깔이기도 하고, 드러나지 않는 우아함과 담백한 매력을 가진 색깔이기도 했다. 수시로 변하지만 매번 처음 보는 것 같은, 무어라 단정하기 어려운 색깔이었다.

해가 중천으로 오르면서 버스 안에서도 충분히 알 수 있을 만큼 강한 바람이 불었다. 세차게 휘날리는 잔가지와 나뭇잎들을 어떻게든 붙들면서 꺾이지 않으려고 버티는 가로수들이 힘겨워 보였다. 물새들도 날개를 폈다간 바로 접고 물 위로 주저앉았다. 멀리 호수의 수평선 끝을 뾰족뾰족 찌르고 있는 설산들만이 굳게 제자리를 잡고 있을 뿐, 모든 것이 새로운 하루를 위해 흔들리고 있었다.

눈앞에 펼쳐진 풍경은 동아시아의 끝자락, 산지가 대부분인 곳에서 일생을 살아온 사람들에겐 스케일 큰 서사 영화의 도입부처럼 크고 넓고 높았다. 그리고 세상에서 소외된 쓸쓸함이 있었다. 그는 드넓은 아르헨티노 호수를 따라 달리는 버스 안에서 가난하고 외롭고 높고 쓸쓸하게 살다 간 시인을 생각했다.

호수의 수량은 풍부했다. 정말 바다처럼, 넘실댔다. 거센 바람으로 파도를 일으키며 출렁대는 호수는 언제든 유람선 하나쯤은 쉽게 집어삼킬 것 같았다. 항해가 길어지면서 호수의 색깔도 변했다. 회색빛 바탕 위를 우아하게 수놓았던 옥빛이나 초록빛은 사라지고, 검고 어두운색이 주조를 이루었다. 거친 물결과 색채의 변화는 어느 틈엔지 호수를 아름답다기보다는 두려운 존재로 만들었다. 대자연의 변화가 사람의 심리에 미치는 영향이 실감 나게 느껴졌다.

종착지인 웁살라 빙하에 가까워질수록 점점 많아지고 크기도 커지던 유빙의 색깔도 평범하지 않았다. 처음에는 물론 얼음 덩어리이니 흰색으로 보이지만 잠시만 주시하면 유빙이 내비치는 색깔은 파랬다. 유빙의 어느 부분이 파랗다고 특정할 순 없다 해도, 유빙이 사람들에게 파란빛을 비쳐 주고 있는 건 틀림없는 사실이었다. 파란색이 유빙들의 윤곽선을 빛내고 있는 건지, 아니면 각각의 유빙들이 새파란 후광을 지닌 고결한 존재인지 알 수 없었다.

좀 더 가까이 가면 유빙의 갈라진 틈에서 햇빛의 파장을 반사하는 게 아니라 형광물질처럼 스스로 빛을 발하듯, 짙은 코발트블루 색깔이 쏟아져 나오는 걸 볼 수 있다. 만나고 헤어지듯 반대 방향으로 진행하는 유빙과 배 때문에 오래 볼 수는 없었으나 그 빛이 얼마나 신비로운지, 어떻게 유빙 하나하나가 저런 빛을 품고 있는지 감탄하지 않을 수 없었다.

산 정상에서 급경사로 흘러내려 얼어 버린 빙하들은 호수에 닿으면서 길고 높은 장벽을 만들며 어깨를 맞대고 서 있다. 그중에서도 웁살라 빙하는 그 빙벽의 높이가 135미터나 된다고 한다. 웁살라 빙하이든, 그 전에 보았던 스페가치니 빙하이든, 세다 말아 버린 수만큼 호수 위를 떠돌던 유빙이든, 그에겐 다 파란빛을 내뿜으며 서 있는 장엄한 벽으로 보였다. 빙하들은 무너져 내리거나 녹아 버리기 전까지 모양과 형태는 바뀌어도 자신만의 색깔을 그대로 갖고 있어 시작과 끝이, 탄생과 종말이 한결같은 생명체였다. 그로서는 갈구하면서도 도달하지 못했던 삶의 본모습을 보고 있는 듯했다.

*

　돌아오는 길은 다소 지루했다. 바람도 맞바람이어서 선실에서 나가 서성이기엔 추웠다. 가끔씩 뱃전의 출렁임과 호수의 파도가 맞부딪치면서 커다란 물보라까지 일어 옷을 적시는 봉변을 당할 수도 있었다. 따로 호젓한 시간을 가지려는 젊은이들 몇만 나가 바람을 맞을 뿐, 사람들은 선실에서 졸거나 맥주를 마시면서 가벼운 대화를 나누고 있다.

　그가 입고 있던 윈드브레이커의 지퍼를 목까지 올리고 잠시 쉬려는데, 볼리비아의 라파스에서 맞이한 새해 첫날 서로

죽이 맞아 함께 술을 마셨던 안 사장이 맥주를 흔들며 다가왔다. 안 사장은 나이보다 젊어 보이고 언행도 또래와 다름없어 연배가 비슷하다고 생각했는데, 알고 보니 그보다 몇 살 위였다. 함께 온 부인이 많이 젊어 생길 수 있는 엉뚱한 추측을 아예 막으려는 것처럼 서로를 소개하는 인사에서 재혼 사실을 밝혔던 독특한 사람이었다.

"사모님은 어쩌시고요?"

"또 삐졌어요. 그럴 거면 아예 호텔에나 있든지, 에이, 뭐 맘대로 하라 그래요."

"무슨 말씀이래요, 매일 손잡고 다니시며 아끼시는 분이."

"그거야 말했잖아요, 습관이라고. 몸이 저렇게 약해 빠져서야 어디 데리고 다니겠어요? 고산만 벗어나면 괜찮아질 줄 알았더니 버스 좀 오래 타도 멀미, 배 타도 멀미, 이거 나이 많은 할머니들만도 못하니⋯."

"저 입 가벼운데요."

"그래요, 말 좀 해 줘요. 좀 참을 줄도 알고 인상도 펴라고."

"힘드시겠어요."

"내가 몇 번이나 다짐을 받았거든요. 남미 여행은 기간도 길고, 체력 소모도 많으니까 잘 생각하라고."

안 사장은 그 말을 하려던 게 아니었다는 듯, 화제를 바꿨다.

"그나저나, 김 형은 혼자 왔는데도 별 재미를 못 보는 거 같던데."

"무슨 재미요?"

"밤에 잘 나가지도 않고, 카지노도 안 가는 것 같고. 어제도 바에서 혼자 그게 뭐요? 옆에 말 걸 만한 여자가 꽤 있더구만."

이런 사람에겐 공연히 점잖을 떨기보다는 차라리 한 발짝 더 나가는 게 소통이 편할 것 같았다.

"그럼 옆에서 좀 도와주시지 그랬어요. 안 사장님이야 성공해도 그만 실패해도 그만이잖아요. 그런 분이 다리를 놓으셔야…"

"와, 나를 뚜쟁이로 쓰려고? 좋아요. 앞으로는 신호만 하셔. 내가 낯 두껍게 앞장서 드릴 테니."

두 사람은 농담으로 시작한 대화를 농담으로 이어 가며 맥주를 서너 병 이상 비웠다. 안 사장은 자신의 얘기를 스스럼없이 들려주었다. 처음과 두 번째, 그리고 지금 아내에 대한 생각에서부터 학창 시절의 자랑(알고 보니 전형적인 이공계 수재였다), 말만으로는 그보다 뛰어나다고 할 수밖에 없는 성적 능력까지. 그러나 안 사장이 말이 거칠고 헤프다고 쉽게 판단해선 안 되는 사람이라는 건 농담 속에서도 충분히 알 수 있었다.

부두에 도착하자 바람이 수그러들면서 햇살이 따뜻해졌다. 아침에 배를 타기 위해 줄을 섰던 사람들이 그대로 다시 내려 버스에 옮겨 탔다. 체험이나 참여는 없는, 말 그대로 관광을 위해 강한 바람 속에 너무 멀다 싶게 배를 타야만 했던 일행들의 표정은 그다지 밝지 않았다. 출발하자마자 현지 가이드인 황이 마이크를 잡았다.

"많이 피곤하시지요? 바람 때문에 귀항 시간이 예정보다 오래 걸려 배도 많이 고프실 것 같고요. 그래서 엘 칼라파테 시내에 들어가서 하려던 점심 장소를 바꾸려고 합니다. 내일 하려 했던 목장 점심을 오늘 하지요. 마침 목장에서도 가능하다고 하니 삼사십 분이라도 빨리 드시는 게 좋겠지요?"

이전 가이드들과는 달리 칠레에서부터 눈치 빠른 상황 대처와 부지런함으로 일정을 매끄럽게 소화하고 있는 황이 급히 스케줄을 바꾼 결과일 것이다.

"오늘 보신 웁살라 빙하는 배에서 바라만 보셔서 그 웅장함이나 빙벽의 높이를 실감하기 어려우셨을 거예요. 오늘은 맛보기를 하셨다 생각하시고 내일을 기대하시기 바랍니다. 내일은 배에서 내려 더욱 가까이 거대한 빙벽을 보고, 잠깐이지만 직접 빙하를 트레킹도 하실 수 있는 진짜 빙하 체험이 기다리고 있으니까요."

황은 특이하게도 여행 내내 기타를 가지고 다녔다. 이민 온 땅에서 아무리 먹고사는 게 바빠도 사람답게 사는 모습을 하나는 가져야겠다고 시작한 게 기타 연습이었다고 했다. 그 말이 아름답게 들렸던지 그가 들려준 슈베르트의 〈밤과 꿈〉은 연주 실력과는 차원이 다른 감동을 주었다. 황의 기타를 안 뒤부터 사람들은 긴 시간 버스를 탈 때나 배를 탈 때는 으레 그의 연주를 청해 듣곤 했으며, 일행만의 공간이 주어지는 식당에서는 몇몇 사람들이 나서서 그의 반주로 노래를 부르기도 했다.

"오늘 점심을 드실 곳은 동유럽에서 농업 이민을 온 사람들의 가족 목장입니다. 식당업을 전문으로 하는 건 아니고 부업 삼아 친분 있는 호텔리어들이 소개하는 팀들에 식사를 제공하는 집입니다. 저도 이번이 세 번째인데 목장에서 키우는 소와 양을 잡아 굽는 스테이크가 일품입니다."

"다 좋은데 도착하자마자 빵이라도 식탁에 있으면 좋겠어요, 배가 많이 고파요."

안 사장이 그다운 너스레로 사람들의 마음을 대신 표현해주었다.

"그렇지 않아도 버스 타기 전에 부탁해 두었습니다."

"그럼 가는 동안 기타 좀 꺼내면 어때요?"

그가 손을 들어 한마디 하자, 황은 기다렸다는 듯 얼른 기타를 꺼냈다.

"아마 20분이면 도착할 테니 그동안 제가 연습하고 있던 플라멩코 기타 곡을 한두 곡 들려 드릴게요. 그리고 농장에 가면 우리 외에 다른 관광객은 없으니 여유를 갖고 노래라도 불러 보시지요."

"그거 좋은 생각이에요. 오늘처럼 피곤하고 기분이 꿀꿀한 날에는 노래라도 불러야지요. 식사하며 마시는 술은 제가 쏠 테니까 집에 있는 술 좀 다 꺼내 놓으라고 하세요."

자발적으로 나서서 여행 중 필요한 일들을 도맡아 일행 중 감초 역할을 톡톡히 하는 김 사장이 말했다. 모두들 얼굴이 환해지면서 박수를 치거나 즐거운 외침들을 한마디씩 던져 일순 분위기가 명랑해졌다.

버스가 포장도로를 달리다 우회전을 하면서 비포장도로로 들어섰다. 술렁이던 아르헨티노 호수도, 빙하를 품고 있는 설산들도 어느새 등 뒤로 멀어지고, 사위는 끝없는 들판이다. 푸르기보다는 갈색이고, 특정한 곡물들이 자라고 있는 자취도 없다. 그렇다고 목초지라고 하기에는 풀밭의 모양이 제대로 나지 않았다. 남반구인 이곳은 지금이 여름인데 벌써 곡물이나 목초를 다 벤 것인지, 이 지역 식물의 식생이나 기후에 대한 지식이 없어 알 수가 없었다.

단단한 흙길을 5분쯤 달리니 오른쪽으로 아담한 집이 보였다.

버스에서 내리자 초대 손님을 맞이하듯 네댓 명이 늘어서서 환영해 주었다. 동유럽 사람이라는데 남자나 여자나 마른 체구에 키가 별로 크지 않았다. 서투른 영어로 인사를 하며 소리 없이 짓는 순박한 미소가 보기에 편했다.

주인으로 보이는 남자가 식당으로 들어가기 전에 기념사진을 찍자고 하면서 꼭 애완견을 부르듯 염소를 불렀다. 어디선지 쪼르르 달려온 염소는 하는 짓이 강아지하고 똑같았다. 작은 뿔을 쓰다듬는 사람들에게 안기듯 다가가서 아양을 떨고, 사진을 찍으려고 열을 섰는데도 그 앞에서 비키려 하지 않았다. 그냥 놔두어도 되는데 이 집 아들인지 열 살 정도 돼 보이는 꼬마가 연신 염소를 붙들어 앉히려 하고, 염소는 아등바등 사람들 사이를 헤집고 도망쳐 한바탕 웃음이 터졌다.

그때!

바로 그때, 한 여인이 그의 눈에 들어왔다. 그녀는 아르헨티노 호수의 물 색깔과 비슷한 초록색 스카프를 두르고 옅은 미소를 짓고 있었다. 그녀의 곁에서는 아사도 화덕의 붉은 숯불이 막 타오르고 있었고.

*

목장에 딸린 두 채의 목조 건물은 서로 이어져 전체적으로 반원형을 이루는 아담하고 예쁜 모양이다. 다락방이 두어 개는 될 것 같은 약식 이층의 왼쪽 살림집과 식당과 너른 주방, 기타 다른 용도의 공간들이 있는 오른쪽 건물을 검은색 돌로 깔끔하게 포장된 쪽마당이 이어 주고 있다. 식당 입구 왼쪽에는 불이 지펴지고 있는 아르헨티나식 아사도 화덕이 있었다.

그녀는 다른 사람들과 같이 화덕을 들여다보고 있다가 웃음소리에 끌렸는지 고개만 우리 쪽으로 돌렸던 것이다. 그러고는 염소 때문이라는 걸 알고 따라서 미소 지었다.

한눈에 봐도 키가 늘씬했다. 그가 서 있던 곳은 얼굴을 자세히 보기엔 좀 멀었다. 게다가 짧은 순간에 고개를 다시 돌렸기 때문에 늘씬한 키와 인상적인 색깔의 스카프 외에는 사실 기억될 만한 것이 없었다.

그런데도 그녀를 바라본 그의 가슴은 금방 먹먹해졌다. 먹먹해진 가슴은 곧이어 두어 번 크게 출렁이면서 저릿한 통증 아닌 통증을 전신에 퍼뜨렸다. 어떤 감정의 분출보다도 뚜렷하고 확실한 몸의 반응이 먼저였다. 그에게 이런 특별한 경험이 처음은 아니겠지만, 그건 기억하기 어려울 만큼 아득한 시절의 일이었다.

정말 거리가 멀어 제대로 보지 못한 것일까. 아니, 아닌 것 같았다. 그는 왠지 그녀의 모습 전부를 본 것 같았다. 단 한 번도 마주치지 못한 일방적 시선만으로도 마음의 여백에 충분히 담을 수 있을 만큼 그녀를 보았다는 확신이 들었다.

그녀에게 사로잡힌 것이다!

*

식당은 농장 식구들용이라기에는 좀 넓었지만 30명이 넘는 일행을 소화하기에는 비좁았다. 전문 레스토랑은 아니어서 테이블이나 의자도 몇 개를 빼고는 조악하고 가지각색이었다. 빵은 미리 테이블에 있었지만 물, 맥주, 발사믹 식초 등 여기저기서 요구 사항이 터져 나왔다. 장날 순댓국집 같은 분위기가 오히려 사람들을 편안하게 했는지 다들 중구난방으로

35

떠들고 있었다. 아까 염소와 씨름하던 꼬마를 포함한 대여섯 명의 서빙하는 사람들은 무척 당황한 표정들이었다.

그는 너른 평원이 제일 잘 보이지만 음식을 받기에는 열악한 구석 테이블에 안 사장 부부와 같이 앉아 있었다. 소란 속에서 겨우 빵 한 조각 얻어먹고 서부 영화에서나 볼 법한 팽개쳐진 낡은 마차 바퀴를 바라보고 있던 그는 무슨 생각이 났는지 포크와 나이프를 한쪽으로 치우고, 테이블 매트 대신 깔린 제법 두꺼운 백지를 자기 앞으로 당겼다. 그러고는 늘 지니고 다니는 브러시 펜을 꺼내 종이 위에 무언가를 긁적거리기 시작했다. 처음엔 몇 개의 완만한 선이 그어진다 싶더니 이내 누군가를 그리는 스케치로 바뀌어 갔다.

그는 금방 빠져들었다. 어떤 형체로, 사람의 모습으로, 그녀의 모습으로 모양을 갖추어 나가는 동안 마치 영화에서 중심인물만 빼고 주변의 배경과 인물이 빠르게 페이드아웃 되는 것처럼, 식당 안의 시끄러운 소음과 사람들의 모습이 감지하기 어려운 배경으로 사라졌다.

안 사장이 기다리다 못해 직접 가서 들고 온 맥주를 눈앞에 흔들 때까지 그는 집중에서 깨어나지 못했다. 맥주를 건네받고 내려다본 스케치는 얼굴과 전체 모습이 채 그려지지 않은 실루엣 같았다. 하지만 그에게는 조금 전 밖에서 받았던 인상의 대부분이 담겨 있다고 생각됐다. 다행히 안 사장도 물 끄러미 바라볼 뿐 말을 걸며 방해하진 않았다.

그가 맥주를 받아 한 모금 마시고 다시 브러시 펜을 대려고 할 때였다. 맑지만 낮은 여자 목소리가 그를 지목하여 물었다. 뜻밖에도 그녀였다.

나중에 알게 되었지만 그녀는 농장 주인의 딸도 아니고, 그렇다고 고용된 사람도 아닌 거의 손님이나 다름없는 친척이었다. 온 집안이 매달릴 일이 있다 하니 아사도 화덕이나 들여다봐 주려고 나왔던 것이다. 그러나 일행이 인원이 많고 성미가 급한 한국인이었던 게 그녀를 식당 안에까지 들어오게 만들었다.

"뭐 더 필요한 거 없나요?"

얼핏 본 그녀의 모습에 이미 사로잡힌 그가 이번엔 목소리에 사로잡혔다. 전화 목소리만으로도 상대방의 모습과 둘 사이에 생길 것 같은 인연이 생생하게 그려졌던 경험이 떠올랐다. 일생에 서너 번에 불과했지만 아마도 전혀 잊히지 않았던 모양이다.

여자로서는 낮은 톤이었지만 묵직하여 무겁거나, 무언가에 눌려서 나오는 답답한 느낌이 없이 탁 트인, 맑은 목소리였다.

차가운 고드름에 찔린 듯 놀란 그는 고개를 들면서 본능적으로 식탁 위에 놓인 스케치를 가렸다. 그러나 가리는 손 때문에 그녀가 그걸 들여다보게 됐다는 건 알지 못했다. 전혀 기대하지 않은 순간에 그녀가 다가왔기 때문일까. 그는 일순간 굳어 버렸다. 의례적인 질문에도 대답을 못 한 채 그녀를 쳐다보던 짧은 순간 동안 시간이 멈추어 버린 것 같았다.

그는 단번에 그녀의 얼굴 전체와 풍기는 느낌까지 전부 마음에 담았다. 말 그대로 한눈에 담았을 뿐 아니라 그 이후로 영원히 그녀의 얼굴을 잊을 수 없도록 기억에 각인시켰다.

식당 밖에서 처음 봤을 때부터 눈길을 사로잡았던 스카프는 옥색이 섞인 연한 비취색에 가까웠다. 귀 옆머리 조금을 제외하고는 머리카락을 전부 가리고 양쪽 귀 뒤에서 질끈 묶어 등 뒤 중간까지 내렸다. 거의 무릎까지 내려오는 수수한 라운드 넥의 박스스타일 검정 털스웨터를 걸쳤고, 그 아래 카키색 면바지에 같은 색의 굽이 낮은 짧은 부츠를 신고 있었다. 반쯤 나온 귀에는 아주 간단한 귀걸이를 했다. 비취색에서 나온 강하지 않은 흰색, 조개껍질 같은 질감의 V자로 쪼개진 사과 모양의 귀걸이였다. 잠깐 일을 도와주러 나온 어정쩡한 상황의 옷차림이었지만 허투루 입지 않은 모습이었다.

역시 키는 짐작한 대로 170센티는 될 듯. 스카프 아래로 머리카락 하나 삐치지 않은 넓은 이마는 이지적으로 보일 만큼만 살짝 앞으로 나온 모양이다. 숱이 적은 눈썹은 그린 듯 얇고 길게, 눈과 비교적 거리를 두고 정확히 눈의 가장자리까지 자리 잡고 있어 단정하고 깔끔한 이미지를 만들었다. 눈동자는 드물게도 흔히 보는 푸른색이 아니라 초록빛이었다. 코는 날이 높고 선이 확실했지만 부담스럽게 크지 않았으며, 다만 그녀 얼굴의 양편이 얼마나 조화로운가를 보여 주는 듯 얼굴의 중심을 차분히 받쳐 주고 있었다. 불그스레한 입술도 너무 얇지도, 두껍지도 않고 적당했다. 특이하게도 윗입술이 더 도톰하고 살짝 바깥으로 젖혀져 함부로 오래 쳐다보기 어려웠다. 코와 입 사이는 호오가 확실한 사람이라는 듯 깊은 인중이 인상적이었다.

흠잡을 곳 없이 조화롭고 아름다웠다. 더구나 도드라지지 않았다. 같은 테이블의 안 사장을 제외하고는 일행 중 아무도 떠날 때까지 그녀에게 주목하지 않았다. 아니, 그녀를 주목하지 못했다. 오직 그에게만 아름답다는 건 얼마나 큰 매력인가.

그는 서서 대답을 기다리며 미소 짓고 있는 그녀에게 당장 할 말이 떠오르지 않아 당혹스러웠다.

"어… 아, 맥주 한 병 더 갖다주실래요?"

기껏 생각한다는 게 그녀를 다시 한 번 테이블에 오도록 하겠다는 것이었는지 겨우 그런 말이 나왔다.

"네에, 옆 테이블에 들렀다 가져올게요."

가벼운 미소를 머금은 채 옆 테이블로 몸을 돌렸지만, 그녀의 초록 눈동자는 늦게까지 테이블에 머물렀다. 그림자처럼 길게 늘어지는 시선이 식탁 위의 스케치를 조심스럽게 쓰다듬었다고 그는 생각했다. 그러나 그 순간 먼 우주의 한구석에서 일어난 초신성의 폭발처럼 그녀의 눈빛이 그의 작은 손 위에서 반짝, 터지고 있었던 건 몰랐다.

맥주는 염소와 실랑이를 벌였던 꼬마가 가져왔다. 섭섭함과 실망이 교차해 바에 기대 서 있는 그녀를 바라보는데, 옆의 안 사장이 맥주병을 흔들며 그녀에게 땡큐를 외쳤다. 그녀도 알은체하며 빙긋이 웃었다.

"뭘 그렇게 당황해요? 설마 그 그림, 저 여잘 그린 건 아니지요? 이제 보니 그림을 잘 그리시네."

눈치 빠른 안 사장에게 속마음을 들켜 버린 것 같아 씁쓸했지만 엉뚱한 변명을 하고 싶지는 않았다.

"대단하지요? 정말 매력적이에요."

"김 형이 갑자기 무슨 느낌이 온 것처럼 식탁만 들여다볼 때 마누라에게 뭐라고 했는지 알아요? 아이 씨, 혼자 왔으면 어떻게든 한번 꼬셔 보겠는데, 했다가 한 소리 들었어요."

부인을 바라보니 표정이 새초롬했다. 생김생김이 원래 말이 없게도 생겼지만 여행 내내 몸이 힘들어서 그런지 남편이 열 마디 할 때 한 마디나 대꾸할까, 말이 적은 사람이었다.

"어때요, 김 형. 약속대로 내가 말 좀 붙여 보게 해 줄까요?"

더 이상 나가다가는 진짜 그녀에게 달려갈 것 같은 모습에 정색을 하지 않을 수 없었다.

"아이, 무슨 말씀을. 그냥 해 본 소리예요. 맥주나 드시지요."

그러나 그는 맥주를 마시면서도, 느리게나마 나온 음식을 먹으면서도, 재미있다는 듯 바라보는 안 사장의 시선에도 불구하고 그녀에게서 눈길을 거두지 못했다.

일행들의 식사가 얼추 끝날 무렵에 황이 기타를 꺼내고, 어디서 구했는지 블루투스 스피커를 휴대폰에 연결하느라 분주했다. 버스에서 말한 대로 하려는지 김 사장이 나섰다.

"식사들 맛있게 하셨나요? 오늘 이렇게 멋진 농장에서 맛있는 식사를 하니 그간 쌓인 피로가 다 풀리는 기분입니다. 여기는 문자 그대로 우리 집처럼 편안하게 즐기다 갈 수 있는 곳이니 남은 피로와 스트레스를 싹 털고 가는 시간을 갖도록 합시다. 술은 제가 크게 쏘려고 했지만 저 냉장고에 있는 맥주와 와인이 전부랍니다. 맥주든 콜라든 다 술이라고 생각하고 부어라 마셔라 하면서 즐겨 봅시다."

농장에서 오후의 여흥은 이렇게 시작됐다. 염소 소년과 서빙 하던 사람들도 들을 만했는지 박수를 쳐 주며 옹기종기 모여 있었고, 그녀도 나가지 않고 바의 오른쪽 끝에 서 있었다. 그녀의 미소가 마치 자신을 향하고 있는 것 같은 느낌에 빠진 그는 그녀가 계속 머물러만 준다면 자진해서 노래라도 부르고 싶은 심정이었다. 하지만 네댓 사람의 노래가 끝났다 싶을 때쯤 그녀가 사라졌다. 예의상 박수를 쳐 주느라 그녀가 자리를 뜨는 순간을 놓쳐 버린 것이다.

어디로 간 걸까. 무작정 따라 나가 봐야 찾을 가능성은 낮았다. 만일 식당에서 나가는 즉시 그녀의 방으로 들어갔다면 다시 만날 기회는 영영 없어진 거나 다름없다. 그녀가 사라진 것이 왜 이리 마음을 심하게 흔드는지, 따라 나가야 한다는 충동은 왜 이리 강한지 당황스러웠다. 어떻게 해야 하나 갈피를 잡지 못하고 있는데 화장실에 다녀오던 안 사장이 그의 어깨를 잡으며 말했다.

"뭐 하러 이러고 있어요. 지금 그 여자 저 뒤 벤치에 앉아 있던데. 화장실 옆의 출구로 나가 집 반대쪽으로 돌아가 봐요. 거기 혼자서 멍하니 있으니까. 아마 김 형 생각하나 봐, 하하하."

그는 부끄러움도 잊은 사람처럼 박차듯 자리에서 일어났다. 그대로 나가려다가 다시 몸을 돌려 스케치를 들고 식당을 나섰다.

그녀는 집 뒤편의 작은 벤치에 그린 듯 앉아 있었다. 그곳에는 높고 날카로운 남반구의 젊은 산봉우리들이 지평선을 대신하고 있는 대지가 시선을 가득 채우고도 남는 각도로 넓게 펼쳐져 있었다.

그는 거의 충동적으로 벤치 쪽으로 몇 발자국 옮기고 나서야 그녀에게 무어라 말을 건네야 할지, 혼자 시간을 갖고 있는 그녀에게 무작정 말을 거는 실례로 무안이나 당하는 건 아닌지 걱정이 됐다. 잠시 멈칫하고 있는 순간에 인기척을 느낀 그녀가 고개를 돌렸다.

"아, 뭐 필요한 거라도 있으세요? 식당은 저쪽으로 가야 하는데."

살짝 이가 드러나는 그녀의 미소가 힘을 준 것일까, 그는 이리저리 말을 돌리지 않고 대답했다.

"아니에요. 식당으로 가려는 게 아니라 식당에서 당신을 찾아 나온 거예요."

"어, 나를요?"

이유를 모르겠다는 표정이었지만, 불쾌한 기색을 보이지는 않았다. 단지 덜 굽혀진 활 모양의 기다란 눈썹이 눈꺼풀을 슬쩍 끌어올렸을 뿐이다.

"식당에서 사라져서 얼마나 놀랐는지 몰라요."

자기도 모르게 뜬금없는 소리가 덧붙여지자 그는 당황했다. 아무리 들떠 있는 와중이라도 맥락이 없는 말이었기 때문이다. 그를 보는 그녀의 눈동자도 더 커졌다. 그렇지만 무슨 생각을 했는지 금방 원래 표정으로 돌아왔다.

"그거 좀 보여 주실래요?"

뜻밖에도 그녀가 곤란한 상황에서 벗어날 수 있는 로프를 던져 주었다. 그의 추측대로 그녀가 확실히 스케치를 보았고, 관심이 있다는 생각이 들자 당황스런 마음이 조금 가라앉는 느낌이었다.

"멋진 여인을 그리는 것 같던데, 한번 보고 싶었어요."

얼굴 전체에 퍼지는 미소 때문인지 친근함마저 느껴지는 말투였다. 그 미소는 마치 자신도 대화가 필요했다고 말하는 것 같았다.

"아, 이거요. 실례되는 일이지만, 당신을 스케치한 거예요."

"정말이에요? 아…"

"미안해요, 허락도 없이."

"아니에요, 전혀. 그렇게 가지고만 있지 말고 한번 줘 보세요."

그녀는 짧지 않은 시간 동안 스케치를 들여다보았다. 마치 그에게 차분함을 되찾을 여유를 주려는 것처럼.

"에이, 이건 내가 아닌 것 같아요. 난 이렇게 날씬하지도 멋지지도 않은데…. 아 참, 이리 앉으세요. 계속 서 있네요."

곁에 앉으라고 하는 말에 그렇지 않다고, 당신은 이 스케치보다 훨씬 멋지다고, 하려던 말은 입안으로 쑥 들어가 버렸다.

"내 이름은 태진 킴입니다. 그냥 편하게 TJ로 부르세요. 당신을 당황스럽게 만들었다면 미안합니다."

그는 좀 전의 막 들이대는 듯한 언행을 만회하기 위해서라도 가능한 예의 바르게 자신을 소개했다.

"아니에요, 괜찮아요. 내 이름은 넬라예요. 안에서는 아주 즐거웠어요. 보다시피 사람이 드문 고장이라 재미있는 일이 없었는데. 당신들 한국인들은 참 독특하네요. 가끔 단체 관광객들 식사가 있었지만 오늘처럼 식사 후에 기타를 치며 노래하는 건 처음 보았어요. 물론 당신처럼 식사를 기다리는 동안 그림을 그리는 사람도 처음 보았고요."

TJ는 넬라, 넬라, 넬라 하며 서너 번 그녀의 이름을 혀 위로 굴려 보았다. 발음하기 아주 맛깔나고 예쁜 이름이다.

가까이 본 넬라의 미소 또한 맘에 들었다. TJ는 그녀가 미소 지을 때면 불그스레한 입술이 열리며 위 앞니 두 개가 먼저 드러나는 걸 보았다. 고르고 빽빽한 치열이 한꺼번에 드러나는 게 아니라 살짝 돌출된, 다른 이보다 약간 커 보이는 앞니 두 개가 반나마 보이는 미소였다. 아름다움을 뽐내지 않는 소박함과 어린아이 같은 천진함이 듬뿍 담겨 있는. 그런 두 개의 앞니는 TJ도 가지고 있었다.

"넬라! 참 예쁜 이름이네요. 넬라는 어디서 왔나요?"

"아는지 모르겠지만… 나는 보스니아에서 왔어요. 사라예보."

"보스니아 헤르체고비나? 그렇게 멀리서?"

말해 줘도 알 수 없을걸, 하는 표정이 채 지워지기도 전에 놀란 초록 눈동자가 커졌다.

"오, 보스니아 헤르체고비나라고요? 여기 와서 내 나라 이름을 제대로 아는 사람은 처음 봐요. 사라예보도 아세요?"

"사라예보는 1차 세계대전의 도화선이 된 도시로 유명하잖아요. 더구나 우리나라가 세계 여자 탁구대회에서 사상 처음으로 중국에 이겨 우승한 도시라 스포츠를 좋아하는 우리나라 사람은 대부분 기억하고 있어요."

"아, 그런 일도 있었군요."

얼빠진 사람처럼 넬라를 멍하니 바라보고는 있었지만, TJ는 그녀의 시선이 조금 전보다는 확실히 따뜻해졌다고 느꼈다.

"넬라는 한국에 대해서 좀 아는 게…"

"미안하지만, 거의 없어요. 사실 동양 사람들은 여기에서 처음 보았어요. 당신이 대화를 나누어 본 최초의 동양인인 걸요."

"그렇군요. 난 보스니아에 대해 조금 알고 있어요. 보스니아 헤르체고비나를 세상에 알려지게 한 일이 그다지 좋은 일은 아니었지만…. 난 그런 것보다는 이보 안드리치를 좋아해요. 『드리나강의 다리』란 소설 혹시 알아요?"

넬라가 다시 깜짝 놀랐다. 그녀의 두 눈에서 초록색 별이 폭발하고 있었다.

"이보 안드리치를 안다고요? 당신이?"

"당신도 『드리나강의 다리』를 읽었나요?"

"읽기도 읽었지만…. 혹시 그 다리가 어디에 있는지 아세요?"

호기심 가득한 아이처럼 급한 표정의 넬라가 처음보다 훨씬 가깝게 느껴졌다.

"그야 당연히 드리나강에 있지 않나요."

썰렁하기 짝이 없는 농담이었지만 넬라는 작게 소리 내 웃으며 다시 물었다.

"네에, 드리나강 맞는데, 어느 도시인지 기억하나 해서요."

"비… 비셰 뭐라고 했던 거 같은데."

"맞아요! 잘 기억하네요. 비셰그라드예요. 내가 태어나서 자란 곳이지요."

고향이라니! 저절로 상승하는 그녀의 목소리 톤만으로도 TJ는 몇 개의 장애물을 저절로 건너뛴 기분이었다.

"와, 고향이 비셰그라드라면 정말 그 다리를 보면서 컸겠네요."

"네, 본 것뿐이겠어요. 놀이터였고, 수도 없이 오간 곳이지요. 그 다리는 실은 메흐메드 파샤 소콜로비치 다리라는 긴 이름을 가지고 있어요."

"소설에 나오는 그 재상의 이름이겠군요. 사진으로 보면 일견 튼튼한 다리라는 생각은 들었지만 눈에 띄게 아름답다는 생각은 못 했는데 실제 모습은 어떤가요?"

"아, 아름답냐고요? 글쎄요. 다리가 아름답다는 건 어떤 조건을 충족해야 하는지 잘 모르겠지만, 나에게 소콜로비치 다리는 아름답다, 아니다 하는 말을 붙이기에는 좀."

놀라고 반가워하는 모습이 갑자기 다소곳한 표정에 묻히는가 싶더니 넬라는 고개를 돌려 벌판 너머 먼 산을 바라보았다. 우연한 얘기에 멀리 두고 온 고향에 대한 정취가 떠오른 것일까.

"아마도 그 다리가 당신에겐 태어나고 자란 고향을 대신하는, 아니면 자신의 성장을 설명 없이 대신하는 그런 의미를 갖고 있는 건가요? 나는 대도시에서 자란 데다 어린 시절에 두세 도시로 이사를 다녀서 그런지 뿌리로서 고향이란 개념이 없어요. 난 고향이란 얘기에 별로 끼어들 얘깃거리가 없거든요."

말을 잇기 위해 다급하게 뱉어 낸 엉뚱한 소리였지만 넬라의 반응은 달랐다. 반짝이던 초록 눈동자가 잠시 생각에 잠기는 것처럼 보였다.

"당신 얘기, 정말 흥미로워요. 그 다리가 고향이나 나를 대신한다는 그런 생각은 평소에 해 본 적이 없었거든요."

우연히 던져진 말 한마디가 그녀를 넓고 깊은 감정의 바다로 나아가게 만든 것일까, 넬라의 목소리가 차분해졌다.

"당신 얘기를 들으니 그럴 수 있겠다는 생각이 드네요. 맞아요, 소콜로비치 다리는 나에 대해, 그리고 내가 알고 있는 사람과 세상에 대해 많은 걸 말해 주고 있어요. 아니, 말해 주기보다는 그 자리에 서서 묵묵히 바라보고 있었겠지요. 이보 안드리치가 소설에서 쓴 시간만 해도 몇백 년이지만, 그 뒤에도 형언하기 힘든 많은 일들이 일어났으니까요."

넬라의 대답이 조금씩 길어지고 있었다. 그리고 한층 진지해졌다. 그녀도 대화가 필요한 사람일 거라는 TJ의 추측이 맞은 것 같았다.

"오랫동안 이런 적이 없었는데, 갑자기 다리 주변의 풍경과 어린 시절의 여러 일들이 생생하게 떠오르네요. 잔잔하고 평화롭게 흐르다가도 여름 홍수 때면 넘칠 듯 몰아치던 급류나, 그보다 더 무서운 모습들도…."

"몰다우강, 스메타나!"

TJ에게 변화무쌍한 강의 모습과 흐름을 아름다우면서도 신기할 정도로 실감 나게 표현한 스메타나의 선율이 저절로 떠올랐다. 그러나 넬라는 그의 탄성을 듣지 못한 것 같았다. 반응 없이 다시 먼 곳을 바라보는 그녀의 표정이 조금 어두워 보였다.

TJ는 그제야 몰아치던 급류보다도 더 무서운 모습, 에서 그친 그녀의 말에 주목했다. 곧바로 세기말의 마지막 십 년 중 보스니아에서 일어난, 유대인 학살보다도 더 야만적이고 처참한 참상에서 그녀가 자유롭지 못할 것이란 생각이 이어졌다.

그러나 지금은 과거가 소환돼서는 안 되었다. 자신에게 허락된 시간이 일행들의 여흥이 끝나는 것과 동시에 끝난다는 걸 TJ는 알고 있었다. 그는 드리나강에서 화제를 돌려야만

했다.

"비셰그라드가 고향이라면, 사라예보에서는요?"

"아, 대학을 다녔고 또 오랫동안 살았어요."

다행히 그녀는 깜빡 졸았다 깬 사람처럼 다시 맑아졌다.

"사라예보는 잘 알려진 도시인데 어떤가요?"

"한때의 영광 같은 거지요. 많이 깨지고 부서졌어요. 아름다운 건축물이나 집들뿐 아니라 사람들의 마음까지요."

TJ는 다시 놀랐다. 넬라에게서는 짧은 대화 중에도 피할 수 없는 기억들이 불쑥불쑥 드러났다.

"대학에선 무얼 전공했어요?"

신상 조사 같은 질문만 연이어 하고 있는 자신이 마음에 걸렸지만 TJ는 달리 이야기를 끌어갈 방법을 찾지 못했다. 다행히 넬라는 개의치 않았다.

"영문학이요. 하지만 제대로 공부를 했다고 할 순 없어요. 우리나라 최근 역사를 안다고 했으니 이해하려나…"

떨어진 나뭇잎이 연못에 일으킨 파문처럼 보일락 말락 겸연쩍은 미소가 나타났다 사라졌다.

"어릴 적에는 부모님 영향으로 음악을 전공할 뻔도 했지만, 이것도 저것도 뜻대로 되기엔 좀 혼란스런 시기를 지낸 셈이지요."

"음악이요? 성악을 했었나요? 목소리가 너무 맑고 깨끗하다는 생각을 했거든요."

"내 목소리가요? 아니에요. 난 내 목소리 싫어해요. 너무 톤이 낮고 남자 목소리 같잖아요. 사춘기 때 놀림도 많이 받았는데."

"무슨…, 난 당신 목소리를 듣자마자 반했어요. 당신이 내게 'Everything's O.K?'라고 물었을 때 정신이 번쩍 들었거든요. 낮으면서도 무겁지 않고 탁 트인 맑은 목소리잖아요. 그래서 성악을 했냐고 물은 거예요."

"그렇게 말하면 당신 말의 신뢰도가 떨어져 버릴걸요. 성악은커녕 노래하는 것도 별로 좋아하지 않았어요. 피아노를 좀 치긴 했지만."

TJ는 허락도 받지 않고 넬라라고 불렀고, 그녀는 자연스럽게 받아들였다. 어느새 두 사람은 반했다. 신뢰한다는 말을 아무렇지도 않게 주고받았다.

"나도 청소년 시절엔 음악을 전공하고 싶었어요. 그런데 우리나라에선 워낙 돈이 많이 들어서 엄두를 낼 수 없었지요. 지금은 음악 없이는 못 사는 애호가로서 만족하고 살고요. 아하, 나 그쪽 나라 사람 한 사람 더 알아요. 피아니스트!"

"설마, 이보 포고렐리치요? 당신 정말 재미있는 사람이네요. 보스니아 사람들 중에서 포고렐리치를 아는 사람이 얼마나 될까. 참, 그 사람은 크로아티아인이긴 하지만, 우린 하나의 나라였으니까요. 이런 얘기가 왜 이렇게 반가운지 모르겠네요. 내가 우리나라를 그렇게 사랑했었나 하는 생각도 들고, 그럴 리가 없다면서도 말이에요."

튀어 오르면 다시 떨어질 수밖에 없는 고무공처럼 넬라의 얘기는 즐겁고 흥미롭게 시작했다가도 쉽게 한자리를 맴돌며 떨어졌다. TJ에겐 넬라가 다시 과거로 돌아선 것으로 보였다.

TJ는 넬라에 대해 묻기보다는 자신의 얘기를 하는 게 낫겠다고 생각했다. 무슨 얘기를 해야 할지 고민하고 있는데 넬라가 먼저 말을 꺼냈다.

"그림을 전공했나요? 이 스케치는 무언가 강하게 마음을 끄는 게 있어요. 당신이 나라고 하면 나겠지만, 얼마든지 다른 사람일 수도 있을 것 같고, 여백이 많은데도 다 그려진 느낌도 들고요. 아, 그림에 대해 별로 아는 것도 없으면서…, 더 말하다간 실수하겠네요."

"아니에요. 아는 게 없다는 말은 괜한 말인 것 같아요. 간단한 스케치지만 내가 원한 바가 그거였어요. 아사도 화덕 곁에서 잠깐 뒤를 돌아본 당신의 모습에서 받은 인상이라 오히려 디테일을 몰라서 편했다고 할까. 충분히 여백을 가져가면서 표현할 수 있었거든요. 그런데 당신이 그걸 짚어 내네요."

"혹시 한국에서 유명한 화가이신가요?"

"아니, 아니에요. 그저 취미에서 겨우 벗어난 화가라고 할까요? 아마도 실속 없는 무명 화가? 하하하…."

"겸손의 말인 줄은 알겠지만 내게는 듣기 좋은데요. 이 스케치를 갖고 싶다면 줄 수 있을 거 같아서."

정말 뜻밖의 말이었다. 스케치를 갖고 싶다니!

"물론이지요. 당신을 그렸으니 당연히 당신에게 줘야지요. 영광이기도 하고요. 그렇지만 조건이 있어요."

"조건이요?"

"이걸 그냥 주기는 좀 그래서요. 아무리 간단한 스케치라도 당신에게 주려면 더 손을 보아야 할 것 같아요."

이런 짧은 만남 끝에 누구에게 데이트를 청한다는 건 평소의 TJ로서는 상상하기 어려운 일이다. 그렇지만 지금은 스케치가 있다. 당연히 완성된 스케치를 그녀에게 주려면 그들은 다시 만나야 하는 것이다.

"그건 꼭 주지 않겠다는 소리로 들리는데요."

"어, 왜요?"

TJ는 의미를 알면서도 짐짓 되물었다. 넬라는 소리 죽여 입속으로 쿡쿡 웃기만 할 뿐 대답하지 않았다.

"우리 일행은 내일도 빙하를 보러 갔다 오는 게 일정의 전부예요. 오후 이른 시간이면 호텔에 도착해요. 보잘것없지만 이 스케치를 완성해서 줄 시간은 충분해요. 문제는 당신이지요."

TJ는 넬라가 먼저 거절의 말을 할까 걱정돼 서두르느라 자기도 모르게 진지해졌다. 그는 자칫하면 상대방이 부담을 느낄 수도 있는 어조와 내용의 말을 이어 갔다.

"나도 내 행동이 좀 성급하고, 큰 실례가 될 수 있다는 건 알아요. 그러나 당신이 그렇게 생각하진 않을 거라는 믿음도 있어요. 난 아사도 화덕 곁에 서 있던 당신을 본 뒤부터 평소의 나라고는 믿기 어려운 감정에 사로잡혀 있어요. 30초도 채 되지 않을 짧은 순간이었지만 이 스케치를 할 수 있을 정도로 당신은 내게 강렬한 인상을 줬고요. 지금의 내 감정을 그대로 흘려보내긴 싫군요. 싫은 정도가 아니라 그래서는 안 된다고 느끼고 있어요."

넬라는 차분했다. 그렇다고 흔연한 허락의 표정은 볼 수 없었지만, 그녀의 시선만은 TJ에게 잘 고정되어 흔들림이 없었다. TJ는 이 정도만으로도 자신의 말이 그녀에게 스며들었다고 생각했다. 이런 경우 여자의 거절은 아주 재빠르고, 단호하기 때문이다.

"절대로 당신에게 예의 없이 굴거나, 당신을 실망시키지는 않을 거예요. 단지 좀 더 알고 싶다는 생각뿐이에요. 당신을 더 알고 싶고, 그것보다 더 나를 당신에게 알려 주고 싶어요."

점점 TJ의 얼굴에 격정이 드러났다. 그는 표정을 꾸미거나, 감추는 방법을 알지 못했다.

넬라는 바로 대답하지 않았다. 대답을 기다리는 TJ의 가슴은 방망이질 쳤다. 그러나 넬라의 초록 눈동자가 다시 TJ를 향할 때, 그녀의 입술이 열리며 다시 두 개의 앞니가 드러날 때, 조급했던 그의 마음이 빠르게 가라앉았다. 그러고는 그녀의 얼굴 전체로 퍼져 가는 미소에 안심했다.

"TJ라 부르라고 했지요? 벌써 당신은 날 넬라라고 부르고 있으니 나도 그렇게 부를게요. TJ, 보다시피 이곳은 농장이고, 바쁜 곳이에요. 난 농장 일을 직접 하는 사람도 아니기 때문에 차량을 마음대로 쓸 수가 없어요. 게다가 엘 칼라파테까지 직접 운전하고 나가 본 적도 없고요."

TJ는 소리라도 치고 싶었다. 가슴이 쿵하고 떨어지는 것과 동시에 몸은 날아오르는 느낌이었다. 난 갈 수 있다, 그런데 방법에 좀 곤란이 있다, 라는 넬라의 대답은 TJ의 불안을 한 번에 날려 보냈다. 넬라가 말한 일쯤이야 그가 얼마든지 해결할 수 있는 일이었으니까.

*

　TJ가 넬라와 단둘이 얘기를 나눈 시간은 길게 잡아도 한 시간이 못 되었다. 하지만 얼마나 많은 감정의 상승과 하강, 불안과 안심이 교차했던지 TJ가 소비한 정신적 에너지는 그를 번 아웃 상태로 몰아넣었다. 버스를 타지 않고 걸어서 돌아가는 길이었다면 다리가 풀려 버릴 것만 같은 피로였다.

　감정의 출렁임은 시내로 돌아오는 내내 끝나지 않았다. 구름 위를 걷고 허공을 헤엄쳐 다닌 느낌은 가라앉았지만 폭풍 뒤의 남은 파도처럼 마음을 흔드는 흥분은 여전히 밀려왔다 밀려가곤 했다.

　세상을 살면서 경험하는 뜻밖의 일, 상상도 못 했던 일은 대개가 인생 전반부의 일이 아니던가. 처음 맛보는 단맛, 처음 타 보는 자전거, 처음 느끼는 환희, 처음 겪는 실연과 좌절처럼. 어쩌면 나이를 먹는다는 건, 그런 처음이 점점 줄어들어 가는 과정일 것이다. 무슨 일에든, 어떤 사람에든, 어느 곳에든 자연스럽게 갖게 되는 기시감과 기억들이 많아지면서 사람의 영혼은 낡아 간다. 그리고 아무리 몸부림치며 애써도 육신은 그런 영혼을 따라 늙어 간다.

　한 사람의 인생에 있어서 처음은 얼마나 귀한가.

TJ에게 오늘 넬라와의 조우는 그런 일이었다.

무어라 이름 붙일 수 없는 생각들을 가득 품고, 아니면 속이 텅 빈 생각이라는 커다란 그릇만을 머리에 인 채 눈을 감은 TJ는 변하기 시작할 자신을 상상했다. 그건 정신적인, 마음의 변화에만 머물 수 없는 것이다. 피부의 주름이 줄어들고, 침침한 눈이 와이퍼를 돌린 차창처럼 환해지고, 팔다리로 뻗치는 이전에 없던 강한 힘이 느껴지는 그런 변화일 것이다. 그는 알 수 있었다. 점점 더 바뀌는 자신을 매일 볼 수 있게 될 것임을.

TJ는 저녁 식사에 내려오라는 콜이 올 때까지 두 시간 이상 깊은 잠에 빠졌다. 배는 고프지 않았다. 고저를 잘 정리한 설렘과 흥분을 그대로 간직하려면 적절한 허기가 필요했다. 배를 가득 채운 포만감이나, 그 때문에 위로 쏠리는 혈액 따위는 용납할 수 없었다. 그는 저녁 식사를 건너뛰기로 했다.

내일을 생각할수록 마음은 점점 바빠졌다. TJ는 엘 칼라파테에서 근사한 저녁 식사 장소나 커피 한잔할 곳을 알지 못했다. 그가 내일을 위해 준비한 일이라곤 렌터카 한 대를 예약한 것뿐이다.

샤워를 마치자마자 부리나케 호텔을 나왔다. 저녁이지만 춥진 않았다. 바람도 강하지 않아 긴소매 티셔츠에 윈드브레이커 정도면 충분했다. 빠르게 발걸음을 옮기는 TJ는 차가운 공기에서 단맛을 느낄 정도로 들떠 있었다.

엘 칼라파테 시내 구조는 간단하다. 일자의 메인 도로 양 옆으로 음식점, 기념품점, 작은 호텔, 관광안내소, 카페, 상점 들이 늘어서 있고, 시내 중심으로 갈수록 메인 도로로 편입 되는 골목들이 많아지는, 미국 서부 시대의 개척 타운 같은 형태지만 그보다 조금 크다.

TJ는 메인 도로의 오른쪽 길로 시작해서 서쪽 끝까지 갔다 가, 반대쪽으로 다시 올라오면서 넬라와 함께할 장소들을 정 하기로 했다.

몇 발자국 걷지 않아서 습관적인 귀벌레 증후군이 나타났 다. 때로는 즐거운 콧노래가 될 수 있지만, 때로는 전혀 원하 지도 않고, 좋아하지도 않는 노래나 멜로디가 긴 시간 동안 끊임없이 반복되는 일이 그에겐 잦다. 호흡이 가쁜 고산을 오 르거나, 다른 정신적 스트레스를 겪을 때는 이것도 병이라고 생각될 정도로 끈질기게 반복되어 고통을 준다. 이번엔 김광 석이다. 〈바람이 불어오는 곳〉. 이런 노래라면 얼마든지 환영 이다. 가사도 대충은 외우고 있는 노래니 따라 부르면 그만이 다. 그는 바람이 불어오는 곳, 그곳으로 가네, 그대의 머릿결 같은 나무 아래로, 를 흥얼거리며 상가들을 하나하나 살펴 나갔다.

쭉 돌아보니 레스토랑도 일행이 오늘 밤 가기로 되어 있던 곳(식사를 일찍 마쳤는지 아무도 없었지만)이 좋을 듯했고, 아이스크림 가게도 가이드가 추천했던 집이 가장 맘에 들었다. 커피숍만이 선택의 여지가 있었다. 스타벅스 같은 대형 체인점보다는 특색 있는 원두를 핸드드립으로 내려 주는 전문 커피숍을 찾고 싶었다. 이곳저곳을 뒤진 끝에 메인 도로에서 U자형으로 들고 나도록 생긴 골목 끝에서 작지만 예쁜 커피숍을 찾았다.

카페 이름은 로스 글라시아레스였다. 대여섯 개에 불과한 테이블이지만 세월이 보이는 원목 테이블이고, 의자들도 등받이와 팔걸이에 전부 조각이 새겨진 고풍스러운 것들이다. 한쪽 벽에는 카페 이름에 걸맞게 멋진 빙하 사진과 토레스 델 파이네[4]의 봉우리들을 찍은 사진이, 카운터 뒤쪽으로는 재즈 뮤지션들의 브로마이드가 걸려 있었다. 마일스 데이비스, 존 콜트레인, 챗 베이커는 그렇거니 할 수 있었지만, 데이브 브루벡과 폴 데즈먼드가 나란히 걸려 있는 건 조금 뜻밖이었다.

....

4 칠레 쪽 파타고니아에 위치한 국립공원. 3개의 화강암 봉우리를 비롯해 해발 2,500미터 이상의 설봉들이 장관을 이룬다.

주인의 재즈 취향에 관심을 갖게 만들었다.

영어를 전혀 못했지만 눈에 띄는 미인인 젊은 아가씨에게 손가락으로 파젠다 세하도란 커피를 주문했다. 처음 접하는 브라질 커피였다.

정성을 다하는 건지, 서투른 건지, 아니면 남미 특유의 느긋함인지 거의 음식이 나올 만큼의 시간이 되어서야 커피를 받았다. 입에 대자마자 아몬드 향이 짙게 나고, 두어 모금 마셔 보니 초콜릿 향기 같은 것이 남는 게 고급스러운 풍미가 있었다. 넬라에게도 이 커피를 권해야겠다고 생각하며 천천히 음미했다.

커피를 내려 준 남자는 이마에서 정수리까지는 시원하게 벗겨졌지만 백발의 옆 뒷머리와 멋진 수염 때문에 언뜻 보면 숀 코널리를 닮은 인상이었다. 그가 커피 내리기를 끝내고 CD를 걸었다. 기분 좋은 날임을 증명하려는 듯 셀로니어스 몽크였다. 〈Don't blame me〉가 첫 곡으로 나오는 걸 보니 그도 가지고 있는 앨범인 것 같았다. 몽크의 연주가 계속되는 동안 화려한 꽃무늬 잔에서 커피는 줄어들고, 번개처럼 지나간 하루가 파노라마처럼 펼쳐졌다.

이런 속도의 하루를 보낸 적이 언제였을까. 기억이 아슴푸레했다. 은퇴 이후 그가 보낸 시간은 많은 부침과 갈등에도 불구하고 역시 통제된 환경에서의 실험과 같은 것이었다. 삶에 원치 않는 충격과 영향을 주고 변화를 강요하는 환경과는 거리가 멀었던 것이다.

커피를 마시며 하루를 되돌아보게 되자 TJ는 빠르게 전개된 영상에서 모순된 장면을 발견해 내는 예민한 관객처럼 마음속에서 무언가 부담스럽고 꺼림칙한 앙금을 찾아냈다. 그건 넬라와의 데이트 약속이 일방적인 호소나 부탁의 결과로 억지로 받아 낸 게 아닌가 하는 의구심이었다. 넬라가 거절을 어려워하는 성품을 가졌거나, 격정에 사로잡힌 그를 뿌리치지 못해 그랬을 뿐, 얼마든지 다시 생각할 수 있다는 추측은 과한 게 아니다.

오늘은 정말 특이한 날이었어, 그 동양인 재미있기는 하지만 성급하기도 하지, 그의 제안을 덥석 받아들인 나도 그렇고, 복잡하게 생각하지 말자, 혹시라도 다시 찾아온다면 적당히 좋은 말로 돌려보내야지, 하며 차분히 머리를 빗어 내리는 넬라의 모습을 상상하는 것만으로도 TJ는 금방 불안에 빠졌다. 그는 한참을 어두운 동굴 속을 걸을 수밖에 없었다.

빌리 할리데이의 독특한 목소리가 귀에 울렸을 때는 삼분의 일도 남지 않은 커피가 이미 식어 버렸고, 커피 잔의 화려한 꽃무늬만 무시당한 모욕을 견디기 어렵다는 표정으로 붉었다. 카페 주인이 중간에 CD를 교체한 게 아니라면 TJ는 몽크의 CD 하나가 다 끝나도록 그런 생각에 매달려 있었을 것이다. 주위를 돌아보니 금발의 북유럽 쪽 사람들이 두 개의 테이블을 차지하고 작지 않은 소리로 대화를 나누고 있었다. 그들의 등장과 소음을 의식하지 못했다니, 당혹스러웠다. 빌리 할리데이의 노래는 〈I'm a fool to want you〉다. 카페 주인에게, 음악에게, 갑작스레 그를 사로잡은 불안에게 조롱당하는 기분이 들어 서둘러 카페를 나왔다.

다행스럽게 저녁 바람이 쌀쌀해져 복잡해진 머릿속을 식혀 주었다. 터덜터덜 걸어 시내 중심가를 벗어나자 첫날 들렀던 바, 엘 탱고가 눈에 들어왔다.

"내 이럴 줄 알았지."

어디서든 튀는 거침없는 웃음소리가 들린다 싶더니 안 사장이 빈자리를 찾아 기웃거리는 TJ의 팔을 잡아당겼다. 반가웠다. 안 사장이 여행의 동반자로 여겨지기까지 했다.

"허, 여기서 어제처럼 고독한 표정으로 폭탄주를 마신다고 뭐 될 일이 있을까요? 오늘은 척 봐도 죄 쌍쌍이거나 일행이 있구만."

자리에 앉기도 전에 가벼운 놀리기를 시작한다.

"하나 낚았잖아요. 키 크고 잘생기고 돈 잘 쓰는 남자."

"뭐요? 칭찬은 좋지만 난 그쪽 취향은 아니유. 이래 봬도 이성애잡니다. 웃어도 웃는 게 아니네. 표정이 왜 그래요? 아까 낮의 뷰티풀 레이디와는 잘된 거 아니유? 그새 새로운 사냥을?"

눈치라면 눈치, 직관이라면 직관이 뛰어나고 날카롭다. 상대방의 마음을 잘 짚어 내는 사람이다.

"고민이 많아요. 폭탄주 한 잔 말아 드릴 테니 해결사 노릇 좀 해 보세요."

"하하, 무슨 고민인지 이 형님에게 말해 봐요, 다 해결해 줄게요."

TJ는 시바스 두 잔과 맥주를 주문했다.

"아직도 킬메스를. 이거 빙하수로 만든 거 아니에요. 부에 노스아이레스에서 생산되는 이 사람들 국민 맥주지. 기왕이면 진짜 빙하수 맥주로 폭탄 합시다. 여기 투 아우스트랄 플리즈."

"그건 또 어디서 들으신?"

"어제 김 형이 여기 오기 전에 잠깐 합석했던 노인네가 가르쳐 줍디다. 아우스트랄이 진짜 빙하 맥주라고. 그래, 뭐가 고민이유?"

"급하시긴, 일단 한잔하시지요."

안 사장하고 대화할 때 TJ는 이상하게도 쉽게 그의 어투에 동화되었다. 말하는 속도도 평소보다 빨라지고 말투도 장난스러우면서 약간은 빈정대는 것으로 변했다. 짧은 시간에 말투까지 따라 하다니 전에 없던 일이다. TJ는 별다른 마음의 준비도 없이 안 사장에게 지금의 심정을 서슴없이 토로했다. 평소의 가벼움은 어디로 갔는지 안 사장이 신중하게 얘기를 들어 주었다.

"마냥 잘 풀리는 게 행운이 아닌가 하는 생각이 들긴 드네요. 그렇지만 뭐 단순한 행운이라기보다는 김 형이 마음에 든 걸 거예요. 일단 잘생겼잖아, 하하하. 물론 다시 생각한다면 김 형을 만나고 그런 게 뭐 좀 무의미하다는 판단이 들 수는 있겠지요. 그건 김 형도 마찬가지 아닌가? 대체 어쩌려구? 연애 같은 건 아무리 그래도 시간과 장소가 맞아야 하는 거 아니유? 그러니 고민할 거 없어요. 맘 바뀌면 할 수 없고, 만일 내일 다시 만난다면 사내답게 목적 달성을 하든지 뭐 그런 거지. 이런저런 고민이 뭐 필요해요?"

"어, 결혼 여러 번 해 보신 분이 늙은 청년의 연애를 막네요."

"오호라, 그냥 한번 부딪쳐 보겠다 이건가? 그건 내 주특긴데. 장관님한테 듣기로는 엄청 원칙주의자였다던데…"

어떤 면에서는 이번 여행의 주최자나 다름없는 김 전前 장관에게 TJ에 대해 이것저것 물어본 모양이었다.

"다 지난 일이에요. 이제 해방되어야지요, 나이가 몇인데. 지금 나이면 자유 방면의 시기 아닌가요?"

"아이구, 그러세요? 자유 방면의 시기라, 거 멋진 말이네. 나도 해당되는 건가? 그리고 술 얻어먹어서가 아니고, 아 술 사는 거지요? 김 형보다 더 객관적인 눈을 가진 내 생각에는 그 여자, 그러지 않을 거예요. 보스니아? 동유럽이잖아요. 거기 서유럽하고 완전히 달라요. 정신세계가 오히려 우리와 비슷할걸요. 옛날 공산권 사람들, 내가 사업하며 좀 만나 봤는데 엄청 순진해요. 돈이 걸리지만 않으면 옛날 우리 순박함 저리 가라예요. 걱정 말아요."

하고 싶은 말을 하고 듣고 싶은 말을 들은 셈이었다. 술기운은 온몸에 퍼졌지만 몸과 마음의 피로는 오히려 사라지는 느낌이었다. 일어서기 전에 안 사장은 선물까지 안기려 했다.

"내가 도와줄 일 하나 있네. 내일 렌터카 오후 세 시에 호텔 문 앞에 딱 대령시켜 줄게요. 물론 지불은 김 형이 하고."

"후후, 벌써 했어요. 그렇지만 해 주신 걸로 할게요."

두 사람은 슬슬 강해지는 바람을 뚫고 호텔로 향했다. 로비에서 각자의 방으로 가기 전에 안 사장이 물었다.

"근데 이름은 뭐유?"

"말 안 했나요? 넬라에요, 넬라. 이쁜 이름이지요?"

"라스트 네임은?"

"아, 모르는데…."

"훌륭해요, 훌륭해. 그렇게 밀고 나가요. 이것저것 알 거 없이 밀어붙이는 거지 뭐. 언제 또 만나겠어요. 마지막 기회예요. 마지막!"

*

어둠에 완벽하게 숨은 바람이 마음 놓고 기승을 부리는 시간에 TJ는 몇 장 챙겨 온 드로잉페이퍼를 펴고 앉았다. 낮에 넬라를 스케치했던 종이를 꺼내 한참 들여다보더니 무언가 아니라는 듯 고개를 털고 일어섰다. 턱없이 빠르게, 크로키하듯 그려진 것이라도 선뜻 그 위에 펜을 대기가 어려웠다. 거칠기는 해도 그 스케치에는 순간적으로 그를 지배했던 넬라의 인상이 그대로 담겨 있었다.

TJ는 천재임을 자랑하려는 일부 작가들이 단번에 작품을 완성했다고 호언하는 걸 믿지 않는 사람이다. 오히려 고치고 고치고 또 고치는 것만이 완성도의 열쇠라는 확고한 생각을 가지고 있었다. 하지만 넬라의 말 때문이었을까, 이번엔 달랐다.

　꼼꼼하게 다시 보아도 낮에 한 스케치는 넬라도 그 누구도 아닌, 누구라고 해도 좋을 매혹적인 여자의 실루엣이었다. 그건 평소 그의 그림 습관과는 다르게 그려졌다. 빠른 크로키를 위해 대상을 가능한 몇 개의 도형으로 구분해서 접근하든지, 아니면 몇 개의 선으로 인물의 대체적 균형부터 잡아 그리던 전형적인 방식을 쓰지 않았다. 강한 인상을 주었던 넬라의 스카프가 이루었던 곡선에서 시작해서 그녀의 한쪽 면의 윤곽을 거의 한 선으로 단숨에 그려 내고는 반대편 모습은 여러 개의 짧은 선을 마치 점묘하듯 수평으로 찍어서 표현했다. 극단적 대비였다. 무의식적인 집중의 결과일 뿐 왜 그런 방식을 썼는지 자신도 알 수 없었다.

　또 그 스케치는 보통 인물을 그릴 때 중심으로 삼는 얼굴에 초점이 있지 않았다. 윤곽과 여백에서 주는 이미지, 불투명하고 불확실한 세부가 던지는 이미지가 아주 강했다. 어떻게 넬라를 알게 된 이후에나 가능했을 그런 이미지가 그 순간에 그려진 건지 이해가 잘 되지 않았지만, TJ는 낮의 그 스케치에는 손대지 않기로 했다.

　덕분에 드로잉페이퍼를 앞에 둔 시간은 마냥 길어졌다.

꽤 오랫동안 그의 방은 환했다. TJ는 아예 새로운 데생을 시작했다.

*

넬라는 농장 입구까지 나와 기다리고 있었다. 얇은 브라운색 캐시미어 스웨터에 같은 색 계열의 윈드브레이커, 그리고 청바지에 목이 짧은 부츠. 수수한 옷차림이었다.

"사실은 어제 밤새도록 불안했어요. 혹시라도 당신이 마음을 바꾸지나 않을까 해서요. 다시 생각해 보니 어제의 내 행동이 너무 경솔하고 무례했던 것 같았거든요."

"전혀 아니에요. 다시 생각할 게 없었어요. 이보 안드리치를 알고 있는 사람이 데이트하자는데 그럴 리가 있나요."

데이트라고 했다. TJ가 감히 입에 담지 못한 단어였는데 넬라는 아무렇지도 않게 말했다.

"이보 안드리치에게 감사해야겠네요."

"그럼, 물론이에요. 내 고향이 비셰그라드만 아니었어도 아마 지금 이렇게 당신과 같은 차를 타고 있지는 않을걸요."

넬라는 TJ의 상상대로 지난밤 하루를 되돌아보긴 했지만 뜻밖의 사람과 뜻밖의 대화를 나눈 즐거움만 되새겼을 뿐이라고 말해 그를 기분 좋게 했다. TJ와 넬라는 마치 오래 사귄 친구라도 되는 것처럼 이런저런 얘기를 나누며 엘 칼라파테 시내로 금방 들어왔다.

"커피 맛 어때요?"

"좋은데요. 이거 아몬드 향인가, 초콜릿 향도 나는 거 같고…"

TJ는 커피 맛에 대한 첫인상이 비슷하다는 것만으로도 닿지 않은 손가락 끝이 짜릿했다.

"당신과 함께할 좋은 곳을 찾느라 엊저녁에 미리 와서 마셔 본 커피예요. 나도 당신과 똑같은 첫맛을 느꼈어요. 좋은 징조네요."

"아, 그랬어요? 미리 와 봤군요."

TJ는 입속에 머금듯 스윗, 하는 넬라의 혼잣말을 들었다.

"오늘 당신과 함께할 스케줄은 다 짜 놓았어요. 그런데 언제까지 시간이 되나요?"

"글쎄요. 밤늦으면 좀 그럴 테니 아홉 시쯤에는 돌아갔으면 해요. 나도 모처럼 엘 칼라파테에 나왔는데 너무 일찍 들어가긴 그렇고."

"그렇다면 여기서 커피 마시고 얘기 좀 하다가 내가 보아

둔 레스토랑에 가서 저녁 먹고, 엘 칼라파테가 자랑하는 칼
라파테 아이스크림도 먹어요. 그리고 시간이 되면 바에서 가
볍게 한잔하면 되겠네요."

"좋아요. 미리 와 보기까지 했다니 감사하네요."

어제처럼 커피를 내려 준 카페 주인이 CD를 플레이어에
넣는다. 다시 재즈. 〈Take Five〉다. 카페에서 장식으로 내건
브로마이드로서는 기대하기 어려운 뮤지션이, 그것도 두 사람
의 인연을 알고 있다는 듯 나란히 걸려 있어 이채롭게 생각했
는데, 아무래도 저 숀 코널리는 재즈 마니아가 틀림없다.

재즈에 어울릴 것 같지 않은 외모부터 지적인 배경에 이르
기까지 독특한 데이브 브루벡과 폴 데즈몬드는 갈래를 잡기
어렵게 다양한 재즈의 세계에서 TJ가 찾아낸 안식의 장소였
다. 그는 언제나 편안하거나, 편안하고 싶을 때 브루벡 콰르텟
을 들었다. 브루벡의 피아노도 피아노지만 그는 유독 데즈몬
드의 알토 색소폰에서 다른 연주와는 다른, 말로 설명하기엔
너무 개인적인 정서를 느낀다. 처음 들을 때나, 다시 들을 때
나, 오랜만에 들을 때나 한결같은. 부드러움과 무자극. 그러
나 틀림없이 무언가 말하고 있는 소리.

"재즈 좋아해요?"

"좋아한다기보다 어릴 때 자주 들었어요. 아버지가 좋아하

71

서서."

"저 곡, 폴 데즈먼드라는 사람의 연주예요. 어때요?"

"글쎄요. 처음 듣는 곡이라…. 아주 부드럽네요. 소리가 꼭 흰 구름을 하나하나 미끄러져 넘어가는 것 같아요. 박자도 좀 특이한 거 같고."

처음이라면서 넬라는 〈Take Five〉가 가진 감성과 독특한 박자 구성까지 말했다.

"아버지가 구하기 어려운 환경에서도 꽤나 많은 재즈 앨범들을 가지고 있었거든요. 하지만 난 재즈를 잘 모르고, 좋아한다고 할 만한 뮤지션도 없어요. 누구더라, 어렴풋이 기억나는 이름이 하나 있기는 한데…. 화가 이름하고 비슷한… 몽크?"

"아, 셀로니어스 몽크!"

"맞아요, 아버진 재즈피아니스트들을 특히 좋아하셨거든요."

"재미있는 우연이네요. 어제 내가 여기서 혼자 커피 마실 때, 저 카페 주인이 몽크를 틀고 있었어요."

"아, 그래요? 정말 재미있네요. 역시 음악이란 참…"

더욱 기꺼워진 표정으로 넬라가 다시 커피를 머금었다.

"참, 피아노를 쳤다고 했지요? 어느 작곡가를 주로 연습,

아니 누구를 좋아했어요?"

"글쎄요, 쇼팽, 베토벤을 주로 연습했지만 난 슈베르트가 좋았어요. 연습은 지겹고 하기 싫었지만요."

"나도 슈베르트를 참 좋아하는데. 뭐랄까, 슈베르트는 아주 순수하고 슬프지만, 슬픔을 넘는 무언가가 있어요. 어떤 기분으로 듣느냐에 따라 너무나 다른 감정에 빠지게 만들거든요. 내가 제일 좋아하는 피아노곡은 〈소나타〉인데⋯. 으, 또 헷갈리네요. 20번인지, 21번인지. 아주 아름답고 서정적이면서 주제의 변주가 참 좋은⋯."

TJ는 작은 소리의 허밍으로 시작 부분을 흥얼거렸다.

"아, B플랫 메이저! 21번이에요. 연습했던 기억이 나네요. 20번도 좋으니까 혼동할 만하지요."

"어디 피아노 있는 곳으로 찾아갈까요?"

너무 앞서간 TJ의 농담에 화들짝 놀라는 넬라. 그러나 그녀의 표정은 오랜만에 옛 친구를 만나는 것처럼 밝았다.

"비셰그라드를 떠나기 전에 이미 손을 놓다시피 했고, 사라예보 사는 동안은 집에 피아노도 없었어요. 전혀, 전혀 아니에요. 난 그저 배우다 만 수준?"

TJ는 넬라의 조금 과하다 싶은 반응을 충분히 이해했다. 악기를 배우고 연주한다는 것은 그런 것이다. 순간순간 자신

73

감과 무력감의 경계를 넘나드는 것. 그래서 무력감에 빠졌을 때는 연주 자체를 두려워할 수도 있는 것. 오랫동안 피아노에서 멀어진 넬라에게는 전에 가졌던 연주 수준에 대한 기억보다는 그걸 전혀 재연할 수 없다는 두려움이 훨씬 컸을 것이다.

넬라의 시선이 다시 벽으로 멀어졌다. TJ는 넬라가 벽에 붙어 있는 뿔처럼 생긴 토레스 델 파이네의 사진을 바라보는 것이 아니라 그 시선을 매개로 다른 생각을 하고 있다고 느꼈다. 무엇으로든 그녀를 대화에 끌어들여야 했다.

"나야 시작 단계에서 그친 것이었지만, 악기를 배워서 만족스럽게 연주한다는 건 참 힘든 일이긴 해요. 뭐랄까요, 좌절과 다시 용기를 내는 일의 힘들고 지루한 반복인 것 같아요. 큰 산을 넘었다 싶으면 작은 돌부리에 걸려 넘어지고, 뭐하려 이 짓을 하나 하고 악기를 팽개치고서는 잠자리에서 다시 마음을 가다듬는."

넬라가 TJ 쪽으로 시선을 돌리며 빙그레 웃는다.

"당신, 꼭 내 얘길 하는 것 같네요. 부모님의 성화로 한창 연습하던 십 대 때 내 마음이 늘 그랬어요. 정말 당신 말대로 포기와 싫증을 어렵게 극복하고 노력해서 다시 엄마의 요구를 맞추곤 했던 게 생각나요. 근데 당신은 무슨 악기를 했어요?"

"아, 난 그저 이것저것, 뭐 제대로 배웠다기엔 좀 그런 수준. 요즘엔 클라리넷을 조금 해요. 쉽고 느린 곡으로만, 하하. 그러나 음악을 좋아하다 보니까 주변에 자신의 소질이나 적성에 관계없이 평생을 그러고 있는 모습들을 많이 봐서 그런 마음은 충분히 안다는 거지요."

"맞아요, 자발적인 포기가 불가능하면 어떻게 보면 큰 불행일 수도 있어요. 난 동생이 잠재력이 폭발하듯 갑자기 실력이 늘어난 덕분에 자의 반 타의 반으로 쉽게 그만두었지만요."

의도하지 않은 성공이었다. 역시 그녀는 피아노에 대한 여러 가지 뒤섞인 감정을 갖고 있었고, TJ는 그걸 짚어 낸 것이다.

"그래도 악기 연주는 평생 남는 게 많잖아요. 난 그 수준까지도 가지 못한 게 가끔은 많이 후회돼요."

"나도 남은 거 많지 않아요, 하하하. 그러니 피아노 있는 곳으로 가잔 얘기는 다시 꺼내기 없기예요."

"에이, 그래도 잊지 않은 곡 한 곡 정도야 있겠지요."

"오, 그래도? 알았어요, 앞으로 기회가 생긴다면. 그렇지만 이보 포코렐리치까지 아는 당신 앞에선 좀…."

TJ는 우연히 나온 말이라도 앞으로, 란 그녀의 말이 좋았다.

숀 코널리가 CD를 바꾸고 있는 커피숍은 일본인인 듯싶은 부부가 커피와 초콜릿 케이크를 앞에 놓고 대화를 나누고 있을 뿐, 조용했다.

TJ는 끊길 염려가 없는 대화를 위해 슈베르트로 돌아갔다. 그는 미완성 교향곡으로 시작해서 그의 가곡들과, 실내악곡들에 대해, 그의 힘들었던 인생 전체에 대해 이야기했다. 자신이 언제 그렇게 많은 디테일을 기억하고 있었나, 스스로 놀라면서. 넬라도 이미 알고 있는 얘기 아닐까, 라는 당연한 의문은 티끌만치도 없었다. 그런 염려도 없이 타인과 대화하는 건 본래 그의 모습이 아니었지만.

더구나 『데미안』을 꺼내다니! 삶의 의미에 대한 고민과 방황으로 뜨거웠던 그의 사춘기의 시작이 『데미안』이었던 건 사실이지만, 세상은 이미, 그런 건 성인 간의 대화 소재로는 부적합하다고 낙인찍은 지 오래지 않은가. 그러나 TJ는 책을 덮는 순간 받았던, 정말 알에서 깨어나 한층 높은 세계로 상승한 것 같았던 느낌을 그때의 감정 그대로 말하면서 전혀 부끄럽지 않았다. 헤세의 다른 작품들에 대해, 그리고 그때의 감정을 공유한 단 하나뿐인 친구에 대해 얘기하면서도 마찬가지였다. 그런 얘기는 살면서 누구에게도 한 적이 없었기 때문에 오히려 넬라에게는 할 수 있다고 생각한 것인지도 모른다.

TJ는 자기만의 감정에 깊이 빠져들었다. 마치 듣는 넬라를 잊기라도 한 것 같았다. 다행히 넬라는 때맞추어 고개를 끄덕여 주기도 하고, 짧게 묻기도 했다. 『데미안』 말고는 헤세의 다른 작품을 읽지도 않았고, TJ와 비슷한 사춘기 방황을 겪은 것 같지는 않았지만, 호기심을 넘어서 이해하려고 애쓰는 모습이었다.

한껏 감상적이 되었던 TJ의 얘기가 일단락되자 막간의 휴식 같은 침묵이 찾아왔다. 넬라는 또다시 벽의 빙하 사진을, 아니 그 뒤의 다른 곳을 조용히 바라보았다. 벌써 그런 모습이 TJ에게 익숙해지고 있었다. 그러나 이번에는 마음이 어디로 떠났다기보다는 TJ에게 시간을 주려는 것 같았다. 얼굴에서 미소가 사라지지 않는 걸 보면.

그때 아주 작은 소리가 들렸다, 넬라로부터. 그녀도 자신이 무언가 읊조리고 있다는 걸 의식하지 못하는 눈치였지만, TJ에겐 틀림없이 들렸다. 골드베르크 변주곡의 첫 곡인 아리아의 멜로디였다.

"바흐?"

미세하게 까딱이던 손가락을 멈추며 깜짝 놀라는 넬라.

"뭐가요? 아, 바흐! 나도 바흐의 건반음악을 좋아해요."

역시 무의식중에 나온 허밍이었나 보다.

"지금 당신이 〈골드베르크 변주곡〉의 아리아를 들려준 거 몰라요?"

"내가요? 정말이요?"

넬라가 반신반의하며 물었다. 조금 당황한 표정이다.

"그럼 당신도 글렌 굴드의 연주를 많이 들었겠네요? 굴드의 연주 음반에만 있는 독특한 소리, 들은 적 있나요? 난 들었는데."

TJ는 넬라의 민망함을 덜어 줄 겸 최고의 바흐 스페셜리스트인 글렌 굴드의 독특한 연주 습관에 대해 물었다. 역시 그녀는 알고 있었다.

"하하하, 그 허밍! 나도 들었어요. 그걸 지우느라 녹음 기술자들이 무척 애를 먹었다더군요."

TJ와 넬라에게 음악은 일체의 친밀감이나 이해와 같은 감정들을 끌어당기는 강력한 자석이었다. 이제 두 사람 사이에는 벗어날 수 없는 강한 자장이 형성되어 서먹함이나 어색한 감정은 그 자장 밖으로 물러갈 수밖에 없었다.

"내일 부에노스아이레스에 가면 거기서 한국으로 돌아가나요?"

문득 생각난 듯 넬라가 물었다. TJ에겐 왠지 언젠가 끝나야 할 대화에 대한 아쉬움에서 나온 질문이란 생각이 들었다.

"아니에요, 넬라. 우리 일정은 우수아이아에서 이틀을 더 체류한 뒤 부에노스아이레스로 가고, 이구아수 폭포를 본 후에 리우에 들렀다가 유럽으로 가요. 파리, 몽생미셸까지."

넬라, 난 남은 일정은 포기하고 싶어요, 당신이 계속 나를 위해 시간을 내준다면 몇 날이고 당신과 함께 지내고 싶어요, 우수아이아든 바릴로체든 같이 여행하면서요, 라는 말이 입 속에 맴돌았지만 차마 꺼낼 순 없었다.

넬라는 TJ의 마음을 들여다본 듯이 말했다.

"정말 놓칠 수 없는 귀한 기회예요. 마음껏 즐겨야지요. 누구나 다 그런 기회를 갖는 건 아니니까요. 세상엔 여행이라는 걸 꿈도 꾸지 못하는 사람도 많아요. 나도 이곳에 놀러 온 것도 아니고…"

다시 먼 곳으로 시선을 돌리며 말을 맺지 않는 그녀를 보며 TJ는 자신의 짐작이 맞다고 확신했다. 넬라를 언제든 껍데기만 남긴 채 훌쩍 어디론가 순간 이동시키는 무엇인가가 있다는. TJ는 그걸 강한 흡판이 가득 달린 커다랗고 검은 덩어리로 일단 마음에 그려 두었다. 그 검은 덩어리는 넬라를 사랑한다면, 그가 반드시 해체해야만 하는 괴물임에 틀림없었다. 그러나 지금은 어떻게든 그 검은 덩어리를 피해 가야 했다.

그런 기억의 종점이랄까, 기억의 원천 같은 것이 넬라에게 존재한다면 그것들은 나중에 마주해야 할 것이다. TJ는 넬라에 대해 더 알아야 할 것이나 알고 싶은 것이 없기 때문이다.

그가 넬라를 사랑하는 데는 그녀의 과거가 필요치 않았다.

TJ는 화제를 돌려야 했다.

그는 두 장의 드로잉페이퍼를 테이블 위에 펼쳤다. 넬라가 환하게 웃었다. 한밤중에도 셀 수 없는 빛깔의 구름 위를 걷던 한 남자의 오랜 집중의 결과물을 함께 보며 두 사람은 다시 이야기를 나누었다. 어떤 생각도, 어떤 사람도, 어떤 소음도 끼어들지 못했다.

"당신 참 좋은 사람이에요. 이런 그림, 이걸 위해 쓴 시간들로 나를 기쁘게 해 준 사람은 당신이 처음이에요."

넬라가 이제껏 본 것 중 가장 온화한 표정으로 말했다. 사랑이 담겼다고 느껴도 좋을 만큼.

동시에 테이블 위에 있던 그의 손 위에 아주 잠깐, 그녀의 손을 얹었다 가져갔다. 1초일까, 2초일까, 아니면 1초도 안 되는 순간일까. 그러나 느낌은 길었다. 손끝에서 시작해 순식간에 경추를 뚫고 오직 넬라에게만 집중되어 있는 대뇌피질에 전해진 언어들. 소리 없는 언어의 많은 뜻. 성급하게 넬라의 손을 마주 잡지 않은 건 얼마나 다행한 일인지. 만약에 그랬다면 TJ는 넬라의 깊은 침묵의 말을 중간에 끊어 버려 그녀가 전해 주려는 많은 의미를 하나도 읽지 못했을 것이다.

*

"아까 아홉 시경까지는 농장에 데려다 달라고 했지요? 그렇다면 시간이 많지 않아요. 우리 이제부터 좀 바삐 움직여 볼까요?"

"좋아요. 다음 장소로 가요. 저녁은 어디서 할 예정이에요?"

"원래 가이드에게 추천받은 레스토랑이 있는데 고기야 당연히 좋을 테고, 와인 리스트가 다양하고 좋다고 하더군요. 근데 우린 와인을 맘 놓고 마실 순 없고… 혹시 고기를 자주 먹어서 물리면, 가 봤는지 모르겠는데 이 동네 맛있는 피자집도 있어요."

"나폴레옹!"

"어, 아네요? 그 집 피자 맛있던데."

"언제 갔었어요? 어제 갔었다면 좀 그렇지 않나요?"

실은 점심때 갔었지만 평소 고기를 즐겨 먹지 않는 TJ는 연일 계속되는 아사도에 이미 질리고 있었다. 넬라만 원한다면 피자집으로 가고 싶었다.

"어차피 나흘이 전부인 칼라파테 일정상 같은 집을 두 번 가는 일은 피할 수 없어요. 그러니 당신이 원하는 곳으로 가요."

"그럼 나폴레옹으로. 피자 먹어 본 지 오래되었거든요."

메인 스트리트의 중간쯤에 있는 카페에서 피자집까지 가려면 꽤 걸어야 했다. 저녁 여섯 시가 넘었는데도 어둠의 기미는 보이지 않았다. 그렇다고 해가 쨍쨍한 대낮이 계속되는 건 아닌, 한국에선 짧은 저녁 어스름이 이곳에서는 길다고나 할까.

팔짱을 끼지는 않았지만 두 사람은 연인처럼 바짝 붙어 걸었다. 카페 안에선 몰랐던 좋은 향이 작은 나비의 날갯짓처럼 넬라로부터 팔랑거렸다. 산들거리는 바람의 진동마다 감지되다간 끊어지고, 다시 이어지는 정도의 은근한 향이었다. 이미 외출한 지가 꽤 되었으니 베이스노트의 잔향만이 남았겠지만 아마도 플로럴보다는 시프레 계열의 향수일 것 같았다.

"오늘 페리토 모레노에 간다고 하지 않았나요?"

"맞아요, 대단하더군요. 보스니아도 마찬가지겠지만 한국도 나라 안에선 빙하를 볼 수 없거든요. 겨우 사진이나 티브이에서 보던 광경이었어요. 게다가 직접 빙하 위를 걸으며 짧은 시간이나마 트레킹까지 해서 더 실감이 나더군요."

"여기에 사니까 당연히 가 봤을 줄 알겠지만, 나도 간다 간다 하면서 아직 못 가 봤어요. 아마 루카 삼촌이나 농장 사람들도 대개 못 가 봤을걸요."

"넬라는 칼라파테에 산 지 얼마나 됐어요?"

"벌써 삼 년이 넘어가요. 잠시 쉬었다가 가려고 했는데…."

"어제 우리 일행을 맞았던 턱수염의 잘생긴 분이 루카 삼촌?"

"맞아요. 루카 삼촌은 어머니의 막냇동생인데 일찌감치 자기만의 루트를 통해 이곳으로 이민을 왔어요. 교사였던 사람이 넓은 농장을 가족의 힘만으로 시작했으니 고생이 말이 아니었을 거예요."

"그럼 넬라는 이곳에 정착할 생각은 아닌가 봐요?"

넬라가 쿡쿡 웃으며 TJ를 바라보았다.

"여기에서 내가 할 일이 있겠어요? 무얼 해 볼까요? 말 타고 소나 양을 몰아 볼까요?"

"와, 멋지겠는데요? 그러지 않아도 광활한 초원을 바라보면서 말을 탈 줄 알면 참 좋겠다는 생각을 했는데."

"농담이에요. 농장에 말은 없어요. 소와 양은 제법 되지만."

"그러면 계획하고 있는 다른 목적지가 있나요?"

넬라는 대답을 생각하는 것처럼 걸음을 멈추고 잠깐 침묵했다.

"나보다는 루카 삼촌이 확실한 목적지를 갖고 있지요, 아마."

"당신의 목적지를 루카 삼촌이 정해 주나요?"

TJ는 처음으로 넬라의 맥 빠진 듯한 미소를 보았다.

"그렇게 들렸군요. 이게 문제예요. 내 문제."

무언가 내적 갈등으로 머뭇거리는 넬라의 모습을 처음 본 TJ는 더 이상 묻지 않기로 했다. 그러나 다시 걷기 시작하면서 넬라가 혼잣말처럼 작은 소리로 말했다.

"미국에 가야 해요. 대단한 건 아니라도 일자리도 마련됐거든요. 그렇지만 왠지 마음이 정해지질 않아서…"

가야 한다고 했다. 갈 것이라고 말하지 않고. TJ의 마음 한 구석에 선을 긋듯 찬바람이 휙 지나갔다.

TJ는 넬라의 시선이 다시 엘 칼라파테의 풍광 너머로 돌아갔을 것이라고 짐작했다. 그는 서둘러 화제를 바꾸어야 했다. TJ는 새로운 화제를 꺼내기 위해, 넬라는 아마 마음속에 떨어진 무거운 짐을 들어내기 위해, 한참을 말없이 걸었다.

어색한 침묵은 넬라가 깨뜨렸다. 다행히 쉽게 어디론가 떠나 버리는 그녀의 내면은 쉽게 돌아오기도 하는 모양이었다.

"그림을 전공한 화가가 아니라면 당신은 뭐 다른 직업이 있었나요? 내가 맞춰 볼까요? 아마도 대학 교수나 공무원?"

"오, 비슷해요. 역시 내가 그런 인상인가…. 젊은 시절엔 정부에서 일했고, 나중에는 한국에서 제법 큰 기업에서 일했어요. 물론 지금은 은퇴했고."

"그렇군요. 정부에선 오래 일했어요? 무슨 일을 하셨어요?"

"한 이십여 년쯤 일했는데, 일의 보람이랄까 그런 면이 처음의 기대와 너무 다르고, 보수도 그렇고 해서 그만두었어요. 주로 경제정책을 다루는 업무를 했고요. 정부에서나 기업에서나 늘 내 것이라는 생각이 들지 않았던, 마음속에 빈자리가 있는 생활이었어요. 끝까지 계속하기에는."

"그림 때문에요?"

"핑계와 명분으로는. 근데 그림을 핑계로 앞당겨 은퇴를 하고서도 이룬 게 없는 걸 보면 꼭 그래서였던 것 같지도 않아요. 그저 매여 사는 직장 생활이 싫은, 게으름 때문이 아니었을까요?"

"당신 지금 마음에 없는 말을 하고 있는 거 같아요. 난 처음 볼 때부터 당신에게서 어떤 자신감 같은 걸 느꼈는데, 지금 말하는 것과 내가 느낀 당신 분위기는 전혀 달라요."

"그래요? 그렇게 보였다면 당신 때문이겠지요. 뜻밖에 당신을 만난 게 너무 좋아서. 하하."

"그렇다면 감사하지만, 그림에서 이룬 게 없다고 하는 건 당신만의 생각일 수도 있어요. 무언가 결실을 강하게 원하고 있다는 게 오히려 큰 진전일 수도 있잖아요. 예술 작업을 하는 사람에게는 어떤 돌파구 같은 게 단계마다 필요하다고 생각해요. 당신은 지금 그런 게 필요한 상황일 수 있겠지요. 당신의 작업이 하루빨리 인정을 받고 그 성취감을 기반으로 한 단계 더 상승하게 되는 그런 돌파구 말이에요."

"와, 무슨 분석을 그렇게 빨리 세밀하게…"

"한마디 더 할까요? 당신은 지금 욕구 불만 단계예요. 하하하."

말 한마디에 눈앞이 확 트이는 기분이 들었다. 조금 전 앞으로의 계획을 말하던 작은 넬라는 어디론가 사라지고, 그녀는 검객처럼 단숨에 그의 깊은 곳을 찔러 왔다.

"잘나가던 직장 생활을 그만두고 갑자기 그림을 그리게 되는 화가 얘기를 쓴 소설 있지요? 그 화가가 누구더라."

"『달과 6펜스』? 아마 고갱일 거예요."

"그 사람도 전적으로 그림에 매달린 뒤에 많은 실망과 욕구 불만에 시달렸을걸요. 당연하지 않겠어요? 예술이든 그냥 직업이든 어떤 세계가 쉽게 타인을 받아들이겠어요. 실컷 다른 세계에서 인생을 보내다 온 사람에게 쉽게 열리는 세계라면 가치 또한 크지 않겠지요."

TJ의 머릿속에 문득 마리오 바르가스 요사가 떠올랐다. 바르가스 요사의 소설 『천국은 다른 곳에』를 읽으며 느꼈던 복잡한 심정이 생각났지만 얘기로 꺼내긴 싫었다.

타히티에서 고갱의 생활은 결코 낭만적이지도 성공적이지도 않았다. 그가 남긴 작품들에 붙은 후세의 평가들이 무색해질 정도로 그의 생활은 더 이상 내려갈 곳이 없는, 바닥까지 곤두박질한 비참한 것이었다. 비참한 것뿐 아니라 비윤리적이고 파렴치하기까지 했다.

고갱의 말년을 너무나도 사실적으로 묘사한 바르가스 요사의 소설은 TJ에게 용기와 격려보다는 상처를 준 게 틀림없었다. 바르가스 요사가 결론짓지 않고 고민하도록 만든 예술의 본질과 예술가의 삶의 형상은 그를 혼란에 빠트렸을 뿐 아니라 자괴감에 빠지게 했었다. 넬라를 풍경 너머의 세상에서 돌아오게 만든 건 좋았지만 더 이상의 고갱은 곤란했다. 그건 넬라보다 TJ를 더 깊은 수렁에 밀어 넣을 수 있는 주제였다.

넬라의 말은 TJ를 좌절하게 만든 그림과 관련한 갈등을 제대로 표현한 것이었지만 지금 TJ의 심정은 그런 것과는 거리가 멀었다. 엘 칼라파테의 TJ에겐 실망이나 욕구 불만이 차지할 자리가 없었다. 그렇다 보니 예기치 않게 예리한 지적을 하는 넬라의 말에 합당한 대답을 만들어 내지 못했다. 다행히 두 사람이 나폴레옹 피자집에 도착해서 그 주제의 대화는 더 이상 이어지지 않았다.

*

　나폴레옹에서 밖으로 나오자 이제 남은 시간은 두 시간이 채 안 되었다. TJ의 시간 분배는 카페와 피자집 두 군데만으로도 너무 틀어져 버렸다. 그는 아예 시간 분배라는 걸 생각조차 못 했다. 그만큼 그는 넬라와의 대화에 깊이 빠졌던 것이다.

　TJ는 마음이 급해졌다. 시간이 움켜쥔 손에서 줄줄 빠져나가는 걸 느꼈다.

　"괜찮다면 우리 시내를 한 바퀴 걸을까요?"

　잠깐 제자리에서 서성거린 걸까, 넬라가 어느새 두어 발 앞서 있다. 돌아보며 말하는 그녀에게서 이제껏 보였던 미소가 없다.

　"당신이 한국으로 돌아간 뒤에도 얼마가 될지 모르지만 난 이곳 칼라파테에 머물 거예요. 그리고 두어 주에 한 번 정도는 농장 사람들과 함께 시내에 나올 거고요. 여기 나오면 필요한 쇼핑도 하고 맥주도 한 잔씩 하면서 시간을 보냈는데 그것도 몇 년 지나니 별 재미가 없어졌어요. 그런데 이젠 좀 다를 것 같아요. 피자집을 나오면서 생각했어요. 당신과 함께였던 카페와 피자집만이 아니라 온 칼라파테 거리를 내 것으로 만들어야겠다고. 이제 내겐 이 동네와 거리가 이전과는 전혀 다른 곳이 되었거든요."

넬라는 마치 온몸으로 말하는 것처럼 보였고, TJ는 그런 그녀를 남김없이 느꼈다.

"우리 이 거리를 처음부터 끝까지 걸어요. 마침 나폴레옹이 이쪽 끝이니 예쁘고 맘에 드는 가게가 있으면 들렀다 나오고, 당신이 말한 칼라파테 아이스크림도 사 먹으면서 걷자고요. 가장 빠른 시간에 온 칼라파테 거리를 우리 걸로 만드는 거예요. 이렇게 하면 우린 서로에게 칼라파테 전체를 선물하는 게 되겠죠? 어때요?"

넬라는 그렇게 엘 칼라파테를 두 사람의 것으로 만들자고 했다. TJ는 대답할 수 없었다. 그로서는 마음에 있어도 감히 꺼내기 힘든 말이었다. 그냥 두면 언제까지 주저할지 모르는 TJ를 마치 알기라도 한 듯 넬라가 먼저 말해 주었다.

그것 외에 두 사람이 할 수 있는 일이 과연 무엇이 있을까.

두 사람은 나란히 걸었다.

높게 던지는 말은 높게, 낮게 던지는 말은 낮게 받으며, 때론 말이 필요 없는 순간이 있다는 것도 함께 느끼며. 그렇게 한 걸음 한 걸음 걸을 때마다 문이 하나씩 하나씩 열렸다. 두 사람은 걸으며 편안히 서로에게 넘나들었다. 눈 맞춤 하나에서부터 들릴 듯 말 듯한 서로의 숨소리까지 모두 다 소중했다. 그대로 잊혀도 좋을 건 하나도 없었다.

그 밤만은 바다같이 넓은 파타고니아의 작고 예쁜 섬 엘 칼라파테가 오직 두 사람만의 것이 되었다.

TJ는 무작정 넬라를 기념품 가게로 데리고 들어가서 마테차 세트를 하나 샀다. 무엇이든 남겨야 했다. 그건 그녀가 매일 매만지는 것이어야 했다. 그는 보기에 가장 무난한 색깔의 나무잔과 은색 필터로 구성된 마테차 세트를 골랐다. 당연히 남미 사람이 아닌 넬라는 그때까지 마테차를 마시지 않았지만, 내일부터 꼭 커피 대신 마테차를 마실게요, 라고 말하며 즐겁게 받았다.

즐비했던 상가들이 곧 뜨문뜨문해졌다. 안타깝게도 엘 칼라파테는 너무 작았다, 남은 시간만큼이나. 마지막 건널목을 건너자 엘 탱고의 흐린 네온사인이 보였다.

"저기로?"

넬라가 말했다.

TJ는 대답 없이 문을 열어 그녀를 안으로 이끌었다.

아우스트랄을 주문했다. 은은한 호박색 액체를 필터로 서로를 마냥 바라보려는 사람들처럼 두 사람은 오랫동안 맥주를 음미했다.

TJ처럼 넬라도 마찬가지였다. 그녀도 억지로 미소 짓지도, 마음에 없는 인사말을 쉽게 던지지도 못하는 사람이었다. 둘은 그저 서로를 바라보기만 했다.

그러나 TJ는 소원했다.

'내게 말해 줘요, 넬라. 농담으로라도 한 번, 가지 말라고!'

*

넬라를 곁에 태우고 농장까지 가는 동안 TJ는 아무 말도 건네지 못했다. 그의 혀는 무거운 추가 달린 채 우물 속으로 떨어져 버렸다. 뱉어 내면 거짓말이 될 것 같아서인지 바닥을 드러낸 시간이 강하게 떠밀어도 입을 열 수 없었다. 내일을 말하고, 앞으로를 약속하는 것이 당연히 자신의 몫이라는 걸 알면서도 그랬다. 넬라를 엘 칼라파테에 나오게 한 것도, 내일 우수아이아로 떠나는 사람도 TJ가 아닌가.

내일을 말하지 않고 오늘을 마감하는 건 불가능했다.

두 사람은 이메일 주소를 교환했다. 서로 연락하자고 했다. 그러나 그것만으로 그들의 오늘을 마감하기엔 턱없이 부족했다.

뻔한 일이고 순서였음에도 TJ에겐 준비된 생각도, 말도 없었다. 이건 아니라는, 이렇게 해선 안 된다는 자책만 있을 뿐이었다. 이런 모습이 어제와 오늘의 그가 얼마나 충동적이었나를 보여 주는 것 같아 그마저도 받아들이기 힘들었다.

TJ는 짙어진 어둠과 그걸 뚫어 내는 헤드라이트의 넓게 퍼지는 빛만을 오랫동안 응시했다. 길어진 침묵의 의미가 전해졌는지 넬라도 마테차 세트가 든 쇼핑백만 만지작거릴 뿐 말이 없다. 종일 하루를 빛내 주었던 미소가 사라진 지도 한참 되었다. 그녀의 초록빛 눈동자도 조용히 자동차의 헤드라이트가 비추는 빛을 더듬고 있었다.

넬라는 지금 무슨 생각을 하고 있는 걸까. TJ는 차를 세우고 묻고 싶었다. 그의 머릿속 혼란을 솔직하게 말해 주고 싶었다. 아니, 한 장의 스케치로 한 번에 보여 주고 싶었다.

"저기예요. 잘못하면 지나쳐요."

TJ는 넬라가 말한 곳에서 차를 왼쪽으로 돌렸다. 비포장도로가 시작되었다. 이제 오 분이면 농장에 도착할 것이다.

"우리 내려서 바람 좀 쐴까요? 별이 많이 나왔을 거 같은데."

넬라가 고개를 돌려 생긋, 만들어 웃었다.

"아, 그럴까요. 그러고 보니 벌써 깜깜해졌네요."

남반구 여름의 길고 긴 어스름의 시간은 어느덧 끝나고 어둠이 겨울 외투처럼 두껍게 세상을 둘러싸고 있었다.

별이 넓은 하늘에 가득했다. 파타고니아의 별들은 그가 다른 곳에서 보았던 별들과는 비교가 되지 않게 밝았고, 컸다. 젊은 시절 새벽 대청봉에서 보았던 호두만 하고 복숭아만 하고 호박만 했던 별들이 기억났다. 그런 큰 별들 사이사이에는 무수한 작은 별들이 촘촘히 박혀 있었다. 별들은 금방이라도 쏟아져 내릴 것만 같았다.

"저기, 저…."

넬라가 가리킨 곳에 은하수가 있었다. TJ의 기억에 남아 있는 은하수가 산골 외갓집 앞을 흐르는 시내만 했다면, 파타고니아에서 올려다본 은하수는 단어 뜻 그대로 커다란 강이었다. 그가 보았던 은하수는 하얀 쪽배가 돛대도 삿대도 없이 흘러가는 곳이었지만, 파타고니아의 은하수는 별들의 형체마저 알아볼 수 없도록 휘몰아치는 급류의 강이었다. 마침 달이 없어서였는지 광활한 대지를 뒤덮고도 남을 정도로 넓은 하늘은 별들의 차지였다.

파타고니아의 하늘은 너무도 넓었다. TJ는 모든 것들을 다 털어 넣어도 손톱자국 하나 남지 않을 것 같은 하늘로 혼란스럽던 생각들이 한꺼번에 빨려 들어가는 걸 느꼈다. 먼저 가슴이 시원해졌고, 곧 머리가 맑아졌다.

TJ와 넬라는 나란히 차에 기대어 한동안 별을 올려다보았다. 많은 생각을 했겠지만 서로 설명하지 않았다. 별들이 가득한 넓고 넓은 하늘 아래서 혼돈은 천천히 가라앉았다. TJ는 다시 차분해졌고, 넬라는 여전히 차분했다.

"넬라는 별자리들 잘 알아요? 난 별을 참 좋아했지만 별자리에 대해선 아는 게 없어요."

"나도 잘 몰라요. 더구나 여기는 남반구잖아요. 북반구의 별자리와는 많이 다를걸요. 난 당신과는 달리 고향에서도 사라예보에서도 별을 올려다본 기억이 없어요. 여기 와서 혼자 있는 시간이 많고, 아니 혼자 있는 시간을 갖고 싶어서 별을 많이 보게 됐어요. 내 벤치에서요. 아, 그 벤치를 농장 사람들은 넬라의 벤치라고 불러요. 아마 내가 자주 거기에 있는 걸 보아서 그랬나 봐요. 그 벤치에 앉아 있으면 마음이 잘 정리되는 것 같은 느낌이 들어 좋았어요. 게다가 어제는 당신을 거기서 만났고요."

넬라의 말에 용기를 얻었는지, TJ는 마음의 중심에 버티고 있던 생각을 불쑥 뱉어 냈다.

"넬라, 난 당신을 그저 가볍게, 여행 온 기분에 취해서 만나자고 한 게 아니에요. 조금 더 젊었다면, 아마도 첫눈에 반했다고, 당신이 좋다고, 심지어는 사랑한다고까지 말했을 거예요. 사실 그러고 싶었던 순간이 많았어요. 그랬다간 마음과는 달리 장난스럽게, 가볍게 여겨질까 참고 또 참았던 거예요. 난 지금 당신에게 내일 다시 만나자고 말하지 못하고 있는 게, 앞으로를 말하지 못하고 있는 게 정말 화가 나요. 차를 타고 오는 내내 그 생각 때문에 입을 열 수가 없었어요. 게다가 난 당신 역시 아무런 얘기도 없이 우리의 만남을 오늘로 끝내려는 것 같아 그것도 싫었어요. 어제와 오늘의 만남을 지루한 생활을 깨트려 준 하나의 해프닝으로 생각하는 게 아닌가 하는 의문이 들었어요. 그래서 담담하게, 별 미련 없이 오늘을 정리하려 한다는 생각을 억누를 수 없었어요…"

"아, 정말, 그건 정말 아니에요. 거기까지만 해도 무슨 말을 하려는지 알겠어요. 그리고 나도 당신도 차 안에서 가졌던 생각을 서로에게 다 말할 필요는 없을 거 같아요. 우리 서로의 생각을 알고 있는 걸로 해요. 당신에게 한마디만 한다면, 농장의 벤치에서 처음 당신을 본 순간과, 당신의 데이트 신청을 받아들이던 순간, 당신과 오랜 시간, 난 정말 그렇게 느껴요, 아주 오랜 시간이라고. 당신과 시간을 보내고 이렇게 농장으로 돌아오는 순간에 느끼는 당신은 아주, 아주 달라요. 설명은 못 해요. 자세히 말해 달라고 하지 마세요."

넬라는 그가 기대하던 방법은 아닐지라도 그가 원하던 의

미의 말을 했다. 그 말에 마음이 조금은 가벼워진 TJ가 계속 그를 충동하던 생각을 말했다.

"넬라, 나 지금 하고 있는 여행 포기할까요?"

픽, 맥 빠진 웃음을 지으며 말해서인지, 그녀가 제대로 알아듣지 못한 표정으로 바라보았다.

"여행을 포기하고, 여기에 당분간 머물면서 당신과 시간을 보내야 한다는 생각이 머리를 떠나지 않아요. 당신을 사랑한다고 말해도 조금도 빠르다거나 어색하게 느끼지 않을 만큼 당신에게 나를 알려 주고 싶어요. 나도 당신을 알고 싶고요."

"무슨 말도 안 되는 소리를. 얼마나 귀한 기횐데. 그리고 혼자 온 것도 아니잖아요. 일행이 있고, 스케줄도 있고, 그럴 순 없어요. 중간에 당신 혼자 빠져나와 여기 머문다고요? 무슨 사고가 난 것도 아니고, 그건 안 될 말이에요."

"별거 아니에요. 난 할 수 있어요."

'네가 과연 그럴까?' 하는 의문 때문에 말하는 그의 등 뒤가 서늘했지만 그는 되풀이해서 여행을 포기할 수 있다고 했다.

"아니에요. 그럴 순 없어요. 여행을 함께하는 것도 하나의 약속이에요. 당신이 그렇게 한다면 오히려 당신에 대한 내 생각이 잘못된 거 아닌가 하는 의문이 생길 것 같은데요. 그것도 순전히 나 때문이라면 너무 부담스럽고요."

"넬라, 난 그러고 싶어요. 난…."

넬라가 자신의 왼팔로 슬쩍 TJ의 오른팔을 잡아당긴다 싶더니 그를 살며시 안으며 말을 막았다. 얼떨결에 그녀와 허그하는 자세가 된 TJ는 더 말을 잇지 못했다. 몸을 꼭 붙여 끌어안은 건 아니지만 마음은 충분히 전달되는 허그였다. 게다가 그녀는 그의 뺨에 대고 쪽, 하고 소리만 내는 키스까지 안겼다.

"TJ, 우린 아마 충분히 서로를 알아 갈 수 있을 거예요. 어떻게 해서든지요. 난 떨어져서도 얼마든지 당신을 알아 갈 수 있을 거 같아요. 아니, 그게 내겐 더 좋을 수도 있어요. 당신너무 서두르는 거 알아요? 당신 패스트 러너예요. 백 미터 달리기 선수 같아요."

넬라는 농장의 열린 문 앞에서 그를 보내고 싶어 했다. 집 앞까지 바래다주려는 걸 한사코 만류했다. 그가 돌아가는 모습을 혼자 바라보고 싶다고 했다. 차 소리가 나면 보나 마나 식구들이 몰려나올 집 앞에서 그를 보내고 싶지 않다는 것이다. TJ는 하는 수 없이 이번엔 자신의 주도로 넬라와 가벼운 허그를 하고 돌아섰다.

지구 반대편에서

그날 밤, 나는 과연 무엇을 어떻게 했어야 했나요?

그 엄청난 불행 앞에 나는 대체 무엇을 책임져야 하지요?

정말, 나는 아무런 죄도 짓지 않은 걸까요?

*

1

TJ, 넬라예요.

넬라 밀렌코비치(Nella Milenkovic)가 내 이름이에요. 지난 번에 성을 가르쳐 주지 않은 것 같아서요.

회신이 늦어 미안해요. 그 뒤로 관광객들이 농장에 와서 식사하는 일이 전보다 늘어 바빴다거나(사실이지만), 어떻게 답신을 해야 하나 망설이다가 어느새 며칠이 흘러가 버렸다거나 (이것도 사실이에요. 몇 번을 썼다 지우고 보내지 못했으니), 그냥 어쩌다 보니 그렇게 됐다고 변명하진 않을게요. 그러나 지난번 메일에서 말한 것처럼 당신이 날짜를 세고, 읽었는지 확인까지 하면서 기다리는 줄은 몰랐어요. 어쩌면 그게 더 미안한 일이겠군요.

미리 당신의 이해를 구하자면, 내 글은 종종 문장이 불분 명하고, 불쑥불쑥 등장하는 괄호들이나 이유 없이 행방불명 된 단어들로 인해서 읽기가 불편할 수 있다는 거예요. 난 누 구에게 보여 주기 위해 글을, 그것도 아주 사적인 글을 써 본 기억이 없거든요. 이것도 답신이 늦어진 이유가 되겠네요.

당신의 메일을 읽고 나면 자연스럽게 그날 오후와 별 보던 밤이 떠올랐어요. 그때마다 당신에게 아직은 말해 줄 수 없는 많은 생각을 하게 되고, 그런 생각들의 틈새로 또 다른 상상들이 제멋대로 끼어들어 조금은 혼란스러웠어요. 그러나 억지로 그런 생각들을 정리하고 싶진 않았어요. 넓은 하늘 여기저기에 제멋대로 움직이는 구름을 체로 전부 걷어 낼 순 없잖아요. 기다리면 저절로, 기대하지 않았던 순간에 구름은 스스로 사라져 버리죠. 난 그렇게 하려고 해요. 내 생각과 상상들이 서로 부대끼며 밀리고 다투다가 제자리를 잡을 때까지 그냥 기다리려고요.

당신은 짧은 시간에(그러나 어찌 보면 한없이 긴 시간이었어요) 잔잔하기만 하던 텅 빈 호수에 너무 많은 것을 부어 놓고 갔어요. 당신이 엘 칼라파테에 오기 전까지 나라는 사람은 아무런 흐름도, 의미도, 활동도 없는 문자 그대로 어둡고 텅 빈 호수 같았거든요.

TJ, 앞으로도 우리는 서로 만나 대화하듯 편지를 주고받지는 못할지도 몰라요. 아까도 말했지만 나는 편지를 쓰다 보면 (아니, 정확히는 무엇이든 생각에 집중하기만 하면) 너무나 많은 갈림길에 마주치는 사람이거든요. 그러니 나의 짧은 대답이나, 느린 대답에 당신이 힘들어하지 않았으면 해요. 그렇지만 당신이 연락을 끊지 않는다면 나는 결코 당신에게 우편함의 문을 닫지 않을 거예요.

작별 인사로 한마디 덧붙일게요. 당신이 생각하는 것보다 당신, 그리고 당신과의 만남이 내게 준 의미는 아주 커요. 앞으로 어떤 일이 생기더라도 이 말은 변하지 않을 거예요.

그리고 또 하나! 당신은 내게 아주 오랜만에 사람과의 만남에서 일어나는 여러 감정들, 즐거움이나 초조함, 설렘과 불안 같은 감정들로 씨름하게 만들어 준 사람이에요.

꼬마의 이름은 이반, 염소의 이름은 마리아예요. 그러나 염소는 남자랍니다. 그럼….

2

요시카즈 메라[5]의 노래는 정말 아름답군요. 일본인들의 이름에 익숙하지 않은 나는 당연히 여성인 줄 알았어요. 당신이

....

5 일본의 유명한 카운터 테너로, 특히 바로크와 고전음악의 뛰어난 해석으로 찬사를 받는 가수. 선천적인 골형성부전증을 갖고 태어나는 등 신체적 어려움을 극복하고 성악가로 성공하여 많은 사람들에게 감동을 주었다. 대중들에게는 '모노노케 히메'의 메인 테마곡을 불러서 널리 알려졌다.

그의 타고난 신체적 어려움을 얘기해 주지 않았다면, 그의 목소리만 듣고 비애나 아픔을 느끼기는 어려웠을 거예요.

요시카즈 메라의 노래를 반복해 들으면서 고통으로 비틀려진 삶이 순전히 자기 안의 병에서 시작된 것과, 악마적인 외부의 폭력으로 만들어진 것 중 어떤 것이 더 견디기 어려울까 하는 생각을 했어요. 나는 아직 타인의 타고난 불행까지 공감해 본 경험이 없거든요. 자신이 겪은 일을 그 또한 있을 수 있는 일, 이라는 문장에 가둘 수 없는 사람들은 불행과 고통에 대한 생각도 일방적이 되어 버리나 봐요.

노래를 들으며 파타고니아에 와서 나의 기억이나 다른 모든 감각이 겨울잠 자는 곰처럼 느슨해지고, 기능이 거의 제로 수준으로 떨어져 있었다는 걸 생각하게 되었어요. 회상의 단서를 잡을 일조차 없는 생활이 과연 평안한 것인가 하는 의구심도 들었고요. 겨울잠은 실은 잠시 죽어 있는 게 아닌가 싶어요.

살아 있다는 걸 체감하기 위해 고통을 느끼고 싶진 않지만 아무런 계획 없는(아주 없는 건 아니지만, 실천 의지가 있는지 모른다는 뜻에서) 이곳에서의 삶이 과연 지속할 만한 것인가 하는 의문도 생기더군요. 당신이 요시카즈 메라를 이런 생각하라고 알려 준 건 아니겠지만, 이곳에 와서 처음으로, 이제까지와는 좀 달라져야 하는 거 아닌가, 하는 생각을 했어요. 만일 무언가 달라지고 싶다면 어떤 일을 해야 할까요. 아니 그보다 먼저, 이제까지 조금도 달라지지 못한 까닭은 무엇일까요. 무엇이 나를 길지 않은 줄에 묶인 가축처럼 멀리 벗어나지 못하고 맴돌게 만들었을까요.

#3

어둠이 내리기 전에 넬라의 벤치(기억하지요?)에 앉았다 들어왔어요. 긴 시간 동안 차분하고 조용하게 낮과 밤이 교대하는 걸 바라보자니 당신이 생각났어요. 엘 칼라파테의 신선하고 깨끗한 이른 아침, 때로는 코끝이 싸하고, 때로는 햇살에 등이 따끈하고, 때로는 살랑살랑 부는 바람에 팔과 목의 솜털들이 춤추듯 흔들리는 한낮과 어둠이 오랫동안 아주 천천히 내리는 저녁을 그렇게 말한 건 당신이었으니까요.

내가 당신이 내 아버지와 비슷하다고 그랬어요? 기억이 안 나네요. 하지만 당신이 당신의 아버지를, 비록 많은 고난을 안겨 주었지만 좋아한다, 고 편하게 말하는 걸 보고 부러워했던 건 기억나요.

내 아버지는 잘못된 시기에, 잘못된 곳에서 태어난 로맨티스트 같은 분이었어요. 태생적으로 그랬는지, 철학과 문학 쪽 공부를 해서 그랬는지 아버지는 독재체제나 획일적 이념과는 어울리지 않는 분이었어요. 나는 아버지의 죽음을 통해 사람이 매우 폭력적인 상황에 맞닥뜨릴 때 신념에 따라 행동하는 것이 얼마나 어려운지, 그리고 다수의 사람들과 다른 행동을 할 때 받는 고통이 어느 정도인지 뼈저리게 깨달았지만, 그걸로 아버지에 대한 무난한 이해랄까, 마음의 정리에는 도달하지 못했어요.

그리고 과연 당신의 말처럼 흐른 세월이 그렇게 강한 걸까요? 시간이 정말로 모든 걸(당신은 이 모든 걸, 에 섞인 각각의 사연을 짐작할 수 없겠지만) 깔끔하게 정리해 줄 수 있을까요?

4

아침에 일어나 거울을 보면서 거울에 비친 내 얼굴처럼 당신 마음에 내가 비쳐지고 있구나, 하는 생각을 했어요. 우리는 지구 반대편에 있는데도 말이에요. 좀 과장되게 표현하면 당신이 늘 나를 바라보고 있는 거 같아요. 나도 당신을 보고 있는 것 같고. 글의 힘은 참 대단하기도 하고 묘한 것이기도 해요.

당신이 세상 아버지들에 대해, 아버지이면서 가장이며 남자인 그들에 대해 한 말은 나도 충분히 이해해요. 남자로서 아버지로서 말한 당신의 진지한 변명(설명인가?)을 읽으면서 조금은 놀랐어요. 내가 무심코 던진 아버지에 대한 얘기에 당신이 그렇게 관심을 가질 줄은 몰랐거든요. 문득, 당신이 말해 달라고 하지 않으면서도 아버지에 대해 말하길 재촉하고 있다는 생각을 했어요.

당신 때문에(원망하는 거 맞아요!) 며칠 아버지를 생각하면서 되돌리고 싶지 않은 시절을 돌아보았어요. 그러나 혼란스럽고 어지러울 뿐 결코 유쾌하진 않았어요. 당신 말처럼 아버지를 긍정적으로 이해하고 사랑하는 게 나 자신에게도 좋은 일이긴 하겠지만, 난 아직 그렇게 할 수 없군요. 반드시 설명되어야 할 빠진 부분이 많을 뿐 아니라 내겐 단지 아버지와 나만의 문제가 아니거든요.

그래요, 복잡해요. 비세그라드에서 사라예보를 거쳐, 이름조차 생소한 파타고니아까지 와서 여러 해를 보내고 있는 내 삶의 궤적처럼 말이에요. 이렇게 될 것을 미리 알았다면 아예 멀리 도망쳐 버렸거나 제대로 감당하지 못했을 거예요.

TJ, 나는 아직도 우연한 계기로 그 기억들에 다가가기만 해도 걷잡을 수 없는 감정에 휘말리고 말아요.

편지를 보내지 못하고 또 며칠을 보낸 건 아닌 척하며 나를 압박한 당신 때문이에요.

그렇지만 당신이 알려 준 베토벤의 〈클라리넷 트리오〉는 정말 좋았어요. 당신 말대로 형식과 내용이 한 치의 틈도 없이 꽉 들어찬 강렬한 느낌의 그의 음악을 생각하면 베토벤은 어떻게 그토록 아름다운 느린 악장들을 만들 수 있었던 건지 정말 신기해요. 너무도 마음이 차분해져서 당신이 내게 한 말들을 다시 생각해 보지 않을 수 없었어요. 당신, 그걸 알고 들어 보라고 한 건가요?

클라리넷을 연주하고 좋아한다는 당신에게 미안하지만, 첼로가 참 좋아요. 아니, 둘의 조화가 너무 아름다워요. 이 절묘한 하모니를 듣다 보면 눈이 먼저 웃는 당신의 얼굴이 생생하게 떠올라요. 말을 음악에 비한다면 당신의 말도 이 곡처럼 아주 좋은 하모니를 갖고 있다는 생각도 하고요.

이렇게 마음을 열어 보이는 대화가 얼마 만인지, 왜 이토록 내가 이 대화를 사랑하는지, 당신은 짐작하기 어려울 거예요.

만일 우리가 매일 만나 얼굴을 마주 보는 사이라면 과연 내 마음이 열렸을까 하는 생각도 해요. 이렇게 메일을 통한 것이 아니었다면 지금처럼 되진 않았을 거예요. 우리가 막막한 마음으로 별을 같이 보던 밤에 내가 한 말이 맞았어요!

5

당신은 나를 깨우는군요. 나를 괴롭히기도 하고, 위로하기도 하며, 생각하게 만드는군요. 잠잠했던 내 세계를 소란스럽게 하고, 먼 곳으로 숨은 나를 찾아내는군요. 당신은 잃어버린 내 얼굴을 마음대로 그리고 있어요, 그것도 아주 비슷하게. 당신이 그 실루엣 같은 미완성의 모습으로 날 그린 건 우연이 아니었나요?

그러나 쉽지 않을 거예요. 어떤 실타래가 얽혔고, 어떤 실타래가 잘 감긴 것인지 나 자신도 모르니까요. 당신 말이 다 옳다 해도 내가 무엇을 당신에게 말해야 할까요? 상처와 고통으로 뒤섞인 시간을 그때의 생생함으로, 그때의 무게로 말할 수 있을까요? 그럴 수 없다면 그 얘기를 다시 꺼내는 것이 무슨 의미가 있는 걸까요? 대체 당신은 무슨 생각을, 무슨 추측을 하고 있는 건가요?

나는 아직, 아직이에요.

당신을 불안에 빠뜨리기 싫어서 썼어요.

다른 얘기를 들려주세요. 내가 당신을 향하도록 만들었던 TJ만의 이야기를.

6

이렇게 시작하려 해요. 계획 없이, 마치 들은 얘기를 옮기듯이. 당신에게 얘기를 하려 했더니 그 일들이 전부 내가 본 것인지, 소문이었는지, 심지어는 사실이었는지도 불분명하게 느껴지기도 했어요.

당신이 나를 설득해서 지난 일들을 말하게 하려 했다면 아마 그건 불가능했을 거예요. 당신은 정말 엉뚱한 사람이에요. 당신을 그렇게 보여 주면 내가 당신에게 나를 보여 줄 거라고 생각했나요? 나에게 그런 의무감을 느끼게 하고 그래서 무언가 말해 주어야 한다는 압박을 느끼게 하다니. 하지만 난 당신의 의도에 넘어가지 않았어요. 내가 어둡기 짝이 없는 기억의 방문을 여는 건 다른 이유가 있다는 걸 당신이 알았으면 해요.

막상 쓰려고 하니 벽을 마주한 것 같았어요. 그러다 키를 찾았어요. 당신과 나의 편지를 언제나 가득 채우는 음악! 엘 칼라파테에서 당신에게 말한 적이 있는 재즈 얘기.

아버지 밀로반 밀렌코비치에게는 재즈가 하나의 상징이 될 수 있어요. 전에 말했다시피 나는 재즈에 대해 별로 아는 게 없어요. 딱히 기억나는 곡이나 뮤지션도 없고, 그저 아버지가 갖고 있던 낡은 LP 몇 장을 가지고 있을 뿐이에요.

그러나 아버지가 환영받지 못한 음악과 그 음악으로 상징되는 사상 때문에 젊은 시절 수난을 당했다는 건 알고 있어요. 물론 단순히 재즈를 듣고 재즈 음반을 암시장에서 사들였다는 일로 거대한 국가권력이 한 젊은이의 미래를 막지는 않았을 거예요. 하지만 몰래 모여 친구들과 재즈를 들으며 종신 통치자[6]를 비판하는 건 평범한 일이 아니었어요. 게다가 통치자의 정적의 책을 읽고 추종하면서, 사람들이 이미 평안하

....

6 2차 세계대전 종전 후부터 1980년 사망 시까지 유고슬라비아 연방의 대통령을 지낸 요시프 브로즈 티토를 가리킨다. 나치에 저항한 성공적인 파르티잔 활동으로 집권한 뒤 동유럽 공산권 국가 중 유일하게 소련의 영향에서 벗어난 독자노선을 걸으며 제3세계의 주축 역할을 맡은 것으로 유명하다. 티토가 사망하자 그의 카리스마와 독재정치로 지탱되던 유고연방은 분열했고, 그 와중에 참혹한 민족 간 분쟁을 겪었다.

게 살고 있는데도(누구의 기준이냐가 문제지만) 더 많은 자유와 권리를 요구하는 데 동조한다는 건 작은 문제가 아니었어요.

한창 이십 대에 아버지와 일고여덟의 친구들은 아버지의 집(유복한 할아버지 덕에 갖고 있던 작은 아파트)에서 그런 모임을 가졌어요. 그러나 어떤 정치조직을 만들거나 반체제운동을 기획한 건 아니었어요. 그저 젊은이들이 모여 자본주의 음악인 재즈를 듣고 술을 마시며 체제와 지도자를 비판하는, 들키면 조금 위험한 모임이었지요. 아버지가 장소를 제공한 건 아마 자신이 잘 알고 있던 재즈를 친구들에게 소개하는 자부심 때문이었을 수 있어요.

돌이켜 보면 아버지는 안이했어요. 그들 중 적어도 한둘은 토론 중에 사뭇 다른 눈빛을 주고받으며 나머지 사람들을 행동 전선에 끌어들이려 하고 있었을 텐데 눈치채지 못했어요. 모임 중에 넌 이름도 밀로반이니 어떻게 밀로반(밀로반 질라스)[7]을 지지하지 않을 수 있겠냐는 거듭된 농담을 한 번도 부정

....

7 유고의 정치인이자 작가. 티토와 함께 반(反)나치 파르티잔 활동을 주도한 동지로 종전 후 유고슬라비아의 부통령에까지 올랐으나, 티토 1인 공산정권의 부패와 무능에 한계를 느끼고 독자적인 민주화 이론을 주장하는 등 반정부 활동을 벌이다 공산당에서 제명되고 10여 년 이상 투옥과 석방을 반복했다. 1995년 사망.

하지 않았고, 어느 날 밤 갑자기 찾아온 친구가 잠시만 맡아 달라고 한 상자 몇 개를 집에 보관해 두는 어리석음을 어리석음인 줄도 몰랐으니까요.

당시는 아버지가 연루된 것과 같은 일이 거의 매일 신문과 방송에 도배되다시피 했다는군요. 경찰이나 보안기관들의 적발과 체포가 경쟁처럼 일어났고, 그 일이 일인 지배를 위한 최고의 충성처럼 여겨졌대요. 시합과 같은 경쟁이었으니 얼마나 많은 침소봉대가 이루어졌을 것이며, 얼마나 많은 야만적인 행동들이 이어졌을까요.

어느 날 갑자기 집을 수색당하고 맡아 두었던 물건만을 정확히 압수당한(그간 수집해 둔 재즈 음반 몇 장이 보충적 자료로 함께) 아버지는 체포되어 꽤나 오랜 기간 동안 행방이 묘연했어요.

한 번도 들어 본 적이 없는, 그러나 분명히 존재했을 참혹한 일을 당한 뒤에 아버지가 사라예보의 집으로 돌아올 수 있었던 것은 나라의 유일한 지도자가 서방의 학생운동을 공개적으로 지지하고 나섰기 때문이었어요. 한창 학생운동으로 혼란을 겪고 있던 서방에 대한 근거 없는 우월감에서 비롯된 일이었을 거예요. 석방도 체포되는 일처럼 영장도 재판도 없이, 아무런 예고도 없이 이루어졌지요.

아버지가 이십 대 말에 받은 충격은 시작에 불과했어요. 아버지를 그가 겪은 시련으로밖에는 말할 수 없다는 게 미안하긴 하지만, 그 시련이 모든 불행의 단초가 되었기 때문에 어쩔 수 없네요.

이곳에 와서 한 번도 꺼내지 않았던 가방을 열어 보았어요. 내 가족들의 버리지 못한 몇몇 물건들이 들어 있는. 어떻게 남았는지 세 장의 재즈 LP가 있네요. 아마 언젠가 당신이 주인이 될지도 모를.

#7

내가 태어난 지 정확히 얼마 후인지는 모르지만, 아버지는 몇 년의 자숙 기간(아버지를 그들의 리스트에 올려 둔 자들의 입장에서)을 거쳐 자신이 졸업한 고향의 고등학교에 자리를 얻었어요. 덕분에 문제의 날들이 닥쳐오기 전, 나의 십 대가 끝날 때까지, 우리 가족은 평안하게, 아니 행복하게 지냈어요.
아이러니하게도 평생을 통치자의 자리에 있었던 독재자(아버지의 주장대로라면)가 살아 있는 동안 우리는 평안했어요. 독립이니 민족이니 종교니 하는 가면을 쓴 악마들은 그가 죽자 갑자기 날뛰기 시작했거든요. 순식간에 잊고 있었던 친구와 이웃들의 종교와 민족이 들추어지기 시작했고, 야만적 폭력성을 억누른 채 살아왔던 악마의 하수인들이 설치기 시작했어요. 그리고 악마의 하수인들은 줏대 없이 부화뇌동하는 자와 위협에 못 이긴 평범한 사람들까지 야만의 대열에 편입시켰어요. 얼마 지나지 않아 비셰그라드는 악마와 그 하수인으로 뒤덮인 지옥이 되었어요. 아마 온 나라가 그렇게 변했을 거예요.

아버지는, 아버지의 몇몇 친구들은 대체 무엇을 위해 투옥과 석방을 반복하며 고난을 겪은 것일까요.

종신 통치자의 독재를 끝내야 자유롭고 인간답게 살 수 있는 나라가 온다고, 국민들이 그걸 깨닫고 저항하도록 만드는 것이 지식인들의 의무라고, 잘 알아듣지도 못할 나이 때부터 우리에게 말하곤 했던 아버지와 친구들. 그들이 바라던 대로 독재자는 죽었지만(안타깝게도 아버지와 같은 사람들의 투쟁의 결과가 아니라 자연사했지만), 올 것이라던 세상은 터무니없는 모습으로 나타나고 말았어요.

아버지가 자신의 신념대로 행동한 건 사실이에요. 유고슬라비아 연방의 분열[8]은 반대한다, 그러나 분열할 수밖에 없다면 서로를 적대시해서는 안 된다, 종교와 민족이 달라도 우린 수백 년 동안 함께 산 이웃이다, 라는 생각을 끝까지 포기하지 않았으니까요. 그러나 차별과 폭력과 학살을 막으려는 아버지의 노력은 광란의 도도한 흐름에 비교하면 계란으로 바위 치기에도 못 미치는 것이었어요.

나에게도, 아버지와 우리 가족에게도 평안하고 행복한 시절이 있었다는 얘기를 하려 했는데⋯ 어쨌든 평안한 나날에 대해서는 당신이 관심을 가질 만한 특별한 얘기가 없군요, 안타깝게도.

참! 당신이 물었던 LP는 몽크와 두 장의 빌 에반스예요. 확실히 아버지가 피아노를 좋아하셨나 보네요. 음질은 보장할 수 없어요!

....

8 유고슬라비아 연방은 세르비아인 · 크로아티아인 · 보스니아인 · 슬로베니아인 · 알바니아인 등 다양한 민족과 종교가 공존하던 국가였으나, 강력한 권력을 행사하던 티토 대통령의 사망, 동유럽 공산주의의 붕괴와 민주화, 각 민족의 독자적 민족주의 부상 등으로 1990년대 초반부터 분열되었다. 세르비아, 슬로베니아, 크로아티아, 보스니아 헤르체고비나, 코소보 등으로 독립하는 와중에 극심한 내전과 잔혹한 학살 · 인종청소 행위 등으로 많은 사망자와 난민이 발생했다.

8

　당신이 내가 대화를 나눈 최초의 동양인이라고 전에 말했죠? 그러니 내가 당신의 나라에 대해서 모르는 걸 책망해선 안 돼요.

　아무리 후세에서 미화하고 치장하려 해도 어느 나라나 불행하고 참혹한 사건들이 있군요. 당신네 나라가 내전(그 전쟁에 대해서는 학교에서 배운 적이 있는 것 같아요)으로 그렇게 많은 사람들이 죽고 실종되고 다쳤는지 몰랐어요. 게다가 독재정권에 저항하다가 많은 사람들이 희생당했다는 것도요.

　징병된 군인으로 그 도시에 들어갈 수밖에 없었고, 전쟁과 같은 현장에서 홀로 저항하거나 벗어날 수도 없었던 당신의 사촌이 남은 인생 전체를 통해 겪은 정신적인 방황과, 그의 아이들에게까지 영향을 끼친 트라우마는 정말 아픈 얘기네요. 당신의 사촌에게 야만적 명령에 불복종하고 저항했어야 한다는 윤리적 책임을 오롯이 돌리는 건 나도 찬성할 수 없어요. 그런 혼돈과 광란의 시기에 한 개인이 갖는 나약함을 충분히 보았기 때문이지요.

　당신 때문에 처음으로 불가항력적으로 가해자(우리나라의 경우는 아주 극소수라고 보지만)가 된 사람들과 그들의 가족이나 주변인이 있을 수 있다는 걸 알았어요. 나도 종종 서유럽 사람들에게 세르비아인이라는 이유로 가해자 취급을 받은 적이 여러 번 있었거든요. 그러고 보니 당신이 그 얘기를 꺼낸 건 가해자 그룹에 속하면서도 불행을 겪은 내 경우를 생각해서일지도 모르겠네요.

그럼에도 불구하고 TJ, 우리는 희생자의 입장에서 그런 불행들을 보아야 하지 않을까요? 아무런 피해도 입지 않은 사람들이, 참혹한 현장에서 멀리 떨어져 구경만 하던 사람들이 가해자들에 대한 용서니 화해니 새로운 출발을 말하는 걸 나는 도저히 용납할 수 없어요. 그것이 피해자들에 대한 또 다른 폭력이 될 수도 있다는 걸 왜 모를까요?

무자비한 폭행으로 존엄이 짓밟히는 모습, 생존을 위해 모든 것을 버리고, 배신하고, 변절하고, 폭력에 가담하는 모습, 가해 그룹의 일원이라는 한 가지 이유만으로 노골적 폭력과 약탈을 서슴지 않는 모습, 단지 그 반대의 이유로 사소한 저항 한번 없이 목숨까지 빼앗기는 모습, 악랄한 짐승의 힘과 수단이 인간을 압도하는 모습, 민족과 종교와 정치 구호의 뻔뻔하고 강력한 모습들, 이런 것들을 결코 쉽게 잊으려 해서는 안 되지 않나요?

더구나 보스니아에서는 미국이나 서방의 힘으로 어설프게

얼버무려진 해결책으로 인해 처벌된 전범들은 거의 형식적인 숫자에 불과했어요. 그 때문에 아직도 크고 작은 악마들이 여전히 거리를 활보하면서 언제든 공포의 기억을 재생하고 있거든요.

피해자들의 고통은 끝나지 않았어요. 대체 누가, 어떤 신이 (아이러니하게도 그 시기는 위대하고 전능하다고 숭배받는 가톨릭, 정교, 무슬림의 신들이 다 개입되어 있어요) 사건의 시종을 정리하고, 잘잘못을 판단해 처벌하고, 기적과 같은 방식으로 용서와 화해를 이끌어 낼 수 있을까요?

참혹한 피해를 입은 사람들의 마음과 입에 걸려 있는 보이지 않는 자물쇠는 어디에서도 열쇠를 찾지 못했어요. 협정이니 법이니 정치니 하는 걸로는 어림도 없는 일인 데다, 착각이든 오해이든 악마적 상황에서 큰 역할을 했던 신들에게서조차 열쇠를 구하기는 어려워요. 삶의 모든 존엄과 자기 존중을 빼앗긴 사람들은 스스로를 해방할 길이 없어요. 짓밟히고 빼앗긴 사람들에게 짓밟히고 빼앗긴 일들을 해결하라고 하지 말아야 해요, 세상은.

내가 여전히 당신이 말한 대로 나를, 내 인생사를 정의하고 정리하고 해명하는 일에 저항하고 있는 건가요?

넬라의 벤치에 앉아 있었어요. 하늘은 당신 말대로 땅을 온통 뒤덮고도 남을 만치 넓군요. 바람도 없는 고요한 밤이에요. 하늘 여기저기에 구름이 걸려 그날 밤만큼 별이 쏟아지듯 몰려오진 못했어요. 은하수도 오늘은 좀 멀고 높은 곳에서 조용히 끊어졌다 이어졌다 하며 흐르고 있고요.

벤치에 앉아 있다 보니 그런 생각이 들었어요. 당신이 아버지의 얘기든, 사촌의 얘기든, 자신의 얘기든 먼저 하면서 난마처럼 얽힌 내 기억의 실마리를 잡아내려 한 것이라는.

누구든 자신과 유리된 자신을 다시 끌어다 하나로 만들지 못하는 한 행복은커녕 생명 자체도 없다고 했지요. 낙오되고 소외된 삶을 일찍 마친 당신 사촌을 보고 한 말이 아니었군요.

헌 옷을, 젖은 옷을 벗지 않으면 새 옷을 입을 수 없다고 말한 것도 역시 나에게 한 말이었어요.

그러나 시간이 필요해요.

내 과거를 되돌아보고, 기억하는 것만이 아니라 다른 사람(아무리 당신이라 해도)에게 말하는 건 상상도 해 보지 않은 일일 뿐 아니라, 온 산을 다 태우고 사그라진 불을 다시 일으키는 일처럼 두렵고 어리석게만 느껴지는 게 지금의 심정이에요.

당신 생각이 정말 우리 사이에 도움이 될까요?

당신은 정말 확신하나요?

119

*

#1. 공포의 시작과 A

혼란의 시기가 오기 직전이었어요. 그 싹은 오래전에 배태되어 있었고, 비셰그라드의 인종과 종교 구성은 혼란이 일어났다 하면 그 무대가 될 수밖에 없었어요.

학교 불량배들의 리더였던 한 학생이 있었어요. 그 이름을 다시 기억하기도 끔찍하기에 그냥 A라고 할게요. 그는 혼란 이전에도 일당들과 몰려다니며 크고 작은 말썽을 일으키곤 했어요. 어느 날 수업 종료 후 체육관에 갔던 아버지는 구석의 창고에서 벌어지는 집단폭행 장면을 보았어요. 비명 소리 때문에 쫓아가 문을 열어 보니 A와 일당들이 잔뜩 얻어맞고 쓰러져 있던 서너 명에게 돼지 같은 무슬림, 개 같은 가톨릭들, 하는 욕설과 함께 오줌을 싸 대고 있었어요.

다른 선생들은 멀찌감치 구경만 하고 있었고, 아버지가 혼자서 뛰어들어 제지했지요. 그러나 이미 학교건 어디건 기존 질서가 무너져 버린 뒤라 그들은 선생이란 권위 정도에 전혀 겁먹지 않고 오히려 아버지를 위협했어요. 막지 마라, 이자들은 다 쫓아내야 한다, 우리 땅에서 세르비아인들의 피를 빠는 자들이다, 라고 떠들면서 아버지에게도 주먹을 휘두르기 직전이었어요.

그들은 이미 단순한 학교 불량배가 아니라 급격히 세력을 키우고 있던 민족주의 집단의 겁 없는 행동 대원이었어요. 아버지 눈에는 이 집단들이 혼란의 시기를 틈타 활개 치는 깡패들에 불과했지만, 이들은 점점 쉽게 공급되고 있는 무기들을 갖고 민병대를 조직하고 있던, 경찰이나 군을 대체하는 세력이었어요. 아버지는 그들에 대한 경멸과 무시 때문에 현실을 제대로 보고 있지 못했던 거지요. A와 일당들도 아직은 선생에게까지 폭력을 행사할 배짱은 없었던지 그날은 물러났어요.

거기서 끝냈으면 좋았을 텐데 아버지는 그들을 학교 교칙에 따라 처벌하려 했어요. 그건 세르비아 집단으로부터의 소외와 A의 원한을 자초한 행동이었지요. 그들은 민병대 세력들을 의식한 교장이나 동료 선생들의 미온적 태도로 처벌받지 않았지만, 형식적인 회의에 소환되는 것도 귀찮았는지 학교를 제 발로 나갔어요. 이미 학교는 그들의 인생에 아무런 의미가 없었을 테니까요.

곧 아노미 상태에 빠져들 비셰그라드의 상황에서 아버지 같은 사람은 도망치거나, 어느 한쪽에 편입되지 않으면 위험했어요. 세르비아인이면서 보스니아 안에서 세르비아만의 국가(아버지는 그건 해체되고 있는 옛 유고슬라비아를 세르비아 주도로 재편하려는 베오그라드 정권[9]의 영토 야욕에 불과하다고 했지만) 건설에 반대하고, 세르비아 민족주의보다는 이제껏 그래 왔던 것처럼 보스니아에서 여러 종교와 민족이 한 나라로 평화롭게 사는 것이 순리라는 생각을 가진 사람은 무슬림이나 가톨릭보다도 더 위험한 입장이었으니까요.

A가 학교를 떠나며 남긴 위협은 아버지와 우리 가족이 마주한 상황을 그대로 보여 주는 것이었어요.

밀로반 밀렌코비치, 세르비아 민족의 배신자! 정교를 부인하는 배교자! 너는 무슬림보다, 가톨릭보다 더 악랄한 적이다, 각오하라!

처음 그 일이 일어났을 때를 생각하면 지금도 머리털이 쭈뼛 솟아올라요. 차마 말 못 하는 불안이 늘 집 안에 가득했던 어느 날, 막 잠에 든 자정 무렵, 와장창, 창문이 깨지면서 돌멩이 서너 개가 집 안으로 날아들었어요. A가 학교를 떠나며 써 놓았던 것과 같은 말을 핏빛 글씨로 크게 쓴 종이를 함

....

9 분열된 유고 연방 중 세르비아 공화국을 지칭한다.

께 던져 넣었어요. 핏빛인지 정말 피인지 구분은 되지 않았지만 그건 의미가 명백한 협박이었지요.

그 뒤로는 시간도 종잡을 수 없고, 매일은 아니지만 잊을 만하면 반복하는 방법으로 돌멩이가 날아들었어요. 가끔은 요란한 굉음을 내며 터지는 폭죽으로, 앞을 볼 수 없게 만드는 매캐한 연막탄으로 바꾸어 가며 우리 가족을 놀라게 했어요. 얼마 안 가서 우리 집에는 유리창이 남아나지 않았어요. 깨질 때의 요란한 소리가 공포를 확대시킬 뿐인 유리를 아버지는 갈려고 하지 않고 종이나 비닐로 대체했어요. 어디에 항의할 수도, 막을 방법도 없이 우리 가족들은 매일 밤 협박에 노출되는 처지가 되고 말았지요.

폭력이 무차별적으로 자행되는 시기가 오기도 전에 우리 가족은 공포의 늪에 빠졌어요. 공포는 습관이 된다고 무뎌지거나 줄어들지 않아요. 우리는 이 위협이 난폭한 폭력으로 이어질 것이라는 걸 몸으로 느끼고 있었어요.

#2. 약탈, 강제추방

엄마는 자신의 일생에서 가장 두렵고 불안했던 일이 사라예보에서 아버지를 따라 비셰그라드로 온 일이었다고 했어요. 손에 쥘 수도 없는 사랑이라는 것에 의지해서 결정한, 장래가 전혀 보장되지 않은 이주.

스스로 택한 일이기는 하지만 나도 이곳 파타고니아에 와서 한동안은 엄마가 겪었던 마음의 공황을 느꼈어요. 대체 그런 참혹한 고통을 겪은 곳임에도 불구하고 보스니아를 떠난 일이 왜 그런 감정을 일으키는 것인지 정말 설명하기 어려워요.

그런데 훨씬 황당하고 참혹한 강제추방이 나치 독일이나 스탈린 시대의 소련도 아닌 보스니아에서 자행되기 시작했어요. 21세기를 목전에 둔 지구촌, 동쪽 구석일지라도 어쨌든 유럽에서 말이에요.

B는 아버지의 몇 안 되었던 친구이자 동료 교사였어요. 유복한 집안 출신이라 그런지 늘 여유 있는 인상의 키가 훤칠하게 큰 사람이었지요. 그러나 불행하게도 그는 무슬림이었어요. 이미 도시 분위기는 완전히 바뀐 뒤라 눈치 빠르고 설마에 매달리지 않는 무슬림이라면 떠나지 않고는 살아남기 어렵다고 판단하는 게 당연했죠. 거의 매일 비세르비아계에 대한, 특히 무슬림에 대한 폭력이 집중적으로 일어나고 있었거든요.

어느 밤중에 B가 몰래 우리 집 문을 두드렸어요. 내가 문을 열어 주었으니까 잘 기억해요. 그는 벌써 얼굴에 폭행당한 자국이 있었고, 심한 근시에 꼭 필요한 안경도 깨진 채 쓰고 있었어요. 얼마나 경황이 없었던지 만나면 하던 인사인, 앗살람 알라이쿰조차 생략하고 아버지를 찾았어요. 아버지와 마주 앉자마자 이전에도 얘기가 있었던 듯, 이제 시간이 없다면서 아버지가 동의해 주기를 간절히 부탁했어요. 그의 재산 전부를 사 달라고 하더군요. 얼마를 달라는 것도 아니고, 단지 우리가 가진 현금과 귀금속, 무게와 크기는 작으면서 돈으로 바꿀 수 있는 모든 걸 달라는 거였어요.

이미 여러 가족들이 떠났고 마을의 집과 가게와 농장들이 속속 비어졌어요. 어제까지 함께 일하고, 술을 마시며 가깝게 지내던 이웃이 무슬림들의 농토와 재산을 탐내기 시작했어요. 본래 자신들의 것인데 조상 중 누군가가 돼지 같은 무슬림에게, 개 같은 크로아티아인에게 빼앗겼던 것처럼 자신들을 정당화하면서 말이에요. 약탈과 강제추방이 한두 번 일어나자 세르비아계 사람들은 세르비아 민족주의를 말도 안 되는 사적 이익을 통해 깨닫게 된 거지요.

물론 이런 분위기에서도 야만적인 탈취 행위에 가담하지 않은 세르비아인들이 있었을 거예요. 그들이 다수였을 수도 있었겠지만, 당시 내 눈에는 그런 사람들이 보이지 않았어요.

아버지는 B의 부탁을 들어줄 수밖에 없었어요. 아버지가 끝까지 버리지 않은 선의는 나중에 이 광란의 시절이 가고 B의 가족이 돌아오게 되면 시내의 집과 점포를 제외한 교외의 농토와 집은 돌려준다(아버지는 전부 돌려주겠다고 했지만 B가 받아들이지 않아서)는 약속을 한 것이 전부였어요.

자신의 재산을 미련 없이 포기하고, 비세그라드에서 빠져나가는 데 필요한 돈과 환금성 물건만 있으면 된다고 생각한 B는 현명했어요. 조금이라도 더 나은 가격에 연연했던 사람들의 말로는 비참했거든요.

그러나 B는 그의 선택이, 양심에 따라 결코 받아들일 수 없다는 아버지를 설득한 그의 제안이, 우리 가족을 더 큰 불행에 빠트릴 것이라는 건 몰랐을 거예요. B의 재산은 민병대장의 수족이 된 A가 노리고 있었거든요.

그는 선생이었던 B가 가진 교외의 비옥한 농지와 시내의 점포와, 특히 정원이 아름다웠던 메흐메드 파샤 소콜로비치 다리(당신이 알고 있는 드리나강의 다리)가 내려다보이는 집을 탐냈어요. 시내의 좁고 지저분한 공동주택에 살던 A는 꿈꾸기조차 어려웠던 그 집을 소원했던 거지요. 나날이 늘어나는 전리품을 즐기며 자기만 쳐다보고 있던 가난한 가족들에게 그

집이 자기 집이 될 거라고 이미 큰소리까지 쳐 두었을지도 모르지요.

B는 아버지에게 A로부터 줄기차게 받고 있던 위협은 말하지 않았어요. 물론 아버지는 알았다 해도 B의 부탁을 거절하지는 않았을 거예요.

B는 아버지로부터 받은 현금과 귀중품 중 상당 부분을 뇌물로 주고 비셰그라드를 무사히 빠져나갔어요. 졸지에 닭 쫓던 개가 된 A의 아버지에 대한 분노는 극에 달했고요.

#3. 첫 폭력, 치명적 도외시

드디어 A는 우리 가족들에게 직접적 폭력을 가했어요. 이미 상당한 지위에 올랐는지 자신은 오지 않고 대여섯 명의 수하를 보냈어요. 그것도 일요일 아침에.

막 아침 식사를 하려던 우리는 급정거하는 자동차 소리에 정신이 나갈 정도로 놀랐어요. 그들은 이웃들에게 우리 집에 민병대가 출동했다는 사실을 알리려는 듯 일부러 쿵쿵대는 발소리와 찢어지는 고함과 함께 들이닥쳤어요. 문을 두드리지도 않고, 부서지도록 밀치며 난입해서는 무슨 일이냐고 막아서는 아버지의 얼굴을 다짜고짜 총대로 후려쳤어요. 얼굴을 감싸며 숙인 등을 다시 강하게 내리치자 아버지는 선혈이 낭자한 채 쓰러져 버렸어요. A가 지속적으로 조성한 공포가 생활화된 때문인지 우린 그저 눈물만 흘릴 뿐 소리치지도, 아무런 저항의 몸짓도 하지 못했어요.

이번은 예고편이라는 듯 사람에 대한 폭력은 그걸로 끝이었지만, 그들은 온 집 안을 쑥대밭으로 만들었어요. 깨질 만한 것은 전부 깨뜨리고, 뒤집을 만한 건 전부 뒤집어 버리더군요. 만행이 끝날 때까지 우리에게 단 한마디 말도, 어떤 질문도 하지 않았어요. 우리들의 넋이 빠지고, 기가 완전히 꺾인 뒤에 리더인 듯한 자가 선언하듯 떠들어 댔어요.

밀로반 밀렌코비치, 넌 세르비아인의 수치다, 민족의 배신자다, 돼지 같은 무슬림의 재산을 탐내고 그 가족들을 빼돌린 자이다, 네가 도망친 B의 재산을 차지할 수 있을 것 같으냐, 어림도 없다, 넌 이 일로 인해 이제 민병대의 적이 되었다, 우린 너를 더러운 무슬림이나 가톨릭처럼 대할 것이다, 네가 회개하고 반성하지 않는 한 너와 가족들의 안전은 보장할 수 없다, 조만간 A를 찾아가라, 그게 너의 살길이라는 것을 잊지 마라!

TJ, 이것까지 말할 수 있을까, 말해야 하나 망설였어요.

그날 아침, 우린 놓친 게 있었어요. 피투성이가 된 아버지와 그로 인해 제일 놀랐을 엄마는 놓칠 수 있다 해도 적어도 나는 그래선 안 되었는데 말이에요.

집에 들이닥친 민병대원들 중에 유난히 어린 티가 나는 놈이 있었어요. 이놈이 정신없이 부수고 뒤집고 하는 난동을 부리다가 아버지 곁에서 울고 있는 동생 아나를 보고는 정신 빠진 놈처럼 아나 주변을 맴돌았어요. 아나의 얼굴을 빤히 쳐다보고, 앞뒤로 그녀를 살펴보기도 했어요. 맞는 기억인지 모르지만 정신없는 와중에 아나를 껴안고 억지로 볼을 부비기도 했어요. 떠날 때도 가장 나중까지 남아서 우리 주변을 서성이다가 큰소리로 채근을 받고서야 떠났어요. 그러나 우린 너무 놀란 나머지 그 어린놈을 의식하지 못했어요. 그 어린 악마놈을! 그놈에게 주목했더라면 우린 아나를 할머니 집으로 보내거나, 절대 외출하지 못하도록 했을 터이니까요.

#4. 지옥의 입구, 아나

많은 서방 사람들은 보스니아의 무슬림들이 오스만터키의

지배 시기에 이주한 터키인들의 후손이라고 생각하더군요. 근본적으로 다른 민족이라서 그런 수난을 당했다고 짐작하는 거지요. 그렇지 않아요. 비록 종교는 달라도 그들과 세르비아인, 크로아티아인은 민족적으로 같은 남슬라브 계통이고 쓰는 언어도 같아요. 몇 세대에 걸쳐 서로 결혼까지 하며 섞인 경우도 허다해요. 게다가 오랜 코뮤니스트 정권의 통치 기간을 거치면서 타인의 종교나 민족에 대한 관심은 잠복해 있었는지는 몰라도 겉으론 거의 드러나지 않았어요.

그렇다면 그렇게 잠깐 사이에 극단의 배타성을 갖고 폭발한 민족적, 종교적 광기는 어디서 온 걸까요?

대체 무엇이 어제의 선량한 이웃을, 불량배를 훈계하던 선생을, 함께 축구를 하던 친구를 위협하고 때리고, 뼈를 부러뜨리고, 눈알을 터뜨리고, 죽이도록 만들었을까요?

폭력은 누구든 쉽게 배웠어요. 어제 폭도들의 곁을 지키며 폭력에 동조했던 자들은 바로 내일 폭력의 주동자가 되었어요. 그들이 약탈하는 재산과 그들이 짓밟을 수 있는 여자들의 숫자에 비례해서 폭력의 습득은 더 빨라지고, 더 잔인해졌어요.

그날 아나가 외출한 이유는 지금도 알 수 없어요. 아버지나 엄마의 허락은 받고 나간 건지, 해 지기 전에는 귀가할 생각으로 그냥 나간 건지⋯. 무섭고 불안이 가득했던 시기였기 때문에 내게는 거의 모든 일을 말하던 아나였는데 그날의 외출에 대해서는 아무것도 들은 기억이 없어요. 아버지는 밤마다 무슨 중대한 일을 목전에 둔 것처럼 생각을 같이하는 사람들과 서로의 집을 왔다 갔다 하며 바빴고요.

그즈음 민병대는 무기력하게 남아 고통을 당하고 있는 무슬림 주민들을 모두 체포해서 가두고 있었어요. 나중에서야 집단수용이 목적이 아니었다는 걸 알았지만요. 비록 A의 공격을 두려워하고는 있었지만 세르비아인이 무슬림 주민들과 같이 감금당하리라고는 생각지도 않았기 때문에 어두워지기 전까지 우린 아나 걱정을 하지 않았어요.

그러나 아버지가 아나의 부재를 깨닫지도 못한 채 어딘가로 급히 나간 뒤, 사위가 완전히 어두워지자 걱정은 눈덩이처럼 커졌어요. 행선지를 알았다면 위험을 무릅쓰고라도 찾아나섰겠지만, 그날 밤 엄마와 나는 집 앞을 서성거릴 뿐 할 수 있는 일이 없었어요.

그러던 중에 어떤 이미지가 번개처럼 내 머릿속을 가르며 떨어졌어요. 우리 집을 쑥대밭으로 만들 때 따라왔던 그놈의 얼굴과 암흑 속에서 벌어지는 무서운 장면이⋯.

131

나는 갑자기 시커먼 어둠의 구덩이로 추락하는 것처럼 몸을 가눌 수 없었어요. 요즘 매일 벌어지고 있다는 그 무서운 일들이 아나를 집어삼키고 있을지도 모른다는 상상은 나를 단숨에 패닉에 빠뜨렸어요. 나도 모르게 소리치기 시작했어요. 도와 달라고! 그저 도와 달라는 말만을 비명처럼 외쳤어요.

오가는 사람 하나 없는 골목에서, 누군가 듣고 달려올 가망성도 없는 비명을 지르고 있던 내 모습! 그건 지금도 자주 꿈속에 나타나는 전율, 그 자체였어요. 엄마는 한편으론 나를 진정시키느라, 한편으론 커지는 불안으로 우느라 정신을 차리지 못했고요.

내가 비명을 멈추지 않고 있는 사이 그즈음 매일 총을 들고 나서는 옆집 남자가 집으로 들어가는 모습이 보였어요. 눈길이나 한 번 슥 주고 들어갔지만, 조금 있다가 그의 부인이 나오더군요. 평소에는 사라예보 출신인 엄마를 꽤나 다정하게 대해 주던 명랑한 여자였지만, 상황이 바뀐 뒤에는 왕래는커녕 말도 한마디 건네는 적이 없었지요. 그녀는 주위를 살피며 살그머니 엄마에게 다가와서 자신이 말했다는 소린 절대 하지 말라면서, 전에 나이트클럽이었던 민병대 건물 뒤의 창고로 가 보면 있을 거다, 아나를 찾으려면 뭐든 탐나는 물건을 가지고 민병대장인 C를 만나라고 귀띔해 주었어요. C를 안다고 해야 만날 수 있다고까지 얘기하고는 냉큼 집으로 들어가 버렸어요.

TJ, 당신은 겪어 봤나요? 악마가 설치는 광란의 시기에는 어쩌다 찾아오는 선의도 결과적으로 더 큰 불행을 초래하는 일 말이에요.

그날 밤 엄마와 내가 미친 듯이 달려가서 이웃집 여자의 조언대로 C라는 더 큰 악마를 만나지 않았다면, 아나가 민병대 건물로 납치된 걸 모르고 집에서 발만 동동 구르고 있었다면, 아나는 돌아왔을 거예요. 무슬림 주민들을 납치하듯 체포한 뒤 명단을 만들면서 아나처럼 잘못 잡혀 온 세르비아인들이 여자들을 포함해서 여러 명 풀려났다는 걸 나중에 알았거든요. 그랬다면 우리 가족은 비셰그라드에서 서로 헤어지지 않았을 거예요.

엄마의 눈물 어린 호소를 듣던 C는 아나를 풀어 주기는커녕 엉뚱한 생각을 품었어요. 엄마를 보는 그의 표정은 금방 탐욕으로 불탔어요. 엄마는 놀란 마음과 어떻게든 아나를 데리고 돌아가야 한다는 일념 때문에 낌새를 느끼지 못했지만, 나는 금방 알아챘어요.

C는 아버지의 이름을 듣고 A를 불렀어요(그들 사이에는 아버지에 대한 모종의 의논이 이미 있었던 거 같아요). 그러곤 무언가

귓속말로 지시를 했어요. C의 말을 들으며 우리를 쳐다보던 A의 눈빛을 나는 죽을 때까지 잊지 못할 거예요. 말로 형언하기 어려운, 오금이 저리도록 무섭기도 하지만 소름 끼치도록 야비했던 그 눈길.

민병대 건물을 나오는 우리를 A가 불러 세웠어요. 나를 복도에 서 있게 하고 엄마를 작은 방으로 데리고 들어가더군요. A는 아나를 미끼로 엄마를 노골적으로 협박했을 거예요. A는 자신의 출세는 물론 아버지의 소유가 된 B의 재산을 차지하기 위해서라도 민병대장인 C의 욕망을 충족시키는 데 기여하고 싶었을 테니까요.

나중에 알려진 바로 A는 오로지 타인의 재산을 약탈하는 데만 열심이었지(그 덕에 그는 아직도 버젓한 재산을 가진 선량한 시민의 가면을 쓰고 살고 있을 테지만), 다른 폭행을 주도하진 않았어요. 단순히 폭력을 위한 폭력을 휘두르진 않았다는 거예요. 그가 여자들에 대한 강간을 막는 경우가 여러 번 목격되었고, 재미 삼아 강간을 저지르는 자들을 자기 수하에서 내쫓기도 했다더군요. 나는 타고난 교활함이거나 충동적이지 않고 계산적인 악마성을 지닌 탓일 뿐 결코 본심이 선해서라고 믿지 않지만, 다른 사람의 생각은 다를 수도 있겠지요.

여하튼 아름다운 정원이 딸린 집에 대한 A의 욕망은 짐승 같은 자들의 여자에 대한 욕구보다 강했어요. 그런 그가 엄마를 어떻게 협박했을지 짐작이 가지요. 민병대 건물을 나와 함께 집으로 가던 엄마는 처음에는 넋이 나간 모습이었지만 집에 도착할 즈음에는 무언가를 골똘히 생각하는 모습으로 바뀌었어요. 밤이 깊을 때까지 돌아오지 않는 아버지를 기다릴 때는 더 이상 눈물을 흘리지도 않았고 심지어 내게 단 한마디의 말도 건네지 않았어요.

#5. 지옥 불 속에서, 엄마와 아나

지금부터 하는 얘기는 나중에 알게 되었거나 이것저것 들은 것들로 구성된 기억이에요. 그렇게밖에 알지 못한다는 것이 산 자로 남겨진 사람에게는 또 다른 고통이지만요.

C가 엄마를 원한다는 걸 알게 된 A가 모든 일을 꾸몄어요. A는 다른 세르비아 여자들을 풀어 주던 날 밤에 아나는 풀어 주지 않고 무슬림 여자들과 함께 가두어 두었어요. 그러고는 아버지의 반 세르비아적 배신행위 때문에 우리 가족은 무슬림들보다 더 혹독한 처벌을 받게 되어 있다고 위협하면서 엄마에게 C의 방으로 들어갈 것과 자신이 내미는 서류에 사인

할 것을 요구했어요. 아버지가 B와 했던 매매가 거짓이며, B의 재산은 여전히 B의 것으로 아버지는 아무런 권리가 없다는 확인서였어요.

아버지는 일촉즉발의 위기로 다가와 있는 참혹한 사건을 예견했는지 집안 분위기에 신경 쓸 겨를이 없었어요. 엄마가 잠자고 있는 게 아니라 극도의 고통으로 쓰러져 있는 것이라는 걸 알아채지 못할 정도였으니까요. 아버지는 엄마를 잠시 들여다보고는 바로 나갔어요.

엄마는 혼자 결정할 수밖에 없었어요. 난 생생하게 기억해요. 많은 일들이 뒤섞이고 혼란스런 기억으로 존재하지만 몇몇 장면은 몇십 년이 지났어도 전혀 흐려지지 않아요. 얼마나 망설이고 방황했는지 엄마는 문을 나섰다간 돌아오고, 다시 나섰다 돌아오길 여러 번 반복했어요.

난 사지가 마비되고, 눈도 입도 마비된 사람처럼 당시의 모든 상황을 그저 바라만 보았고요. 무얼 해야 할지 몰랐기 때문이었을까요, 아니면 어떤 두려움 때문이었을까요? 왜 그랬는지는 아직도 설명할 수 없어요. 그 장면이 사진처럼 생생한 것은 바로 그 때문일지도 몰라요. 난 아무런 역할도 하지 못했어요!

엄마는 스스로 걸어 들어가 치욕을 당했어요.

엄마의 영혼은 그때 다 빠져나갔을 거예요.

만일 아나를 데리고 돌아왔다면 자신이 살아야 할 이유를 통째로 잃어버리진 않았을 테지만 아나는 돌아오지 못했고요.

아버지는 그때까지도 베오그라드 정권만이 무슬림 주민들에 대한 야만적 학살을 막을 수 있다고 생각했어요. 베오그라드 정권이 비록 보스니아 동부의 모든 혼란을 부추기고 있기는 하지만 서방의 전면 개입을 초래할 수 있는 학살은 원치 않을 거라고 판단한 거지요. 아버지는 비셰그라드의 정식 경찰조직의 책임자나 종교지도자를 만나고, 베오그라드 쪽의 영향력 있는 지인들에게도 계속 도움을 요청하고 있었어요. 집 안에 들이닥친 악마는 보지 못하고 집 밖에 드리운 악마의 그림자를 쫓고 있었던 셈이지요.

아버지의 노력이 허사로 돌아가는 건 당연한 일이었어요. 오히려 아버지의 노력이 가져온 작은 결과가 우리 가족에겐 더 큰 불행의 고리가 되고 말았어요.

아버지의 대학 친구 중에 D가 있었어요. 아버지가 겪은 사라예보사건 멤버 중 한 사람이었지만, 그는 좋은 집안 배경 덕분에 아예 베오그라드로 본거지를 옮겨서 자리를 잡았어요. 당시 세르비아 정부의 요직에 있었고, 이미 아버지와는 신념이나 정치적 입장이 전혀 달라진 사람이었지요. D는 계속

되는 아버지의 요청은 들어줄 수 없었지만 옛 친구가 위험에 빠지는 건 원치 않았어요. D는 최선의 호의로, 그렇지만 아주 나쁜 시기에, 베오그라드 고위층의 명의로 밀로반 밀렌코비치의 가족에게 어떠한 위해도 가하지 말 것을 지시하는 전문을 비셰그라드로 보냈어요. 그러나 이 전문은 모든 사태를 최악으로 만들었어요.

만일 어길 경우 강력한 처벌을 전제로 밀렌코비치 가족을 보호하라는 지시가 C에게 내려온 때는 이미 모든 악행이 벌어진 뒤였어요. C는 엄마를 이미 강제로 범했고, 갇혀 있던 아나도 그 어린 민병대 놈에게 짓밟혀 버렸으니까요. 무분별한 폭력에 편승해 날뛰던 어린 악마는 아나를 바로 어쩌지는 못하고 집적거리기만 하다가 다른 세르비아 여자들과는 달리 풀려나지 못하는 처지를 보고는 바로 폭행했어요. 그것도 다른 악마들과 함께요. 그때는 감금했던 무슬림 여자들에 대한 민병대들의 강간이 반복적으로 자행되고 있었기 때문에 겁이 없어진 거겠지요.

C는 위기에 빠졌음을 알았을 거예요. A도 마찬가지고요. 그들은 이미 저질러진 일을 되돌릴 재주는 없었어요. 두 악마는 잘못된 일을 바로잡기는커녕 아예 자신들이 저지른 일을 없던 걸로 하기로 했어요.

아나를 다른 무슬림들과 함께 모른 척 넘겨 버려 살해했어
요. 누가 살해했는지 알 수도 없는 집단행동 속에 넣어서 자
신들의 범죄를 감춰 버린 거지요. 당신은 비셰그라드에서 일
어난 학살 사건에 관한 UN 보고서에 대해 들어 본 일이 있나
요? 세르비아계 민병대와 폭도들이 드리나강의 다리 위에서
무슬림 주민들을 무자비하게 살해해서 강으로 던졌다는 증언
과 나중에 강에서 발견된 그 주검들에 대해서요.

물론 나는 아나가, 아름답고 사랑스러운 아나가 그날 밤
드리나강의 다리 위에서, 그런 방식으로 죽임을 당했다고 믿
지 않아요. 난 도저히 그걸 받아들일 수 없었고, 내 머리의 어
느 구석에도 그런 상상이 차지할 자리를 남기지 않았어요. 난
아직도 드리나강의 다리 위에서 벌어졌다는 학살에 대한 이
야기는 읽거나 듣지 않아요. 아나의 이름만 나오면 내 생각의
문은 자동적으로 닫혀 버려요. 당신이 혹시 그날 밤 비셰그라
드의 일을 알게 되더라도 내게 절대 말하지 마세요!

막지 못한 학살의 참상을 피해 밤늦게 집으로 돌아온 아버
지는 아나가 무슬림과 함께 감금되어 있다는 말을 듣고, 아나
를 데리러 갔다가 홀로 돌아와 흐트러진 모습 그대로 침대에
죽은 듯 쓰러져 있는 엄마를 보고서야 대강의 줄거리를 파악
했어요. 나는 그날 증오와 분노에 가득 찬 아버지를 처음 보

앉어요. 닥치는 대로 집어 던지고 부수던 아버지는 사냥용 라이플을 들고 거리로 뛰쳐나갔어요. 드리나강의 다리로 갔는지, 민병대 건물로 갔는지, 아니면 자신만이 알고 있는 분노의 폭발 장소로 갔는지 알 수 없었어요. 믿지도 않았던 신을 외쳐 부르고, 저주하며, 죽음의 길을 내달리듯 달려 나가던 뒷모습이 내가 본 아버지의 마지막 모습이었어요.

모든 걸 내던지고도 아나를 구해 내지 못한 엄마는 그날 밤 이후 입이 있어도 말이 없는, 눈이 있어도 바라보는 곳이 없는 사람이 되고 말았지요. 엄마가 살아 있다는 증거는 오직 호흡하고 최소한의 음식을 먹는 것과 같은 기본적인 생리 활동뿐이었어요. 아버지라도 돌아왔더라면 혹시 엄마의 상태를 바꾸어 볼 수 있었겠지만, 아나뿐 아니라 아버지까지도 엄마 곁으로 돌아오지 않은 상황에서는 어떤 노력도 소용이 없었어요.

너무도 미안한 일이지만 난 일찌감치 엄마를 돌보는 일을 할머니에게 맡기고 손을 뗐어요. 생계를 책임져야 한다는 핑계로 닥치는 대로 일하면서 밖으로 떠돌았어요. 엄마 곁에 있으면 몸은 현실에 두고 아나와 아버지를 찾아 죽음의 세계를 배회하는 엄마의 모습 때문에, 그리고 그 모습이 자동적으로 불러오는 아나의 모습 때문에 스스로를 지탱할 수 없었어요.

그날 밤, 그 엄청난 불행 앞에 나는 과연 무엇을 어떻게 했어야 했나요? 나는 대체 무엇을 책임져야 하지요? TJ, 그날 밤에 일어난 참혹한 일에 대해 정말 나는 아무런 죄도 짓지 않은 걸까요?

#6. 추락, 그리고 원치 않았던 빛

한 사람이 남았지요?

당신이 굳이 물어보진 않았지만 우리 가족에게 일어난 일에서 나만 빼놓을 수는 없을 테지요. 내가 겪은 수난 같은 건 아무것도 아니라는 생각에, 그 일로 인해 내가 고통을 받았고, 아직도 그 고통이 계속되고 있다는 말조차 삼가고 있지만, 그때는 마치 지옥에 빠진 것 같았어요.

직접 육신에 가해진 폭행보다는, 너무 무섭고, 긴장으로 폭발할 것 같은 정신 상태로 인해 숨을 제대로 쉴 수조차 없었어요. 지금은 칠흑 같은 어둠과 순간순간 강렬하게 나타났다 사라지는 빛, 소리가 소거된 재빠르고 난폭한 움직임과 절규, 그리고 처참하게 일그러진 얼굴과 신체들의 모습이 뒤섞인 기억으로 남아 있지만 현실에서는 더 많은 고통과 충격과 두려움이 존재했지요. 그건 지옥에 던져진 사람이나 겪는 일이었어요.

엄마가 그렇게 영원히 잊지 못할 모습으로 나간 뒤 아무리 겁이 난다고 해도 나 혼자 집을 지키고 있을 수는 없었어요. 아니, 혼자 집에 있으면서 온갖 상상을 하는 일이 더 무서워서였을지 몰라요, 내가 참지 못하고 집을 나선 것은.

민병대 건물 쪽으로 걸어간 시간은 제법 늦은 밤이었어요. 주택가는 그날 밤의 참사를 예견한 듯 평소보다도 훨씬 적막했지만 민병대 건물이 있는 대로변의 광경은 확연히 달랐어요. 차량과 사람들이 내는 소음이 크게 들리고 바쁜 움직임이 보였어요. 감금했던 무슬림 주민들을 드리나강의 다리나 다른 처형 장소로 이동시키기 시작했던 것 같아요.

쿵쾅거리는 가슴에다 겁먹어 후들거리는 걸음걸이 때문에 민병대 건물에 선뜻 들어가지 못하고 서성거리는 날 발견한 건, 아나를 짓밟아 죽음에 이르게 한 그 악마 놈이었어요. 녀석은 새로운 먹잇감인 나를 금방 알아보더군요. 그놈은 나에게 손짓하며 옆에 있던 동료 몇 명에게 무어라 떠들어 댄 뒤, 그들과 함께 한달음에 달려와 총을 들이대며 내 머리채를 움켜쥐었어요.

머리채가 잡힌 채 건물 뒤편의 작은 방으로 끌려가면서 나는 소리 지르려 했어요. 그런데 내 목은 무엇으로 꽉 막혀서 아무런 소리도 내지 못했어요. 왜 소리가 나오지 않는지, 왜 팔다리에서 힘이 다 빠져나가 아무런 저항도 할 수 없는지 알 수 없었어요.

그토록 무기력하게, 스스로를 포기한 듯 끌려가던 모습이 떠오르면 아무리 오랜 시간이 지난 뒤라도 엄청난 분노와 수치로 몸을 떨곤 했어요. 그런 수치와 분노는 야만적 폭력에 당한 아픔과 고통의 불길에 기름을 붓고, 때로는 살려는 의지마저 잃게 만들기도 해요. 벗어나는 게 불가능한 자책이 어쩌면 더욱 오래 남는 상처가 아닌가 생각해요.

비명조차 지르지 못하고 내가 창고인지, 빈 사무실인지 모를 곳으로 끌려 들어가면서 보았던 그곳의 광경은 왜 그리 선명하게 기억되는지 모르겠어요. 침침한 알전구 등 아래 이놈 저놈이 반복적으로 저질렀을 강간의 장소인 매트리스 두 장이 양쪽 벽면 아래로 던져지듯 놓여 있었어요. 지저분한 매트리스 위로 분명하게 보이던 혈흔들과 끈적하게 보이는 타액과 오줌인지 물인지도 모를 더러운 자국들도요.

머리채를 잡고 나를 거칠게 쓰러뜨린 놈도, 뒤에서 번들거리는 눈빛으로 나를 바라보고 있던 놈도 아나를 범한 놈처럼 어려 보였어요. 왜 악마들은 그저 몸만 자랐을 뿐 아직 사리 분별도 제대로 못 하는 어린 짐승들을 앞장세우는 것일까요. 신들은 왜 인간을 육체와 정신이 균형 있게 자라도록 만들지 못했을까요. 신이라면서 왜 그런 불균형으로부터 벌어질 수 있는 야만적 결과들을 예상하지 못했을까요.

이미 주저함이나 거리낌이라곤 아예 잊어버린, 반쯤은 미친 눈빛으로 나를 내려다보는 놈들은 모두 이제 고등학교에나 다닐까 하는 나이로 보였어요. 그 와중에도 난 이런 광란이 아니라면 저 아이들도 학교에서 선생님 눈치나 보면서 나 정도의 누나를 좋다고 졸졸 따랐을 텐데, 하는 생각을 했던 것 같아요. 그리고 그런 생각은 곧장 내 처지를 더욱 한심스럽게 만들면서 체념이라고 해야 하나요, 그런 패배감과 무력감만 커지게 했어요.

놈들의 짐승 같은 욕정이 발현되기도 전에 이미 저항 의지를 상실한 내가 당할 일은 뻔했어요. 그들이 나를 매트리스에 쓰러뜨리자마자 바로 범해 버렸다면 난 꼼짝없이 당했을 거예요. 그런데 강간에도 무슨 순서가 있다는 듯 놈들은 바로 덤벼들지 않았어요. 반항 의지를 꺾으려는 건지, 기를 완전히 죽여 버리려는 건지 강간하기 전에 여자들을 때렸어요. 얼굴이건 몸이건 몇 분간 마구 두들겨 팼어요. 피를 흘리든 말든 온갖 쌍욕을 퍼붓고 때리며 아무도 제지하지 않는 폭력의 희열에 빠지고, 스스로 광란의 상태를 만들어 그나마 남은 죄의식이나 망설임을 없애려는 것이었을까요? 나는 아픔을 느낄 틈도 없이 두들겨 맞아 금방 얼굴이 피투성이가 되었어요.

막 놈들이 순서를 정하고 덤벼들려 할 때, 뜻밖의 일이 벌어졌어요. 문이 벌컥 열리면서 또 다른 여자 둘을 데리고 들어오던 몇 놈 중 하나가 피를 흘리며 고개를 들던 나와 눈이 마주쳤어요. 놀랍게도 옆집 남자였어요. 그렇게 말이 없고 온순하던 사람도 민족주의니 세르비아의 영광이니에 빠진 건지, 아니면 깊이 숨겨 둔 폭력성이 시기에 맞춰 드러난 건지 모르지만 총과 알량한 힘이 주어지자 그 행렬에 끼어든 거지요.

그는 피투성이인 나를 알아본 것 같았어요. 나이는 물론 서열에서도 위였는지 그가 막 나를 강간하려던 어린놈들을 소리치며 저지했어요. 그러면서 내가 이웃으로 살면서 한 번도 들어 보지 못한 쌍소리를 섞어서 외치는 거였어요. 이년은 내 거다, 건들지 마라, 대신 이년들을 가지라면서 강간할 여자들을 강제로 바꾸었어요. 어린놈들이 보란 듯이 난폭하게 내 머리채를 잡고 순식간에 나를 그 방에서 끄집어냈어요. 순간, 풍선에서 바람이 빠져나가는 것처럼 내 몸에서 영혼이 쑤욱 빠져나가는 것 같았어요.

145

나는 그 방에서 끌려 나오면서 정신을 잃었어요. 그는 다급하게 몇 차례 뺨을 때려 정신을 차리게 하고는 주택가 어귀까지 나를 데려다주었어요. 빨리 집으로 돌아가 꼼짝하지 말고 있으라고, 엄마를 찾는 내게 어떻게든 찾아서 집으로 돌려보내 주겠노라고 약속까지 하면서요. 그러면서 그날 밤 처음 보는, 쓰라리기 짝이 없는 미소를 지으며 내게 말했어요.

난 자라는 널 보며 어린 딸을 잃은 슬픔을 위로받았다, 네게 이런 모습을 보이다니, 정말 미안하구나.

이게 다예요. 더는 말할 게 없어요. 하고 싶지도 않고요.

TJ, 힘들어요. 내게 이런 고통을 주려면 당신이 곁에 있어야지요!

7. 구경꾼들

고통을 주었다고 했나요?

억지스런 변명이겠지만 당신에게 한 공격적이고 무례한 말은 전혀 의도한 것이 아니에요. 이해해 주리라 생각해요. 그래도 미안하고요.

내 얘기에 대한 당신의 코멘트는 대개 옳아요. 그렇다고 해서 선뜻 당신이 권하는 방식으로 나를 바꾸기는 어려워요. 당신도 알겠지만 세상엔 말보다 더 강하게 인간의 사고와 행동을 제어하는 그 무엇이 있기 때문이에요. 게다가 당신은 직접 겪지도, 목격하지도 않은 사람이라는 것도 내게는 그냥 지나치기 어려운 사실이에요.

우리는 많은 잔인한 폭력과 살인과 무도한 행위들을 알고 있어요. 특히 요즘 영화는 정말 보통 사람으로는 생각하기 어려운 잔인함을 경쟁하듯 우리에게 보여 주더군요. 그러나 그런 잔혹한 일을 겪은 사람들이 받은 상실과 고통을 영화나 글을 통해 알 순 없는 거예요. 강간당하고 폭력으로 억압당하는 여자가 되는, 그런 그녀의 남편이 되고 아버지가 되고 동생이 되는 분노와 비참함을, 야만적인 폭행으로 굴욕을 당하면서 아무런 제지도, 저항도, 비난도 할 수 없는 철저한 무기력을 구경꾼들은 절대로, 절대로 알 수 없어요.

원했든 아니든, 구경꾼의 입장이나 훈수꾼의 입장이 되었다는 건 가해자들처럼 힘 있는 자들의 편에 있었다는 뜻이 아닌가요? 시간이 지날수록 그런 생각을 많이 했어요. 우유부단한 행동으로 사태를 진정시키기는커녕 학살을 서두르게 만들었던 서방국가들과 UN 평화유지군들의 행태를 제쳐 두고

라도, 혀를 차며 남의 일인 듯 구경만 하고, 자신들의 인도적 휴머니즘을 과시하는 것에 불과한 뜨뜻미지근한 개입에 동조했던 사람들은 기실 그런 구경꾼이었던 거예요. 그들이 과연 우리를 같은 인류라는 거창한 개념에 포함시키기는 했던 것일까요?

당신은 반대할지 몰라도 피해자들에게 적어도 이런 권리는 주어져야 해요. 우유부단하고 기회주의적인 처신을 통해 자신들의 안위에만 관심이 있었던 보스니아 내의 여러 사람들뿐 아니라, 전 세계의 모든 구경꾼들과 훈수꾼들을 비난하고, 그들의 책임을 묻고, 그들의 수치를 지적할 권리 말이에요.

구경꾼들은 아무리 많은 시간이 흘러갔어도 이젠 상처가 아물 때가 되지 않았냐고 말하면 안 되는 거예요. 그들은 상처에 대해, 그 낙담과 빼앗긴 넋에 대해, 좀비와 같은 삶에 대해 아는 게 없기 때문이에요. 그들이 무슨 권리로 이젠 화해하고 함께 살아야 한다느니, 잊지는 않더라도 새로운 삶의 계획은 세워야 한다느니 하는 입만 뻔지르르한 얘기를 할 수 있지요?

인간으로서 해서는 안 되고, 인간에게 일어나서는 안 되는 일을 제지하지 않고, 저항하도록 돕지도 않고, 결정을 미루며 침묵했던 일은 어떠한 이유로도 변명할 수 없어요. 죽는 걸 오히려 편안하게 느낄 정도로 팔다리가 부러지고 눈알이 터져 나가고 신체의 주요 부위가 훼손되고 있을 때 구경꾼들은 무얼 했나요? 짐승 같은 욕정의 해소만을 위한 게 아니라 종족의 말살을 위해 임신을 시키고, 낙태할 수 없도록 일정 기간 수용소에 가두기까지 한 계획적인 강간이 자행되고 있을 때 무얼 하고 있었나요?

알면서도, 도울 힘과 시간을 가지고 있었으면서도 구경만 한 사람들이 때로는 선량한 시민의 탈을 쓴 채 거리를 활보하고 다니는 악마들만큼 미워지는 시간이 있다는 거, 당신은 모를 거예요. 어쩌면 당신도 그런 구경꾼일 수 있어요.

당신이 한 사람의 인간으로서 내가 할 수 있는 모든 원망과 비난을 다 이해하고 받아들일 수 있다고 한 말이 오히려 나를 화나게 했어요. 당신을 인도적 양심을 가진 얼마 되지 않는 좋은 사람이라고 평가해 주어야 하겠지만, 그렇게 할 수 없군요.

그러나 TJ, 혼자라도 이렇게 가슴이 쾅쾅 뛰고 손이 떨리도록 흥분하고, 화내고, 마음껏 속에 있는 것들을 내뱉어 본 일은 처음이에요. 이건 확실히 당신 덕분이에요.

#8. 살아남은 자

오늘은 어디서 읽었던가, 어느 영화에선가 보았던 것일 테지만 어째서인지 큰 공감이 갔던 얘기를 내 입장에서 만들어 볼게요.

형제가 있었어요. 형은 매우 똑똑하고 공부도 잘하고 모든 면에서 칭찬받는 아이이며 온 가족의 자랑이었어요. 반면 동생은 그저 그런 평범한 아이였고 별다른 재주도 없어 형의 부속물처럼 생각되던 아이였어요. 그런데 둘이 여름에 물놀이를 갔다가 동생이 물에 빠졌어요. 동생은 수영조차 제대로 배우지 못했기 때문에 물에 뛰어든 형은 겨우 동생을 구하고 익사하고 말았어요. 형은 다시는 돌아올 수 없는 곳으로 가 버렸고, 동생은 살아남았어요.

동생은 형이 했던 축구부의 스타, 시험의 우등상, 학생대표 선출과 같은 일을 한 가지도 해내지 못했어요. 형은 가족들에게 영원히 잊히지 않는 자랑이 되었지만, 동생은 단지 그런 형과 비교되는 살아남은 자가 되었어요. 동생의 일생은 어땠을까요? 평생 좌절할 때마다, 가족의 기대를 충족시키지 못할 때마다, 주변을 실망시킬 때마다 부채의식과 죄의식에 시달리지 않았을까요? 아무 잘못도 없이. 아니, 어쩌면 잘못이 있는 걸까요? 형이 죽고 자신이 살아남은 죄?

TJ, 나는 살아남은 자예요. 나의 가족 모두는 세상을 떠났고 오직 나만 살아남았어요. 오직 나만 그 얼토당토않은 행운으로 강간이나 심각한 신체적 폭력도 면하고 죽음에서도 벗어났어요. 그러나 한 번도 다행이라고 느낀 적은 없어요.

왜 내가 살아남았을까, 왜 내가, 라는 생각을 더 많이 했어요. 특히 아나를 생각할 때는 더욱 그랬어요. 아나는 집안의 귀여움을 독차지하던 아이였어요. 공부도 잘했지만, 음악에도 뛰어난 소질이 있어서 혼란만 없었다면 피아노 영재로 사라예보로 가서 콘서바토레에 다니고 있었을 거예요.

난 무엇으로도 아나와 비교할 수 없는 존재였어요.

돌아가신 할아버지나, 엄마를 돌보면서 늘 자신의 딸과 손녀인 아나를 동일시하며 넋두리를 일삼던 할머니나, 아나의 소질을 발견하자마자 나의 음악 교육을 포기하다시피 했던 엄마나, 툭하면 사춘기적 반항을 하던 나보다는 말 잘 듣고 착한 아나에게 기울어질 수밖에 없었던 아버지나, 그리고 늘 아나 칭찬에 인색하지 않았던 아버지의 친구들이나, 아나의 예쁜 외모에 감탄한 이웃들까지, 세상의 어떤 저울을 가져다 달아 봐도 아나와 나는 비교할 수 없어요.

엄마 역시 아버지와의 결혼으로 크게 꽃피우지는 못했지만 실력 있는 피아니스트에다 누가 보아도 빼어난 미인이었고, 아버지도 훌륭한 인품을 지닌 선생님이었던 건 분명해요. 반면에 나는 평범한 고집쟁이에 불과했어요.

그런데 살아남은 사람은 나, 였어요! 그토록 무관심했던 신이 혹시 살려 둘 사람을 뽑기 위한 저울을 잘못 사용한 건 아닐까요? 과연 내가 아나보다 더 살아야 할 가치를 지니고 있었을까요?

불행도 행운도, 인생에서 일어날 수 있는 모든 일을 신이 총량으로 묶어 놓은 것이라면, 우리 가족에게 배당된 행운의 총량 중에서 가장 중요한 시기에 필요한 분량을 내가 차지한 건 어떤 이유일까요? 가장 평범한 내가 말이에요. 혹시 빼앗은 건 아닐까요? 내가 살아남은 것 역시 신의 무관심에서 나온 오류가 아닐까요?

한참을 밖에 나갔다 들어왔어요. 낮에 엄청나게 몰아치던 눈보라가 멈추었어요. 그렇지만 바람이 아직 세차서 넬라의 벤치에 앉아 있을 수는 없었어요. 대신 오랜만에 하늘을 올려다보았어요.

쏟아질 듯 가득한 별들을 바라보다 내가 지금 바라보고

있는 수많은 별들 중 어떤 별들은 이미 세상에 존재하지 않을 수도 있다는 생각을 했어요. 조용히 반짝이는 저 모습을 보여 주느라 수천, 수만 광년을 달려왔다고 하니 수치로는 말한다 해도 도저히 그 거리를 상상할 수 없네요. 그런 우주와 시간 의 범위를 생각하면 지구상의 모든 일들과 그 일들을 만드는 인간이란 정말 하찮은 존재에 불과한데, 어찌도 이리 하찮지 않은 걸까요. 광란과 혼돈의 시기에 우리들은 저 어마어마한 시간과 광대한 우주의 섭리를 관장하신다는 분의 흔적을 전 혀 볼 수 없었으니까요.

쉽게 다시 내면의 갈등에 빠지는 이런 모습이 있는 그대로 의 내 모습이려니 생각할 수밖에 없네요. 당신이 실망하지 않 았으면 해요.

그러나 밖에서 보았던 별들은 너무 아름다웠어요. 쏟아져 내릴 듯 가득한 별들. 너무도 적막하고 깜깜한 이곳 밤이 그 래도 견딜 만한 건 오로지 저 별들 때문일 거예요. 방에 들어 와 생각하니 별들에게 미안하네요.

#9. 놀람

TJ, 다시 온다고요? 안 돼요! 난 아무런 준비도… 아니, 당신 말대로 아무런 준비가 필요 없다 해도 이렇게 갑자기. 지금이 좋은 계절에 들어서긴 했다지만….

다시 파타고니아

그녀의 몸은 금방 논물을 가득 댄 봄 논이 되었다.
한 마리 소금쟁이가 다리를 쭉 펴기만 해도 찰랑거리며 흔들리는
봄 논이 되었다.

*

1. LA공항

눈을 뜨니 비행기 안이 환했다. 좌석 앞에 자고 있어서 서빙을 못 했다는 안내문이 붙어 있는 걸 보니 기내식도 거르고 잠을 잔 모양이다. 그렇지만 잠을 푹 잤다는 반증으로 흔쾌히 생각하기에는 어딘가 깊은 절벽 아래로 떨어졌다 온 기분이었다. 꼭 잠들기 위해 먹은 수면제 때문만은 아닌 것 같았다.

환승을 위해서는 공항에서 일곱 시간 이상을 기다려야 한다. 쉽게 소화하기 어려운 지루한 시간이지만 LA에서 부에노스아이레스까지, 거기에서 다시 엘 칼라파테까지 가야 하는 여정을 생각하면 필요한 휴식 시간이기도 했다.

TJ는 잠에 떨어져 거른 식사를 간단하게나마 때운 뒤 실수의 여지를 없애기 위해 아예 부에노스아이레스행 게이트 앞까지 이동했다. 출발 시간이 아직 먼 비행기라 게이트 앞 의자들은 거의 비어 있었다.

이어폰을 귀에 끼고, 노트북을 열었다.

아득하게 잠이 들었던 시간 때문인지 떠나오기 전 여러 날 동안 숨길 수 없이 설렜던 기분은 많이 가라앉았다. 힘든 출장을 마치고 집으로 돌아가는 사람처럼 오히려 차분했다.

몸의 감각이 모두 제자리에서 몇 발짝 벗어나 있는 듯, 피로도, 배고픔도, 주변에서 들리기 시작한 귀선 외국어들도, 다 다른 사람이 느끼는 걸 보고 있는 것 같았다. 마치 영혼이 다리를 쭉 뻗고 편히 앉은 껍데기를 놔두고 유리되어 LA공항의 천장 아래를 천천히 활공하고 있는 느낌이라고나 할까.

초점 없는 시선을 멍하니 비행기에 꽂아 두고 TJ는 시간의 흐름을 뭉텅뭉텅 건너뛰고 있었다. 거의 일 년 내내 산불처럼 퍼져 갔던 넬라 생각도 휴지기를 맞은 듯 어느 자리엔가 멈춰 서 있다.

첫 미국 여행 때 보았던 엄청난 산불 뒤의 옐로우스톤 산들이 떠올랐다. 1988년 7월부터 겨울 눈 내리기 시작할 때까지 꺼지지 않았다던 산불 자국은 몇 해가 지났는데도 여전했고, 비록 불에 타 검고 앙상했지만 나무들은 하늘을 향해 서서 산을 가득 채우고 있었다. 텅 빈 듯 가득 차 있던 낯선 산들의 모습이 주었던 묘한 감정은 꽤 오랫동안 마음속에 남았었다.

TJ는 산마루에서 그 산들을 응시하던 자신의 모습을 다시 바라보고 있는 기분이었다.

그는 걷고 있다. 하지를 향해 뜨거워지고 있는 태양 아래 황금빛 보리밭 사이를.

　바람은 오래된 현악기를 타듯 보릿대 사이를 누비며 사르락사르락거리고 있다. 무릎을 굽히면 끝없이 열을 지은 보리 이삭들이 가늘고 긴 팔을 들어 뾰족이, 뾰족이 하늘을 향해 손짓하는 모습이 보인다. 강렬한 열정이 구름 하나 없는 6월의 하늘을 찌르는 듯하다. 언제까지일까. 아직은 무심하게 푸르른 저 하늘이 장맛비로 갈라지고 조각나 깨어질 때까지일까, 아니면 농부의 낫에 문득 베어질 때까지일까, 저 보리 이삭들의 열정은.

　그는 어느덧 길에서 벗어나 보리밭 속으로 들어간다. 저 멀리 넬라가 보인다. 그러나 아무리 걸어도 그녀에게 가까워지지 않는다. 그녀에게 닿지는 못한 채, 그녀를 바라보는 동안 그의 몸에 황금빛 물이 들기 시작한다. 가장 깊고 예민한 곳부터 서서히. 넬라를 향해 걸으면 걸을수록, 손가락 끝, 손톱 끝까지 황금빛 물이 들고 온몸과 영혼에 황금갑옷이 입혀진다. 눈부시도록 반짝이는 황금에 뒤덮인 그는 더 이상 움직일 수 없다. 보리 이삭들 사이에서 보리처럼 흔들리며 서서 움직일 수 없다.

　넬라는 여전히 저 먼 밭둑 위에 있고, 그는 움직일 수 없는 보리가, 황금인간이 되어 있다.

꿈이었다.

꿈속이었지만 황금빛 색깔이 너무나 생생했다. 그는 생전에 어떤 시기에도 갑옷 입은 자신을 상상한 적이 없다. 왜 그녀를 향해 걸을수록 그의 온몸은 황금빛 갑옷으로 둘러싸였을까. 왜 황금갑옷을 두른 뒤엔 움직일 수 없었을까.

피로에 젖은 꿈이 무슨 의미가 있겠냐며 무시하려 했지만, 그 이미지는 마치 혈액 속에 녹아든 산소처럼 존재를 부정하기 어려웠다.

문득 스팅의 〈Fields of Gold〉가 들렸다. 아마 꽂고 있던 이어폰을 통해 반복적으로 재생되고 있던 모양이다. 역시 아무런 단서 없이 꾸는 꿈은 없는가 보다, 생각하며 그는 뮤직 앱의 반복 재생을 풀었다.

아직 시간은 계산이 불필요할 정도로 많이 남아 있다. 어떤 방법으로도 뭉뚱그려 던져 버리거나, 한꺼번에 잘라 쓸 수 없는 시간은 상대하기 벅차다. 누군가 발이라도 밟아 주었으면 할 정도로 멍하니 앉아서는 더욱 그렇다.

공간도 마찬가지다. 많은 사람이나 사물의 밀집도 견디기 힘들지만 아무도, 아무것도 없는 텅 빈 공간 역시 편하진 않다. 바라볼 것이 없다는 건 감상할 것도, 평가할 것도, 그저 느낄 만한 것도 없는, 살아 있다는 증거의 반쯤이 비워진 상태를 의미하기 때문이다.

짧은 꿈에서 깨어난 그의 시간과 공간이 그랬다.

너른 창밖의 비행기 몇 대와 주변의 빈 의자들이 전부인 정지 화면과 같은 풍경은 그를 다시 음악으로 돌아가게 했다.

얀 시벨리우스였다. 한 해 내내 기약 없는 만남을 기다리던 시간의 무거움을 대면할 때도, 격정이든 우울이든 다루기 힘든 정서의 굴속에 갇혔을 때도 그는 시벨리우스를 찾았다. 뒤늦게 시벨리우스의 심포니들을 충분히 이해하기 시작한 이래로 TJ는 깊은 공감과 신뢰가 깔린 자신만의 시벨리우스 이펙트를 확실히 갖게 되었다.

미지의 세상으로 떠나는 막연한 불안과 그 불안에 섞여 있는 희미한 희망을 그려 내듯 망설임이 가득한 1번의 클라리넷 서주가 끝나고 첫 번째 주제가 연주될 때 벌써 그의 영혼은 자유롭게 날아가기 시작했다. 마치 열여섯 마리의 비상하는 백조들[10]처럼.

음악을 듣는 일의 진수는 이런 것이 아닐까. 아무리 아름다운 멜로디에도, 완벽한 계산의 화음에도, 그 어떤 것으로부터도 집중을 요구받지 않고, 감동의 짐도 일절 짊어지지 않는 순간에 이르렀을 때. 음악을 듣고 있는 것이 아니라 정신과 몸의 모든 세포벽이 열려 음악과 완벽하게 섞여 있는 상태, 그래서 시작과 끝을 기대하거나 기다리지도 않는 그런 상태, 그 느낌.

TJ는 그런 순간에 잘 빠져들기도 하고 종종은 의도적으로 그렇게 할 수 있었다. 그에게 음악을 듣는 일은 장소와 시간을 순간 이동하듯 넘나들 수 있는 통로이기도 하고, 때때로 몸과 영혼의 유리를 가능하게 해 주는 심리적 자기방어 기제이기도 했다.

그가 2번 2악장의 피치카토를 따라 검고 광활한 침엽수림 속을 걷고 있을 때였다. 주변이 갑자기 시끄러워지기 시작했다. 옆 게이트의 보딩타임이 다가왔는지 사방에서 악센트가 세고 속도가 빠른 남녀노소의 스페인어가 날아다녔다. 볼륨을 올려 보았지만 소용이 없었다. 더 이상 시벨리우스를 듣는 건 불가능했다.

....

10 자신의 50세 생일을 공휴일로 지정한 핀란드 정부로부터 당일에 연주할 교향곡 작곡을 의뢰받고 고심하던 얀 시벨리우스는 어느 날 망원경으로 새들을 관찰하던 중 '열여섯 마리의 백조가 아름답게 선회하다가 햇살이 비치는 안개 속으로 은색 리본처럼 사라지는' 장면을 보게 되었다. 그는 백조들의 울음소리가 금관악기와 같았다고 했으며, 그 이미지를 5번 교향곡의 마지막 악장에서 음향으로 형상화했고 교향곡은 성공을 거두었다.

이어폰을 빼고 아예 한동안 귀를 남들의 손에 맡겨야 했다. 멍하니 앉아 수많은 움직임과 크고 작은 소음에 익숙해져서야 TJ는 움직일 수 있었다. 무릎 사이에 있던 백팩을 열었다.

챙겨 온 세 권의 시집 중 손에 잡힌 건 문태준이었다. 그의 시는 역시 정서적 위력이 있었다. 십여 편을 읽기도 전에 금방 주변의 소란은 하나씩 작아지거나 물러났다. 그건 어찌 보면 그의 시가 읽는 데 그치는 시가 아니기 때문일 것이다. 그는 눈으로만 읽으면 바로 낭비가 되는 시인이다. 귀한 차를 음미하듯 입에서부터 몸의 구석구석 머금어야 한다. 가볍고 아름답고 단정한 단어들로 무겁고 아프고 긴 사연을 곧잘 이야기하는 재주는 대체 어디에서 오는 것일까.

그녀의 숨소리가 느릅나무 껍질처럼 점점 거칠어진다, 나는 그녀가 죽음 바깥의 세상을 이제 볼 수 없다는 것을 안다, 한쪽 눈이 다른 쪽 눈으로 캄캄하게 쏠려 버렸다는 것을 안다, 까지였을까. 수족관에 납작하게 누운 가재미들을, 늘 아프다고 호소하다가 갑자기 돌아가신 엄마를 생각하다가 그는 다시 까무룩 풀어졌다. 몸의 활력이 빠져나가는 건지, 영혼의 기운이 빠져나가는 건지 구분하기 어려운 느낌이다. 몸과 마음이 함께하는 이런 부침은 그간 겪어 본 경험이 없었다. 더구나 지금 자신은 넬라를 만나러 가는 사람이 아닌가. 이런 깊은 피로와 침잠이 어울리지 않는 시간인 건 분명했다. 그럼에도 불구하고 이런 느낌이 끈질기게 들러붙는 건 왜일까.

2. 엘 칼라파테(1)

부에노스아이레스에서 엘 칼라파테로의 비행은 생각보다 짧게 끝이 났다. 넬라를 다시 만나는 상상만으로도 지루할 여지는 없었다.

비행기의 작은 창으로 내다본 엘 칼라파테의 날씨는 맑고 밝았다. 1년 전 이곳에 처음 도착하던 날의 잿빛 세상과는 딴판이었다. 그는 행운의 징조라고 생각했다. 비행기 옆 좌석이 비었던 것, 전형적인 중남미 미인이 기내 서빙을 하며 몇 마디 말까지 붙여 주었던 것, 멀리 피츠로이가 보이는 쪽의 좌석에 앉았던 것까지 전부 그렇게 여겼다. 그렇게 해서라도 밀려왔다 밀려가기를 반복하는 긴장과 불안에서 벗어나고 싶었다. 그는 한나절 만난 넬라를 일 년 만에 다시 보게 될 사람이었다.

그가 컨베이어벨트 앞에서 짐을 기다리던 때였다. 뒤에서 누군가 잡아당기는 것 같은 느낌이 들었다. 돌아보니 공항 대합실로 나가는 문이 반쯤 열려 있다. 대형 공항이라면 안전상

항시 닫혀 있어야 할 문이다. 그 틈으로 많지 않은 사람이 시선에 잡혔다. 그중 한 사람이 그를 향해 가볍게 손을 흔들고 있었다.

넬라였다!

한눈에 알아보기에는 제법 거리가 있었지만 넬라는 그의 모습을 알아본 것이다. 그것도 뒷모습만으로. TJ는 자기도 모르게 뛰다시피 빠른 걸음으로 열린 문 쪽을 향해 갔다.

가슴께까지 반만 올린 손을 흔들며 미소 짓는 넬라를 본 TJ는 자신이 온몸으로 그녀를 기억하고 있다는 걸 깨달았다. 그의 눈에 비친 넬라의 모습은 어디 하나 서먹한 곳이 없었다. 들리지는 않았지만 그녀는 무어라 얘기하면서 가서 짐부터 찾아오라는 의미로 손을 앞뒤로 흔들었다. 떠나오기 전부터 비행기 안에서까지 계속되어 온 걱정이 일순간에 사라졌다. 커다란 여행 가방을 밀고 나가서 딱, 맞닥뜨리는 것만 생각했던 상상과 달리 그들은 공연 전 리허설 하듯 미리 보면서 서로 미소 지은 것이다.

마주 서자 넬라가 먼저 손을 내밀었다. 얼떨결에 악수하려는 듯 내미는 TJ의 오른손을 잠깐이었지만 넬라가 두 손으로 꼭 감쌌다. 그러고는 자연스럽게 팔을 그의 어깨에 두르며 가볍게 끌어안고 쪽, 소리를 내며 뺨 키스를 했다. 함께 별을 보던 밤의 허그보다 깊고 따뜻했다. 복잡하던 TJ의 감정을 단번에 안정시켜 주는 환영 인사였다.

"넬라, 아…."

TJ는 이 순간을 수도 없이 상상했지만 이렇게 벅차 말문이 막힐 줄은 몰랐다. 그가 넬라의 이름만 두어 번 반복하며 말을 잇지 못하자 그녀가 먼저, 마치 늘 보던 사이처럼 친숙한 인사를 건넸다.

"대체 비행기를 몇 시간이나 탄 거예요? 비행시간만 거의 스물네 시간이 넘는다던데, 많이 힘들지요?"

"아니, 부에노스아이레스에서 하루를 쉬고 오는 덕에 그렇게 많이 피곤하지는 않아."

넬라는 당황스러울 만치 굳어 있는 TJ에게서 슬그머니 손을 빼고 카트를 밀며 걷기 시작했다. TJ는 자기가 카트를 밀어야 한다는 생각도 잊은 채, 앞서가는 그녀의 뒷모습을 머릿속에 새기듯 잠시 바라보다가 뒤를 따랐다.

공항 문을 나서자 한 해 내내 그리워했던 엘 칼라파테의 날씨가 기분 좋게 그를 둘러쌌다. 탄산 맛처럼 알싸한 공기, 옷 밖으로 노출된 피부에 소름이 살짝 돋을 정도의 선선함. TJ는 엘 칼라파테의 공기를 폐 속 깊숙이 들이마셨다.

"넬라, 내가 오긴 왔지? 약속한 대로!"

167

그제야 말다운 말을 처음으로 하며 TJ는 반걸음쯤 앞서가다 돌아보는 넬라를 새삼 끌어안았다. 이번에는 자신이 그녀의 어깨에 팔을 두르고, 그녀가 한 것보다는 좀 더 세게 안으며 자신의 입술을 넬라의 뺨에 살짝 대는 가벼운 키스를 했다. 둘은 그렇게 공항 앞 건널목 옆에서 또다시 부둥켜안고 나서야 버스 정류장을 향해 걸었다.

로스 알라모스 호텔은 여전히 잘 단련된 팔뚝처럼 울퉁불퉁하고 강단 있게 생긴 포플러들에 둘러싸여 있었다. 이곳에 다시 오기까지 만 일 년에서 몇 주 모자란 시간이 흘렀다. 마음을 열고 서로를 알아 가는 의미 있는 시간이었다 해도, 실은 손가락 한번 맞댈 수 없는 먼 곳에 떨어져 있었던 것이다. 그러나 그의 눈에는 모든 게 하나도 변함없이 자신을 맞아 주고 있는 것처럼 보였다.

TJ는 검색을 통해 더 현대적인 호텔들이 엘 칼라파테에 있다는 것을 알았지만 행운의 시작이었던 로스 알라모스를 선택했고, 방도 자신이 묵었던 방을 그대로 예약했다. 비좁은 엘리베이터를 타고 올라가 미로와 같은 좁은 복도를 제법 길게 호를 그리며 걸어야 도착하는 방이다. 기억으로는 창문을 열면 포플러나무들 사이로 아담한 집들이 그림처럼 들어서 있는 동네가 보였었다.

"아, 이 방이 당신이 지난번에 머물렀던 그 방인가요?"

대답도 듣기 전에 창문부터 여는 넬라의 행동은 TJ의 기대를 넘어 자연스러웠다.

"역시 당신 말대로네. 호수가 보이지 않고 동네가 보이네요."

허리를 숙인 채 창밖을 내다보는 넬라의 뒤에서 이름 모를 새소리와 포플러 잎들을 흔드는 바람 소리를 들으며 TJ는 수없이 상상 속에 되새겼던 파스텔 톤의 아담한 집들을 바라보았다. 기억이 가물가물한 넬라의 향기가 코끝을 스쳤다. 서늘하고 시원한 나무 향. TJ의 손끝이 조심스럽게 넬라의 어깨에 닿았다.

"넬라, 나 정말 나 같아? 바보 같은 질문이지만…."

"아니에요, 나도 같은 걸 물어보려고 했어요. 내가 당신이 상상하던 넬라가 맞는지."

"당연히 당신은 내가 상상하던 넬라보다 훨씬 멋지지."

TJ는 가만히, 그러나 충분히 강하게 넬라를 끌어안았다. 그녀도 거부의 몸짓 없이 그를 안았다. 무언가 가득 찬, 덜거나 더할 게 없는 따뜻한 기운이 전해졌다. 갈망과 욕구가 폭발하는 격렬함은 없지만 오랫동안 서로를 기다려 온 간절하고 소중한 감정이 오가는 포옹이었다. 말로는 다 할 수 없는

169

것들을 대신하여 그들은 한참을 그렇게 있었다.

새소리가 다시 들리기 시작할 때쯤 넬라가 먼저 팔을 풀었다. 그녀는 작은 소파를 가리키며 앉기를 권한 뒤 커피포트에 물을 끓이기 시작했다.

"차 한잔하면서 잠시 쉬어요. 당신 조금 피곤해 보이거든요."

"아닌데. 넬라를 만난 내가 피로하다는 건 말도 안 되는 소린 걸."

"하하, 그렇긴 하지만, 그래도 당신이 계획한 칼라파테의 첫날 일정을 생각하면 좀 쉬어야 해요. 차 한 잔 마시고 샤워라도 하세요. 난 잠깐 나가서 루카 삼촌하고 통화도 하고, 필요한 물건 좀 사 가지고 올게요. 한 시간 정도 휴식 시간을 줄게요."

"아니, 그냥 같이 있고 싶은데…"

"그러지 말고 내 말대로 해요. 나도 미리 챙기지 못한 게 좀 있거든요."

"그럼 우리 조금만 더 바라보다 나가는 건 어때? 익숙해져야지."

"그래요? 그럼 어디, 하하."

넬라가 장난스럽게 얼굴을 가까이하자 TJ가 그토록 그리워했던 초록색 눈동자가 눈에 가득 들어왔다. 눈동자뿐 아니라 그린 듯이 누워 있는 양 눈썹의 털들이 시작 부분만 유난히 슬쩍 들려 있던 모습도 그대로였다. TJ는 자기도 모르게 양손으로 넬라의 얼굴을 감쌌다. 엘 칼라파테의 서늘한 바람 탓인지 얼굴이 생각보다 찼다. TJ는 넬라의 얼굴을 당겨 어느 원시 부족의 인사법처럼 자신의 코로 그녀의 코끝을 부비며 미소 지었다. 넬라도 차를 타려다 말고 그가 하는 양을 받아 주었다. 슬쩍 말아 올려지는 윗입술 아래로 조금은 돌출된 앞니가 드러났다. 넬라의 미소다.

그는 비로소 자신이 동쪽으로 지구 반 바퀴를 돌아 북반구에서 남반구로, 엘 칼라파테로 돌아왔음을 실감했다. 넬라가 곁에 있음을 실감했다. 그녀는 손을 뻗어 그의 머리칼을 장난스럽게, 그러나 부드럽게 흩뜨렸다. 이제 그만 놓아 달라는 듯.

서로에게 마음이 열려 있다는 것은 바로 이런 것이다. 두 사람은 같은 톤으로 말하고 같은 범위에서 움직였다. 서로에 대한 감정과 믿음이 기대대로였음을 알기 위해 긴 시간이 필요하지 않았다.

TJ는 샤워를 대충 끝내고 물끄러미 거울을 보았다. 거기에는 제법 다부지고 탄탄한 몸이 보였다. 젊은 시절에 그는 지금과 같은 몸을 가진 적이 없었다. 아니, 몸 자체에 대해 아무런 목표가 없었다. 오히려 그런 일에 많은 시간을 쏟는 사람들을 약간은 경멸하거나 우습게 생각했었다. 그에게 운동이란 그저 뛰고 차고 던지는 것이거나 높은 산에 오르는 것일 뿐, 근육 자체를 위한 것이 아니었다. 그러던 그가 요 몇 년 입에서 신음 소리가 절로 나는 강도의 근육 운동을 꾸준히 해서 동년배들로서는 보기 드문 몸을 만들었다. 굵어진 팔과 어깨, 바짝 당겨 올라가 뚜렷한 윤곽을 가진 가슴, 그리고 군살 없는 허리가 주는 자신감은 이전의 사회적 지위나 재산, 타인에 대한 영향력으로 만들어진 것과는 속성이 달랐다. 그건 남들에게 보이기 위한 것이나, 자랑하기 위한 것이 아니라, 스스로의 존재감을 확인해 주는 자신감이다.

게다가 그런 자신감은 운동을 무언가를 위한 진지한 준비라는 의미까지 갖게 했다. 그는 한 살 한 살 많아지는 나이와 함께 욕구와 열정이 마감된 것으로 치부되는 현실이 싫었다. 그리고 사회적 통념에 눌려 무시되고 죽어 가는 욕구와 열정이 삶의 남은 의미라고 생각해 왔다. 힘에 부치도록 열심인 운동과 그에 바치는 시간은 그 욕구와 열정을 되살려 줄 어떤 일, 마지막으로라도 한 번 격렬하게 자신을 던져 태울 수 있는 어떤 일을 위한 준비였다.

TJ는 거울에 비친 몸을 보며 이젠 그것이 바로 넬라를 위한 준비였다고 생각한다.

TJ는 넬라가 돌아오기 전에 외출 준비를 하고 먼저 로비로 내려왔다. 그는 파타고니아에 머무는 기간 중 계획한 몇몇 이벤트에 대비해서 입을 옷들을 세심하게 준비했다. 그저 편하고 넉넉하게 입는 선택은 이제 하지 않았다. 대부분의 옷들이 전보다 한 사이즈 작다.

그는 첫날 저녁 데이트의 가볍고 명랑한 분위기를 위해 옷도 그렇게 골랐다. 카키색 슬랙스에 비슷한 색의 로퍼를 신고, 흰색 계통의 캐주얼 폴로셔츠와 블레이저 재킷을 입었다. 평소엔 사용하지 않는 향수도 손목에 슬쩍 뿌려 두었다. 이런 것들 모두가 변화라면 변화였다.

로비로 들어서다가 TJ를 본 넬라가 짐짓 눈을 크게 뜨고 칭찬의 말을 던졌다.

"와, 멋져요! 아까와는 전혀 다른 사람이 됐네요."

TJ는 마치 그럴 줄 알았다는 듯 싱긋 웃는 미소로 대응하고는 그녀의 손에 들린 짐을 받으려 했다. 나가면서 한 말과는 달리 별로 산 물건이 없는지 넬라가 들고 있는 건 한 손에 들린 중간 크기의 종이 쇼핑백이 전부였다.

"아뇨, TJ. 내가 올라갔다 올 테니 여기서 기다려요. 내 물건은 내가 정리해야 두 번 일을 안 하지요. 금방 내려올게요."

다시 둘러본 로스 알라모스는 오래된 호텔의 향취가 곳곳에 스며있었다. 소파가 배치된 쪽에 깔린 카펫만 해도 상당한 세월이 보였다. 그러나 낡았다기보다는 앤티크한 느낌을 강하게 주어 바닥에서부터 호텔의 중후함을 드러냈다. 소파도 역시 요즘의 소파와는 디자인 자체가 달랐다. 프런트 뒷벽과 통유리로 마감한 도로 쪽 벽의 위쪽에는 파타고니아의 역사를 보여 주는 흑백사진들과 그림들이 걸려 있었다. 지난번엔 한가지도 눈에 담기지 않았던 것들이다.

12월부터 본격적으로 시작되었을 빙하 관광을 마친 일단의 여행객들이 로비로 몰리기 시작했다. 마냥 즐겁기만 한 그들의 모습을 물끄러미 바라보다가 TJ는 아차, 하는 생각이 들었다. 떠나기 전 호텔을 통해 예약해 둔 페리토 모레노 관광을 확인해야 했다. 다행히도 예약은 유효했다.

프런트 직원에게 받은 페리토 모레노 홍보 브로슈어와 일정표를 들여다보고 있는데 어느새 넬라가 내려와 그의 앞에 섰다. 고개를 들고 일어나는 순간, 눈앞이 환해졌다. 라이트 아이보리 컬러의 시폰 원피스에 감청색 카디건을 걸친, 어찌 생각하면 단순한 옷차림이었지만 캐주얼 복장이 아닌 넬라의 모습을 처음 보는TJ에게는 이전과는 전혀 다른 느낌이 왔다. 넬라의 큰 키와 건강미 있는 몸매를 더욱 드러내는 원피스는 멋지다는 감탄을 넘어 섹시하다는 생각까지 들게 했다. 그렇지만 앞섶을 열고 걸친 감청색 카디건이 굴곡 있는 라인을 감춰 주어 지나치며 볼 수밖에 없는 남들의 시선이 그걸 알기는 어려울 것 같았다. 자세히 쳐다볼 수 있는 그만이 아는 모습이라 더욱 맘에 들었다.

"뭘 그렇게 쳐다보기만 해요. 난 보자마자 멋지다고 칭찬해 줬는데. 이렇게 반응이 늦는다는 건 맘에 안 든다는 뜻? 그래도 말 안 하네?"

멍하니 바라보다 칭찬의 기회를 놓친 TJ는 얼굴 가득한 미소로 감탄을 대신했다.

두 사람이 호텔에서 나가자 한 떼의 바람이 몰려왔다. TJ에겐 날카로운 쇳소리 같은 바람 소리와 두드린 탬버린처럼 몸을 떠는 포플러 나뭇잎들 소리가 모두 그들의 등장을 기다리고 있다가 일제히 울려 퍼지는 팡파르 같았다.

첫 만남의 엘 칼라파테와 지금의 엘 칼라파테는 얼마나 다른가. 두 사람은 그때와 마찬가지로 나란히 걷고 있지만, 지금은 팔짱을 꼭 낀 채로 가능한 몸을 바짝 붙이고 수시로 고개를 돌려 서로를 바라보며 길을 걸어 내려가고 있었다.

TJ는 엘 칼라파테의 첫날을 첫 만남과 똑같은 곳에서 보내기로 했다. 호텔에서 가장 가까운 곳은 피자 나폴레옹이다.

둘이서 파타고니아에서 하와이안 피자를 먹는다며 웃었던 곳. 점심으로는 늦고 저녁 식사로는 아직 좀 일렀지만 그곳에서 피자를 먹고 카페에 들렀다가 바에 가서 한잔하면 모든 게 맞아떨어질 것이다.

이른 시간이라 한가했던 나폴레옹의 맛은 여전했으나 카페 로스 글레시아레스는 변화가 있었다. 상호는 그대로였지만 머리가 시원하게 벗겨진 숀 코널리나 영어를 한마디도 못했던 예쁜 아가씨는 없었다. 재즈 뮤지션들의 브로마이드도 사라졌다. 그러나 변함없는 커피 맛과 조용한 분위기, 좋은 음악에 두 사람은 만족했다.

바뀐 주인은 전주인과 취향이 달랐는지 재즈가 아닌, 소품 위주라도 클래식 음악을 주로 틀었다. 덕분에 두 사람은 음악 얘기를 많이 했다. 얘기 도중에 TJ는 넬라가 그간 주로 듣는 입장을 취하면서 클래식 음악에 대해 많이 알지 못하는 척해온 게 아닌가 하는 생각을 했다. 그녀는 TJ가 좋아하는 마리스 얀손스나 예프게니 므라빈스키 같은 지휘자들을 대부분 알고 있었고, 음악적 특성까지 이해하고 있었다. TJ도 최근에야 알게 되어 한동안 푹 빠져 있던 세르쥬 첼리비타케[11]에 대해 말하면서 개성과 스탠다드를 지키는 것에 대한 평가 기준을 자신은 잘 모르겠다고 했다. 클래식 음악에 대한 그녀의 넓은 이해를 짐작하게 만드는 말이었다.

"넬라의 어린 시절에는 서유럽이나 미국의 음악을 쉽게 접할 수 없지 않았나?"

"맞아요. 그리고 전에 말했듯이 난 어렸을 적엔 음악 자체를 그리 즐기지도 않았어요. 오히려 남자애들에 섞여서라도 뛰어놀고 농구나 배구를 했을 정도로 운동을 좋아했거든요. 피아노도 억지로 부모님 강요 때문에 따라 한 거지요."

"놀라운 일이네. 실은 나도 거의 모든 스포츠를 다 좋아하는데."

"알아요, 당신이 몇 번 말했어요. 좀 의외이긴 했지만 그럴 수 있다고 생각했어요. 당신은 몸매 자체가 운동 잘할 것처럼 보이거든요."

"그거 참 듣기 좋은 칭찬이네."

넬라가 본격적으로 클래식 음악을 듣기 시작한 건 사라예보에서 엄마와 할머니와 지내던 시절이었다.

....

11 루마니아 출신 지휘자. 독특한 성격과 음악적 개성으로 유명하다. 긴 호흡으로 한 음, 한 음을 연주하면서 클라이맥스에 온 역량을 집중(브루크너 4번 교향곡을 카라얀이 1시간 4분 전후로 연주하는데 첼리비다케는 1시간 20분이 넘게 연주)한다. 현장을 중시하여 녹음, 음반판매 등 상업적 행위를 매우 싫어했으며, 콘서트 현장의 완성도를 높이기 위해 단원들을 혹독하게 다루었다. 1996년 사망.

"전에 얘기했지요? 사라예보에서의 내 생활. 움직이고 숨쉬는 좀비가 있다면 바로 그런. 일이 있는 날이든 없는 날이든, 심지어 휴일에도 아침이면 일단 집에서 나왔어요. 하다못해 공원을 배회하거나 도서관에서 마음에도 없는 책을 뒤적거리더라도 가능하면 밖에서 시간을 보냈어요. 엄마는 비셰그라드의 충격을 기억하게 하는 걸 넘어 내게는 상처와 상실 그 자체였어요. 게다가 엄마에게 매달린 할머니는 이해하기 힘든 내 생활 패턴이 계속되자 나를 미워하기 시작했고, 그럴수록 불쌍한 엄마와 죽은 아나의 얘기를 입에 달고 살았어요. 아마 엄마의 살아남은 딸이 아나가 아니고 나인 것이 너무 싫었을 거예요. 정말 감당하기 어려웠어요. 그때의 나는 남은 가족들이 아니라 나 하나만을 감당하기도 힘든 사람이었거든요."

넬라는 이렇게 달라져 있었다. 자신에 대해 말하는 게 얼마나 어려웠나. 그리고 자신의 아픈 기억과 상처를 드러내기 위해 얼마나 오래 망설였나. TJ는 일 년여에 걸친 자신의 노력이 그녀를 바꾸었다고 생각했다. 넬라가 여느 사람들과 똑같이 아픈 일이든 기쁜 일이든 단서만 주어지면 그 일을 회상하며 서슴없이 말할 수 있는 사람으로 변한 것은 오직 자신의 사랑 때문이라고 믿었다. 첫 만남에서 그토록 그의 마음을 안타깝고 무겁게 했던, 스멀스멀 행선지 없이 달아나는 넬라의 시선은 이제 자주 보지 않게 될 것 같았다.

"아마 일요일이었을 거예요. 공원 벤치에 우두커니 앉아 있는데 바이올린 소리가 들렸어요. 누군가의 길거리 연주였어요. 그 당시 어려운 경제 사정상 전에도 늘 있었겠지만 그날따라 왠지 마음이 끌렸어요. 예쁘장하게 생긴 십 대 소녀가 쇼스타코비치의 〈로망스〉를 연주하고 있더군요. 쇼스타코비치는 아버지가 유일하게 좋아하던 소련인이었어요. 스탈린 때문에 아버지는 소련을 지독히도 싫어했거든요. 〈로망스〉의 부드럽고 아름다운 선율을 접하자마자 생각지도 못한 감정에 사로잡히고 말았어요. 아버지, 바이올린 연주하는 여자와 아나, 그리고 당시의 내 모습이 막 눈앞에 겹치는 거예요. 걷잡을 수 없이 눈물이 났어요. 비셰그라드 이후로 아마 처음 눈물을 흘렸던 것 같아요. 그 여자가 서너 곡을 더 연주할 때까지 난 얼어붙은 듯 서 있었어요. 그때 비로소 서로 바라볼 필요도 없이, 변명이나 위로의 말도 필요 없이 할 수 있는 일이 있다는 걸 알았어요. 그 뒤로는 무엇보다도 중요한 일처럼 오직 클래식 음악만을 들었어요. 거의 모든 시간을 이어폰을 꽂고 지냈지요. 더더욱 대화의 길이 멀어진 할머니에겐 매정한 일이었지만, 그제야 난 살아 숨 쉬는 날 조금이나마 느끼게

179

되었어요."

넬라의 상기된 얼굴이 눈에 들어오자 공연히 그가 급해졌다.

"그런 게 음악의 힘이야. 말이나 행동 없이도 인간을 수렁에서 구하고, 순식간에 진흙탕에서 벗어나 구름 위를 걷게 할수도 있는. 인종과 언어의 장벽을 쉽게 뛰어넘는 가장 빠른 평화의 도구가 음악 아닐까."

눈물이 곧 떨어질 것 같은 넬라 때문에 빨리 화제를 바꾸려던 TJ는 진부하기 짝이 없는 얘기를 자기도 모르게 늘어놓았다. 그러자 생각도 못 한 넬라의 반응이 나왔다. 그녀는 붉어진 눈가를 쓱 문지르더니, 단호한 표정으로 그의 말을 반박했다.

"그건 내가 아는 당신과는 어울리지 않는 말이에요. 얼핏 맞는 말이기도 하지만…. 세상의 모든 것이 다 그렇듯, 음악이라고 해서 악에서 자유롭진 못해요. 당신은 음악의 해악에 대해서도 말해야 해요. 태어나면서부터 음악에 둘러싸여 있었다고 해도 과언이 아닌 내가 다시 음악에 마음을 열게 되기까지 그렇게 오랜 시간이 걸린 것도 바로 그 때문일 거예요. 당신이 말한 음악의 효과, 아니면 음악의 가치라고 할까요, 그 얘기는 좋은 곳으로 음악을 활용하고, 좋은 면으로 음악이 영향을 미쳤을 때만 해당돼요. 나는 음악이 얼마나 악행을 강하게 부추기는지 봤어요. 난무하는 폭력과 강간과 학살의 장면에는 늘 음악이 있었어요. 그들을 분기시켜 양심의 판단을 외면하게 하고, 악행으로 한데 뭉치게 하고, 술과 함께 취하게 만드는 음악! 나는 오랫동안 행진곡이나 군가풍의 노래만 나오면 끔찍했어요. 보스니아에서 더 참을 수 없던 일은 악마의 음악을 연주하고 부르던 자들이 이제는 달콤한 사랑 노래를, 청소년들이나 아이들의 노래를, 정통 클래식 음악을 다시 쓰고 연주하면서 예술가인 척하며 살아가고 있다는 거예요. 물론 시간이 흐르고, 어떤 식으로든 격동에서 벗어나면 음악이 잘못은 아니란 결론에 도달하는 것이고, 또 그게 옳긴 하지만 말이에요."

TJ는 한마디도 반박할 수 없었다. 반박할 의사도 없었지만, 그 순간은 아무리 다른 논리가 있다 해도 자기주장을 할 순간이 아니었다. 빵빵한 풍선을 손톱으로 찌르기라도 한 것처럼 터져 나온 넬라의 기억은 오랜 세월이 흘렀음에도 생생했다.

당황스럽지 않았다. 오히려 TJ는 당당한 여인으로 살아 있는 넬라를 느꼈다. 의심의 여지 없이 넬라는 달라졌다.

TJ는 차가운 물이라도 한 잔 가져다주려 카운터로 갔다.

여주인에게 블루투스 연결이 가능한지 물었더니 된단다. 휴대폰을 이용해 쇼스타코비치의 〈로망스〉를 클릭하고 자리로 돌아갔다. 역시 단번에 넬라의 마음을 돌려놓기에 그것보다 더 좋은 방법은 없었다. 두 사람은 차분하고 아름다운 소품들을 함께 들으며 다시 재회의 첫 밤에 맞는 명랑함을 되찾고 나서야 카페를 나섰다.

시간은 저녁 일곱 시를 넘었지만 어둠은 아직 멀었다. TJ는 넬라를 데리고 아웃도어용품점에 들어갔다. 그는 여행 가방을 줄이기 위해 자신이 계획하고 있는 파타고니아 일정에 필요한 장비를 하나도 준비해 오지 않았다. 엘 칼라파테에서는 대부분 별 가격 차이 없이 구입하거나 빌릴 수 있다는 걸 지난번 여행 때 알았기 때문이다. 넬라는 기념 티셔츠라도 사려나 하다가 경등산화를 고르고 있는 모습에 놀란 듯했다. TJ는 넬라에게 내일의 계획을 말했다.

"페리토 모레노를 내일 바로 간다고요?"

"왜? 혹시 그사이에 갔다 온 건 아니지?"

놀라며 묻는 TJ를 향해 넬라가 손뼉까지 치면서 웃었다.

"갔다 올 뻔했어요, 두 주 전에. 부에노스아이레스에 사는 사촌들이 놀러 와서 루카 삼촌 가족들이 함께 갔었거든요."

"아니, 정말 안 간 거 맞아?"

"네, 안 갔어요. 꼬마 이반이 엄청 가고 싶어 해서 양보했어요. 실은 페리토 모레노에 같이 가자고 했던 당신 말이 생각나서 그랬지만요."

"오호, 넬라, 정말 잘했네, 잘했어."

별일 아닌 듯해도 TJ에겐 별일 아니지 않았다. 그건 넬라가 다시 올 TJ 생각을 항상 마음에 간직하고 있었다는 의미였다.

TJ는 넬라를 조르다시피 해서 경등산화와 윈드브레이커, 작게 접을 수 있는 경량 구스 패딩을 커플룩으로 샀다. 남들에게 좀 유치하게 보일지는 몰라도 연인들에게는 당연히 그래야 하는 일들을 다 해 보려고 작정한 터라 그는 커플룩을 고집했다.

두 사람은 드디어 첫 만남의 마지막 행선지였던 바 엘 탱고로 향했다. 그리고 그날 밤과 똑같이 빙하 맥주라는 아우스트랄을 마셨다. 기분이 붕 떠오른 TJ는 그녀에게 재미 삼아 폭탄주를 알려 주고 싶었다. 그러나 그가 위스키를 시키려 하자 넬라가 말렸다. 문득, 혹시 넬라가 술을 잘 못 마시는 건 아닐까 하는 생각이 들었다.

"그리고 보니 내가 술을 강요하는 거 아닌가?"

"아니에요. 전엔 몰랐지만 이곳에 온 뒤로 가끔 루카 삼촌과 술을 마시면서 나도 곧잘 마실 수 있다는 걸 알았어요. 하지만 오늘은 취하지 말아요. 아직 못다 한 말도 많잖아요."

TJ는 딱 한 잔만, 이라고 약속한 뒤에야 위스키를 주문할 수 있었다. 스코틀랜드와 아일랜드 쪽에서 온 초기 이민이 많았던 파타고니아의 역사 때문인지 엘 탱고에는 스코틀랜드산 싱글몰트 위스키가 여러 종 있었다. 서울에서도 몇 번 마셔본 적이 있는 발베니 더블우드 12년산을 병째 주문했다. 조금은 낭비였지만 맥주나 와인은 몰라도 위스키는 사기가 불편했기 때문에 아예 파타고니아에 머무는 내내 쓰려는 의도에서였다. TJ가 가려고 계획하고 있는 곳에서는 살룻을 주고받으며 간단히 한 모금씩 마셔야 할 곳이 많았다. 그의 캐리어에는 멋진 휴대용 위스키 병도 준비되어 있었다.

한참을 날씨 얘기, 숫염소 마리아 얘기, 이반 얘기로 웃고 마시다 보니 맥주이긴 해도 조금씩 취기가 오르기 시작할 무렵이었다. 넬라가 웃음기를 거두면서 말했다.

"그런데 TJ, 내가 선물한 별명이 틀린 건가? 패스트 러너 말이에요. 뭐든지 빠른 사람이 왜 아직도 말이 없을까요?"

넬라가 맥주를 따르려는 TJ의 손을 제지하듯 잡으며 물었다.

"나, 달라진 거 없어요?"

아차, 싶었다. 공항에서부터 무언가 느끼긴 했는데 구체적으로 지적할 만큼 알아채지 못한 게 있었다. 지금 넬라가 물으니 그거였나, 하는 생각이 빠르게 스쳐 갔다.

"머리!"

"그걸 이제야…"

"아니야 넬라, 공항에서부터 무언가 다르다는 생각은 했는데, 맞아! 처음 보았을 땐 당신이 스카프를 하고 있었잖아. 그래서 내가 머리칼에 대한 인상을 확실하게 갖지 못해서 그런 걸 거야."

당황해서 만들어 낸 변명치고는 타당하고 또한 사실이었다. TJ가 그녀를 처음 보았던 때는 머리칼이 길었는지 짧았는지보다는 스카프에서 받은 인상이 너무 뚜렷했었다. 영화 《누구를 위하여 좋은 울리나》에서 본 마리아가 강하게 오버랩 되었던 기억이 아직도 생생하다.

"아, 그랬었나? 맞아, 그런 거 같네. 그럼 넘어가 줄게요. 자, 어때요, 내 긴 머리가? 어렸을 적 빼고는 처음으로 길렀는데."

다시 생각해 봐도 그날 카페에서 꽤 오랜 시간 마주 앉아 있었는데 머리칼의 길이가 어느 정도였는지 기억이 없다. 숏 커트를 한 건 아닌 게 틀림없었다. 만일 그랬다면 또다시 잉그리드 버그만의 마리아가 강렬하게 어떤 상상을 자극했을 테니까. 어깨 정도였을까. 아마도 전체 모습에서 그다지 두드러지지 않는 길이였을 것이다. 그러나 지금은 확연히 길다. 어깨를 지나 거의 날개뼈 아래 라인까지 다다를 법했다. 여자의 인상을 전혀 달라지게 만들 수 있기에 충분한 길이였는데도 이제껏 놓치고 있었다니 정말 의아한 일이었다.

"웃으면 안 돼요. 이 머리, 실은 당신을 생각하며 기른 거예요. 난 오랫동안 머리 모양 같은 것엔 아무런 관심도 없이 지냈어요. 그저 편하게, 늘 같은 스타일로. 우리가 한창 메일을 주고받던 어느 날, 아마 내가 당신에게 공격적인 말을 하고 투정 부리던 때였을 거예요. 당신에게 미안해하면서도, 고집스럽게 사과도 하지 않고 있었던 때, 당신 기억하지요?"

"물론 기억하고말고. 얼마나 무서웠던지, 흐흐."

넬라의 표정만으로도 무언가 밑도 끝도 없는 기대에 사로잡힌 TJ가 가볍게 넬라의 손을 잡았다. 넬라의 손이 더 큰 느낌이 들었다.

"그때 당신이 짧은 머리보다는 긴 머리 스타일을 좋아한다고 했던 게 생각났어요. 당신의 첫사랑이 말도 없이 머리를 자르고 나타나서 얼마나 화가 났는지 그대로 돌아서 버렸다고 했던 것도요. 거울을 보면서 머리를 기르자고 생각했어요, 당신에게 보여 주기 위해서. 난 다른 아무것도 당신에게 줄 것이 없었으니까요. 그 뒤부터는 예쁘게 가꾸려고 노력했을 뿐, 자르지 않았어요. 우리 모습 중에 당신과 단 하나 같은 컬러가 머리 색깔이잖아요. 머리를 매만질 때마다 그게 참 좋았어요."

넬라의 긴 머리는 TJ에게 주는 그녀의 선물이었던 것이다!

그는 가만히 손을 뻗어 그녀의 머리칼을 매만졌다. 손가락 틈으로 긴 머리칼을 끼워 넣기도 하고 쓰다듬기도 하고 살그머니 말아 쥐기도 했다. 지그시 눈을 감고 있는 넬라의 모습을 보는 일이 가슴 찡했다.

이제 밖은 어둠이 내리기 시작했다. 밤이 다가오는 것이다. TJ에겐 넬라와 함께하는 첫 밤이 상상 속에서도 쉽게 건널 수 없는 강이었다. 그 밤이 코앞에 바싹 다가서고 있었다. 과연 어떻게 될 것인가. 아니, 어떻게 할 것인가.

어둠이 깔리면 엘 칼라파테는 이미 아홉 시 무렵이다. 엘 탱고에서 시간을 끌어 봐야 두 시간 남짓이라는 의미다. 여전히 미소 지으며 보스니아 남자들의 과도한 음주 경향을 말하고 있는 그녀를 바라보며 TJ는 마음을 다잡았다. 그냥 그녀를 믿자고. 공항부터 지금까지 그녀는 충분히 보여 준 것이라고.

TJ는 앞자리에 앉았던 넬라를 옆자리로 오게 했다. 그러곤 그녀를 안았다. 밤이 깊어지자 테이블이 거의 찰 정도로 주변

에 사람들이 많았지만, 여긴 파타고니아, 엘 칼라파테였다. TJ
는 일생에 처음으로 공개된 장소에서 여자를 끌어안았다. 조
금 당황스러웠는지 몸을 빼려던 넬라도 금방 가만히 받아들
였다. 그들은 서로 고개를 바꾸어 가며 오른쪽, 왼쪽으로 끌
어안길 반복했다. 인사치레가 아닌 애정의 표시로 강하게 안
았지만 그녀의 반응은 자연스러웠고, 여전히 다정했다. 그런
그녀의 모습은 TJ가 오늘 밤에 대해 어느 정도 자신감을 가질
수 있게 만들어 주었다.

두 사람이 바에서 나온 시간은 거의 열 시 무렵이었다. 어
둠은 벌써 짙어졌고, 바람도 거셌다. 바람도 바람이지만 이미
거리에는 인적이 드물어져 그들의 발길은 로스 알라모스로
향할 수밖에 없었다.

방문을 열고 들어가 보니 넬라가 쇼핑한 물건을 두고 내려
온다면서 왜 지체했는지 알 수 있었다. 그가 외출복만 꺼내
입고 열린 채로 대충 밀어 놓았던 큰 여행 가방과 캐리어가
창 쪽 구석에 정리되어 있고, 침대 위에 벗어 둔 비행 중 입었
던 간편복들도 잘 개어져 있었다. 한눈에 보아도 방 전체를 다
시 꾸민 듯했다. 호텔 메이드의 손에 있었던 방이 넬라의 손
아래로 옮겨 온 것이다.

작지만 예쁜 마음을 잘 찾는 눈을 가진 TJ가 거울을 보며

머리 매무새를 만지던 넬라를 뒤에서 안았다. 그녀에게선 처음에는 꽃향기 같지만 음미하면 시원하고 편안한 나무숲을 연상시키는 향기가 났다. 아마도 늘 같은 향수를 쓰는 모양이다. TJ는 늘씬하고 긴 넬라의 목에 가볍게 입술을 댔다. 머리를 매만지던 손을 멈춘 넬라는 숨도 머금고 있는 듯 가만히 서 있었다.

TJ는 더 참지 못하고 넬라의 몸을 돌려 그녀의 입술을 찾았다. 그녀의 입술은 도톰한 윗입술이 바깥쪽으로 살짝 젖혀져 있어 아주 부드럽게 보였다. 그러나 직접 느끼는 그건 어딘지 딱딱했다. 긴장한 탓이리라 생각한 TJ는 입술을 떼고 그녀의 긴 머리카락을 부드럽게 쓰다듬었다. 그때까지도 넬라의 팔이 자신을 안고 있지 않다는 걸 알아채지 못했다.

TJ는 다시 넬라의 입술을 찾아 이번에는 좀 더 강하게 키스했다. 그녀의 입술을 열고 살짝 돌출된 앞니의 차가운 감촉을 느끼면서 그 안으로 들어가려 했다. 그러나 TJ가 주었던 힘으로는 그녀의 입술을 겨우 열 수 있었을 뿐, 튼튼한 울타리처럼 꽉 닫힌 앞니를 넘어갈 순 없었다. 넬라의 첫인상에서 제일 친근감을 느낀 그녀의 앞니가 지금은 강경하고 매정한 경비병처럼 그를 막고 있었다.

입술을 그대로 붙인 채로 슬쩍 내려다본 넬라의 얼굴이 눈을 꼭 감은 채 굳어 있었다. 머릿속으로 어떤 짧은 생각이 번개처럼 지나쳤지만 TJ는 무시하기로 했다. 포옹을 풀고 무언가 얘기를 주고받는 게 나을 것 같았다.

"아, 참. 내 앞니는 좀 너무 나왔지? 충돌유발자야, 그렇지?"

"아니에요. 나도 마찬가지잖아요. 당신이 좋게 말해 주어 그렇지."

"당신은 예쁘게 나온 거고, 난 거칠게 튀어나온 거고."

넬라의 미소가 다시 보였다. 탱탱한 고무줄은 어쨌든 끊어지지 않고 조금 느슨해진 것 같았다.

"어떤 연인들은 코가 길어서 어쩌지, 하며 고민하던데…."

"마리아! 나도 기억해요, 그 장면."

"와, 넬라도 그 영화를 봤네."

그러나 더 이상의 대답은 없었다.

그녀는 방에 들어오기 전의 밝은 모습을 쉽게 다시 불러오지 못하고 있었다. 상기된 얼굴과 미소가 서로 어울리지 않아 어딘지 부자연스러웠다. 확실히 무언가 배경에 있다. 섣불리 판단하면 TJ가 앞으로 하려는 일을 그녀가 싫어하는 것이라 할 수도 있었다. 그렇지만 그 정도의 어색함이나 긴장은 당연하다고 생각했다.

TJ는 서두르지 않기로 했다. 천천히 부드럽게 대하고, 정그녀가 긴장을 풀지 못한다면 오늘 밤은 내일의 빙하 관광을 위해서라도 그냥 편히 쉬면 그만인 것이다. 오늘 밤의 모든 일은 결과가 어찌 되었든 서로 마음이 맞아서 한 일이면 최상이 될 것이다. 두 사람이 반드시 달성해야 할 무슨 목표가 있는 것도 아니니까.

먼저 샤워를 한 TJ가 침대 위에 반은 누운 자세로 노트북을 들여다보고 있는데 넬라가 욕실에서 나오겠다고 한다, 쳐다보지 말라고. 그러겠다고 한 그는 장난스럽게 눈을 부릅뜨고 욕실을 나오는 그녀를 보았다. 나이트가운을 갈아입기도 거추장스러울 정도로 좁은 욕실 사정상 넬라는 속옷에 슬립을 걸친 차림이었다.

아름다웠다. 옷을 입고 있을 때보다 훨씬 늘씬하고 미끈한 몸매였다. 피부는 흰색을 넘어 상앗빛이 도는 듯했고, 정수리부터 어깨의 둥근 부분까지 한 번에 내리그은 듯 매끈한 곡선 위로 반은 젖은 머리가 드리워져 TJ는 마치 알려지지 않은 앵그르[12]의 작품을 보는 것 같았다. 잘 자란 나무줄기처럼 건

....

12 장 오귀스트 도미니크 앵그르. 프랑스의 신고전주의 초상화가로 〈샘〉, 〈그랑드 오달리스크〉, 〈목욕하는 여인〉, 〈터키 탕〉 같은 동양적 배경의 관능적인 여성 누드화로 유명하다.

강하게 쭉 뻗은 다리는 스스로 빛을 발하는 것처럼 눈부셨지만, 긴 머리칼에 여기저기 가려진 어깨와 등은 옷을 입고 있을 때보다 훨씬 부드럽고 연약해 보였다.

TJ는 솟구치는 충동을 느꼈다. 넬라를 안고 침대에 쓰러지고 싶었다. 이제 그는 사랑하는 사람을 바라보며 강렬한 욕망을 느끼는 것을 부끄러워하거나, 자책하지 않았다. 오히려 이 충동이야말로 소멸되지 않은 의지와 생명력을 그대로 보여주는 것이라고 생각했다.

벼락 맞은 나무처럼 갑작스레 불이 붙었던 그의 열정은 이제 마음껏 타올라야 했다. 그건 무엇으로도 억압받지 않고 통제되지 않은 채 온 숲을, 태울 수 있는 것은 모두 다, 태워야 했다.

욕실에서 나온 넬라는 한 번도 뒤를 돌아보지 않았다. 자신이 슬립 차림이라는 것을, TJ가 뒤에서 거의 반라半裸와 다름없는 자신의 모습을 볼 수 있다는 것조차 잊은 듯했다. 그녀는 침대 위에 꺼내어 놓은 나이트가운을 걸치지도 않은 채, 콘솔 앞 스툴에 앉아 일부러 그러듯 느리게 움직이고 있었다. 마치 뒤돌아보면 무언가 무서운, 보기 싫은 것을 보게 될 것처럼. 할 수만 있다면 영영 뒤를 돌아보지 않을 것처럼.

들뜨고 흥분되었던 기분이 가라앉으면서 TJ의 머릿속은

금방 난맥처럼 얽혀 버렸다. 공항에서부터 바 엘 탱고까지는 일사천리였다. 넬라가 말과 행동으로 TJ의 민감한 심성을 충분히 이해하고 배려하는 것이 확실히 보였다. 그런 그녀 때문에 떠나면서부터 고민하고 걱정했던 첫 밤을 무난히 보낼 수 있으리라고 생각했었다. 그런데 지금의 넬라는 분명히 아까의 넬라가 아니었다. 우선 말이 없어졌고, 움직임도 줄어들었고, 미소가 떠난 얼굴은 숨길 수 없이 굳어 있었다.

TJ는 일생의 습관대로 재빨리 자신의 하루를 되돌려 보았다. 어떤 말이 문제를 유발했을까. 아니면 어떤 작은 행동과 표정이 문제의 싹이 되었을까. 없었다. 오늘 TJ가 보인 우려스러운 행동은 오직 한 번의 강한 포옹과 진한 키스 시도밖엔 없었다. 그렇다면 지금 넬라를 경직시키고 겁먹게 하고 있는 건 무엇일까.

TJ는 말없이 넬라에게 다가가 한 손을 부드럽게 그녀의 어깨에 얹으며 다른 한 손으로는 아직 젖은 머리를 쓰다듬었다. 헤어드라이어가 욕실의 작은 서랍에 있는 걸 봤는데 그녀는 그것도 챙겨 갖고 나오지 못했다. TJ는 욕실에 가서 헤어드라이어를 가지고 나와 물어보지도 않고 넬라의 머리를 말려 주기 시작했다. 작은 헤어드라이어는 소리만 요란했지 그녀의 풍성하고 긴 머리칼을 말리기에는 용량이 부족했다. 덕분에 그는 최대한 감정을 담아 부드럽게, 오랫동안 그녀의 머릿결을 쓰다듬을 수 있었다.

TJ의 예기치 않은 행동에도 반응이 없이 멍하기만 했던 넬라의 눈동자가 점차 밝아지는 게 보였다. 그리고 따뜻해지는 것처럼 보였다.

"고마워요 TJ, 이제 됐어요. 당신에게 계속 맡겼다가 머리 모양이 이상해지면 내일 페리토 모레노에 못 가요."

헤어드라이어를 넘겨받으면서 모처럼 넬라가 농담을 던졌다. 그제야 잊었다는 듯, 이것저것 얼굴에 바르며 손을 바쁘게 움직였다. 다시 활기를 찾은 것 같은 넬라의 모습을 보던 TJ가 슬그머니 고개를 숙여 그녀의 목에 가볍게 키스하자, 그녀가 손을 머리 뒤로 뻗어 TJ의 머리카락을 부드럽게 헝클었다.

"저리 가서 당신 침대에 앉아 있어요. 금방 끝낼게요."

귀찮게 하는 어린아이 대하듯 가볍게 밀치며 넬라가 윗입술을 말아 올리며 웃었다. 시종을 알 수 없었던 그녀의 감정의 파도가 이제 좀 가라앉은 것이 확실했다.

TJ의 어깨에 머리를 기대고 나란히 앉은 넬라가 탐색하듯 그의 드러난 팔과 상체의 여기저기를 뜻 없이 문지르기도 하고 가볍게 꼬집기도 했다. TJ는 그녀의 감정이 정상으로 돌아왔다고 생각했지만 다시 키스를 시도할 마음은 없었다. 대신 넬라가 몸을 일으켜 그의 얼굴을 감싸더니 쪽, 소리를 내며 뺨에 명랑한 키스를 했다.

"당신이 나를 보러 이 먼 곳까지 온다는 건, 기쁘다거나 행복하다거나 하는 단어로는 표현하기 어려운 일이었어요. 그야말로 표현을 넘어서는 일. 당신이 다시 오겠다는 말을 했을 때, 메일에는 농담이냐고 했지만 난 당신이 올 것으로 믿었어요. 그러니까 어쩌면 난 당신이 올 때를 대비해서 제법 긴 시간을 준비한 셈이지요. 당신에게 줄 것이 없으니 준비라는 말은 좀 그런가? 하여간 그 일에 대해 긴 시간 생각했어요. 당신을 알고부터 내가 부쩍 말이 많아진 거 같아요. 가능하면 짧게, 내 심정을 말할게요. 당신이 꼭 이해해 주어야 할 일이 있어요."

TJ는 넬라에게 두른 팔이 저려 오는데도 자세를 바꾸지 못하고 그녀의 얘기를 들었다.

"당신, 내게 한 번도 사랑한다는 말을 안 한 거 알아요?"

넬라가 다시 TJ의 뺨에 가볍게 키스하며 말을 이어 갔다.

"아니, 수도 없이 했는걸. 그렇게 많이 들었으니 넬라가 이렇게 편하게 나한테 기대어 있는 거 아닌가?"

"그렇게 말고 말이에요. 직접! 우린 아니지만 미국이나 서유럽 사람들이 입에 달고 사는 것처럼, 툭하면 나오는 대사이긴 하지만 좋잖아요. I love You! 그런 말은 없었어요. 당신과 메일을 주고받으면서 당신을 좋아하게 되고, 당신이 날 얼마나 좋아하는지도 의심하지 않게 된 이후일 거예요. 어느 날 생각해 보니 당신의 메일 속에서 I love You란 문장을 한 번도 본 적이 없는 거예요. 혹시나 말미에 쓴 적이 있는지 다시 봤지만, 없더라고요."

"오, 그래서 나를 의심하게 되었단 말?"

TJ의 농담에도 넬라는 여전히 진지했다.

"방금 말했는데, 당신의 사랑을 전혀 의심하지 않게 된 이후라고. 당신에게 그 말을 해 달라는 게 아니고, 그런 것에서, 당신이 그런 말을 우연하게라도 쓰지 않은 걸 보고 생각한 게 있다는 말을 하려는 거예요. 결론은 나에 대한 변명이 되겠지만요."

TJ는 침묵하면서 그녀의 얘기를 들어야 할 시간이 되었음을 알았다. 그녀의 감정이 크게 파동을 일으킨 이유, TJ가 느꼈던 그녀의 불편함과 두려움의 배후가 곧 말해질 것 같았다.

"처음에 난 무슨 자신감인지 내가 당신을 잘 안다고 생각했어요. 대화를 통해 은연중에 내 맘에 새겨진 당신, I love

You란 문장을 쉽게 써 보내지 못하는 당신에게 맞추려면 내가 더 적극적인 사람이 되어야 한다, 절대 당신이 움츠러들지 않도록 배려해야 한다는 생각을 했어요. 당신이 말해 준 대략의 스케줄대로 이곳에 가면 이렇게, 저곳에 가면 저렇게 해야지 하면서 말이에요. 지금 생각하면 참 어리석었어요. 나이를 이렇게 먹고도 자신을 모르고, 당신이 오는 일이 가진 의미도 몰랐던 거예요. 아니, 의미라기보다는 당신이 오면 생길 일이라고 해야겠지요. 생길 일이고 또 마땅히 그렇게 될 일을 전혀, 전혀 생각조차 안 했어요, 처음에는."

넬라는 점차 상기되는 마음을 가라앉히려는 듯, 고개를 잠시 숙이고 숨을 골랐다. TJ는 그녀의 어깨를 쓰다듬으며 얘기를 기다렸다.

"아, 난 당신이 듣기 좋게 돌려서 말할 능력이 없어요. 그렇게 하다가는 지레 가슴이 막혀 버릴 것 같아요. 그냥 나오는 대로 말할게요. 당신이 오면 난 당신과 악수하고 포옹만 하는 게 아니라 깊은 키스도 하고 섹스를 해야 한다는, 하게될 것이라는 생각을 전혀 하지 않고 있었어요. 그 생각은 너무 늦은 어느 날 밤에 갑자기 떠올라 나를 당혹스럽게 만들었어요. TJ, 정말 당신에게는 기쁨만을 주고 싶었어요. 또 그게 내가 가장 기쁠 수 있는 길이라고 생각했어요. 그건 알아

주어야 해요. 그런데 그날 밤, 과연 내가 남자를 안을 수 있을까, 남자와 옷을 벗고 나란히 누울 수 있을까, 게다가 몸을···. 두려웠어요. 자신이 없었어요. 난 당신의 열정을 이미 알고 있었어요. 그런데 만일 당신이 원하는 걸 할 수 없다면, 나 때문에 당신이 그럴 수 없다면, 이건 나를 보기 위해 지구 반대편까지 달려온 당신을 우롱하는 것밖에 안 되잖아요. 겁이 나기 시작했어요. 정말로."

TJ는 가슴이 뛰고 머릿속에서 무언가 불규칙적인 진동을 느끼기 시작했다. 핵심으로 다가갈수록 그녀의 흥분 게이지가 쑥쑥 올라가는 것도 보였다. TJ는 떨리는 그녀의 어깨를 잡아 주고, 그녀를 꼭 안아 주었다. 넬라도 넬라지만 자신도 이 대화를 계속하기 위해서는 조금의 진정이 필요했다.

"넬라, 당신 말이 맞지만, 꼭 그렇지만은 않아. 당연히 사랑하는 사람을 앞에 두고 목석처럼 행동하고 싶은 사람은 없지만, 그렇다고 넬라가 말하는 스킨십과 섹···."

목이 콱 막혔다. TJ는 사실 이제껏 살면서 여자와의 성행위를 섹스라는 말로 표현해 본 적이 없었다. 청소년기 이후 그가 경험한 그 단어의 용도는 대개 역겨운 것이었기 때문에 무의식적으로 회피해 온 것일 수 있다. 다행히 그녀는 눈치채지 못한 것 같았다. 단지 지금은 자기 말을 들을 차례라는 것 같은 제스처를 취했을 뿐이다.

"내가 왜 이러는지 당신을 이해시킬 수 있을지 모르겠어요. 자신이 없어요. 그러나 당신을 실망시키고 싶진 않았어요. TJ, 뭐라 해야 당신이 바로 내 문제를 알게 될까요? 그래요, 난 아직 상반신만이라도 옷을 벗은 남자를 보는 게 충격이에요. 몸집이 커다란 남자가, 수염을 거칠게 기른 남자의 얼굴이 내게 가까이 다가오는 것도 역겨워요. 손등에 털이 수북한 커다란 손이 내 몸에 닿기만 하면 내 온몸은 굳어 버려요. 알겠어요? 멀리 떨어져 있을 때는 견딜 만하지만 아직도 내 사지의 어느 한 구석도, 내 피부의 어느 한 표면도 닿게 할 수는 없어요. 그게 누구든 닿기만 하면 내 온몸은 깜짝깜짝 놀라고, 정신은 깊은 수렁으로 빠져 버려요."

아차, 싶었다. 넬라에게는 깊은 트라우마가 있는 것이다. 당연히 짐작했어야 했다. 보스니아에서 참사가 벌어지던 세월 전체가 그녀를 괴롭히는 트라우마겠지만, 특히 남자들이 저지른 폭력이 행사될 때의 장면 장면들은 더욱 강하고 깊은 상처를 주었을 것이다. 자신도 당하기 직전에 엉뚱한 도움으로 강간에서 벗어났지만, 광란의 사태가 끝날 때까지 그녀는 수많은 여성에 대한 야만적인 폭행 장면을 목격하거나 들었을 것이다. 더구나 그녀가 벗지 못할 책임을 느끼는 동생 아나도 똑같은 일을 당하지 않았나.

TJ는 그녀의 고백을 더 자세히 들어서는 안 된다고 생각했다. 이 정도로도 충분히 그녀의 마음을 이해했고, 또 이해했어야만 했다.

"넬라, 넬라."

TJ는 그녀를 꼭 안아 주며 그녀의 이름을 속삭이듯 여러 번 불러 주었다. 넬라도 처음으로 팔을 그의 몸에 두르고 힘을 주어 안았다.

"넬라, 이너프, 이너프…."

넬라의 길고 풍성한 머리채에 얼굴을 묻고 TJ가 할 수 있는 말은 그것뿐이었다. 됐어, 됐어, 충분해, 다 알았어, 라는.

넬라의 고백은 그를 한없이 아프게 했지만, 마음 한구석에서는 구름을 헤치고 한 줄기 황금빛 햇살이 내려오는 것 같았다. 아이러니하게도 그는 뿌듯했고 한편 기뻤다. 넬라가 이 말을 하기 위해서 보낸 많은 불면의 밤과 고민의 시간은 모두 그를 위한 것이었음을 알기 때문이다. 계기도 환경도 억지스럽기 짝이 없었던 두 사람의 사랑은 아무리 여러 번 확인해도 불안한 것이었다. TJ가 스스로 짧은 표현 하나, 몸짓 하나에서 넬라의 사랑을 확인해 온 것처럼 그녀도 그랬을 것이다.

TJ는 모든 확인의 몸짓과 언어들이 오늘 밤 고백으로 이제 필요없게 되었다고 생각했다. 넬라는 첫 밤을 보내기도 전에 그녀의 전부를 벌써 그에게 준 것이다. 넬라를 안고 그녀의 머리를 쓰다듬으면서 TJ는 마음속 쾌감선이 민감하게 자극되어 떨리는 것을 느꼈다.

TJ는 드디어 넬라를 가진 것이다.

이제 TJ는 그만의 방식으로 자신을 주어야 했다.

두 사람은 침대에 나란히 누웠다. TJ는 넬라에게 팔베개를 받쳐 주면서 그녀에게 받은 진한 감동을 음미하고 있었고, 넬라는 몸을 반쯤 돌린 채 재미나는 일처럼, 그러나 조심스럽게 TJ의 몸을 다시 탐색했다. 여기저기를 문지르기도 하고, 콕 찔러 보기도 하는 게 그녀의 버릇인 양.

"당신이 체구가 작고…"

"작다니, 그거 실례되는 말씀인데. 나도 우리나라에서는 평균 이상의 신장이야."

TJ가 말을 끊자, 넬라가 그의 팔을 슬쩍 꼬집어 비튼다.

"당신이 키가 크고 체격도 컸다면 당신은 나와 말도 못 붙였을걸요. 수염도 없고 깔끔한 용모가 물론 좋았지만, 특히나 당신 손이 좋았어요. 유달리 긴 손가락을 가진 이 매끈하고 작은 손을 내가 얼마나 아름답게 느꼈는지 당신은 짐작도 못 할 거예요. 지금 생각하면 전혀 당신답지 않게 뭉툭한 돌처럼 내게 접근하던 당신을 내가 왜 받아 준 거 같아요? 난 스케치를 가린 당신의 손을 보는 순간 마음이 아득해졌어요. 그런 느낌은 정말 처음이었거든요. 부끄럽기도 하고, 어쩔 줄 몰라서 당신을 더 이상 바라보지 못하고 밖으로 나간 거예요. 당신, 내가 바라보고 있던 거 알아요?"

그날 농장의 레스토랑에서 넬라의 미소가 자신을 향하고 있다고 생각한 것은 다행히 착각이 아니었다.

"나는 내가 잘생겨서 그랬는지 알았더니."

"그야 잘생겼지요. 게다가 이보 안드리치를 알고. 그리고 당신의 이 작은 손이 나를 멋지게 그렸으니까요."

이제 마음이 진정된 듯, 넬라의 말이 가벼웠다.

"지금 시간이 아주 늦었거든. 우리 내일 페리토 모레노에 가는 거 연기할까? 넬라가 피곤하면 연기하자."

"당일에 어떻게. 그냥 가요. 척 보면 몰라요? 난 건강한 편이에요. 그리고 거기 가고 싶어요."

"그래? 그럼 어서 자도록 해. 내일 8시 30분에 버스 타면 되니까 아침은 건너뛰고 배에서 간단히 먹도록 하지, 뭐."

"그래요. 난 내가 당신보다 건강하다고 생각했는데, 당신 몸을 보니까 그런 말은 못 하겠네요. 그냥 슬림한 줄 알았는데 의외로 단단한 근육! 멋진 몸이에요."

넬라는 그를 붕 뜨게 만든 칭찬과 함께 자신이 얼마나 구기운동을 좋아했는지 어릴 적 얘기를 즐겁게 해서 그를 놀라게 했다. 거의 TJ 어린 시절의 여자판 얘기 같았다. 어떤 승부든 이기려는 마음이 너무 강해 가끔 말썽도 부렸다는 말이 그에겐 아주 사랑스럽게 들렸다. 두 사람은 그런 대화를 하며 가볍게 서로의 몸을 만지고, 입술을 장난스럽게 쪽쪽 부딪치며, 그야말로 손만 꼭 잡은 채 엘 칼라파테의 첫 밤을 지냈다.

3. 엘 칼라파테(2)

넬라에게 페리토 모레노는 거대한 환상의 장벽이었다. 넬라는 파타고니아에 와서 끝을 볼 수 없는 대지와 만년설이 덮인 웅장한 산들을 보고 경탄하지 않을 수 없었다. 하지만 처음과 같은 감상은 서서히 옅어졌다. 그녀가 보낸 삼 년이 넘는 세월은 독특하지만 단순하기도 한 엘 칼라파테 인근 파타고니아의 경관에 익숙해지기에 충분했다.

그러나 그녀의 눈앞을 떡하니 가로막고 있는 페리토 모레노 빙하는 달랐다. 그 거대함도 거대함이지만, 거대함에 앞서 온갖 상상을 가능케 하는 신비로움이 더욱 놀라웠다.

넬라에겐 페리토 모레노가 단순한 빙하가 아닌 멋진 파사드를 가진 거대한 얼음 신전으로 보였다. 한눈에 담아내기에는 턱도 없이 넓은 면적의 신전을 뒤에 둔 채, 눈이나 보석의 변화무쌍한 결정체들로 장식된 기둥들이 열을 지어 선 아름답고 웅장한 파사드.

또한 그녀에겐 페리토 모레노의 굳건한 장벽이 죽음과 소멸을 막기 위해 버티고 투쟁하는 전사처럼 보이기도 했다. 빙하를 무너뜨리려는 세력에 저항하면서 빙하의 생명이 명멸하는 최후의 절벽에서 자신이 가진 모든 힘을 끌어내며 누천년을 견뎌 온 전사. 분명히 흰색임에도 빙하의 전체를 휘감고 있는 눈부신 파란빛은 마치 안간힘을 쓰는 전사의 얼굴과 온몸에 불끈불끈 솟아오른 핏줄의 빛깔 같았다. 멀지 않은 시차를 두고 무시무시한 신음 소리를 내며 여기저기서 무너지는 장벽의 한 귀퉁이는 생존을 위해 스스로 잘라 내는 전사의 손과 발이었다.

장벽 앞에 시간 가는 줄 모르고 서 있었던 넬라에게 페리토 모레노는 그녀가 마치 거대 인간과 신들이 직접 대면하던 시대의 한 장면 속에 있는 것 같은 상상을 불러일으켰다.

그런 거대한 빙하는 그녀의 꿈속에서도, 그녀가 읽은 책 속에서도 존재한 적이 없었다. 넬라에게 빙하는 어쩌면 불쑥 던져진 놀라움, 그 자체였다.

날씨는 종일 청명했다. 늘 세찬 바람도 빙벽 앞에서는 잠잠했다. 바로 앞에 있는 것처럼 보이는데도 먼 천둥소리를 내며 무너지는 빙벽의 붕괴 장면을 기다리기에는 더없이 좋은 날씨였다.

페리토 모레노 여행의 백미는 아이젠을 하고 빙하 위를 직접 걷는 빙하 트레킹이다. 호수 쪽에서 빙벽 위로 보이던 빙하는 거대한 얼음의 평원이었지만, 직접 빙하 안쪽으로 들어와 걸으니 그 표면은 평평하지 않았다. 나무가 없고, 바위도 없지만 높낮이가 다양한 수많은 봉우리와 깊고 낮은 계곡들을 가진 산맥이었다. 얼음의 산들은 수만 가지 상상이 가능한 얼굴을 하고 그녀를 매료시켰다. 그냥 삼각형의 산봉우리 모양도, 커다란 괴물의 머리 모양도, 통통하게 살이 오른 버섯 모양도, 사자나 코끼리 같은 동물의 모양도 섞여 그야말로 만물상을 보는 기분이었다. 멀리서 보이던 빙하의 틈새에서 새어 나오는 신비로운 파란빛도 여전했다.

얼굴을 가까이 가져가면 들리는 시냇물 흐르는 소리. 마치 넬라가 걸었던 고향의 산골짜기의 작은 시내가 흐르는 소리처럼 맑고 깊었다. 빙하 표면을 가른 얕은 골로 흐르고 있지만, 소리만 들으면 어딘가 끝이 닿지 않는 세계로, 마치 물방울 하나하나가 신비한 생명체들처럼 줄을 이어 걸어가고 있는 느낌이 들었다. 이 파란빛과 끊이지 않는 물소리가 바로 빙하가 살아 있다는 상징이 아닐까. 이 빛과 소리가 매일 하루에 2미터씩 아르헨티노 호수를 향해 걷고 있다는 길이 30킬로미터, 폭 5킬로미터, 높이 60미터의 거대한 빙하의 눈빛이요, 숨소리일 것이다.

짧지만 기억에 남을 빙하 트레킹이 끝나면 가이드가 커다란 빙하 얼음을 가져다가 위스키 언더락을 만들어 여행객들에게 준다. 이번 가이드 중 한 사람이 여자였는데, 넬라에게 시종 친절했다. 이 가이드가 언더락 두 잔을 건네며 두 사람을 부부라고 칭했다. 젊은 여자 가이드의 눈에는 두 사람이 행복해 보이는 중년 부부, 독특한 동·서양인 커플로 보였던 모양이다. 알아들었을 텐데도 전혀 개의치 않는, 오히려 더 그런 척하고 있는 TJ의 모습이 넬라의 마음에 남았다. 돌아오는 배 안에서는 TJ가 그답지 않게 먼저 옆자리의 미국인 부부에게 말을 건네며 맥주를 주거니 받거니 했다. 넬라에게 어쩔 수 없이 그의 아내 역할을 하도록 하면서.

넬라가 오늘 받은 선물은 거대한 빙하 장벽을 보고 전에 없던 즐겁고 희귀한 감상을 느낀 것이 물론 첫째겠지만, 남들에게 그들이 어울리는 부부나 사랑에 빠진 연인으로 보였다는 것도 그냥 잊기는 어려운 선물이었다. 그건 파타고니아의 그녀가 아니라면 상상도 할 수 없던 선물이었다.

낮이 즐겁든 괴롭든 밤은 어김없이 온다. 다만 엘 칼라파테의 밤은 다행스럽게도 아주 게으르게 온다. 시계가 아홉 시를 가리키러 돌아가도 별로 서두르지 않는다.

TJ가 걱정하는 밤이 그렇게 다시 오고 있었다.

오늘 밤을 어떻게 해야 하나, 넬라가 요구할 때까지 기다려야 하나, 아니지, 넬라가 요구하다니, 그걸 기다리는 건 너무 소극적이고 비겁하지, 그러면 넬라의 몸이 열릴 때까지 계속 시도해야 하나, 그러다 심리적으로 더 위축되면 어쩌지, 엘 칼라파테에서는 일단 기다려 볼까, 그러다 한 주가 훌쩍 가 버리면?

TJ는 생각을 거듭할수록 답답했다. 이런 일을 넬라와 상의할 수도 없고 누구에게 물어볼 수도 없었다.

가볍게 와인을 곁들인 저녁 식사를 하고 또다시 조그만 시내를 한 바퀴 산책한 뒤에 방에 들어온 때는 막 열 시를 조금 넘긴 시간이었다.

어색하고 쑥스러웠던 어젯밤과는 달리 모든 것이 자연스럽고 막힘이 없었다. 한번에 정해진 규칙처럼 TJ가 먼저 샤워를 끝내고 차를 준비하는 동안 넬라가 욕실을 썼다. 포트에 물을 끓이고 티백의 마테차를 만들고 있을 때 넬라가 욕실에서 나왔다. 이미 헤어드라이어를 찾아 머리를 말렸고, 나오자마자 슬립 위에 나이트가운을 걸쳤으니 어제와는 확연히 다른 모습이다. 덕분에 TJ는 하고 싶은 일과 보고 싶은 모습을 둘 다 놓쳤다.

티 테이블을 사이에 두고 마주 앉자 TJ가 물었다.

"마테차 세트는 잘 썼어?"

"그럼요. 전에 말했잖아요, 오후에는 커피를 끊고 마테차로 바꾸었다고요."

"사실 잘 알지도 못하면서 급하게 뭔가 남기려고 산 거야. 그런데 나중에 보니 마테차가 몸에 아주 좋은 거더라고."

"맞아요. 여기 사람들은 거의 달고 살아요. 우리 농장 사람들도 다 커피에서 바꾸고 있어요. 난 당신 때문이지만, 그들은 건강에 아주 좋다고 믿는 거 같아요."

우연히 시작한 마테차 얘기가 커피로, 다시 동양의 차로, 한국의 인삼으로 흘러가며 두 사람은 계획한 건지, 아니면 영 다른 길로 간 건지 판단하지 못한 채 시간을 보냈다. 그냥 이대로 평온하게, 오래된 부부처럼 나란히 누워 밤을 보내도 괜찮을 것 같았다. 또 그렇게 될 것 같았다.

그런데 찻잔을 치우러 일어난 넬라의 뒷모습을 물끄러미 바라보게 된 게 문제였다. 건진 티백을 버리려던 건지 넬라가 작은 휴지통으로 몸을 숙일 때였다. 앉아 이야기를 주고받을 때는 몰랐던 넬라의 맨다리가 허벅지까지 훤히 드러났다. 발목에서부터 매끈한 종아리를 거쳐 건강하면서도 육감적인 허벅지까지 점점 더 하얗게 변해 가던 색깔은 엉덩이가 볼록한 선을 이루는 지점에서는 완전히 순백이었다. 백인의 같은 흰 피부라도 늘 옷에 가려 전혀 햇빛을 보지 못한 그곳은 확연히 다른 빛깔이었다. 충동을 일으키는 힘이 아주 다른 자극적이고 신비한 빛깔이었다. 그 색깔의 차이가 마치 호기심과 흥분의 경계를 깨드리는 것처럼 그를 흔들었다.

TJ는 벌떡 일어서서 돌아선 채로 나이트가운을 고쳐 입던 그녀의 손을 잡았다. 넬라가 잠깐 얼굴을 찌푸릴 정도로 꽉 잡은 손을 풀어 주지도 않고 그대로 그녀를 안았다. 당황한 넬라가 몸을 빼려는 힘과 더 세게 안는 TJ의 힘이 어긋나 두 사람은 침대 위로 균형을 잃고 쓰러졌다.

TJ는 넬라의 온몸을 불빛으로부터 가리려는 듯 자신의 몸으로 그녀를 덮었다. 자신의 가슴 아래 그녀의 가슴을, 자신의 배 아래 그녀의 배를 밀착시키자 강한 전류가 정수리에서부터 발끝을 관통했다. 그는 적지 않은 충격과 함께 알 수 없는 쾌감의 전조를 느꼈다. 여전히 넬라는 강한 포옹에서 몸을 빼려는 동작이었지만 그는 상관하지 않았다. 한쪽으로 고개를 돌리고 숨을 몰아쉬고 있는 넬라의 얼굴을 눈앞으로 당기면서 그녀의 입술을 찾았다. 처음처럼 굳게 닫힌 이를 열지 못한 그는 더욱 강하게 그녀의 입술을 잡아당기듯 물었다 놨다 하면서 길을 찾으려 했다. 그러나 그녀는 요지부동이었다. 가슴으로 향하던 TJ의 손도 그녀의 손에 잡혔다.

그래도 포기하지 않고 키스를 원하던 입술은 맹렬히 몸의 다른 곳으로 향했고, 손도 역시 그녀의 머리카락에서부터 등과 허리와 엉덩이를 쓰다듬으며 옮겨 다녔다. 갑작스러운 충동에 따른 조금은 강압적인 행위들이 욕망을 더 자극했는지, 그는 몸의 중심이 확연히 변하는 걸 느꼈다. 넬라를 더듬으며, 입술로는 뺨과 눈과 이마와 목과 귀에 방황하듯 키스를 퍼붓는 동안 부쩍 모양을 갖추고 모습을 드러낸 것이다. 더구나 경직된 그의 중심은 의식의 규제를 제멋대로 벗어나 스스로를 넬라의 몸에 밀착시키며 움직이고 있었다.

TJ는 문득, 넬라도 이걸 느끼겠다, 는 생각이 들었다.

그러고는, 바로 이런 광경이구나, 하는 생각이 떠올랐다. 망치로 머리를 얻어맞은 것 같은 충격이 왔다.

바로 이런 광경!

그가 저지르고 있는 동의 없이 강요하는 장면은 압박의 세기나 폭력의 동반 여부와 관계없이 넬라가 경험한 참혹한 일과 본질적으로 같은 것이 아닌가. TJ는 정신이 번쩍 들었다.

내가 지금 무슨 짓을 하고 있는 건가!

그는 불에 덴 사람처럼 급하게 몸을 일으켰다. 그리고 자세를 바로 하여 앉았다. 넬라는 아직도 긴장을 풀지 않은 채 여전히 고개를 모로 돌리고 있었다. 난감했다. 졸지에 깨진 물그릇에 물을 다시 담아야만 하는 심정이 되었다. 넬라 앞에 무릎이라도 꿇고 사과하고 싶었지만, TJ는 입을 열 수 없었다. 사과의 말을 꺼내기는커녕 넬라의 몸에 손끝 하나 댈 수 없었다.

엄청난 후회와 함께 자신의 행동에 대한 분노가 몰려오자 그는 자리를 박차고 일어났다. 넬라 곁에 계속 있다가는 더 큰 실수로 실수를 덮는 악순환을 피할 수 없을 것 같았다. 그의 경험은 우선 이 자리를 빨리 피하라고 재촉했다. 그는 그대로 해야만 했다. 침대에 혼자 남게 될 넬라를 생각할 여지도 없었다. 그는 도망치듯 방을 나왔다.

로비에 나오니 바가 열려 있었다.

TJ는 되는 대로 칵테일 한 잔을 시킨 뒤 구석에 자리 잡고 앉았다. 무작정 알고 있는 이름이라 주문한 모히토를 기다리며 그는 좌불안석이었다. 방에서 나와 찬바람을 쐬자마자 자책으로 인한 것이든 무엇 때문이든 들고일어났던 분노는 금방 가라앉았다. 대신 넬라를 혼자 두고 나왔다는 당혹감이 그를 흔들었다. 넬라에게 과거의 폭도들과 하나도 다르지 않을 짓을 하고서도, 그녀를 위로하거나 달래기는커녕 혼자 뛰쳐나와 버리다니, 너무나 한심했다. 그러나 자신이 한심한 것이 문제가 아니라 넬라가 과연 이 상황을 어떻게 받아들이고 무슨 생각을 할 것이냐가 더 큰 문제였다.

그는 모히토를 단숨에 들이켰다. 럼주의 맛은 거의 느껴지지 않았다. 일단 다시 한 잔을 주문했다. 모히토를 앞에 두고 한참을 멍하니 앉아 있자니 온갖 생각이 뒤죽박죽이 되어 교차했다. 아무런 방향성도, 요점도 없는 생각들 때문에 혼란스러운 그에게 바텐더가 벌써 두어 번 열한 시가 넘은 시계를 가리켰다. 어느새 바에 혼자 남은 TJ는 여전히 언제 방으로 올라갈지, 어떤 방식으로 사과하고 이해를 끌어내야 할지 고민에 빠져 있었다.

눈치 없는 진상 손님처럼 잔만 만지작거리고 앉아 있던 TJ가 어쩔 수 없이 일어나려 할 때, 생각지도 않은 따뜻한 손길이 어깨 위에 느껴졌다.

넬라였다.

그는 깜짝 놀라 일어났다.

"이게 좋아서 그렇게 급히 나갔나요? 대체 무슨 맛이기에."

넬라가 모히토 잔을 들어 한 모금 마셨다.

"오, 맛있네. 이런 맛은 처음인데요. 이거 알코올이 든 건가?"

"모히토라는 칵테일인데, 럼주가 들었어. 근데 이 집은 아주 조금 넣는가 봐."

그 순간에 모히토를 설명하다니 어처구니가 없었지만, 그렇다고 달리 할 말이 없었다. 넬라는 술이 들었다면 더 마시지 말라면서 자신이 계산을 치르고 그를 바에서 데리고 나왔다.

갑자기 몰아닥쳤던 폭풍 뒤의 터무니없이 잔잔한 바다처럼 마치 아무 일도 없었던 듯 두 사람은 침대 머리맡에 나란히 기대앉았다. 사과하고 싶은 마음은 컸지만 또 엉뚱한 소리를 하게 될까 걱정되어 TJ는 침묵을 지켰다.

"당신은 참 바보 같아, 아니 사춘기 청소년 같은 건가?"

넬라가 그의 손을 어루만지며 말 그대로 사랑스럽게 핀잔을 주었다.

"아까는 왜 그렇게 달아났어요? 내가 좋으면 더 열심히 노력해야지, 그렇게 대충 시도하다가 도망가는 사람이 어디 있어요?"

넬라가 장난스럽게 얼굴을 바짝 붙이고는 속삭였다.

"내가 얼마나 노력하는 중이었는지 몰랐어요? 긴장하지 말자, 긴장하지 말자 하면서 애쓰고 있었는데. 게다가 나도 무언가를 막 느끼려는 참이었는데 바보같이…"

TJ는 더 이상 들을 수 없다는 듯 그녀의 입술을 자신의 입술로, 아니 자신의 입으로 그녀의 입을 막아 버렸다. 그때 놀랍게도 TJ가 사랑한 넬라의 돌출된 앞니 두 개가 문을 활짝, 열어 주었다.

한 해를 꼬박 정성스럽게 키웠던 TJ의 물고기가 깜짝 놀라며 새롭고 달콤한 물속으로 첨벙 뛰어들었다. 그러곤 잠깐 동안 어리둥절하더니 이내 고요한 새 연못을 헤엄쳐 다니기 시작했다. 그곳은 너무도 다른 세계였다. 이제 막 들어 올린 벌집에서 스르륵 떨어지는 꿀처럼 달콤했고, 포식식물의 향기 나는 점액처럼 끈적끈적했다. 한참을 위로 아래로 옆으로 탐색하듯 유영하던 물고기는 숨어 있던 새 연못 속의 작고 탱탱한 물고기를 만났다. 그들은 서로를 오래 기다린 한 쌍처럼 만나자마자 꼬리에 꼬리를 물다가, 머리를 서로 기대며 빙빙 돌았다. 몸을 서로 꼬다가는 툭 떨어져 나가고, 또다시 만나면서 유선형의 날렵한 몸을 비비곤 했다. 거침없는 두 마리의 물고기는 너무나 아름다웠다. 숨이 차도록!

지칠 줄 모르고 새로운 유희에 빠진 아이들처럼 강렬한 키스를 주고받기를 한참, 넬라가 TJ의 등을 탁, 치며 몸을 뺐다.

"오늘은 이만. 당신은 다시 패스트 러너가 되고 있어요. 내 기운을 쏙 빼놓으려고 하네요. TJ, 그만…"

넬라가 품에서 빠져나가자 TJ도 고조됐던 숨을 돌렸다. 두 사람은 잠시 천장을 보며 나란히 누웠다.

보통의 호흡을 되찾자마자 TJ는 밀려온 생각에 실소를 참을 수 없었다. 이제껏 그녀를 대했던 자신의 태도가 너무도 우스웠던 것이다. 넬라를 고통스런 기억의 수렁에서 구하겠다는 생각처럼 무언가 우월한 입장에서 그녀를 이끌어야 한다는 속내를 그는 줄곧 가지고 있었다. 그렇지만 첫 만남에서부터 이제까지 조금이라도 예상치 못한 상황을 만나면 당황하고 움츠리는 그를 다독거리고 구한 건 넬라였다.

오늘 밤도 만일 그녀가 내려와 주지 않았다면 과연 이런 상황을 극복할 수 있었을까? 당연히 아니었다. 방에 혼자 남겨진 넬라가 여느 여자들처럼 자기 자존심이나 생각하며 화가 나 있었다면 그는 해결 방도를 찾을 수 없었을 것이다. 넬라가 지체하지 않고 내려와 준 건 파타고니아의 나머지 일정을 고스란히 살린 것이나 다름없었다. TJ가 처음 생각한 것처럼 그들의 사랑이 일방적으로 어두운 과거로 굳게 닫힌 넬라를 열어 나가는 것만은 아니었다.

그건 늦었지만 바른 깨달음이었다.

사랑이라면 누가 누구를 구하고, 누가 누구를 치유하고, 누가 누구를 행복하게 해 주는 일은 없다. 진정 사랑이라면 서로를 구하고, 서로를 치유하고, 서로를 행복하게 하는 것이다. 일방적이고 혼자 하는 것이라면, 주기만 하고 받지 못한다면, 받기만 하고 주지 못한다면 이미 사랑은 아니다. 사랑은 결코 혼자 하는 게임도, 놀이도 아닌 것이다.

사랑이라면 오늘 바람에 흔들려 비틀거리고, 내일 돌부리에 걸려 넘어지고, 누구에겐가 베이고 잘릴 때, 꼭 필요로 하는 시간에 반드시 나타나 고통의 늪에서 서로를 건져 내야 하는 것이다.

TJ는 자신이 넬라를 완벽하게 품어 주겠다는 생각을 넘어 그녀에게 자신을 온전히 맡기지 않으면 그의 지구 반대편으로의 먼 여행이 결코 일생에 가장 큰 선물이 될 수 없다는 걸 깨달았다.

4. 엘 칼라파테(3)

"일어나요, TJ. 늘 잠이 문제라더니 당신 이제 보니 잠꾸러기네."

넬라가 완전히 잠들기를 기다리다가 잠들었나 싶었는데 어느새 환했다. 그녀는 벌써 아침 단장을 다 했다. 시간을 보니 여덟 시가 좀 넘었다. 덕분에 침대에서 일어나는 몸과 마음이 가벼웠다.

"당신 오늘 파타고니아의 매운맛을 제대로 볼 수 있겠어요. 밖에 바람이 엄청나요. 비도 내리기 시작했는데, 제법 많이 올 거래요."

TJ는 창문을 반쯤 열다 얼른 도로 닫았다. 거센 바람으로 키 큰 포플러나무들의 굵은 줄기가 다 휘어져 부러질 것처럼 보였다. 나뭇잎들은 정신 못 차리고 흔들리고 있고, 넬라가 여러 번 얘기했던 예의 파타고니아의 바람 소리가 끊이지 않고 들렸다. 그녀는 깊은 어둠으로부터, 지옥의 입구로부터 들려오는 듯한 소리라고 했다. TJ에겐 처절한 짐승의 울부짖는 소리, 사람의 비명 소리로도 들렸다.

"당신하고 나는 오늘 감옥에 갇혔어요. 밖에 나갈 생각은 없겠지요, 이런 날?"

"이게 당신이 말한 파타고니아의 넓은 감옥?"

"이건 약과예요. 겨울엔 정말 무서워요. 곁에 아무도 없이 혼자 그런 날씨에 오래 시달린다면 아마 굶주림이나 추위보다도 혼자라는 외로움으로 죽고 말 거예요. 파타고니아 사람들이 손님 접대를 잘하는 게 아마 그래선가 봐요. 누구든 곁에 있으면 좋은 거, 그게 파타고니아의 겨울이 주는 선물일 거예요."

"그럼 우리 오늘을 아주 게으르고 편안하게 보내지 뭐."

식사를 마치고 나니, 정말로 두 사람은 얼굴을 마주 보며 이야기를 나누는 일 외에는 할 일이 없어졌다. 정오를 향해 갈수록 날씨는 더 거칠고 험해졌다. 간간이 어두워지기도 하고 천둥 번개도 번쩍이며 으르렁거렸다. 빗소리와 바람 소리는 꽉 닫힌 창문을 뚫고 계속 크게 들렸다. 차를 마시다 넬라가 말했다.

"우리 서로 좋아하는 음악을 하나씩 골라서 들어 볼까요? 당신의 유려한 음악 평론도 들을 겸."

"좋은 생각이긴 한데, 유려한은 좀 비아냥거리는 뉘앙스 아닌가?"

"아니, 절대 아니에요. 하하. 언제나 인터넷에 소개되는 곡 해설보다는 당신이 말해 주는 게 훨씬 머리에 쏙쏙 잘 들어

오고 좋았어요. 진심! 알아주세요.”

“그래? 그럼 내 첫 곡은 정해졌네.”

콘솔 앞에 서서 닐 영의 〈Heart of Gold〉를 따라 흥얼거리
던 넬라가 다음 곡을 검색하던 TJ 곁에 바싹 다가앉으며 장난
스럽게 팔짱을 꼈다.

“당신에게 말은 안 했지만, 나 그런 상상은 많이 했어요.
보스니아에 보리밭은 없지만 밀밭은 많거든요. 정말 그 황금
물결처럼 움직이는 밀밭 속으로 당신과 함께 스윽 사라지는
상상. 〈Fields of Gold〉를 들을 때마다. 당신이 좋아하는 노래
라 그랬는지 더욱.”

“어, 정말? 난 LA 공항에서 깜빡 졸면서 비슷한 꿈을 꿨는
데. 그런데 내 꿈속에선 넬라를 만나지 못해 안타까워하는 장
면이…”

“그래요? 왜 그랬을까? 난 늘 당신 생각을 하고 있었는데.”

TJ는 멀리 넬라의 모습이 보이면서 자신의 몸이 황금빛 갑
옷으로 변하던 그때의 기분이 다시 떠올랐지만, 넬라에게 말
하진 않았다. 무언가 모순되고 석연치 않았던 감정을 말하기
엔 그의 마음이 너무도 단순한 사랑으로 가득 차 있었기 때
문이다.

〈Fields of Gold〉를 들으며 넬라는 그의 어깨에 머리를 기

대고 그의 손가락 하나하나를 살피듯 매만졌다. 그녀의 움직임은 바깥의 소란스런 날씨를 아랑곳하지 않는 정적과 아늑함이 잘 버무려진 분위기를 만들어 냈다. TJ가 공항에서부터 마음 한구석에서 느껴 왔던 무언가 두서없이 서두르는 것 같은 기분이 말끔히 사라졌다. 그는 마치 환호와 박수로 산만한 운동장을 출발했지만 이제는 조용히 교외를 홀로 달리는 마라토너처럼 편안했다.

넬라도 마찬가지였다.

남들은 이해하기 어렵겠지만, 넬라는 TJ의 어젯밤 불안했던 모습, 걱정됐던 모습에서 오히려 마음의 평안을 찾았다. 메일을 주고받는 동안 넬라의 마음 한구석에는 그에게 보호자나 멘토와 유사한 감정이 생겼고, 그런 감정은 둘 사이에 무언가 열리지 않는 울타리가 있는 것 같은 느낌마저 주었다. 직접 만난 뒤 그런 감정이 더 커지면 어쩌나 하고 걱정도 되었다. 그러나 어젯밤 넬라는 보았다. TJ가 언제든 불안해질 수 있고, 마음을 다잡기 위해선 도움이 필요한 사람이라는 것을. 그리고 적어도 이 파타고니아에서는 그를 도울 수 있는 사람이 자신밖에 없다는 걸 알았다. 넬라는 TJ와의 사랑에서 자신의 역할도 확실히 있다는 걸 어젯밤 비로소 체험했다. 넬라의 편안함은 바로 그런 데서 온 것이었다.

남보다 강하거나 아름답거나 완벽한 것이 언제나 동경의 대상이 되고 사랑의 대상이 된다는 생각은 겨우 반 정도나 맞는 말이다. 우월함에서는 권력이 찾아지거나 부나 다른 세속적 가치가 추구될 뿐 사랑이 차지할 자리가 없다. 우월함에서는 거래가 이루어지거나 종속과 추종이 이루어질 뿐 사랑이 차지할 자리가 없다. 약하고 불안하고 상처 있는, 가진 것이 넘쳐나는 곳이 아닌 필요한 것이 넘쳐나는 곳에 사랑이 차지할 자리가 넉넉한 것이다. 사랑은 그런 곳에서 편안함을 느끼는 것이다. 그런 사람에게서.

로스 알라모스 호텔 건물의 왼쪽 날개 부분에는 아늑한 응접실 같은 공간이 있다. 편안한 소파들이 여럿 놓여 있지만 중앙 로비에 레스토랑과 바가 있어 사람들이 별로 이용하지 않는다. TJ는 처음 왔을 때 그곳이 참 마음에 들었다.

마침 아무도 없는 그곳은 조명마저 은은해 낮과 밤의 구분이 의미가 없었다. 서너 곳에 설치된 스탠드 등의 불빛은 두 사람을 둘러싼 공간을 전부 약한 오렌지 빛깔로 바꾸며 흘러다녔다. 비는 강하게 창문을 때리며 엇박자의 파열음을 내고 있고, 종일 어둑한 하늘도 여전했다.

넬라는 낮고 넓은 소파에 편안한 자세로 눕다시피 앉아 있다. TJ는 자연스럽게 슈베르트의 피아노 트리오 2번 2악장을 골랐다. 툭, 툭, 툭, 마음을 두드리는 도입부만으로도 넬라는 눈을 감았다.

"당신도 슈베르트를 좋아한다고 했지요? 그는 슬픔을 제대로 알고 있던 사람이었나 봐요. 그는 슬프다고 말하지도 않고, 끝내 울지도 않아요. 자신의 슬픔을 떨어져서 바라볼 줄 알았던 걸까요? 심지어 그의 음악은 아무런 이해조차 구하지 않는다는 느낌이에요. 그냥 들어라, 마음이 가는 대로. 그가 그렇게 말하는 것 같아요."

와인 잔을 잡은 손가락과 함께 까딱거리는 발. 그리고 대뇌의 지시 없이 마음에서 바로 옮겨진 듯 편하게 내놓는 말. TJ는 또다시 한 꺼풀 벗겨져 허공으로 날아가 버린 넬라의 허물을 보았다.

"그런 게 바로 아름다움 아닐까. 인생의 선악과 미추를 관통하는, 그리고 쉽거나 어려움을, 이해와 무지마저도 넘어서는."

"아, 궁극적! 그거였네. 언젠가 당신이 했던 말 이제 좀 알 듯하네요. 모든 예술은 궁극적으로 아름다워야 한다, 설사 고뇌와 불행, 부조리와 폭력에 대해 쓰고 그리더라도, 라고 했었지요? 포인트가 궁극적이란 단어에 있었군요. 난 그 말을 들으며 당신이 나의 비셰그라드를 겪었다면, 그 참혹함을 그릴 때,

과연 아름다울 수 있을까, 하고 조금은 반발했었거든요."

넬라는 그의 말을 전부 기억하는 것일까? TJ는 인도의 구루들처럼 앉은자리에서 한 삼십 센티 정도는 그대로 부양되는 기분이었다.

"맞아, 내 말은 무엇이든 쓰거나 그리기로 했다면 당연히 갖춰야 할 미적 기준에는 도달해야 한다는 말이었어. 나도 그게 뭔지는 콕 집어 말하기 어렵지만 그래도 그건 확실히 있고, 사람들이 알아볼 수 있다고 생각하니까. 이거 좀 들어 봐. 이 곡도 눈물이나 머리를 쥐어뜯는 고뇌를 요구하지 않아. 그러나 아프지. 당신 말대로 조금 떨어져서 바라보는 아픔이고, 그래서 더 마음을 울리는 아픔이지."

TJ는 베토벤이 완전히 청력을 상실한 뒤에 작곡한 그의 마지막 현악 4중주인 16번의 3악장을 들려주었다. 남매들끼리의 타고난 어울림이 배어 있는 하겐 콰르텟의 연주다.

"그런데 당신도 실내악이나 독주곡을 좋아하나요? 설마 나하고 취향이 같은 건 아니지요? 당신이 알려 준 곡들이나 우리가 함께 들었던 곡들이 전부 그랬다는 거 알아요?"

넬라가 물었다. 마음 같아선 취향이 같다고 호응하고 싶었지만, 이건 솔직한 대답이 필요한 질문이다.

"하하하, 세상에 어떤 얼간이가 잘 보이고 싶은 여자한테

223

길고, 심각하고, 공감을 위해 애를 써야 하는 심포니나 협주곡을 듣자고 하겠어. 넬라, 베토벤 〈영웅〉 한번 들어 봐, 이랬으면 넬라가 어떻게 반응했을까? 하긴 내게 좀 그런 어리숙한 면이 있긴 하지. 실은 난 정말로 음악을 듣겠다고 맘먹은 시간에는 결국 심포니를 듣는 축이야. 물론 위대한 협주곡들에게 시간을 내기도 하지만."

"역시, 아니었군요. 심포니 하면 베토벤?"

"베토벤이야 좋아하고 말고의 수준에서 말해선 안 된다고 생각하지만, 난 편하게 얘기해도 좋은 사이라면 대놓고 시벨리우스가 가장 위대한 심포니 작곡가라고 말하기도 해. 특히 그의 2번은 내 사랑이지. 말러나 쇼스타코비치도 자주 듣는 편이고. 그렇지만 이제는 어떤 특정 곡이 좋다 싫다보다는 내 마음의 상태에 따라 들을 음악을 선택하곤 하지."

넬라의 표정이 '아하, 그렇다고?' 말하는 것 같았다.

"그럼 넬라는 내가 그동안 첫째, 선율이 아름답고, 둘째, 너무 길지 않고, 셋째, 음악과 함께할 얘기가 있는 걸 고르느라 얼마나 애를 썼는지 짐작도 못 하겠네?"

"그랬군요. 정말 몰랐어요. 난 약간 음악 편식이 있나 봐요. 물론 당신을 알고 난 뒤부터 달라지고는 있지만…"

당신을 만나고 난 뒤부터, 란 말에 TJ의 민감한 촉수가 반응했다. 그런 것일까? TJ가 깜짝 놀라도록 강한 어조로 음악의 해악에 대해 말하던 넬라는 그래서였던 것일까? TJ는 건반음악과 실내악에 치우친(그녀는 성악곡에 대해서도 일언반구 거론한 적이 없었다) 넬라의 음악 편식이 자연스런 취향 때문만은 아니라고 생각했다. 그녀에게 끔찍한 기억을 되살려 주는 음악이라면 아마 그건 강하고 크고 압도적인 사운드를 가진 행진곡풍의 관악 합주나, 합창이나, 마이크를 타고 울리는 전투적인 노래들일 것이다. 아직도 넬라는 단지 사운드가 크고 웅장하면 듣기를 꺼리고 있을지 모른다. 그러나 더 캐물을 필요는 없었다. 그녀는 지금 하루하루 달라지고 있으니까.

넬라가 다시 슈베르트로 돌아갔다.

"난 가끔, 슈베르트의 슬픔을 너무 아름답게만 느끼는 게 미안하기도 해요. 그에게는 단명과, 가난도 큰 불행이었지만 어쩌면 무명의 생애가 더 큰 괴로움이 아니었을까 하는 생각 때문에요. 사람들은 생전에 그를 전혀 평가해 주지 않았잖아요. 제대로 연주될지도 모르는 작품들을 쓰다가 마감한 삶은 얼마나 외롭고 힘들었을까요."

슈베르트에겐 작곡가로서의 무명이 더 고통이었을 것이라는 말에 TJ는 몸 어딘가가 꿈쩍 움직이는 걸 느꼈다.

그는 넬라의 어깨에 두른 손에 힘을 주었다.

225

"이거 말고 피아노 트리오가 또 있지 않나요? 오늘 같은 날에 잘 어울리는….."

TJ는 슈베르트의 〈노투르노〉를 찾았다. 모자란 불빛 아래 비바람 소리가 끊이지 않는 밤과 같은 오후에 〈노투르노〉야말로 정말 어울리는 곡이 아닌가.

두 사람은 어느덧 말이 없다.

언덕을 오르듯 힘겹게 상승하다가 어느새 가슴을 쿡쿡 지르며 파고드는 〈노투르노〉의 멜로디는 자연스럽게 두 사람을 포옹하게 만들었고 이제 시간은 오로지 물고기들의 것이 되었다.

서로에게 기댄 채 TJ와 넬라는 마치 물 없는 바닷속에 들어와 있는 느낌이었다. 그건 어떤 세상과도 완전히 차단된 두 사람만의 세계였다. 그들은 힘차고 억센 정열을 애써 갈무리한 채 소리 없이 유영하는 두 마리의 매끈한 범고래였다. 두 사람은 서로를 세세하게 탐색하며 시시각각 모양을 바꾸는 서로의 감정을 교환했다. 그들만의 조용한 심해에서 마음이 시키는 대로 할 수 있는 한 가장 아름다운 춤을 추었다. 오래도록. 이 경계를 모르는 바다에는 행복하게도 시계가 없다. 다른 고래도 없고, 다른 소리도 없다.

비가 그쳤고, 밤은 다시 왔다.

다섯 사람의 스웨덴인들 때문에 그들의 바닷속 여행은 안타깝게도 끝이 났다. 손에 손에 맥주 꾸러미를 들고 내려왔지만 그다지 시끄럽지는 않았다. 맥주를 캔째로 들고 건배하는 그들을 바라보며 TJ가 그만 올라갈까 생각하는 와중에 금발의 키 크고 건장한 여자가 넬라에게 한잔하자고 권해 왔다. 잠깐 망설이는 넬라를 보더니 이번엔 머리가 훤히 벗어진 인상 좋은 남자가 아예 캔을 따서 TJ에게 건넸다. 사양하기 어려운 표정의 친절이었다. 넬라는 금방 금발의 여자와 이런저런 얘기를 주고받기 시작했고, TJ에게 맥주를 권한 남자가 여행 일정에 대해 물었다. 엘 칼라파테, 우수아이아, 바릴로체에 갈 계획이라고 말하자, 그가 TJ의 어깨를 친한 친구나 되는 양 툭 치면서 말했다.

"아니, 여기까지 와서 피츠로이를 안 본단 말이에요? 오, 그건 안돼요. 당신 한국에서 왔다면서요. 여길 언제 또 오겠어요? 피츠로이를 꼭 가세요. 정말 일생에 잊지 못할 거예요. 가세요, 내일이라도 계획을 변경해서요."

"가고는 싶지만, 우린 간단한 트레킹은 몰라도 긴 산행을 위한 준비가 전혀 없어서요."

"그런 건 걱정 마세요. 다 빌릴 수 있어요. 모든 걸 다. 돈만 조금 더 쓰면 아주 깨끗하고 좋은 장비를 빌려서 다녀올 수 있어요."

피츠로이는 TJ의 지난번 파타고니아 여정에서 빠트린 몇 곳 중 토레스 델 파이네와 함께 가장 아쉬운 곳이었다. 그는 갑자기 그곳이 가 보고 싶어졌다. 그들이 피츠로이 얘기하는 걸 들었던지 금발의 여자가 넬라에게 휴대폰 사진을 열심히 보여 주고 있다. 피츠로이의 일출 운운하는 소리도 얼핏 들렸다. TJ도 블로그나 다른 사진으로 멋진 일출 장면을 본 적이 있었다.

사진을 보던 넬라가 피츠로이의 유혹에 걸려든 TJ를 빤히 바라보았다. 갑자기 스웨덴인에게 장비 대여와 숙소와 엘 찰텐으로 가는 방법을 묻는 TJ를 보면서도 넬라는 아무런 싫은 눈치를 보이지 않았다.

"후회하지 않을 거예요. 당신은 피츠로이를 본 뒤에 혹시 우수아이아나 다른 곳에서 날 보면 술 한잔 사야 할 거요."

그는 TJ가 권유를 받아들인 것이 무슨 승리라도 되는 양, 일어나서 모두에게 피츠로이를 위해 건배하자고 외쳤고, 엉겁결에 TJ와 넬라도 맥주를 든 손을 치켜들고 건배 대열에 합류했다.

스웨덴인들 덕분에 이날 밤은 아무런 고민이나 충동도 없이 지나갔다. 두 사람은 인터넷과 호텔에 있던 브로슈어들을 보면서 엘 찰텐으로 가는 길, 스웨덴인이 소개한 숙소와 장비 대여점을 확인하고 메모했고, 트레킹 시간 계획을 짜며 밤늦도록 시간을 보냈다.

5. 엘 찰텐(1)

엘 찰텐까지는 버스로 세 시간 남짓 걸렸다.

그 길에는 한편으로 고개를 돌리면 수평선이 보일 정도로 넓고 넓은 비에드마 호수가 오래도록 이어지고, 반대편으론 광활한 황무지가 계속되는 데다, 정면으로는 거대하고 괴기스러운 피츠로이가 버티고 서 있다. 호수와 황무지와 바위산이 뿜어내는 매력은 상상이 어려울 만큼 다층적이고 입체적이었다. 여정 내내 버스를 타지 않고 걸을 수 있다면 얼마나 좋을까 하는 아쉬움이 떠나지 않았다.

피츠로이는 산과 그 정상, 그리고 바위들의 모습에 대한 스테레오 타입을 완전히 깨는, 마치 괴기스러움을 과장한 애니메이션 속 산과 바위의 모습에 가깝다. 미숙한 일꾼이 되는 대로 찰흙을 빚어 길게 늘여놓은 것 같아 자칫 산이라는 현실감을 잊어버릴 정도였다.

오랜 기다림 끝에 그가 맞닥트린 파타고니아는 자연이 너무도 압도적이라 인간의 세계가 아니었다. 똑같이 압도적인 자연이라도 거대한 산군이 마치 신들의 집합소처럼 운집해 있는 히말라야와는 느낌이 달랐다. 히말라야는 신들과 신들의 산에 더불어 사는 인간들이 뚜렷이 대비되며 보였지만, 파타고니아는 넓은 빙하호수들과 거친 평원들, 그리고 찌르듯 솟은 봉우리들이 자연의 모습으로 존재할 뿐 그 앞에 명멸하는 인간의 모습은 쉽게 찾을 수 없었다.

피츠로이로 가는 길 또한 마찬가지였다. 정말 사람이 없다. 버스에 탄 열 명이 좀 넘는 사람들과 휴게소에서 만났던 몇 사람 외엔 사람을 볼 수 없었다. 집도 없다. 키 낮은 풀들이 엎드려 바람에 흔들리고 있는 광활한 평원과 그 넓은 평원을 덮고 있는 푸른 하늘, 그리고 흰 구름, 낮은 태양만이 있었다.

미리 보는 먼 피츠로이는 TJ와 넬라의 결정이 얼마나 옳았는지 말할 필요도 없이 증명해 주었다. 인터넷에선 세계 5대 미봉의 하나라고 소개되고 있다. TJ는 안나푸르나와 에베레스트 베이스캠프로 가는 힘든 여정을 웅장함과 아름다움으로 계속 이끌어 주던 마차푸차레[13]와 아마다블람[14]을 가까이에서 보았지만 피츠로이의 매력은 또 달랐다. 이렇듯 세계 3대 미봉이니 5대 미봉이니 하는 명칭을 얻기 위해서는 혼자인 외로움과 아무도 들이지 않겠다는 자존심을 함께 가져야 하는 모양이다. 그들은 비록 최고봉은 아닐지라도 모두가 일련의 산군에서 벗어나 홀로 우뚝 솟아 있고, 범접하기 어려운 어마어마한 절벽의 위용을 갖추고 있다. 또한 아예 등정이 불가능하거나, 등정이 금지되어 있는 신성을 부여받고 있다. 멀리서 보는 피츠로이도 그중 하나였다. 피츠로이는 해발 3천 미터 대로 고봉은 아니지만 전문 알피니스트를 빼고는 성공적인 등정의 예가 그리 많지 않다고 했다.

엘 찰텐은 예쁜 도시였다. 아니, 예쁜 마을이었다.

척 보면 엘 칼라파테와 비슷한 인상이지만, 자세히 보면 볼수록 더 유럽 스타일이 듬뿍 밴 곳이다. 피츠로이 때문에 세계적인 트레킹의 성지라고까지 불리는 도시답게 건물 하나하나가 개성 있고 부티가 난다고 할까, 촌스러운 구석이 없다.

....

13 해발고도 6,997m인 히말라야의 산으로, 네팔어로 '물고기 꼬리'라는 의미이다. 힌두교 신도들이 가장 많이 받드는 신인 시바 신에게 봉헌된 산으로, 네팔 정부가 등정을 허용하지 않을 정도로 신성시되고 있다. 안나푸르나 베이스캠프 트레킹 코스의 랜드마크.

14 에베레스트가 있는 쿰부히말에 위치한 해발 6,812m의 봉우리. '어머니의 목걸이'라는 의미로 마차푸차레와 함께 세계 3대 미봉(나머지 하나는 알프스의 마테호른)에 속한다. 에베레스트 베이스캠프 트레킹의 긴 여정 동안 지속적으로 볼 수 있다.

두 사람은 호텔에 짐만 내려놓고 나와 시내를 잠시 산책한 후 장비 대여점으로 갔다. 전문 산악인의 포스가 보이는 직원의 추천에 따라 대부분의 장비를 대여했지만 넬라용 침낭만은 새로 샀다. 히말라야나 다른 오지 경험을 가진 TJ는 하룻밤용이라 해도 임대하는 침낭을 넬라에게 줄 수 없었다. 넬라가 끈질기게 반대했지만 그는 고집을 부렸다. 밤 추위에 대비해서 휴대가 간편하고 가벼운 담요도 하나씩 챙겼다. 스웨덴인이 강조한 대로 텐트에 새는 곳은 없는지 꼼꼼하게 살피려니까 돈을 조금 더 쓰면 거의 새것과 다름없는 데다 설치도 간편한 걸 쓸 수 있단다. 혹시나 해서 길 찾기나 캠핑 숙박의 안전에 대해 물었더니 내일 떠나려 그들처럼 장비를 대여한 팀이 적어도 10팀은 될 거라고 했다. 그들은 안심하고 대여한 장비를 챙기고, 깜찍한 외양을 한 햄버거집에 들러 햄버거 맛이 건물처럼 멋지기를 기대하면서 저녁거리를 사서 숙소로 돌아왔다.

TJ가 잠시 날씨 예보를 체크하는 동안 넬라는 빌려 온 장비들을 이리저리 만져 보고 살피면서 콧노래를 흥얼거렸다. 소풍 가기 전날 소풍 가방을 열었다 닫았다 하는 소녀 같았다. 어젯밤 금발의 여자가 휴대폰으로 보여 준 피츠로이 사진에 반하긴 반한 모양이다.

"넬라, 오늘은 일찍 자 두는 게 좋을걸."

"에이 겁주지 말아요, TJ, 그 여자 말이 별로 안 힘들대요. 마지막 한 시간 정도가 힘들지만 충분히 견딜 만하다는데."

"그러다가 중도에 난 못 가요, 하면 그냥 거기다 두고 올 건데."

"두고 온다고요? 당신이 날? 내일 누가 더 힘들어하나 볼까요?"

넬라가 자신만만한 게 좀 신기하긴 했지만, TJ도 트레킹의 난이도를 인터넷에서 미리 본 터라 자신이 있었다.

"그러면 당신이 말한 마지막 한 시간짜리 급경사 코스에서 누가 먼저 엔딩 포인트까지 가나 시합할까?"

"좋아요. 당신이 하자면 하겠지만, 산행에서 그런 짓은 바보들이나 하는 거라는 걸 잊지 마세요."

역시나, 또 한 방을 얻어맞은 TJ가 넬라를 끌어당겼다. 이제는 그의 갑작스러운 포옹이나 키스에도 넬라가 본능적으로 거부하는 동작을 하거나 몸이 굳는 반응을 보이지 않았다. 벌써 지나갔어야 할 단계에 아직 들어서지는 못했지만, 그들로서는 상당한 진전이 있었던 것이다. TJ는 일단 그런 것으로 만족하기로 했다.

그러나 넬라의 얼굴 여기저기에 가벼운 키스를 하던 TJ가 손을 그녀의 가슴 위에 얹자, 아직 남은 반응이 나왔다. 잠시 가슴 위에 머물렀던 손을 꼭 잡은 채, 넬라가 그를 가만히 곁에서 밀어냈다.

"당신은 첫사랑 얘기나 당신이 경험했던 여자들 얘기를 다인지는 몰라도 여러 번 했으니, 나도 남자 얘기를 해도 될까요? 무슨 큰 사연이 있는 건 아니지만, 당신에게 들려줘야 할 거 같아서."

"지금도 못 잊을 사람이 있다, 보고 싶어 죽겠다 같은 말만 아니면 환영이야. 과거로 말이야."

"당신은 확실히 응석받이 기질이 있다니까. 벌써 몇 번 얘기한 거 같은데, 당신이 처음이라고. 안 믿나요?"

"아니야, 믿어. 농담이야. 당신이 날 여자 경험이 많다고 타박하는 거 같아서…."

"우리 같은 나이에 당신이 정상이지, 내가 정상은 아니니 걱정 마세요."

우리 같은 나이란다. 넬라가 과연 자신을 몇 살 정도로 생각하고 있을지 궁금하긴 했지만 이젠 어떻게 추측하고 있다 해도 문제될 게 없었다.

"어렸을 적 중·고등학교 다닐 때 좋아하던 남자아이는 죽었어요. 잘생긴 데다 축구를 잘해서 여학생들 사이에서 인기가 있었는데, 나중에 생각하니 그 애가 내게 잘한 건 아나와 사귀고 싶어서였던 거 같아요. 난 그 애를 아주 좋아했지만, 알다시피 그 시절에 뭐….”

“왜 죽었어? 무슬림이었나?”

“아니. 세르비아인이었어요. 그 난리 통에 무슬림이 참혹한 일을 제일 많이 당하긴 했지만, 세르비아인이나 크로아티아인도 이러저런 피해가 많았어요. 여자들에게는 일방적인 폭력이었지만 남자들끼리는, 아니 전체적으로는 전쟁 상태나 마찬가지였으니까요. 그 애 역시 끔찍한 민족주의니 애국심이니 하는 부추김에 넘어가 총을 들었겠지요.”

“민병대?”

“맞아요. 단지 그 애가 무슬림 친구들을 여럿 도와줬다는 나중 얘기를 듣게 되어 좋은 애였다는 기억이 상처받지 않았을 뿐, 그 애에게는 남은 게 없는 삶이 됐어요. 자기가 좋아하는 아나와는 말도 제대로 못 나눠 보고 말았으니.”

넬라가 계속 잡고 있던 TJ의 손을 가만히 가슴 위로 올려주었다. 숨이 턱, 막히는 것 같았다. 처음 만든 손 모양을 바꿀 수 없을 정도였다. 한동안 반쯤 오므린 손을 그녀의 가슴 위에 그대로 얹어 놓고 있어야 했다. 넬라는 아무렇지도 않게 나머지 얘기를 했다.

"그 애 얘기를 하려던 건 아니고요. 사라예보에서 만났던 남자들 얘기를 하려고요."

"들? 들이라고? 내가 처음이라더니?"

TJ가 농담을 던지면서 불편했던 손을 가슴에서 내리자 넬라가 단호하게 그의 손을 다시 잡아 가슴 위로 올려놓았다. 이번에는 편 채인 그의 손이 그녀의 가슴을 덮었다.

"두 사람도 복수니까요."

넬라가 웃으면서 TJ의 머리칼을 쥐었다 놓았다 했다. 넬라도 가능하면 가볍게 얘기해 보려는 마음의 표시였다.

"사라예보의 이십여 년을 내가 좀비 같은 삶이었다고 했지만, 그렇다 해도 어쨌든 난 숨 쉬고 살아 있었어요. 전에 말했듯이 생계도 생계지만 집에서 벗어나기 위해서 닥치는 대로 일했어요. 그러다가 만난 사람 중에 사이드란 사람이 있었어요. 자신과 가족은 종교적 믿음이 없었지만 불행하게도 무슬림 가계였던 사람인데 난리 통에 가족을 전부 잃었지요. 직접 목숨의 위협을 받던 자기만 피하면 가족은 괜찮겠지 하는 생각으로 먼저 피신했었는데, 가족들은 난민캠프로 가던 중 누구의 포격인지 모르는 포격으로 다 죽었대요. 이 사람 역시 가족에 대한 죄책감으로 살아도 산 게 아닌 생활을 하고 있었어요. 내가 처음에 영어 관련 일을 잘 얻지 못할 때 많이 도와주었지요. 당신에게 말하려는 게 내 연애담은 아니니까 건너뛰어 말할게요. 우리도 사람이니까, 서로 돕고 만나고 하다 보니 가까워졌어요. 그 사람이 조금 더했겠지만, 나도 그에게 끌린 게 사실이에요. 당연히 상식적인 연애와는 달랐겠지만, 어쨌든."

TJ의 오른손은 이제 말 없는 허락하에 그녀의 가슴 위에서 자유롭게 움직였다. TJ의 신경의 반은 넬라가 하는 이야기에, 반은 그녀의 가슴에 집중되면서 서서히 긴장이 고조되고 있었다.

"감정과 욕구가 균형이 맞지 않은 상태였지만, 내가 거절하려던 건 아니었어요. 그의 집에 밤까지 같이 있었으니까요. 그 사람도 아마 모처럼 그런 욕구를 느꼈을 거예요. 그의 침대로, 솔직히 말하면 무슨 설렘이나 욕망도 별로 없이, 그저 한번 그래 보자, 라는 식의 마음으로, 그가 이끄는 대로 갔어요. 난 경험도 없었지만, 하면 할 수 있다고 생각했어요. 그런데 섹스에는 과정이 필요하잖아요. 어느 정도 스킨십이 필요하고, 결정적으로 옷을 벗어야 하고. 테이블을 두고 마주 앉거나 떨어져서 볼 때는 몰랐는데, 그날 밤 가까이에서 본 그 사람의 덥수룩한 수염이 마음에 계속 걸렸어요. 손가락 발가락 끝이 저릿저릿한 느낌이 자꾸 들었어요. 키스라도 하려 했는지 얼굴을 내게 가까이할 때는 온몸이 굳어지는 느낌이었고요. 식은땀이 났지만 거기까지는 참았어요. 그런데 그 사람이 윗옷을 전부 벗고 다가와 내 몸에 손을 댈 때, 난 그만 패닉에 빠졌어요. 그 사람의 가슴에 있는 무성한 털이 전부 곤두서서 무슨 징그러운 벌레들처럼, 지렁이들처럼, 날름거리는 뱀의 혀처럼 내게 다가오는 것 같았어요. 둘 다 아무 말도 하지 않고 있는 방 안에서 갑자기 온갖 소리가 들렸어요. 총소리, 신음 소리, 비명 소리, 더럽고 거친 숨소리, 울음소리, 노랫소리, 욕설과 비웃음 소리가 한꺼번에 내 머릿속을 가득 채웠어요. 그 사람의 얼굴이 몸에서 사라지고, 다 잊은 것 같았던 비셰그라드의 악마들이 줄줄이 그 위로 나타나 광란했어요. 난 비명을 지르며 뛰쳐나왔어요. 그 사람은 착한 사람이었어요. 나를 많이 도와주었고, 나를 날 사랑하고 있는 것도 알았고요. 그런데 참을 수 없었어요. 정말 갑작스런 패닉이었어요, 그건. 나중에 들으니 그 사람은 얼마 지나지 않아 사라예보를 떠났더라고요. 너무 미안하고 후회됐어요. 아무런 준비도 없이 그 사람 정도면 견딜 수 있을 거다, 가끔 만나 섹스도 하고 술도 마시고 대화도 하며 지낼 수 있다, 나도 그렇게 살아 보자던 이기적인 생각이 그런 일을 만들었어요. 그 사람의 상처에 다시 칼을 댄 난 또 다른 가해자가 되고 말았어요."

넬라의 가슴 위를 노닐던 TJ의 손은 어느새 그녀의 손을 잡고 있었다. TJ가 그녀의 머리를 가슴 쪽으로 당겨 정성스럽게 매만지고 쓰다듬는 동안 넬라는 그의 다른 한 손에 뜨거운 키스를 퍼부었다. 그러나 넬라의 키스 세례에는 아무런 성적인 유혹이나 흥분이 없었다. 말하면서 다시 폭발한 깊은 슬픔과 회한이 있을 뿐이었다. 그건 스스로 진정하고 싶다는 강렬한 표현이기도 했다.

한동안 그들은 서로의 털을 골라 주듯 어루만져 주었다. TJ는 발베니가 생각났다. 어떻게든 넬라를 진정시켜야 했다.

"한 사람 더 있어요. 이 사람은 성공했어요, 난 아니지만. 우습게 말해도 이해해요. 그게 듣는 당신이나 말하는 내 맘이 편할 거 같아서요. 이 사람은 운 좋게도 수염도 없었고, 나중에 알았지만 우리나라 사람으로는 드물게 가슴에 털도 없었어요. 생김새도 약간 여성스럽고, 몸매도 슬림하고 좀 왜소했어요. 그리고 이 사람은 난리 통에는 베오그라드에 있었어요. 소식으로만 접했을 뿐, 제삼자였던 거지요. 보스니아에서 벌어진 참상이라든지, 그로 인한 피해자들에 대한 이해나 동정도 전혀 없었고, 그 일을 그저 뉴스 속의 큰 사건으로 여기던 사람이었어요. 가까워지게 된 동기가 그런 거였을 수도 있어요. 모든 게 너무 무겁고 버거웠던 당시의 내게는 가벼울

수 있다는 게 아마 새로웠을 거예요. 이 사람이 가벼웠을 뿐
아니라 여자에 대해서나, 연애와 섹스에 대해 아주 색다른,
내가 전혀 예상하지 못했던 생각을 가지고 있는 건 몰랐지요.
이 사람에게는 내가, 아니 나와의 섹스가 사랑의 표시는커녕
높은 산에 오른다든가, 게임에서 이긴다든가, 하는 식의 눈
앞의 목표에 불과했어요. 그저 수컷으로서 가진 욕구의 분출
을 위해 마음에 드는 여자를 굴복시킨다? 무슨 동물 다큐멘
터리에 나오는 것처럼? 지금 생각하면 헛웃음만 나오지만 그
때는 또 다른 일격을 맞은 것 같았어요. 이런 일도 있구나 하
는. 첫 만남 이후부터 끈질기게 한 가지에 집중한, 경험이 많
은 사람이었어요. 몇 번의 시도가 통하지 않자, 아, 내가 꼭
거절해서가 아니라 예의 또 그런 몸의 반응, 몸이 열리지 않는
다고 할까, 하는 그런 반응 때문이었지만. 이 사람은 내 미안
함을 악용해서 내게 술을 먹였어요. 억지로 내 입에 부은 것
만 아닐 뿐 거의 타의로. 순식간에 풀어질 수 있을 만한 독한
술이 우리나라엔 꽤 있거든요. 그러곤 자신의 목적을 달성했
지요. 그런데 사랑은 없었던 탓인지, 두어 번 이후에는 더 이
상 나와 힘든 섹스를 할 동기가 사라진 것 같았어요. 금방 나
에 대한 관심이 뚝 떨어졌거든요. 관심이 없어졌으면 그냥 정
리했더라면 좋았는데 멀쩡한 식사 자리에서 그 비밀스런 얘

기를 떠벌리며 내 몸의 반응을 마치 창피한 병인 것처럼 비난했어요. 치료를 받으라고까지 하면서요. 그래 가지고는 누구에게도 사랑받을 수 없다는 결론까지 내려 주더군요. 이게 내 남자 경험이에요. 당신이 나라면 남자에 대해서, 남자와의 섹스에 대해 어떻게 생각할 거 같아요? 듣고 싶진 않지만."

"그놈을 가만 놔뒀어? 넬라가?"

가볍게 얘기하겠다고 하고서도 조금은 심각해진 넬라가 파안대소했다.

"당신 정말, 날 잘 알고 있군요. 뺨이라도 세게 때려주고 싶었지만 더 이상은 어떤 폭력도 질색이 된 상태라 마시던 물이나 그 맨질맨질한 얼굴에 붓고 일어섰지요."

넬라는 제일 하기 어려운 얘기를 들려주었다. 그녀로서도 최대한 민망하고 부끄럽지 않은 방식으로 얘기했고, TJ도 무거운 얘기를 그런 식으로 들은 건 다행한 일이었다.

TJ는 영원히 묻지 못했을 것이다. 그는 상처를 주고받기 십상인 엘 칼라파테에서와 같은 충동적 시도 외엔 다른 방법을 찾아내지 못했을 것이다. 그러면서 아쉬움과 섭섭함을 쌓아갔을 것이다. 아쉬움과 섭섭함이 쌓이게 되면 점점 넬라의 심정을 헤아리기보다는 자신의 욕구와 갈등하며 스스로를 어렵게 했을 것이다. 넬라는 쉽지 않은 일이었음에도 앞서서 길을 열어 주었다. TJ 앞에 있던 장애물을 일거에 치워 준 것이다.
이제는 정말 TJ의 차례가 아닐까.

6. 엘 찰텐(2)

　예상치 못한 긴 대화로 전날 밤 트레킹 준비를 마치지 못
한 두 사람은 아침부터 서둘러 배낭을 꾸리고 이틀간 먹을 식
음료를 챙겼다. TJ는 산을 좋아해도 산에서 캠핑을 한 경험은
많지 않다. 히말라야를 비롯한 오지 트레킹은 전부 전문적인
트레킹 회사의 프로그램을 통해 했던 경험이었다. 그런 TJ의
눈이 휘둥그레질 정도로 넬라는 배낭을 잘 꾸렸다. 그가 묻자
넬라는 아버지를 따라서 십 대에 수도 없이 산에 다녔다고 했
다. 아버지는 등산이나 트레킹에 필요한 요령들을 꼼꼼히 가
르쳐 주었고, 한 번 가르친 일은 다음 산행에서 반드시 넬라
가 책임지도록 했다고 했다. 그녀의 자신감이 어디서 왔는지
그제야 알았다.
　덕분에 늦은 준비에도 불구하고 두 사람은 열 시를 넘기지
않고 피츠로이 트레킹의 출발선을 통과할 수 있었다. 몇 개의
가로세로 막대기로 만든 어정쩡한 아치형 구조물이 세계적인

트레킹의 성지라는 곳의 입구였다. 여기에 걸린 'Sendero al Fitz Roy'라는 간판이 없다면 아마도 그냥 지나쳤을 만큼 소박했다. 하지만 그 소박함은 나름대로 울림이 있었다.

캠핑장까지 가는 길은 완만한 경사에 수많은 사람이 오간 길이라 험하진 않았다. 길 주변은 생긴 대로 노출되어 있는 바위와 돌들, 키 작은 관목들과 풀들이 아무렇게나 뒤엉켜 있어 거칠고 척박했다. 정상에서도 나무 그늘을 즐길 수 있는 한국의 산에 비하면 걷기 힘든 환경이었다.

꾸준히 상승하는 고도에 따라 바뀌기 시작한 주변 경관은 삼십 분 이상을 걸은 뒤부터 앞을 보나 뒤를 보나 대단했다. 앞으로는 무슨 거대한 짐승의 뿔 같기도 하고, 강하지만 선의 편은 아닌 신의 관冠 같기도 한 피츠로이 연봉이 보였다. 뒤를 돌아보면 빙하가 만든 너른 계곡 사이로 얼음 녹은 물들이 강을 이루어 꾸불꾸불 길게 흐르는 모습이 장관이었다.

한 시간 좀 넘게 걸어 강의 상류를 만났다. 물빛이 거의 초봄 한국의 산들을 뒤덮는 연초록 빛깔이었다. 아니, 그것보다도 더 연한 초록일까, 비할 바 없이 깨끗했다. 강의 깊이는 얕았어도 유속은 빠르고 물의 양도 제법이었다. 아직 땀을 많이 흘리진 않았지만 손발을 담가 보고 싶었다. 넬라도 서슴없이 양말을 벗고 그와 함께 강물에 발을 담갔다.

바닥에 깔린 작은 자갈과 모래를 밟자마자 두 사람은 소스라치게 놀랐다. 강물이 생각보다 훨씬 차가웠기 때문이다. 오히려 TJ가 먼저 후다닥 물에서 발을 뺐다. 넬라가 웃으면서 강물을 한 주먹 집어 던지는 시늉을 했다. 얼음 녹은 물이라는데 얼음보다 더 차가웠다.

"TJ, 당신 때문에 처음 해 보는 일이 한두 가지가 아니지만, 이 트레킹, 벌써 좋아지네요. 얼마 만인지 기억도 안 나고요."

넬라는 날씨처럼 맑고 명랑했다.

"아버지는 산에서 늘 나를 남자애처럼 대했어요. 얼마나 엄격했는지, 가끔은 나만 열심히 따라오는데 왜 아나에게처럼 사근사근하게 대해 주지 않는지 화가 난 적도 있었어요. 나중에는 내가 아들이었기를 바랐었나, 하는 생각도 들었고."

"첫아이에게 느끼는 아버지들의 책임감에 대해 넬라가 알까? 아니, 누구든 여자들은 아마 잘 모를걸? 난 넬라 아버지의 마음을 지금 말만 들어도 충분히 이해하는데."

"그래요? 책임감이라…. 아버지는 책임감의 범위가 너무 넓었어요. 아버지를 불행하게 만들기만 하고 아무도, 아무것도 지켜 주지는 못했으면서."

"그렇게 말하면 안 되지, 넬라. 이건 우리 둘이 토론할 문제는 아니지만 난 아버지의 입장을 이해해. 나라도 그렇게 하지 않았을까 하는 생각도 들고. 아버지는 지켜야 할 신념도 있었고, 지켜 주어야 한다고 생각한 사람들도 있었어. 그 시기에 아버지가 바쁘게 사람들을 만났다고 했잖아. 난 다 보이는걸, 넬라 아버지의 행보가."

"그래요. 당신 말대로 토론할 일이 아니지만, 당신은 가족을 먼저 지키기를 바라요. 그 어떤 것보다도."

가족을 지키라는 말에 잠깐 가슴이 뜨끔해진 TJ는 얼른 얘기를 정리했다.

"넬라, 아버진 가족을 버린 게 아니라, 상황을 다 못 본 거잖아. 이미 다른 중요한 일에 빠져 있었고. 그럼에도 알았어야 하고, 집에서 지켜 주었어야 한다고 하면 조금은 아버지에게 가혹한 거 같아. 같은 아버지로서 생각이야."

넬라도 그만하기를 바라는 듯 피츠로이를 손으로 가리키는 포즈를 취하며 사진을 찍어 달라고 했다. 우연이지만 정말 멋진 컷이 나오는 장소였다.

"알았어요, TJ. 그래요, 난 아버지를 좋아하고 사랑해요. 내가 자꾸 응석 부리듯 내 주장을 하는 건 아마 그걸 확인하고 싶어서일 거예요. 당신이 자꾸 아버지 편을 들어서 토라지는 것처럼 보일지 모르지만, 실은 그 덕분에 내 마음이 많이 풀어져 좋아요."

245

아버지를 사랑한다는 말을 심상하게 하는 그녀를 보며 TJ 는 또다시 자신만 아는 만족을 느꼈다.

화제를 돌리고 싶은 듯 넬라가 말했다.

"우리 음악이나 들으며 갈까요? 내 휴대폰은 꺼 놓고 당신 휴대폰으로 들으면 배터리 걱정은 안 해도 되지 않겠어요?"

그렇지만 도시에서 멀리 떨어진 탓인지 연결이 되지 않았다.

"아쉽네, 이젠 잡히질 않는걸."

"그렇다면 당신이 직접 불러 주면 어때요? 난 그게 더 좋은데."

TJ는 생각나는 대로 노래 몇 곡을 작지 않은 목소리로 불렀다.

"오, 당신, 노래하는 목소리와 말하는 목소리가 좀 다른데? 노래 잘하는 남자 아닌가? 난 노래 잘하는 남자가 멋져 보이더라."

"전에 말했잖아. 이래 봬도 음악을 전공하려는 마음까지 있었던 사람이라고. 그렇지만 그저 틀리지 않게 부른다는 의미에서 잘 부르는 것일 뿐이지. 하지만 뭐, 말만 하세요, 언제든 불러 드릴 테니."

고도가 점점 높아지면서 그들의 산행은 점차 홀로 걷는 단계에 접어들었기 때문에 TJ의 노래는 자연스럽게 작아지다가, 허밍 단계로 넘어갔다. 그리고 곧 끊어졌다.

몇 명이 함께하든지 결국 산행은 홀로 하는 것이라는 점이 가장 큰 매력이다. 너무 긴 침묵이 무거워질 때만 잠깐씩 말을 주고받고는 다시 홀로 걷는다. 함께 출발하고, 함께 정상에 오르고, 함께 하산하지만 대부분의 인생사와는 달리 산행의 과정에는 각자의 자존감이 생생하게 살아 있다. 산에서는 누구나 자신만의 짐을 지며, 즐거움도 투쟁도 모두 자신만의 것이다. 관계와 인연과 이해로 가득 찬 세계에서 빠져나와 자신만의 오롯한 세계를 경험할 수 있는 제일 손쉬운 방법이 바로 산행 아닐까.

넬라도 그런 단계에 접어든 것인지 말없이 두어 발 뒤에서 따라오기만 했다. 조금 전 작은 논쟁처럼 대화가 이어졌던 아버지를 생각하는 것일지 몰랐다.

비교적 천천히 걸었는데도 출발한 지 두 시간이 조금 넘자 첫 목적지인 카프리 호수에 도착했다. 비로소 사람들이 여럿 보였다. 호수 너머로는 피츠로이가 여전한 힘을 과시하며 우뚝 서서 삼삼오오 모여 점심을 먹기에 바쁜 사람들을 더욱 작게 만들었다. 그러나 피츠로이에 비해, 대자연에 비해 숫자로 셀 가치조차 없을지 몰라도 이곳에 찾아온 사람들은 즐거웠으며 무엇을 먹어도 맛있는 표정이었다. 먹거나, 피츠로이를 보거나, 다리 뻗고 눕거나 하며 제각각의 모습으로 쉬고 있는 사람들이 대자연이란 그림 속에 어엿하게 한 자리를 차지하고 있다. TJ는 언젠가 후배인 소설가 선우에게 들은 말이 떠올랐다. 아무리 위대한 그림이라도 사람의 모습이 없다면, 하다못해 사람의 정신이라도 보이지 않는다면 무슨 가치가 있을 것인가.

카프리 호수에서 점심을 먹고 또 한참을 걸어 두 사람은 캠핑장에 도착했다. 포인세노트라고 읽어야 하나, 이곳 사람의 발음을 못 들었으니 확실하진 않았지만 비슷한 발음이었다. TJ는 일단 텐트를 쳐 놓고 배낭에서 무거운 짐들을 꺼낸 뒤 쉬면서 스웨덴인의 친절한 안내를 복기했다.

그는 캠핑장에 도착해서 날씨만 좋으면 조금 쉬고 바로 라구나 로스 트레스까지 다녀오는 게 좋다고 했었다. 날씨 보장이 안 되니까 볼 수 있을 때 미리 봐 두라는 충고였다. 아직까지는 비가 올 것 같지 않은 날씨였지만 그의 말을 따르기로 했다. 나중에 생각하니 얼마나 절묘한 조언이었는지, 스웨덴인들에게는 트레킹 내내 고맙기 짝이 없었다.

트레킹의 마지막 한 시간 정도는 정말 힘든 코스였다. 등산 경험이 꽤 되는 그들도 숨이 턱턱 막힐 정도였다. 그러나 보람은 있었다. 가까이 할 수 있는 최대한 가까이 피츠로이에 다다른 넬라의 표정은 놀라움과 기쁨 그 자체였다.

로스 트레스 호수에 도달해서 감탄하며 TJ의 목을 끌어안던 넬라. 주변 사람들에게 두 사람의 사진을 찍어 달라고 하면서 거침없는 포즈를 연출하는 넬라는 마치 처음 굴 밖으로 나온 새끼 여우가 잠시도 가만있지 못하고 폴짝거리며 주변을 탐색하는 모습 같았다. 그것만으로도 기대를 넘는 기쁨을 얻었지만 우연찮게도 그는 넬라에게 더 큰 선물을 하게 되었다.

넬라와 호수를 번갈아 바라보던 TJ의 머릿속에 얼핏 사전 검색을 하다가 본 게 생각났다. 누군가가 로스 트레스 호수는 이곳의 많은 빙하 호수치고는 별로였다면서 왼쪽 방향으로 사람들이 잘 안 가는 호수가 있다는 내용이었다. 인터넷상에 늘 있는 남들이 가는 곳 말고, 식의 글이라고 생각하고 지나쳤는데 실상 TJ의 눈에도 로스 트레스 호수는 트레킹 내내 보면서 올라온 피츠로이를 배경으로 가진 것 외에는 별 특징이 없었다. 물론 전체적인 풍광이야 카메라 셔터가 불이 날 정도로 멋있기는 했지만, 호수 자체는 평범했다. 시간대가 그랬는지 물 빛깔도 신비에 가깝던 옥색이나 에메랄드빛이 아니라 그냥 푸르스름한 빛이었다. TJ는 그 호수를 찾기로 했다.

라구나 수시아는 로스 트레스 호수의 왼쪽 언덕 위에 있었다. 마지막 급경사 구간을 올라온 사람들이 다들 지쳐서 굳이 올라가지 않을 곳에. 이 호수보다 멋진 호수가 저 위에 숨어 있다는 말에 넬라는 두말없이 따라 올라왔다. 한 이삼백 미터를 다시 힘들여 올라가자, 그들의 눈앞에는 정말 아래의 호수와는 너무나도 다른 호수가 나타났다. TJ와 넬라가 동시에 탄성을 지를 정도로.

이제껏 파타고니아에서 본 수많은 호수들 중에서 이렇게 아름다운 빛깔을 가진 호수는 처음이었다. 라구나 수시아는 깊고 오묘한 감정을 불러일으키는 청록색의 호수였다. 겨우 몇백 미터를 더 올라왔을 뿐인데 훨씬 눈앞으로 다가선 피츠로이 아래에는 거대한 빙하와 그 빙하에서 곧바로 호수로 떨어지는 폭포가 있었으며, 페리토 모레노에서 들었던 먼 천둥소리 같은 폭포 소리가 있었다. 정말 장관이었다. 더구나 그 청록색은 어딘가 익숙한, TJ가 너무도 사랑하는 색깔과 닮아 있었다. 호수는 바로 넬라의 눈동자 색깔이었다.

주변엔 아무도 없었다. 하늘엔 새도 한 마리 없었다. 이곳엔 짐승들도 살지 않을 것처럼 보였다. 그토록 아름다운 호수를 둘러싸고 있는 건 거칠어 범접이 불가한 암벽과 바위들, 돌 황무지 언덕뿐이다. 마치 더럽혀지기 쉬운 아름다움을 지키기 위해 어깨에 잔뜩 힘을 준 채 경계를 서고 있는 가디언

들 같았다.

TJ와 넬라는 한동안 나란히 앉아 하늘에서 똑 떨어진 청록색 물감 방울처럼 아무런 움직임도 없는 호수를 내려다보았다.

라구나 수시아에서 감흥의 절정을 경험한 두 사람은 한꺼번에 힘이 쭉 빠지는 느낌이었다. 물통만 챙겨 가지고 온 길이라 먹을 것도 없었다. 이제 그만 캠핑장으로 내려가야 한다는 뜻이다. 지금 내려가더라도 크게 아쉬울 건 없다. 그들은 내일 그 유명한 피츠로이의 일출을 보려고, 사람들이 불타는 고구마라고 칭한다는 일출을 보려고 다시 올라올 터이니까.

천천히 호수를 뒤로하고 내려오는 동안 TJ는 등 쪽에 약간의 통증을 느꼈다. 아까 라구나 수시아와의 첫 대면에서 넬라를 잠깐 안아 올릴 때 뭔가 찌릿했었는데 그것 때문인 듯했다. 내색하지 않고 참을 만했지만 서울을 떠나기 한두 달 전부터 가끔씩 나타났던 것과 유사한 통증이라 꺼림직했다. 꽤나 날카로운 통증은 여진처럼 반복됐다.

캠핑장은 미리 알고 오긴 했어도 문자 그대로 캠핑장일 뿐아무런 편의시설이 없었다. 전기나 간이 수도, 샤워실, 화장실도 없고, 음용수마저도 그냥 흐르는 빙하물을 쓰라는 식이다. 재미있는 건 딱 하나 있는 한국의 재래식 화장실만도 못한 간이 화장실 주변에 삽이 있는 거였다. 알아서 편안한 장소를 찾아 용변을 보고 그 삽으로 처리하라는 것이다. 삽 뒤에 스페인어로 써진 안내판과 그림이 척 보아도 그 내용일 것 같았다. 넬라가 어떻게 할지 걱정이었다.

해가 많이 기울자 기온이 급격히 내려가는 게 피부로 느껴졌다. 넬라가 세수를 하러 갔다 오더니 얼굴이 얼 것 같다고 했다.

"이해하세요. 상황이 이러니 깔끔하게 씻을 수는 없네요."

"물론이지. 난 양치나 하고 말려는데, 당신이 날 이해해야지. 넬라, 재밌지 않아?"

TJ는 넬라에게 삽 얘기를 들려주었다. 그녀는 한참을 웃었다.

"걱정 말아요, TJ. 내 일은 내가 알아서 잘 처리할 테니 당신이나 잘 견뎌 보세요. 대신 졸졸 따라다니기는 없어요."

불을 피울 수도 없고, 답답하다고 텐트 밖에 마냥 앉아 있을 수도 없었다. 지금이 여름이니까 아무리 그래도 영하로까지야 내려갈까마는 높고 깊은 산중인 이곳 날씨는 그야말로 제멋대로라 걱정은 되었다. 어두워지기까진 아직 시간이 좀 남았지만 두 사람은 텐트 안으로 들어가지 않을 수 없었다.

넬라는 TJ가 고집해서 마련해 준 가볍고 따뜻한 새 침낭에
아주 만족했다. 역시 TJ의 침낭은 심하진 않아도 알 수 없는
냄새가 배어 있었고 무게에 비해 그다지 따뜻하지도 않았다.
둘 다 반만 침낭에 몸을 넣고 넬라가 챙겨 온 스낵을 집적거
렸다. 깜깜한 밤과 밀려올 잠을 기다리는 것 외엔 따로 할 일
이 없었다.

"당신 침낭이 영 아닌 거 같은데요?"

"아니, 뭐 그냥 하룻밤 지내기는 괜찮을 거 같아. 걱정하
지 마."

"우리 패딩 점퍼도 있고 하니까 많이 춥지는 않을 거예요.
그러니 당신 침낭을 깔고 내 침낭을 덮고 잘까요?"

두 사람은 얇지만 보온에 유용할 것 같은 담요도 하나씩
가지고 왔기 때문에 패딩 점퍼까지 입고 잔다면 그리 춥진 않
을 것이다.

넬라와 TJ가 나란히 누웠다. 작은 텐트 사정상 체온이 그
대로 전달될 정도로 바짝 붙어야 했다. 한국과는 달리 고요
한 밤을 나른하게 장식하는 풀벌레들의 노래는 없었다. 여름
밤이면 유난한 소쩍새나 부엉이 울음소리도 들리지 않았다.
혼자였다면 무서울 정도로 적막했다. 밖에 나가면 별을 볼 수
있는 시간이 되었지만, 나란히 누운 두 사람은 일어나고 싶지

않았다. 어둠이 짙어질수록 텐트 안에는 두 사람이 내는 숨소리 외엔 다른 소리가 없었다. 몇 분도 채 지나지 않아 두 사람이 내는 숨소리의 엇박자가 생생하게 들렸다. 누구 한 사람이 한 템포 참았다 맞추고 싶어도 그러려는 의도가 너무 드러나 어찌할 수 없을 정도였다.

어느 순간부터 넬라는 점점 자신의 숨소리가 마음 깊은 어느 곳에서 울려오는 종소리처럼 들렸다. 새벽을 깨우는 것이든, 즐거운 일을 미리 알리려는 것이든, 그건 어떤 의미를 알려 주려는 것 같았다. 그녀의 온몸을 휘돌아 나오는 종소리는 비록 한 번도 진정한 사랑의 경험이 없는 그녀일지라도 충분히 짐작할 수 있는, 어떤 벅찬 일이 임박했다는 뚜렷한 메시지였다. 긴장이 몰려왔다. 그러나 과거와는 달랐다. 똑같이 갈피를 잡지 못하도록 몸과 마음을 들뜨게 하고는 있지만 공포나 두려움이 없다. 오히려 그 자리에는 설렘과 기대가 가득했다. 아무런 몸 밖의 자극 없이도 그녀는 떨리고 흥분되었다.

TJ에게도 종소리는 들렸다. 처음엔 귀로 듣는 소리가 아니었다. 그건 어떤 파동이나 전파와 같았다. TJ 몸의 셀 수 없는 세포들이 모두 촉수를 내민 듯 민감하게 반응했다. 저 먼 말단의 감각으로부터 시작한 미세한 떨림은 곧 소리를 입고 퍼지기 시작했고, TJ는 그 소리를 들을 수 있었다. 그 소리는 심장 박동보다 훨씬 빠른 속도로 고조되어 이윽고 거대한 교향곡의 마지막 악장 코다처럼 그를, 그의 전부를 흔들기 시작했다.

그런 떨림과 울림을 전신에 느끼고 있을 때 넬라가 그를 슬그머니 자기 쪽으로 당겼다.

"TJ, 여기가 아닐까요?"

"응? 여기?"

"그래요, 여기가 바로 당신과 나의 그곳인 거 같아요. TJ, 나 이젠 가능할 거 같아요. 당신의…."

순간, TJ의 머릿속에 팀파니의 거센 두드림이 울렸다. 호수에서 내려오면서 등에 느꼈던 찌릿한 통증과 같은 어떤 느낌이 사지에 퍼져 나갔다. 일시에 그의 온몸이 하나가 된 듯, 단하나의 느낌, 단 하나의 감성으로 뭉쳐졌다. 그는 터질 듯 팽창하는 몸과 마음의 폭발을 막으려는 것처럼 강렬하게 넬라를 안았다. 넬라를 안고 그녀의 입술을 찾는 그의 머릿속이 하얘졌다.

이제 TJ를 이끄는 건 그의 몸이었다. 언제나 생김새도, 실체도 없는 생각이란 것의 지시와 통제를 따르며 제소리를 내지 못했던 그의 몸이 단단한 껍질을 일거에 깨뜨리고 일어섰다. 그의 몸은 얼마나 많은 감추어진 수단을 가지고 있던 것일까. 생각이 하지 못했던 얼마나 많은 일을 알고 있던 것일까. 깨어난 그의 몸은 맹렬히 넬라를 향해 달려갔다. 오랫동안 상상했던 영화처럼 우아한 절차는 지킬 수 없었다.

두 사람이 서로를 그리워하며 입안에 키웠던 날렵한 물고기들은 이제 둑이 터진 연못에서 서로 만났다. 두 마리의 물고기는 서로를 희롱하며 뜨거워지기 시작한 타액 속을 마음껏 유영했다. TJ의 오른손은 이미 넬라의 가슴 위에서 불타고 있었다. 넬라의 가슴을 전부 쥘 수도 없었던 그의 작은 손은 모양을 바꾸어 가며 부드럽고 탄력 있는 가슴을 부지런히 탐색했다. 넬라는 거부하거나 뒤로 피하기는커녕 밀착되어 있는 두 사람의 작은 틈으로 뜨거운 숨결을 토해 내고 있었다. TJ의 등을 감싸고 있는 그녀의 손도 길을 잃은 듯 사방으로 방황했다. 언제인 줄 모르게 그들의 상의는 벗겨져 나갔다.

TJ는 더 이상 넬라의 얼굴을 볼 수 없었다. 그는 빙하물 외에는 아무것도 마실 것이 없었던 하루의 갈증을 풀려는 듯 넬라의 가슴을 찾았다. 그의 입술은 넬라의 아픈 신음 소리도 듣지 못한 채 그녀의 버섯같이 도드라지게 솟아오른 봉우리를 맹렬히 압박했다. 넬라는 모든 걸 풀어헤치듯 TJ의 머리칼을 마구 헤집었다. 넬라의 입에서는 끊임없이 그의 이름과 알아들을 수 없는 단어들이 뜨겁게 뱉어졌다. 의미는 묻지 않아도 알 수 있었다. 그건 강력한 주문이었다. 그녀에겐 자신의 굴레를 잊고, 벗어 버리기 위한 것이었겠지만, TJ에겐 폭발하는 충동을 계속 부추기는 주문이었다.

두 사람의 격렬한 포옹과 밀착 속에서 이미 TJ의 몸은 단단하게 일어서서 폭발의 시간을 초조하게 기다리고 있었다. 이렇듯 순수하고 강렬한 열정에 의해 그의 중심이 깨어나 솟구친 일이 과연 언제 있었던가. 몸이 먼저 깨달은 쾌감의 기대는 그를 더욱 거칠게 몰아갔다.

자극과 반응이 뜨겁게 어우러져 그들의 몸은 달구어진 쇳덩이와 같았다. 무언가 아름답고 쓸모 있는 작품을 만들기 위해 이제 두드려야 할 쇳덩이였다.

그들은 서로에게 자신의 막다른 갈망을 알려 주어야 할 시점에 이르렀다. TJ는 조심스럽고 부드러운 손길로 그녀를 준비시켰다. 넬라도 그가 민망하지 않도록 할 수 있는 한 적극적으로 그를 도왔다. 몸을 움직여 주기도 하고, 떨리는 손이 잘 못 여는 단추를 스스로 풀어 주기도 하면서 여전히 닿을 수 있는 모든 곳에 그녀의 뜨거운 손길을 던져 주었다.

그를 향해 충분히 열려 있는 넬라를 확인하고 싶은 것처럼 TJ의 손은 자연스럽게 그녀의 배를 쓰다듬으며 아래로 움직였다. 풍요롭고 외진 풀숲으로 손을 뻗었다. 긴장한 손가락 하나하나가 가늘고 여린 풀들을 헤집었다. 둥글게 쓰다듬기도 하고, 가로로 세로로 움직이기도 하면서 지체하던 그의 손이 어느 순간 더 아래로 내려갔다. 그의 손이 원하는 곳에 닿자마자 뜨거운 한숨이 토해지며 넬라의 몸이 흔들렸다.

그곳은 이른 아침 늦개에 젖은 고요하고 아름다운 계곡이었다. 오직 한 사람만을 위한 샘이 숨겨진 계곡이었다. TJ는 자신만이 이곳에 허락된 사람이라고, 자신만이 이곳에 드나들 자격이 있는 사람이라고 확신했다. 그러고는 미처 깨닫지 못한 어느 순간, 넬라에게 힘차게 들어갔다. 그는 마치 옛집에 돌아온 사람이 집 안을 한 번 둘러보는 것처럼 잠시 멈추었다. 넬라는 고개를 옆으로 떨구며 밭은 숨을 내뱉었을 뿐 놀라지 않았다. 대신 TJ의 등에 둘렀던 팔에 다시 힘을 주었다.

넬라가 그의 등을 세게 끌어안자 TJ는 더 힘차게 동작을 이어 갈 수 있었다. 두 사람의 움직임은 이젠 하나의 연주였다. 재즈 연주자들처럼 악보도, 사전 맞춤도 없는 즉흥적인 콜라보였다. 넬라는 TJ의 움직임에 잘 화답했다. 귀에 가깝게 울리는 그녀가 내는 주문은 그를 서두르게 했다. 곧 두 사람의 몸은 동시에 마비되는 것 같은 순간에 도달했고, 이어 강한 자극이 척추를 때렸다. TJ는 어떤 힘으로도 억누를 수 없는 폭발에 다다랐다.

환상적인 경험이었다. 찰나와 같았지만 긴 세월 동안 여운이 남을 뜨거운 시간이었다.

두 사람은 고른 숨을 쉴 수 있을 때까지 나란히 누워 있었다. TJ는 넬라의 가슴을 여전히 쓰다듬으며 팔베개한 손으로는 그녀의 머리칼을 매만지고 있었고, 넬라는 모든 느낌을 기억하려는 듯 그에게서 몸을 떼지 않았다.

얼마의 시간이 흘렀을까, TJ가 먼저 몸을 일으켰다. 켜둔 휴대폰 플래시 외에는 불빛이 없어 깜깜한 텐트 안에서 뒤적거리며 무언가를 찾았다. 깨끗한 티슈였다. TJ는 티슈로 넬라를 부드럽게 닦아 주었다. 생뚱맞고 어색한 짓이기는 했지만 왠지 그래야 할 것 같았다. 넬라에게만은 그렇게라도 정성스럽게 정리해 주어야 할 것 같았다. 넬라도 별다른 움직임 없이 TJ의 하는 양을 그대로 받아 주었다. 그러고 나서도 한참 동안 두 사람은 서로를 어루만졌다.

얼마나 잤을까. TJ는 찌르는 통증을 느끼고 깨어났다. 넬라는 고른 숨소리를 내며 그를 향해 반쯤 돌아누운 채 잠들어 있다. 일어나 텐트 밖으로 나가 스트레칭을 하든지, 하다 못해 기지개라도 켜고 싶었지만, 넬라에게 방해가 될 거 같아 이러지도 저러지도 못하고 누워 있어야 했다.

등의 통증이 짧은 간격을 두고 십여 분 넘게 반복되다 사라지는가 싶더니 이번엔 미열이 온몸에 퍼졌다. 괴로움과 슬픔만이 아니라 기쁨과 행복도 과도하면 스트레스라는 말처럼 TJ의 어제는 몸과 마음이 과도한 흥분으로 피곤했던 게 확실했다. 그대로 누워서 텐트 안의 짙은 어둠을 응시하고 있던 그는 약간의 몸살 증세와 함께 서서히 올라오는 열 때문에 점점 나른한 기분에 빠졌다. 덕분에 자기도 모르게 다시 스르르 잠이 들었다.

"TJ, TJ! 아파요? 많이 아파요?"

조심스럽게 흔드는 손길에 그가 눈을 뜨자, 넬라가 휴대폰 플래시를 비춘다.

"아, 이 땀 좀 봐. 열이 엄청 높아요. 정신이 들어요?"

겨우 몸을 일으킨 그에게 세찬 빗소리가 들렸다.

"비가 오나?"

"네, 아까부터요. 갑자기 쏟아지는 빗소리에 깼는데 당신이 끙끙 신음 소리를 내는 거예요. 얼굴을 만졌더니 땀도 많이 나고 열도 높아서."

"아, 아까 중간에 잠깐 깼을 때 몸살 증세가 좀 있더라고. 놀랄 거 없어요. 피곤해서 힘이 좀 빠진 걸 거야. 아픈 데는 없어요."

"잠깐만요. 물통 어디에 뒀어요?"

넬라는 식수로 수건을 적셔 TJ의 얼굴을 닦아 주었다. 차가운 수건 때문에 잠에서 완전히 깬 TJ는 대충 자신의 컨디션을 짐작해 보았다. 약간 기미가 있던 근육통은 없어졌고, 열이 좀 높은 거 외에는 크게 불편하지 않았다. 알레르기 때문에 여행할 때 늘 가지고 다니는 약 주머니에 애드빌이 있다는 게 생각났다.

"놀랐잖아요. 이제 보니 약골이네, 겨우 이걸 가지고…."

"그러게, 놀라게 해서 미안한데."

넬라가 TJ를 놀리면서 다시 이마에 손을 얹었다.

"그래도 다행히 해열제를 가지고 왔네요. 비 때문에 피츠로이 일출은 포기해야 될 거 같아요. 당신 컨디션도 그렇고."

"안 되는데… 혹시 내가 다시 잠들어도 비 그치면 깨워야 해."

그러자 넬라가 휴대폰을 TJ 앞으로 쑥 내밀었다. 다섯 시십 분이었다. 일출을 보려면 벌써 출발했어야 할 시간이었다. 비는 여전히 내리고 있었고.

"알았지요? 지금부터 다시 푹 자고, 내려갈 체력을 비축해요. 안 그러면 내가 당신을 떼어 놓고 갈 거예요."

넬라가 그의 머리를 무릎 위에 놓고 편안하게 해 주어서인지, 애드빌 효과 때문인지, TJ는 오래 이야기를 나누지도 못하고 다시 스르르 잠이 들었다. 평소의 그라면 생각하기 어려운 경우였다. 이번이 아니면 피츠로이의 일출을 볼 기회가 영영 없을 터이지만, 쏟아지는 비와 밀려오는 잠은 어쩔 도리가 없었다.

TJ가 깨어나니 넬라가 텐트에 없다. 양은 적어졌어도 여전히 비가 부슬부슬 내리고 있어 도무지 시간을 짐작할 수 없었다. 휴대폰을 찾아서 보니 이미 여덟 시가 넘었다. 세 시간 가까이 잠을 잔 것이다. 개운하다고 할 순 없어도 열은 내렸고, 특별히 아픈 곳도 없었다. 조금 있으니 넬라가 어디서 구했는지 따끈한 차를 두 잔 가지고 왔다.

"어? 어디서 차를?"

"일어나서 좀 돌아봤더니 저 건너 텐트 사람들이 물을 끓이더라고요. 환자가 있다고 하고 좀 얻었어요. 근데 당신 환자 같지 않은데요?"

"응, 좋아졌어. 덕분에."

다행이라는 표정으로 잠시 미소 짓던 넬라가 텐트 밖을 내다보며 걱정했다.

"그나저나 비가 그쳐야 텐트도 걷고 내려갈 준비를 할 텐데요."

TJ는 차를 달게 마시고 텐트 밖으로 나가 하늘을 보았다.

어느 한구석이라도 하야말갛게 터지는 곳이 있어야 희망을 가질 텐데 온통 뿌옇게 흐려 있다. 안개까지 이리저리 밀려다녀 제멋대로 자란 나무들과 고사목들이 서성이는 오크들처럼 괴기스럽게 보였다. 쉽게 화창한 날씨로 돌아가진 않을 것 같았다. 벌써 여기저기 젖은 채로 텐트를 접는 사람들이 보였다. 어차피 피츠로이 일출은 끝이 났으니 가능한 빨리 엘 찰텐으로 내려가 쉬려는 생각들일 것이다.

안개가 좀 걷히면 내려가려고 했던 두 사람도 텐트를 접기로 했다. 젖은 텐트가 면적이 커지고 무거워져 배낭을 꾸리기가 힘들었다. 두 사람은 나무 둥치를 의자 삼아 앉아서 간단히 식사를 하고 바로 출발했다.

내려오는 길은 비에 젖어 미끄러운 구간을 제외하고는 위험하거나 어려울 게 없었다. 그러나 점점 젖어 오는 배낭의 무게는 달랐다. 더구나 출발한 지 삼십 분이 조금 지나자 TJ는 다시 열이 오르기 시작했다. 애초에 배낭 하나만을 꾸려 왔기 때문에 하려 해도 넬라와 짐을 나눌 순 없었다. 젖은 텐트가 계속 비를 맞으며 무거워지는 데다 낡은 소재의 TJ의 침낭 역시 무게를 가중시켰다. 다행히 통증은 없었지만 열이 점점 오르고 있어 시간이 갈수록 힘이 뚝뚝 떨어지는 기분이었다. 한 발자국 디딜 때마다 정신을 바짝 차리지 않으면 미끄러운 돌을 밟거나 아무렇게나 뻗어 있는 나무뿌리나 등걸에 걸려 넘어질 수 있었다.

한 시간이 넘어가자 TJ의 몸은 비에 젖은 게 아니라 땀에 흠뻑 젖었다. 그대로 강행군을 하다가는 정말 낙상 사고라도 일으킬 것 같았다. 넬라는 한 번 정도 농담 삼아 자기가 배낭을 지겠다고 말했을 뿐, 두 번째 휴식 이후로는 아무 말도 하지 않고 올라올 때와는 반대로 자기가 두어 발 앞서서 내려가고 있었다. TJ는 정신을 바짝 차리기 위해 차가운 빙하물을 자주 마셨다. 몸에 열이 자꾸 올라가는데 너무 차가운 물을 마시는 게 아닌가 하는 걱정도 들었지만, 일단 무거운 배낭을 사고 없이 지고 내려가는 게 급선무라 어쩔 수 없었다.

올라올 때 감탄했던 연초록 빛깔의 강물도 색깔이 변한 채 흐름이 더욱 빨라지고 유량도 많아졌다. 그 작은 강을 지나친 이후에는 도대체 어떻게 숙소까지 내려왔는지 나중에도 기억이 없었다. 정말 힘든 귀환 길이었다. TJ의 느낌으로는 올라갈 때보다 두 배 이상은 걸렸을 것 같았는데, 나중에 넬라 말이 자주 쉬긴 했어도 그가 무슨 목표를 향해 가듯 얼마나 빨리 걷는지 금방 내려왔다고 했다. 그만큼 오로지 무사히 내려가야 한다는 생각뿐이었을 것이다.

TJ는 숙소에 들어가 뜨거운 물에 샤워를 하고 거의 기절한 사람처럼 쓰러져 바로 잠이 들었다.

7. 엘 찰텐(3)

샤워를 대충 끝낸 넬라가 서둘러 욕실을 나오니 TJ가 역시 겨우 속옷이나 걸친 채 널브러져 잠들어 있다. 그녀가 빨리 끝낸 샤워 시간, 채 십 분도 견딜 수 없이 그는 힘들었던 것이다. 잠든 TJ를 바로 눕히면서 고열에 시달리는 몸을 만진 넬라에게 상당한 불안이 엄습했다. 비록 어려운 시절을 겪었지만, 넬라는 곁에서 심하게 앓는 사람을 본 경험이 거의 없었다. 응석받이였던 아나도 감기에 걸려 봤자 하루 이틀이면 털고 일어날 정도로 그녀 집안사람들은 대개가 건강했다. 그런 그녀에게 지난밤 텐트에서 고열에 시달리며 신음하는 그의 모습은 너무 놀라웠다.

내려오는 길에 본 TJ의 모습은 농담을 붙이기도 힘든 절박한 표정이었다. 처음에는 내색하지 않으려고 애를 썼지만 출발한 지 한 시간이 넘어서자 생각보다 자주 쉬면서 숨을 고르는 모습이 여간 위태롭지 않았다. 배낭을 바꾸어 메고 싶어도 그런 말을 하는 것조차 그를 힘들게 할 것 같아 넬라는 거의 입을 닫은 채 조마조마하면서 내려왔다. 아직은 오후 시간이라 병원이 문을 열었겠지만 그대로 나가떨어지듯 잠든 TJ를 깨워야 할지 망설여졌다. 공연히 요란을 떨어 그를 무안하게 만들고 싶지 않았다.

넬라는 뜨거운 커피라도 한 잔 마시려 포트에 물을 끓였다. TJ 때문에 잔뜩 긴장하고 내려온 길이라 그녀도 힘들긴 마찬가지였다. 다행히 잠이 든 그는 지난밤처럼 끙끙거리는 신음 소리는 내지 않았다. 고열에 땀은 흘리지만 푹 잠이 든 것처럼 보였다. 작은 탁자 위를 보니 애드빌을 먹은 것 같았다. 일단 해열만 되면 조금은 나아질 것이라고 생각하면서 내일은 꼭 병원에 데려가리라고 마음먹었다.

넬라는 수시로 TJ의 이마를 만지면서 음미하듯 천천히 커피를 마셨다. 눈에 띄게 열이 내려 안심이 되었는지, 지난밤 생각이 환하게 떠오르기 시작했다. 그녀로서는 도저히 표현하기 힘든 느낌이 생생했다. 그건 한편으로는 강한 전류가 흐르듯 짜릿했고, 한편으로는 세상 그 무엇을 먹었을 때보다도 달콤했다. 온몸에 퍼져 있는 신경세포 하나하나를 살랑살랑 자극하는 즐거움, 아니 쾌감이 얼마나 강렬했는지 그녀는 아직도 그런 기분에서 벗어나지 못한 자신이 민망할 정도였다. 아픈 TJ의 곁에서 그런 생각을 하고 있다는 것 때문에 더욱 그랬지만, 순간순간의 느낌은 하나도 사라지지 않고 그녀의 몸을 가득 채우고 있었다.

피츠로이에서 내려오는 길에 비를 맞으며 넬라는 이제 더이상 자신이 건조하게 메마른 몸이 아니라는 걸 알게 되었다. 그녀의 몸은 내리는 비가 적신 광활한 땅보다 훨씬 더 촉촉해지고 보드라워져 이젠 무엇이든 묻어 곱게 키울 수 있을 것 같았다.

넬라는 자신의 몸 구석구석이 다 새로워졌다고 생각했다. 그녀는 어릴 적 자신의 돌출된 이를 얼마나 싫어했던가. 그런데 TJ는 특히 그게 사랑스럽단다. 그녀는 아나의 아름다운 푸른 눈동자와는 다른 자신의 흔치 않은 초록색 눈동자도 마음에 들지 않았었다. 그런데 TJ는 라구나 수시아의 초록빛보다 아름답단다. 그렇게도 얼어붙어 어찌할 수 없었던 깊은 샘마저도 그의 앞에서는 얼마나 자연스럽게 열려 그녀를 기쁘게 했던지.

넬라는 그의 손길이 닿았던 곳, 그의 눈길이 닿았던 곳이 모두 변한 게 신기했다. 샤워하며 바라보는 자신의 몸을 사랑스럽게 느낀 적이 그녀는 살면서 단 한 번도 없었다. 늘 어딘가가 싫거나, 어딘가가 아나나 엄마만 못하다고 생각했고, 그 참혹한 밤 이후에는 남자들의 짐승 같은 광기의 대상이 되고야 마는 여자의 몸 자체가 싫었다. 나이를 먹으며 조금씩 살이 붙어 간 것도 TJ와 편지를 주고받기 전에는 전혀 알지 못했었다. 모든 건 그렇게 변했다.

어둠이 내리기 전에 비도 그쳤고, TJ의 열도 내렸다. 넬라도 TJ도 배가 많이 고플 시간이 되었다. 피츠로이에서도 형편상 계속 간편식으로 때우다시피 했었고, 오늘은 출발할 때 먹은 치즈와 베이글 외엔 먹은 게 없었다. 밖에서 제대로 식사를 했으면 했지만, TJ는 장비를 반납한 뒤 바로 숙소로 돌아가고 싶어 했다.

넬라는 그가 반납하는 장비를 확인받는 동안 얼른 근처에 있는 라 와플레리아라는 곳에 들러 이 지역 명물이라는 캐러멜 둘세 데 레체라는 게 들어간 와플과 위스키를 넣은 커피를 테이크아웃으로 사 왔다. 고열에 시달린 TJ에게 필요한 당을 한껏 보충할 수 있는 달콤함을 넘어 머리가 띵하도록 단 와플과 커피는 그녀의 바람대로 처져 있던 TJ의 활력을 회복시키는 데 큰 도움이 되었다.

넬라는 기운을 좀 차렸는지 발베니를 마시려던 TJ를 애드빌을 먹게 하고 억지로 침대에 밀어 넣었다. 똑같은 방, 똑같은 침대에 똑같은 자세로 나란히 누웠지만, 이틀 전의 그들과 지금의 그들은 완전히 다른 커플이었다.

넬라는 말하고 싶었다. 어제의 자신과 지금의 자신을. 그리고 듣고 싶었다. 자신의 느낌처럼 TJ도 많은 걸 느꼈으리라 믿었기 때문에 그의 말을 자세히 듣고 싶었다. 순간순간의 느낌 하나하나를 다시 함께하고 싶었다.

어떻게 말을 걸까 고민하던 넬라에게 TJ가 불쑥 물었다.

"넬라, 지난밤에 기분이 어땠어? 너무 바보 같은 질문이지만."

그녀는 자신도 그 질문을 하고 싶었으면서 모른 척하며 되물었다.

"여자에게 그런 걸 물어도 되나요? 점잖은 신사가?"

"그럼, 나 신사 안 할게."

넬라는 대답 대신 피식 미소를 짓는 그의 품속으로 파고들었다. 그러고는 늘 먹던 샘을 찾는 가축처럼 그의 입술을 찾았다. 그녀는 자신이 언제 이렇게 활기차고 재빠른 물고기를 입안에 키웠는지 알 수 없었다. 이제는 TJ의 물고기보다도 빠르고 강한 것 같아 무안할 정도였다. 그녀는 마음껏 마른 목을 축이듯 그의 물고기를 빨아 당겼다. TJ의 몸이 움찔할 정도로.

"내가 말하기 전에 당신이 먼저 말해 줘요. 넬라가 어땠는지."

"넬라가 어땠냐고? 지난밤에 넬라는 거짓말쟁이네, 라고 생각했지. 아무것도 모르고, 아무것도 못하는 줄 알았으니까."

"흥, 거짓말쟁이라고?"

"맞아, 나를 걱정시키고, 고민하게 만든 거짓말쟁이."

말과 상관없이 움직이고 있는 두 사람의 몸은 어느새 조금씩 달아오르고 있었다. 무슨 말을 주고받아도 부끄럽지 않도록 넬라와 TJ는 포옹했다 풀었다 하며 서로를 어루만졌다.

"내 느낌은 그 말 한마디로 된 거야. 난 넬라의 말을 듣고 싶어."

넬라는 자신의 느낌, 감정을 꾸밈없이 말하기 시작했다. 모든 게 달라진 그녀를 얘기해 주었다. 그에겐 필요 없는, 이게 모두 당신 덕분이라는 말은 꾹 참고 다른 건 전부 말했다.

"아, 듣기 좋네. 이제 더 이상 메마르고 황량하지 않다는 말. 이젠 무엇이든 심어 키울 수 있는 촉촉하고 부드러운 땅처럼 되었다니… 더할 나위 없이 좋은 표현이네."

감동의 몸짓인지 TJ가 넬라를 자신의 몸 위로 올렸다. 잠시 잠깐은 있었지만 그녀가 위에서 그를 보기는 처음이었다. 올려다보는 그와 내려다보는 그는 달랐다. 훨씬 안정적이고 푸근했다. 올려다볼 때 조금은 위압적이고 공격적으로 솟아 있던 그의 코가 그저 아름답고 매끄러운 선으로 보이고, 눈도 내리뜨는 것보다 훨씬 평화로웠다. 변함없는 건 넬라가 제일 사랑하는 그의 작고 도톰한 입술뿐.

TJ가 다시 그녀를 몰아가기 시작했다. 언제든 그가 원하기만 하면 함께 가 보고 싶은 곳을 향해 그녀를 이끌기 시작했다.

"아, 당신 아픈 사람인데… 안 되는 거 아니에요? 그러면… 내가 너무 생각 없는 여자가…."

넬라의 작고 소극적인 걱정은 그의 거스를 수 없는 간절한 이끌림에 금방 묻혀 버렸다. 그녀는 그가 이끄는 대로 따라가야 했다.

TJ는 지난밤처럼 조심스럽고, 지체하듯 천천히 오지 않았다. 역시 예기치 못한 시기지만 훨씬 빨리, 더욱 강하게 그녀에게 왔다. 흥분으로 묻히긴 했어도 무시할 수 없는 긴장과 얼마간의 크지 않은 통증까지 있었던 어제와는 달리 지금 그와 함께하는 순간, 넬라의 몸은 아득하고 아늑했다.

처음엔 깜깜한 밤의 한가운데로 홀로 던져진 것 같았다. 그렇지만 곧바로 작은 불씨가 포르르 하고 솟아올랐다. 그녀의 몸 어느 한구석에서 톡 터져, 작은 꽃송이만 한 무늬를 반짝, 눈앞에 터뜨리는 불씨. 그 불씨는 터진 후에도 사라지지 않고 검은 바다를 향해 등댓불처럼 반짝였다. 그러더니 그가 움직일 때마다 작은 불씨들이 여기저기서 솟아오르기 시작했다. 불씨들이 각각의 모습으로 아름답게 톡톡 터질 때마다 넬라는 온몸이 파르르 떨리는 걸 느꼈다. TJ의 숨소리가 예민해진 그녀의 귀를 채우고, 아픈 미열에 그녀를 향한 열기가 더해진 숨결이 그녀의 뺨을 덮히고, 델 듯이 뜨거운 손이 그녀의 가슴을 압박하면 할수록 감은 눈을 뜰 수 없었다.

넬라는 순식간에 그녀만의 불꽃놀이로 황홀한 지경에 빠져들었다. 그녀 안의 불꽃들은 힘차게 움직이는 TJ를 따라 점점 커져 가며 상상할 수 없이 아름다운 무늬들을 그려 냈고, 그녀의 온 신경을 마음껏 유린했다. 불꽃들은 깜깜한 하늘을 가득 메우며 반짝이다 사라지고, 다시 터지며 그녀의 세계를 환하게 했다. 그는 빠르게 그녀를 모든 것의 핵심으로 몰고 갔다.

거친 숨을 몰아쉬면서 넬라는 알지 못했던 샘에서 열심히 물을 길어 올리고 있는 자신을 느꼈다. 마치 그대로 타 버릴 것 같은 그를 보호하려는 듯, 아끼며 감싸려는 듯. 그녀의 몸은 금방 논물을 가득 댄 봄 논이 되었다. 한 마리 소금쟁이가 다리를 쭉 펴기만 해도 찰랑거리며 흔들리는 봄 논이 되었다.

그녀가 아직도 달디단 샘물을 길어 올리고 있는데도 잦아드는 불씨들이 끝나야 할 불꽃놀이를 알릴 때, 그녀는 깊은 만족감에도 불구하고 너무 안타까웠다. TJ가 넬라, 넬라, 하며 수없이 그녀의 이름을 불러도 대답할 수 없었다. 이 불꽃놀이가 지속될 수만 있다면 넬라는 지나가는 바람도 움켜쥐라면 쥘 것 같았다.

TJ의 거칠었던 숨소리가 잦아들 때까지, 그가 조용히 일어나 또다시 자신을 부드럽게 닦아 줄 때까지, 넬라는 눈을 뜨지 않았다.

넬라는 엘 찰텐을 떠나고 싶지 않았다. 그대로 여기 머물고 싶었다. 여기에서 그가 계획한 시간을 전부 보내고 싶었다. 여기에서라면 잘할 수 있을 것 같았고, 끝까지 행복할 수 있을 것 같았고, 그를 보내더라도 견딜 수 있을 것 같았다. 연어의 고향처럼 왠지 어디를 가든, 어디에서 살게 되든, 언젠간 다시 이곳으로 돌아올 것 같은 강한 예감이 들 정도로.

그러나 넬라는 말하지 않았다.

넬라는 TJ가 계획한 대로 남은 파타고니아를 함께하기 위해 버스를 타고 엘 칼라파테로 돌아왔다.

꿈이었나.

아니다. 잠결이었는지는 몰라도 꿈은 아니었다.

엘 찰텐에서 돌아오는 버스에서였다. 어느 순간부터인지

두 사람이 조용히 자기만의 생각에 잠겨 침묵하고 있을 때였다. 갑자기 TJ가 혼잣말처럼 말하는 것이었다.

"우리 엘 찰텐에서 함께 살까? 게스트 하우스 같은 거 하나 하면서 같이 살아 보는 게 어때? 칼라파테도 좋지만 여긴 정말 좋네. 나 그럴 정도의 경제력은 있거든. 당신만 좋다면 그러고 싶네…"

마치 엘 찰텐에 머물고 싶었던 넬라의 생각을 읽은 것처럼 그는 그렇게 말했다. 넬라는 냉큼 그 말을 잡고 대답할 수 없었다. 놀라기도 했고, 조금은 충격적이기도 했다. 이런 말을 하다니, 왜일까, 농담인가. 넬라가 생각의 갈피를 잡기도 전에 그는 말을 끝냈고 더 이상 아무 말도 덧붙이지 않았다. 결국 넬라는 마치 잠들어 있거나, 듣고도 아무런 반응을 보이지 않은 것처럼 됐지만, 다시 물을 수는 없었다.

그렇게 듣고 그렇게 끝나서는 안 되는 얘기였지만, 결국은 그렇게 끝나고 말았다.

8. 우수아이아(1)

우수아이아는 남극을 향해 떠나는 항구도시다.

여름에도 산정에 만년설이 여전한 마르티알 산맥의 봉우리들이 병풍처럼 둘러 있고, 앞에는 대서양과 태평양을 잇는 유명한 비글 해협이 있다.

넬라의 나라는 사실상 바다가 없다. 옛 유고 연방 시절 편입된 아주 좁은 지역이 바다에 면해 있다고는 하나 실상 내륙국이나 다름없다. 실제로 넬라는 바다를 본 적이 없었다. 보았다면 파타고니아로 오면서 비행기에서 본 바다가 전부였을 것이다. 그래서 우수아이아는 넬라에게 매력적으로 다가왔다.

도시가 산과 바다 사이의 넓지 않은 평지와 경사지를 중심으로 길게 줄 서듯 형성되어 있어 가는 곳마다 바다가 코앞에 있었다. 어디에서나 오른쪽은 산, 왼쪽은 바다였고, 돌아서면 다시 왼쪽이 산, 오른쪽이 바다였다. 비글 해협도 말이 해협이지 수평선이 저 멀리 보이는, 넬라에게는 끝없이 넓은 바다였다.

자신의 나라에선 쉽게 바다를 볼 수 있다던 TJ는 바다 그 자체만으로도 들뜬 그녀를 신기해했다. 그는 수없는 이야기와 책과 영화 같은 것으로만 바다에 대한 감상을 축적한 사람이 처음으로 바다를 보는 경이를 짐작하지 못했다.

넬라에게는 찰스 다윈의 배 이름을 딴 비글 해협이 호텔 앞을 흐르고 있다는 것 자체가 상상속의 한 장면이었다. 세상의 끝(Fin del Mundo)이라는 우수아이아의 별명처럼 정말 자신이 이렇게 먼 곳, 이렇게 외따로 떨어진 땅에 와 있다는 것도 마찬가지였다.

체크인 시간보다 일찍 도착한 그들은 호텔에 짐만 맡기고 시내를 산책했다. 기온은 엘 칼라파테보다 더 쌀쌀했고 공기 속에선 습기가 많이 느껴졌다. 흐리고 구름이 잔뜩 낀 하늘이 땅끝, 멀고 외진 곳의 이미지를 한층 살려 주었다. 산책하기에는 그만이었다. 넬라와 TJ는 팔짱을 꼭 낀 채로 우수아이아라고 커다랗게 쓴 알파벳을 앞에 두고 바다를 배경으로, 또는 알파벳 사이사이에 얼굴을 넣고 사진을 찍어 가면서 항구를 종단해서 걸었다. 우수아이아 풍광은 앞으로 건 뒤로 건 셔터를 누르면 작품이었다.

세상의 끝에서 두 사람은 마음 내키는 대로 포옹하고 가벼운 키스를 주고받으며 걸었다.

"넬라, 게 먹어 본 적 있어?"

"크랩? 아니, 없어요. 본 적은 있어도."

"잘됐네. 여기에 킹크랩으로 유명한 집이 있어. 난 이 세상에서 제일 맛있는 음식이 게라고 생각하거든. 특히 서양식으로 소스 치고 요리한 게가 아니라 그저 싱싱한 게를 단순히 쪄서 먹는 방식!"

정말로 얼마나 알려졌는지, 점심시간이 지났는데도 작은 레스토랑 앞에는 관광객으로 줄이 길었다. 한참을 기다려서 겨우 테이블에 안내되자마자 마릿수만 정하고는 일사천리로 음식이 나왔다. 그저 형식만 지킬 뿐인 소량의 샐러드와 식전 빵, 색깔이 예쁜 샤프란 밥을 한꺼번에 가져온 뒤 넬라의 눈을 휘둥그렇게 만든 게를 내놓았다.

넬라 앞에 놓인 두 마리의 붉은 게는 혼자라면 도저히 먹을 엄두도 낼 수 없을 정도로 생김새가 억세고 무시무시했다. 크기도 컸지만 몸통과 다리 곳곳에 가시나무의 날카로운 가시보다 더 두껍고 뾰족한 가시가 돋아 있었다.

우수아이아에서 TJ에게 무엇이든 잘해 주고 싶었던, 그래서 당연히 음식 테이블에서도 자신이 나서서 그를 케어하고 싶었던 넬라였지만, 손가락 하나 까딱하기가 어려웠다. TJ는 그녀의 당황하는 모습을 보고 그럴 줄 알았다는 듯 웃었다. 그러더니 레스토랑에서 준 비닐장갑을 양손에 끼고 게를 자르고 가르면서 약간 핑크빛이 도는 흰색의 게살을 발라내기 시작했다. 아주 능숙하게. 집게 다리는 잘라서 살이 붙어 있는 채로 넬라에게 건네기도 하고, 다리 살을 발라 먹는 방법을 시범을 보이며 알려 주기도 했다.

게는 소고기나 양고기에만 익숙해 있던 넬라에겐 정말 색

다른 맛이고, 표현하기 어려운 풍미가 있었다. 어쩔 수 없이 그가 주는 게살을 받아먹는 처지가 된 그녀의 모습이 재미있었는지 TJ는 연신 재빠르게 손을 놀리며 게에 대해 알고 있는 자신의 모든 지식을 강의하듯 들려주었다.

처음엔 행복했다. 그러나 바라볼수록 더 이상 미소 짓기 어려웠다. 넬라에게 생각지도 못한 이미지가 스멀스멀 떠오르기 시작했기 때문이다. 윤곽이나 겨우 보일 정도로 희미했던 이미지는 안개가 걷히면서 숲의 나무나 오솔길이 형체를 드러내듯 점점 확실하게 다가왔다.

한 남자가 있다. 연신 웃으며 다정하게 대화를 이끌어 가고 있는 모습이다. 등을 보이고 있는 한 여자와 그 남자를 쳐다보며 싱글벙글하는 두 명의 아이들도 있다. 여자가 일어나 음식을 덜어 주려 하자 남자가 부드럽게 제지하며 자신이 음식을 나누어 여자와 아이들에게 건넨다.

넬라에게는 완전히 잊힌 식탁의 모습이다. 형체가 드러난 이미지의 남자는 TJ였다. 남자가 그녀의 아버지가 아닌 건 당연했지만, 등만 보이는 여자와 윤곽뿐인 얼굴의 아이들이 왜 그의 아내와 아이들이라는 생각이 드는 걸까. 그건 마치 넬라에게 무언가를 날카롭게 지적하는 것 같았다. 하필이면 안심과 행복이 최고조에 달했을 때 그런 이미지가 떠오르다니, 대체 무슨 까닭일까.

두 마리의 가시 돋친 붉은 게는 해체되면서, TJ의 손가락만 여러 번 찌른 것이 아니었다. 넬라도 그의 넘치는 사랑과 다정함이 오히려 가시가 되어 자신을 찔렀다는 걸, 어딘지도 모를 찔린 곳에 통증이 지나갔고, 그 통증의 여운이 어지간해서는 가시지 않고 길게 남으리라는 걸 깨달았다.

레스토랑을 나서며 넬라는 기분을 바꾸어야 한다고 생각했다. TJ는 눈치가 빠른 사람이다. 그녀의 당혹스런 마음을 금방 알아챌 것이다. 어떤 이유에서건 자신의 감상 때문에 지구 반대편을 달려온 그의 열정에 찬물을 끼얹어서는 안 될 일이었다.

밖으로 나서자 바람이 거세지고 차가웠다. 넬라는 쌀쌀함을 느껴서 그런 것처럼 팔짱을 끼며 그에게 몸을 밀착시켰다.

"다음 계획은 뭐에요? 숨겨 놓고 있는 일정을 말해 보세요."

넬라는 자신이 이런 표정을 지으며 누군가에게 말을 할 수 있다는 것이 신기했다. 그녀는 어릴 적에도 애교라고는 없는 아이였지 않았나.

"실은 에스메랄다 호수 트레킹을 할까 했는데…."

"에이, 트레킹은 좀 그런데? 바람도 점점 더 불고. 당신은 여기 바람을 아직 제대로 겪어 보지 않아서 겁이 없는 거예요. 난 바람 부는 거 싫어요. 하늘을 보니 곧 비도 올지 모르는데."

"흠, 여기 날씨는 거의 이렇게 흐릴걸 아마. 그러면 어디 유명한 카페라도 찾아가 볼까?"

"이제 체크인해도 되는 시간 아닌가요? 일찍 호텔로 가요. 아까 보니까 호텔 바도 좋더라. 바다가 훤히 내려다보이고. 오늘은 당신과 조금이라도 일찍 함께 있고 싶은걸."

환해지는 TJ의 얼굴을 보며 넬라는 스스로에게 더욱 놀랐다. 일찍 함께 있고 싶다니! 그런 말을 태연하게 입 밖으로 낸 그녀는 결국 먼 바다를 보는 척 고개를 돌릴 수밖에 없었다.

"그렇다면 좋지만, 한 가지 조건이 있어."

"조건이라니? 또 무리한 트레킹을 하다가 이 멋진 도시에서 당신 병간호나 하게 될까 봐 배려한 것뿐인데 무슨."

"오, 그런 말씀을! 그렇다면 에스메랄다 호수로 갑시다."

"알았어요, 알았어. 그래 조건이 뭔데?"

"오늘은 넬라 머리를 내가 감겨 주고 싶어. 나 정말 하고 싶었거든. 실은 에스메랄다 호수 트레킹에서 땀을 흠뻑 흘리면 차가운 호수의 물로 그렇게 해 보리라 생각했지만."

넬라는 본 적이 없는 《아웃 오브 아프리카》란 영화에서 기억에 남았던 장면이라고 했다. 그까짓 것쯤이야 뭐, 넬라는 미소로 허락했다.

9. 우수아이아(2)

넬라가 눈을 뜨니 날은 이미 밝아 있었다. 어젯밤 커튼도 제대로 치지 않고 잠들었던지 아침 햇살이 강하게 눈을 자극했다. 창밖에는 비글 해협이 옥색 보자기 위에 곱게 뿌려진 보석처럼 반짝이고 있었다.

우수아이아에서 출발해서 도착할 수 있는 남극대륙의 어느 곳이든 춘분에서 추분까지 한 올의 햇살도 볼 수 없다고 한다. 우수아이아의 햇살은 그만큼 반갑고 귀한 것이다.

바다를 가까이 보고 싶었다.

어젯밤의 순간순간이 생생하게 살아남은 넬라는 손가락 끝만 닿아도 그녀의 온몸이 바다와 함께 빛날 것 같았다.

넬라는 소리 내지 않고 방을 나왔다. 어제 TJ가 체크인을 하는 동안 바닷가에 그림처럼 놓여 있는 벤치를 봐 두었다. 넓고 황량한 들판을 향해 있던 넬라의 벤치처럼 혼자 바다를 바라보고 있는 벤치였다. 호텔 아래로 잘 가꾼 화단을 지나면 야생의 관목과 긴 풀들이 섞인 넓지 않은 띠 숲이 있고, 돌이

깔린 오솔길을 통해 그 아래로 내려가면 바로 해변이다.

해변은 바다와 가까운 쪽 일부만 빼고는 모래가 아닌 아주 작은 돌들로 이루어져 한 걸음씩 뗄 때마다 부드러운 북채로 북을 살살 쓰다듬는 소리가 났다. 사그락사그락. 작고 예쁜 소리가 그녀의 발걸음에 리듬을 실어 주었다.

호텔 경내만 해도 족히 백 미터는 되고, 그 너머로는 대충 가늠해도 수백 미터가 넘는 긴 해변에 신기하게도 벤치는 딱 하나가 있다. 누가 무슨 생각으로 단 한 개의 벤치를 그곳에 놓았을까. 파타고니아의 어느 곳이나 다 인적이 드물고 외로워 보이지만 벤치 때문인지 이 해변은 더욱 그랬다.

넬라가 벤치에 앉은 지 얼마 안 되어 햇살이 만든 보석들은 빠르게 바닷속으로 가라앉기 시작했다. 반짝이던 건 순간이거나 착각이었던지 바다는 전혀 다른 모습으로 자신을 바꾸어 갔다. 마치 가면을 벗어 다른 캐릭터의 인물로 바뀌는 배우처럼.

넬라는 평온하게 반짝이는 바다를 원했다. 그녀는 어젯밤의 기억을 오래 붙들고 싶었다. 그는 단순히 영화 장면을 흉내 내지 않았다. 넬라의 머리만 감기는 게 아니라 결국에는 온몸을 정성스레 어루만지며 닦아 주었다. 흙탕물에 지저분해져 들어온 아이를 씻기듯이, 얼룩진 기억들을 깨끗이 지우

듯이 부드럽고 꼼꼼하게.

그녀에게는 어떠한 모습으로든 비슷한 추억이 없다. 기억이 불가능한 어릴 적에 엄마가 그렇게 했는지 모르겠지만, 자신의 것으로 기억하는 일생엔 그런 일이 없었다. 쑥스럽고 어색하다가, 느긋하며 평화롭다가, 기분 좋은 쾌감을 즐기다가, 급기야 그녀는 힘들었다. 눈물 때문이었다. 그냥 흐르게 두어도 얼마든지 가릴 수 있는 욕실 안이었지만, 그 순간 TJ에게 눈물을 보이는 것이 구차하고 민망하다는 생각이 들었다. 작품에 매달려 작업하는 모습처럼 정성을 다해 집중하는 그에게는 자신이 느끼는 깊은 감정을 가볍고 명랑하게 알려 주고 싶었다. 그러니 눈물 따위는 참아야 했다.

넬라는 보석처럼 반짝이던 아침 바다였다, 어젯밤에. 그리고 그녀는 그 바다를 보러 해변에 내려왔다. 그런데 바다는 금방 모습을 바꾸었다.

어떤 것이 바다의 본모습일까.

비글 해협은 다시 빠르게 흐르고, 바다의 얼굴은 이제 빛나지 않는다. 넬라는 계속 붙들어 두고 싶은 장면과 이미지들이 시시각각 흔들리며 멀어지는 대신 우울한 회색빛 배경에 둘러싸인 무언가 불확실한 형체가 다시 마음의 중심을 향해 밀려들어 오는 걸 본다.

세상의 모든 실체에는 그림자가 있듯이 그를 알게 되고, 사랑하게 되고, 사랑이 깊어지는 동안에도 그림자는 있었던 것일까.

넬라는 알고 있었던 것이다!

그녀는 미래가 빠져 있는 사랑을, TJ가 빠져 있는 미래를 생각하지 않으려 했는지는 모르지만 잊은 건 아니었고, 그건 그녀를 불안하게 했다. 그리고 이젠 게의 가시에 찔린 것처럼 아프게 했다.

넬라는 세차게 고개를 흔들며 일어섰다.

바다를 향해 걸었다. 발목을 덮는 바닷물의 차가움에 진저리가 났다. 정신이 번쩍 들었다. 몇 발자국 더 걸어 보았다. 다행히 해변에서 가까운 바다는 얕았다. 그녀는 무릎 아래까지 바다로 걸어 들어가 한참을 위아래로 걸었다.

넬라는 상념에서 벗어나야 했다.

그녀는 TJ의 시간을 망가뜨리거나 빼앗아선 안 되었다. 그건 그녀의 바꿀 수 없는 결심이었고, 그에게 줄 수 있는 유일한 선물이었기 때문이다. 그녀의 불안이나 아픔 같은 건 아무리 커도 자신만의 것으로 품으면 되는 것이다.

바다의 차가운 냉기가 남은 시간을 경고하듯 팔에서 등으로 소름을 퍼뜨렸다. 그녀는 더 늦기 전에 TJ를 깨워야겠다는 생각을 했다. 두 사람은 아직 우수아이아를 전혀 즐기지 못했던 것이다.

세상 끝 우수아이아에 오는 사람들이 모두 그러하듯 넬라도 지금 이 순간은 남은 생애에 결코 다시 오지 않는다는 걸 알았다. 누가 이 먼 곳, 이 땅끝에 다시 올 수 있단 말인가. 아무리 다시 온 TJ라도 또다시 그럴 순 없으리라. TJ가 다시 오지 못한다면 그녀 역시 다시 오지 못할 것이다. 그녀는 마음을 다해 즐겁고 행복하려 애써야 했고, 적극적이고 능동적이어야 했으며, 실제로 우수아이아에서 TJ와 함께한 모든 일들을 다 그렇게 만들었다.

TJ는 불길한 꿈이라도 꾼 것처럼 갑자기 눈이 떠졌다. 반쯤 열어 두었던 커튼이 꼼꼼하게 쳐져 있어서 잠시 동안 어둠에 적응해야 했다. 넬라는 곁에 없었다. 넬라가 누웠던 자리를 손으로 쓰다듬으니 아직 그녀의 체온이 남아 있는 듯했다. 그 온기는 지난밤의 영상들을 자동으로 재생하기에 충분할 만큼 따뜻했다. 그의 당당함과 자신감이 영상의 자막처럼 확실하게 다시 보이는 듯했다. 소리 없는 미소가 절로 얼굴에 퍼져 나갔다.

TJ는 넉넉한 만족을 자랑하듯 기지개를 크게 켜면서 커튼을 젖혔다. 어제와는 극적으로 다른 날씨였다. 먼 수평선에만 옅은 구름이 있을 뿐 하늘은 파랑 일색이었다. 바다를 겨우 벗어나 한숨 돌린 태양이 다리쉼을 하는 시간이었는지, 그 햇살로 바다 위엔 반짝이는 윤슬이 가득했다. 아름다웠다. 비글 해협이 남극에 가까운 바다가 아니라 한국의 어느 가을 호수같이 보였다. 어젯밤 생각에 벅차 있던 가슴이 차분하게 가라앉을 때까지 반짝이는 바다를 쓰다듬듯 바라보던 그의 시선에 한 사람이 잡혔다.

넬라였다.

그도 처음 이곳에 왔을 때 이른 아침에 바다를 보며 앉았던 벤치에 그녀가 앉아 있었다. 얼른 따라 나가려다가 잠시 멈추었다. 덩그러니 홀로 앉은 그녀의 모습이 가볍기만 했던 기분을 불길하게 흔들었기 때문이다. 일 분을 바라보았다. 다시 오 분을 바라보았다. 그러나 십 분을 넘어서도 벤치에 앉은 넬라는 움직이지 않았다. 망연히 바다를 바라보면서.

그녀는 지금 무얼 하고 있는 걸까? 그는 넬라가 단순히 아름다운 바다를 감상하고 있다고는 생각할 수 없었다.

TJ는 하염없이 바다를 바라보는 그녀가 가여워졌다. 그리고 미안했다. 그가 그녀를 그렇게 만들었다는 생각을 떨칠 수 없었다.

그는 어리석고 무책임한 사람이었기 때문이다. 취소될 수도, 힘으로 거스를 수도 없는 법원의 강제 영장을 구겨 던지고 잊어버리는 사람처럼. 그는 자신의 현실을 넘을 수 없다고 판단하자 외면했다.

파타고니아로 다시 돌아가겠다는 결심을 하려면 TJ는 최소한 그럴듯한 구실이라도 만들었어야 했지만 그렇게 하지 못했다. 실은 구실에 그치는 게 아니라 그가 원하는 새로운 출발을 위해 자신의 입장을, 앞으로의 행동 의지를 알렸어야 했다, 필요한 사람들에게. 삼십여 년 넘게 자신의 삶을 통제하고 관장해 온 사람들과의 관계를, 그리고 그에 얽힌 마음들을 어떻게든 정리했어야 했다. 그 모든 것에 대해서 더 이상은 안 된다, 고 분명히 선언했어야 했다. 그는 낙타가 아닌 한 마리의 사자가 되어야 했던 것이다.

할 수 있다고 생각했었다. 그는 내심 모래밭에 좌초된 배처럼 살지 않겠다고 굳게 마음먹은 사람이었다. 오랫동안 TJ란 악기를 제멋대로 연주해 온 인간적·사회적 인연들로부터 멀어지려고 노력했고, 넬라를 두고 돌아온 일 년은 더욱 치열하게 그렇게 했다. 짐을 내려놓고 고삐를 풀고 멍에를 벗어 버리겠다고, 자신을 향해 휘두르는 어떤 평판의 채찍도 거부하겠다고, 무엇을 하든 오롯이 자신만을 위해 하겠다고 다짐을 거

듭해 왔다.

그러나 상상 속에나 있었던 행운이 그를 덥석 끌어안자마자 그런 자신감은 모래성처럼 무너져 내렸다. 은퇴 후 그가 기울인 노력들은 철저히 독립된 그를 만들어 주기는커녕 단지 고립을 통해 비슷한 모양을 갖춰 준 것에 불과했다.

지구 반대편에 있는 새로운 사랑과 그의 앞에 버티고 있는 산은 별개의 문제였고, 흔들리지 않았다. 아니, 그의 힘으로는 흔들 수 없었다.

그래서 그는 무작정, 떠나왔다!

이성을 제쳐 두고 사랑에 빠졌다는 허울에 기대어 흠투성이의 행동을 선택했던 것이다.

TJ는 변명하고 싶었다. 자신은 해야 할 의무를 다했다고.

아이들은 장성해서 지원이나 참견이 필요 없는 자신들의 인생을 살고 있다. 아내에게도 천박한 말일지는 몰라도 특별한 고생 없이 평균 이상의 안정적 삶을 보장해 주었다. 돌아가신 부모님들에게도 최선의 케어는 했다. 맡겨진 사회적 지위와 역할에도 충실했다. 그 모든 걸 위해 인생의 황금기를 다 보냈다. 전혀 불만하지 않고, 이제 누가 뭐라 해도 부인할 수 없는 반환점을 돈 나이에 자신만의 인생을 살겠다고 하는 게 잘못인가. 내가 원하는 일을 하고, 원하는 생각을 하고, 원하는 방법으로 내 시간을 쓰는 게 범죄인가, 이제 와서 그걸 일탈로 비난하는 게 반드시 옳은가, 아버지와 남편으로서, 사회적·경제적 위치에서의 누구로서가 아니라 진정한 나로서 살아 보겠다는 걸 일탈로 단죄하는 사람들은 대체 누군가, 이 나이면 모든 것에서 놓아주고 하고 싶은 대로 살아가게 방면해야 할 시기가 아닌가, 대체 언제까지 코뚜레를 꿰어 둔 채 잘한다, 잘한다 하겠다는 것인가.

그러나 그의 변명이 필요한 곳은 파타고니아가 아니었다. 하고 싶다면 그는 지구 반대편인 그곳에서 필요한 시기에, 필요한 사람에게 그 말을 했어야 했다.

서글픈 일이지만 그런 면에서 TJ는 거의 한 해 전에 엘 칼라파테에 남지 못했던 사람에서 하나도 바뀌지 않았다.

그리고 그것 때문에 지금 넬라에겐 채워지지 않는 빈자리가 있고, 그게 채워지지 않는 한 그녀의 사랑은 결코 완벽해질 수 없는 것이다.

TJ는 무작정, 떠나온 사람이었다!

그는 넬라를 더 이상 쳐다볼 수 없었다. 창으로부터 등을 돌리고 견딜 수 없는 심정으로 머리를 움켜쥐며 주저앉았다.

그날 이후로 우수아이아에서의 며칠 동안 TJ는 누구엔가, 무엇엔가 졌다는 생각에 줄곧 빠져 있었다. 넬라에게도 마찬가지였다. 그녀는 엘 칼라파테나 엘 찰텐에서와 달랐다. 그의 계획에 따라, 그의 기분에 맞추어 주던 모습이 아니라 스스로 재미있는 일정을 찾기도 하고, 가 보고 싶은 카페나 레스토랑을 검색해서 내놓기도 했다. 배를 타고 나가든 티에라 델 푸에고[15]의 독특한 풍광을 트레킹하든 매우 적극적이었다. 마치 넬라가 리더가 되어 이곳저곳 구경시키는 모양새였다.

달라진 넬라는 두 사람의 미래에 대해, 이 재회의 끝에 대해 이미 결론을 내렸을 것이라는 추측까지 하게 만들었다. TJ의 눈에는 넬라가 혹시나 하는 기대나 행복한 상상을 내려놓고 정확히 며칠이 될지 모르는 날들을 온전히 즐기기로 한 것으로 보였다.

그런 생각은 TJ의 우수아이아를 낮과 밤처럼 나누었다. 행복과 우울로. 그런 식의 낮과 밤의 교대는 그를 금방 지치게 했다.

TJ의 몸은 다시 간섭과 지적에 휩싸였다. 정신이라고 부르

....

15 남아메리카 대륙 최남단의 섬. 마젤란 해협을 두고 본토에서 떨어져 있으며 동쪽은 아르헨티나령, 서쪽은 칠레령이다. 칠레 쪽은 대부분 황무지인 반면 아르헨티나 쪽으로 도시들이 위치하고 있으며 최대 도시는 우수아이아다. 티에라 델 푸에고는 '불의 땅'이란 의미이며, '이슬라 그란데(큰 섬)'라고도 한다.

든, 그걸 굳이 양심이라고 부르든, 그의 몸은 그것의 뒤로 물러났다.

급기야 그는 넬라를 제대로 안지 못했다. 전원을 차단당한 것처럼 몸의 열기가 식었다. 억지로 덥히려 애를 써도 소용이 없었다. 그들의 물고기들이 아무리 서로를 물고 헤엄쳐 다녀도, 넬라의 손길이 아무리 활기를 불어넣으려 해도, 그의 중심은 흐트러진 채 다시 뭉쳐지지 않았다. TJ는 당황스러웠다. 아마 넬라도 마찬가지였을 것이다. TJ는 며칠 동안 혼자서 절감했던 정신적 패배감에다 육체적 민망함까지 겹쳐 힘들었다. 그건 경험상 무언가 굴욕적이거나 아니면 부끄럽고 외면하고 싶은 상황에 놓인 그에게서 나타나는 몸의 반응이었다. 인정하긴 싫어도 그건 늘 어떤 죄의식의 발로이기도 했다. 여간해선 쉽게 달라지지 않을 것이다.

그는 바릴로체로 가는 날을 앞당기기로 했다. 더 이상의 우수아이아는 불길한 그림자를 불러올 것처럼 여겨졌다.

우수아이아, 이 '세상의 끝'에서는 무슨 일을 하든 자꾸 그들 사이의 짧은 여정의 끝이 떠올랐다. 이곳 사람들이 갖다 붙인 것처럼 '새로운 시작'은 찾을 수 없었다. 그는 다음 날 아침이라도 비행기 좌석만 있으면 바릴로체로 떠나기로 결심했다.

10. 바릴로체⑴

바릴로체는 호수의 도시다. 나우엘 우아피를 비롯해 수많은 호수들이 저마다의 아름다운 모습으로 도시를 에워싸고 있다. 덕분에 햇볕이 좋은 낮 시간에는 바릴로체 전체가 쏟아부은 듯 짙은 코발트블루로 물드는 것 같은 느낌이 들 정도다. 호수에서 시선을 높이면 성당의 첨탑들처럼 뾰족뾰족한, 해발 2,000미터가 넘는 일군一群의 고봉들을 이끌고 있는 카테드랄산이 멀리 보인다. 누구든 바르셀로나에 있는 가우디의 성 가족성당을 연상할 수밖에 없는 독특한 모습의 산들이 다시 호수를 둘러싸고 있는 멋진 풍광이다.

TJ의 예상대로 넬라는 택시를 타고 들어오면서 바릴로체의 모습에 놀라는 눈치였다.

"TJ, 여기는 같은 파타고니아라도 많이 다르네요. 사진으로 보았던 아름다운 스위스 도시 같기도 하고, 가까운 산들은 마치 내 고향의 산들을 보는 거 같아요."

"맞아, 엘 칼라파테 쪽 분위기와는 아주 다르지?"

"이제까지는 이 나라의 넓은 땅만 복인 줄 알았는데 이렇게 멋진 곳까지 품고 있었네요."

TJ는 그녀의 만족이 경치도 경치지만 도시의 등 뒤에 그녀의 고향 비셰그라드의 산들과 비슷한 산들이 있는 것이나, 사라예보를 떠난 뒤 처음 느끼는 도시적 분위기 때문이라고 짐작했다. 바릴로체는 사람들이 북적거리고, 대형 상가들과 레스토랑이 밀집해 있어, 그녀가 오랫동안 잊고 있었던 도시의 활기를 떠올리기에 충분했다.

호텔에 들어서자 넬라는 참지 못하고 작은 탄성을 질렀다. 울창한 숲속에 몇 개의 독립 건물로 이루어진 호텔 자체도 멋졌지만, TJ가 신경 써서 예약한 룸의 빼어난 뷰 때문이었다. 검푸른 숲과 그 숲 사이로 햇빛에 반짝이는 나우엘 우아피 호수를 비추는 대형 유리창 하나하나가 그대로 캔버스였다. 거의 지구 최고의 풍경을 그린 풍경화였다. 게다가 이 그림은 광선의 세기와 방향에 따라 색감과 질감이 시시각각 변하고 있어 클로드 모네라면 아마 며칠 몇 달을 이 방에서 나가고 싶지 않았을 것이다.

창밖으로 뷰가 아름답다면 룸 내에서는 창가의 생뚱맞은 원형 자쿠지가 눈에 띄었다. 고급스럽고 부드러운 목재로 마감되어 있는 룸에는 티 테이블과 예쁜 의자를 갖춘, 바닥보다 한 단계 높은 실내 베란다가 있고, 그보다 한 계단 더 높은 반원형 공간에 자쿠지가 있었다. 아마도 그게 럭셔리 룸이라고 표시된 이 방의 가격을 결정하는 요인인 모양이었다.

293

넬라는 짐을 풀 생각도 하지 않고 대형 창을 통해 바릴로 체를 감상했다. TJ는 그녀가 바라볼 때까지 두 팔을 내밀고 기다렸다. 창에 어린 그 모습을 본 넬라가 얼른 돌아서서 그의 팔에 안겼다.

"우리 저녁 식사까지 뭐 할 거예요?"

"응? 글쎄, 짐 풀고 산책이나 할까? 아니면 꼭 끌어안고 경치 구경이나 할까?"

TJ의 농담에 넬라가 그의 옆구리를 쿡 지르며 웃는다.

"부탁 하나 들어줄래요?"

"뭔데? 부탁이라니까 겁나네."

넬라는 양팔을 그의 목에 두르고 가볍게 키스하며 말했다.

"당신이 온 뒤로 우린 사실 강행군한 거나 마찬가지예요. 나야 뭐 건강하니까 아무런 문제가 없었지만, 당신은 좀 아니었잖아요."

"아, 또 그 얘기! 그저 오랜 비행 여독이 남았을 뿐, 아무것도 아니었다니까."

"그래요, 이제 내가 힘들어요. 저 멋진 자쿠지를 보니까 갑자기 편안하고 긴 목욕이 하고 싶어졌어요."

"아, 그거야? 그건 내가 이 방을 예약하면서 당연한 순서로 정해 놓은 건데. 우리 둘이 저 자쿠지에 앉아 호수를 바라보며 와인을 마시는 걸로.”

“뭐예요? 둘이? 아니, 그런 거 말고. TJ, 농담이 아니라니까요!”

“알았어요, 알았어. 그러나 그건 내 부탁으로 접수해 둬.”

“내게 시간을 좀 넉넉하게 줘요. 바에 내려가서 한잔하든지, 우리 같이 밤에 즐길 멋진 장소를 좀 보아 두든지 하면서요.”

TJ는 금방 그녀의 사정을 이해했다. 지금까지 그들의 일정은 남자라면 몰라도 여자에게는 마땅한 몸의 정비나 재충전의 기회가 없던 것이 사실이었다. 그가 먼저 권했어야 할 일이었다.

로비로 내려온 TJ는 내일 하려고 했던 특별한 저녁 식사를 오늘로 당기기로 했다. 편안한 목욕을 원할 정도인 넬라의 피로를 생각해 시내로 나가려던 계획도 바꾸어 호텔에서 하기로 했다.

먼저 레스토랑을 돌아보았다. 멋진 호텔에 비해 레스토랑은 그다지 화려하지 않았다. 그러나 실내 장식과 테이블이나 의자 모두에서 세월이 주는 품위는 점잖게 드러나 있었다.

매니저와 음식과 약간의 이벤트가 가능한지에 대해 상의했다. 스키 철은 몰라도 여름에는 마땅한 이벤트 계획이 없었다. 그렇지만 음식에 관해서는 애피타이저부터 디저트까지 상세하게 설명하면서 기호에 맞추어 코스를 정해 주었다. 주말에만 오는 피아노 연주자도 연락해서 올 수 있도록 하겠다고 했다. 멋진 콧수염과 턱수염을 가진 나이 지긋한 매니저 덕분에 손쉽게 저녁 식사 계획을 정해 버린 TJ에겐 여전히 시간이 많았다.

그는 아래층의 바로 내려가 호수를 내려다보면서 맥주를 한 잔 마시고, 호텔 경내를 산책했다. 녹음으로 둘러싸인 호텔의 산책길이 아름답고 공기도 맛이 느껴질 정도로 좋았지만, 혼자 있는 일은 그를 쉽게 무거운 상념에 빠지게 했다. TJ는 걷다가 금방 시간을 놓쳐버렸다.

방으로 돌아가니 넬라가 언제 자쿠지를 썼냐는 듯 깨끗하게 정리하고 실내 베란다에다 간단한 와인 차림을 해 놓고 기다렸다.

"난 당신이 나만 두고 멀리 도망가 버린 줄 알았어요."

"충분한 시간을 달라고 해서 다리 아파도 계속 걸었건만…."

"목욕에 충분한 시간이 얼마? 한 시간이면 충분하지, 두 시간 넘도록 안 들어오면 어떡해요?"

넬라는 피로가 가신 듯 가벼워진 모습이었다. 와인 병이

반쯤 비워졌을까. 넬라가 입안에 머금던 와인을 그에게 전해 주었다. 달고 싱그러운 향과 함께 온몸에 퍼지는 소리 없는 그녀의 얘기가 TJ의 머릿속 상념을 깨끗이 지워 버렸다. 그러자 두 사람 사이엔 아무것도 끼어들 틈이 없어졌다.

사랑하는 사람끼리는 이렇듯 말이 필요 없는 순간이 아름답다. 말을 하려 해도 말이 나오지 않는 시간이 즐겁다. 말은 커녕 말을 만들어 내는 생각조차 없는 순간이 가장 행복하다. 깊은 한숨과 내뱉어지는 탄성, 단음절의 의미 없는 소리가 가진 숨겨진 의미를 사랑을 하지도, 받지도 못한 사람들은 도저히 알 수 없다.

옷차림을 굳이 레스토랑에서 보여 주고 싶다는 넬라의 말에 TJ는 먼저 내려왔다. 체크인할 때나 경내를 산책할 때 거의 사람을 보지 못해 별로 손님이 없을 줄 알았는데 레스토랑에는 제법 여러 커플이 북적였다. 뷰가 좋은 창가의 테이블은 빈자리가 없다.

멋진 수염의 매니저가 부탁도 안 했는데 붉은 장미가 풍성하게 꽂힌 화병을 그들의 테이블에만 놓아 주었다. TJ는 아무래도 오늘 밤은 이 사람 때문에 성공하지 않을 수 없겠다는 생각이 들었다.

TJ는 피아노 연주자에게 요청할 곡을 몇 곡 적어 매니저에게 주었다. 매니저는 그중 하나를 가리키며 자신도 아주 좋아한다고 했다. 아일랜드 민요인 〈여름의 마지막 장미〉였다. 단순하지만 아름다운 멜로디가 들을 때마다 여운이 남고 마음이 쓰여 TJ가 주저 없이 가장 좋아하는 노래 중 하나라고 말해 온 곡이다. 그런 노래를 좋아하는 사람을 만나다니, 그것도 이 먼 나라에서. 놀라웠다. TJ와 그는 금방 의기투합해서 통성명을 하고 맥주로 건배를 나누었다. 그의 이름은 엔리코 가르시아라는 익숙한 남미식 이름이었다.

이런저런 얘기를 나누던 엔리코가 TJ의 팔을 툭 치면서 의자에서 벌떡 일어났다. 돌아보니 넬라가 막 레스토랑으로 들어오고 있었다. 엔리코는 얼른 가서 맞으라는 듯 함께 마시던 잔을 두 손에 들고 자신의 자리로 갔다.

넬라는 또다시 그를 눈부시게 만들었다. 먼저 눈에 띈 건 머리를 멋지게 틀어 올린 모습이었다. 헤어숍에 갔다 온 것도 아니고 아무것도 없는 방에서 혼자 어떻게 한 건지 알 수 없었다. 줄곧 긴 머리를 찰랑찰랑 내리고 다녔던 모습과는 전혀 다른 올림머리 모양은 그녀를 놀랍도록 성숙한 여인으로 바꾸어 주었다. 드레스는 그레이블루 컬러의 물방울무늬 원피스였다. 키가 큰 넬라에겐 잘못하면 몸에 딱 붙어 조금은 야한 라인을 보일 수도 있었지만, 허리 부분에 스모크 밴딩이 되어 있어 키도 줄여 주고 라인도 아름답게 만들어 주었다. 신발은 TJ를 배려해서인지 굽이 높지 않은 펌프스다. 화려함과는 거리가 먼, 소박한 가운데 멋이 그대로 드러나는 모습이다. 넬라에게 의자를 밀어 주며 눈이 마주친 엔리코가 엄지척을 하며 함박웃음을 지었다.

사전에 모든 걸 준비한 덕분에 디너 코스는 물 흐르듯 진행되었다. 엔리코는 식전주와 메인에 곁들일 와인에 대해서만은 TJ와 사전에 결정하지 않고 넬라와 직접 상의했다. 몸에 밴 배려가 엿보였다. 엔리코는 신세계 와인의 대세로 떠오르고 있는 아르헨티나산, 그중에서도 대표 격인 멘도사 지역의 와이너리에서 생산된 와인을 권했다.

넬라는 엔리코가 식전주로 추천한 파스쿠알 토소 브뤼라는 황금색의 샤르도네에 반해서 메인이 시작된 뒤로도 그걸 마시고 싶어 할 정도였다. TJ는 단맛이 강한 화이트보다는 레드와인을 더 즐겨하는 까닭으로 여러 포도 종류를 블렌딩한 레드와인을 마셨다. 음식은 크게 감동적이지 않았지만 와인은 아주 흡족했다.

넬라는 살이 찌는 걸 별로 걱정하지 않았다. 언제든 함께 식사할 때면 TJ가 조심하는 눈치면 눈치였지, 그녀가 음식에 대해 걱정하는 걸 본 적이 없다. 늘 맛있게 먹고 거의 남기지 않았으며 처음 먹어 보는 것도 별로 꺼리지 않았다. TJ로서는 오래전에나 보던 모습이었다. 그는 주변의 거의 모든 여자들이 결국에는 먹으면서도 언제나 먹는 걸 가지고 논란하고 거절하고 스트레스를 받는 걸 너무 많이 봤다. 그러나 넬라는 비싸게 먹고 더 비싸게 뱉어 내야만 하는 좀 산다는 나라 여자들과는 전혀 다른 사람이었다.

디저트가 거의 끝나 가는데도 피아노 연주자가 나타나지 않았다. 아까부터 엔리코가 어디론가 자꾸 전화를 해 대는 모습이 피아노 연주자에 대한 독촉인 것 같았다. 원래 계획대로라면 디저트가 나오기 전에 피아노 연주가 시작되어야 했다. 그러면 연주 중에 TJ가 서울에서 준비해 온 선물을 전달하고 식사를 끝냈을 것이다. 즉, TJ가 알코올 종류 중 가장 취약한 와인을 적당한 수준으로만 마시고 식사를 끝낼 수 있었다는 말이다.

그러나 피아노 연주자는 마냥 늦었다. 엔리코가 식사 테이블을 정리하고 차질을 사과한다는 의미에서인지 자신이 내겠다며 와인 한 병과 치즈, 과일이 담긴 예쁜 접시를 테이블에 올렸다. 와인은 깔끔한 라벨이나 병 모양만으로도 가격을 과시하는 것처럼 보였다. 엔리코의 친절은 TJ의 주량을 잘못 파악한 데서 온 것일 것이다. 그는 이미 식전주로 샤르도네 한 병과 코스 요리를 먹으며 레드와인 두 병을 마신 뒤였다. 물론 넬라와 함께였지만. 그녀는 상대방의 속도에 맞추어 술을 마시는 스타일이 아니었다. TJ의 와인 주량은 많이 잡아도 두 병이다. 그것도 다음 날이면 심한 숙취를 겪어야만 하는 최대량이다. 그는 식사 중에 이미 자신의 한계를 넘었다.

엔리코는 마야카바라는 말벡 레드와인을 내놓았다. 그가 오픈해서 두 사람에게 따라 준 마야카바의 첫 잔은 TJ에게 두고두고 후회스러운 밤의 시작이었다. 풍만한 엉덩이를 닮은, 조금은 지나치게 볼이 넓은 새 와인 잔에 담긴 마야카바는 우선 너무 아름다웠다. 보랏빛이 틀림없지만 보통보다 더욱 진하고 강렬했다. TJ에게 밑도 끝도 없이 카르멘을 떠올리게 할 정도로. 영롱한 빛깔의 마야카바가 풍만한 엉덩이 안에서 찰랑거리는 모습은 입에 대기도 전부터 그를 취하게 했다. 게다가 잔을 가까이하자마자 풍부한 향이 마치 향수를 분사한 듯 콧속으로 퍼져 들어왔다. 와인의 향을 맡고서 무슨 향이라고 특정해서 구분할 만한 전문성까지는 없는 TJ에게도 그건 모든 종류의 베리 향이 다 합쳐진 것 같았다. 최고였다. 물론 그의 과도한 취기가 그런 생각을 하도록 한 것인지 모르겠지만.

넬라는 이미 두 번째 병부터 TJ와는 마시는 속도를 달리해

왔다. 반 발짝 이상 차이가 나던 속도는 새로운 병을 오픈한 뒤에 더욱 차이가 났다. 점점 고조되고 있는 취기 탓에 와인은 달콤한 과일주스처럼 TJ의 온몸으로 퍼졌다. 결국 피아노 연주자는 오지 않기로 한 모양이었다. TJ와 넬라에게 사과를 한 엔리코가 어디에선가 기타를 찾아 가지고 작은 무대에 서더니 뚱딴지같은 얘기를 했다.

"오늘 이 자리는 한 연인들을 위해 특별한 이벤트를 약속한 자리였습니다만, 어젯밤 술이 아직도 깨지 않은 피아노 연주자로 인해 차질이 생기고 말았습니다. 매니저로서 저기 두 분에게 사과하고 싶군요. 그런 의미에서 혹시 여러분이 반대하지 않는다면 이 연인들을 위해 제가 노래 한 곡 부르고 싶습니다. 어떻습니까, 여러분!"

갑작스런 마이크 멘트에 실내가 조용해졌다가, 와아 하는 함성과 박수가 터졌다. 마치 여러 사람들이 엔리코의 노래 솜씨를 이미 알고 있는 것 같은 반응이었다.

엔리코는 수염이 덥수룩한 생김새와 제법 커다란 덩치와는 달리 곱고 아름다운 테너 목소리를 가졌다. 젊은 시절 어느 한때라도 음악을 전공하려 애썼던 흔적이 역력한 발성이었다. 그가 〈여름의 마지막 장미〉를 부르는 모습은 너무도 매력적이어서 TJ는 잠깐 동안이나마 취기가 싹 가시는 것 같았다.

단순한 곡일수록 맛을 살리기가 어려운 법인데, 곡이 가지고 있는 뭐랄까, 아름다우면서도 허무한 느낌을 그로서는 따라 할 수 없는 수준으로 잘 표현했다. 레스토랑에 남아 있던 사람들도 모두 비슷한 감동을 받았는지 가벼운 환호 소리는 사라지고 박수만 우렁찼다.

넬라는 누구보다도 감동했다. 한참을 선 채로 박수를 보내는 넬라의 모습을 보자 TJ는 어린애 같은 질투까지 생겼다. 감사하고 감동적이기는 하지만 이 저녁은 자신이 넬라를 위해 마련한 것이지 엔리코에게 무대를 제공하기 위한 건 아니라는 유치한 생각마저 들었다. TJ는 엔리코가 계속 그들의 테이블 주위를 맴돌까 봐 걱정스러웠다. 그러나 노래를 끝낸 엔리코는 진심으로 미안한 표정을 지으면서 선약이 있어 퇴근해야 한다고, 부디 즐거운 시간을 보내라고 말하고는 레스토랑을 떠났다.

TJ는 넬라에게 방금 들었던 노래의 가사를 아는지 물었다. 엔리코가 영어로 불렀기 때문에 조금 알아들었을 뿐 역시 모르고 있었다. 그는 인터넷을 통해 찾아 두었던 영어 가사를 그녀에게 보여 주었다.

넬라가 가사를 들여다보고 있는 동안 TJ는 스스로의 감상과 취기에 빠져 마야카바를 거의 비우고 있었다. 술이 술을 부르는 단계로 들어가고 있었지만, 이런 모습을 처음 보는 넬라는 눈치챌 수 없었다. 게다가 오랜 세월 다져진 습관으로 TJ는 어지간히 취하지 않고는 자세가 흐트러지거나 혀 꼬부라진 소리를 하지 않기 때문에 넬라는 그가 아직 멀쩡하다고 생각했을 것이다.

"슬프네요. 결국은 가야 할 길이라면 진작 따라갔어야 했을까요? 아무도 혼자 남기를 원치 않는 세상이라니…"

이제껏 즐겁던 넬라의 표정이 울적하게 바뀌었다. TJ도 대충의 뜻만 알고 있었던 가사가 넬라에게 감정 전환을 촉발하게 될 줄은 몰랐다. 먼저 가고, 홀로 남고, 따라간다는 시어들에서 넬라는 보통 사람들과는 다른 감상을 느낀 것 같았다. 예민하게 반응해야 할 순간이었지만, TJ의 오감은 취기에 굴복해서 이미 무뎌져 있었다. 그의 반응은 한심했다.

"넬라, 당신한테는 이제 내가 있어. 더 이상 과거의 기억으로 슬퍼하거나 우울해할 필요 없어. 내가 당신을 지킬 거야."

섬세한 감정의 결을 거스르는 흰소리였다. 넬라는 뜻밖이라는 듯 그를 한 번 쳐다보고는 고개를 돌려 창밖을 보았다.

"넬라, 내가 당신을 얼마나 사랑하는지 알지? 칼라파테의 농장에서 당신을 만난 뒤부터 내 인생은 완전히 당신만을 위한 거였어!"

역시 그는 취했다. 그는 오랜 세월 동안 와인에 취한 자들이 빠졌던 수렁에 푹 빠졌다. 사실일 수는 있어도 너무나 거칠고 우둔한 표현이 여과 없이 튀어나오고 있는 것만 봐도 틀림없었다.

그는 자신이 가진 마음 중 가장 순수한 부분을 써서 마련한 선물을 엉뚱한 때에 가치 없이 꺼냈다.

"이거 봐, 넬라. 당신을 위해 산 거야. 칼라파테에서 만났을 때, 완벽한 당신의 모습 중 딱 하나 빠진 게 있었어. 당신의 길고 아름다운 목이 비어 있는 게 내 마음에 걸렸지. 지금도 마찬가지잖아. 그래서 사 온 거야. 이거 한번 해 봐."

TJ는 포장이 망가질까 봐 애지중지 서울에서 가져온 목걸이를 장날에 사 온 고무신인 양 내놓았다. 창밖을 보던 망연한 그녀의 시선이 그대로 자신의 얼굴에 꽂히고 있는 것도 깨닫지 못했다. TJ의 표정에는 마치 엄마에게 처음 선물을 사 들고 온 아이처럼, 어서 포장을 뜯고 감탄하면서 고마움을 표시하라는 안달이 가득했다. 배려가 없는 거친 행동에도 불구하고 넬라가 금방 어두운 표정을 바꾸고 짐짓 감동하는 몸짓을 했다.

"와, 어떻게 이런 걸! 그때 내 목이 비어 있었어요? 그랬구나. 귀걸이는 했었던 거 같은데. 맞지요?"

"응, 귀걸이는 했지. 조개껍질 모양?"

"역시 당신 기억력이 좋네요. 내가 가진 귀걸이는 그거 하나예요. 사실 난 그런 거에 큰 관심이 없었어요. 어렸을 적에도 아나와는 달리 사 달라고 조른 적도 없고, 사라예보에서 살 동안에도 귀걸이나 목걸이를 하고 다닌 적은 아마 없었을 거예요."

뭐야, 그럼 관심 없다는 거야, 하는 표정으로 TJ의 얼굴이 굳어지는 걸 알아챈 넬라가 얼른 와인 잔으로 향하는 그의 손을 잡았다.

"그렇지만 이건 달라요. 너무 아름다워요. 이거 진짜 진주?"

넬라가 분위기를 바꾸려는 듯 진짜냐고 물었다. 평소의 TJ 라면 아마 그럴 리가, 가짜야, 서울의 시장 골목에서 샀지, 두어 달 목에 걸면 껍질 다 벗겨질걸, 하고 웃었겠지만, 이번엔 목소리 톤을 올리며 대답했다.

"무슨 소리! 넬라에게 가짜라니! 이건 일본제 미키모토 진주야. 당신은 모르겠지만 처음으로 진주 양식법을 발명한 사람이 만든 회사 제품이지. 최고의 품질이야. 영원히 목에 걸고 있어도 되는!"

넬라가 얼른 진주 목걸이를 케이스에서 꺼내지 못하고 요리조리 들여다보고 있는 동안 TJ의 허세는 지속되어 마야카바를 한 병 더 주문했다. 그제야 넬라가 그의 취기를 안 것 같았다.

새로운 마야카바가 열리는 것과 동시에 TJ의 말 폭탄이 터졌다. 한 번도 술김에 말하겠다는 생각을 한 바가 없었지만, 술이란 얼마나 묘한 것인가.

"넬라, 난 무책임한 사람이 아니야. 난 처음부터 당신을 책임지려는 마음이 없었다면 당신에게 접근하지 않았을 거야. 난 그런 사람이지, 달콤한 말로 여자를 유혹해서 즐기려는, 그런 자가 아니야."

TJ는 그렇게 오래 고민하던 얘기의 시작을 이토록 어리석게 하고 있는 자신을 자각하지 못했다. 그의 말은 더욱더 거칠고 직설적인 표현으로 바뀌어 갔다.

요점은 하나였다. 그리고 그 요점은 이루어지기 힘든, 쉽게 거짓말이 되고 말 내용이었다. 나는 너를 책임질 것이다, 라는.

그러나 그 와중에도 그녀를 책임지기 위해 뭘 어떻게 하겠다는 말은 하지 못했다. 그저 자신이 그녀를 얼마나 사랑하고 있는지, 올 한 해를 다 그녀를 만나기 위해 썼다든지, 그녀를 만난 뒤 모든 일상은 다 그녀를 위해 존재했다든지 하는 것들을 중언부언 반복했다.

게다가 TJ는 술 취한 자답게 제 자랑을 실컷 늘어놓았다. 민망함으로 넬라의 얼굴이 상기되는 것도 모르고 그녀를 어둠의 구렁텅이에서 구했다는 둥, 그녀를 괴롭히는 악마들의 기억을 지워 주었다는 둥, 좀비와 같던 그녀의 삶에 다시 생기를 불어넣어 주었다는 둥, 평소라면 입에 담기 부끄러운 얘기를 떠들어 댔던 것이다.

더욱 최악은 그런 수치스런 말들을 내뱉는 동안 넬라의 반응이 어땠는지, 그녀가 어떻게 그를 진정시키려 애썼는지 기억하지 못하는 것이었다. 아니, 그것만이 아니라 자신이 했던 말의 대충을 기억할 뿐, 레스토랑에서의 스토리들은 뭉텅뭉텅 잘린 쓰레기 같은 필름이 되어 그의 머리에 존재하게 된 것이었다.

그는 보여 줄 수 있는 수치를 다 드러냈다.

어둠이 깊어졌다. 호수는 이미 보이지 않았다. 넬라는 실내 베란다의 작은 티 테이블 앞에 불편한 심정으로 앉아 있다. 그녀에겐 오늘이 즐겁고 감동적이기도 했지만, 아주 놀랍고 당혹스러운 날이기도 했다.

그가 술에 취해서 평소와 전혀 다른 사람처럼 말하고 행동한 것 때문만은 아니었다. 넬라는 맹렬한 롤러코스터를 탄 것같이 아찔하게 빨랐던 이 모든 일의 속도가 오히려 적응하기 힘들었다. 그런 속도는 기다리던 기차가 역을 지나쳐 그대로 달려가 버린 것처럼 설명 못 할 허무와 불안을 주었다. 달려가 버린 게 기차가 아니라 TJ인 것 같고, 둘이 함께할 시간인 것 같았다. 빠르게 달려 나간 기차에 함께 타고 있다고 믿었던 그녀가 홀로 역에 남겨진 사람으로 그려지고 있는 마음속 그림도 쉽게 고쳐지지 않았다.

이유는 모르겠지만 그 시간을 기억하는 지금이 그런 TJ를 보고 있을 때보다 마음이 어지럽고 아팠다.

그의 모습이 조금은 측은하게 생각되었다. 비록 그녀가 다른 사람을 그렇게 여길 처지는 아니었지만, 무슨 까닭인지 TJ는 오늘 그녀에게 그런 존재였다. 만일 그렇지 않았다면 그녀는 민망한 말을 함부로 내뱉는 그를 취한으로 취급했을 테고, 자리를 박차고 나와 지금쯤 다른 호텔에서 엘 칼라파테행 비행기를 알아보고 있을 것이다.

누군가가 조금의 친분을 등에 업고, 아니 친분이 아니라 사랑이라고 주장한다 해도, 그녀 앞에서 막무가내로 그녀를 책임지겠다고 하고, 수렁에서 꺼내겠다고 하고, 자신이 그녀를 구원했다는 망언을 늘어놓는다면 넬라는 아마 뺨을 후려

쳤을 것이다. 힘든 시간 속에서 아무것에도 의존할 수 없었던 그녀가 지금까지의 삶을 살아 냈다는 건 생존을 위한 굳건한 자기 보호가, 자존감이 있다는 의미였다. 그런 자존감은 주위 사람들의 나이브한 동정이나 우월감을 용납하지 않았다.

그러나 TJ에게는 달랐다. 그에게만은 냉담한 여자가 되고 싶지 않았다. 그에게 보여 주고 싶은 모습은 강한 심장과 자존감 따위가 아니었다. 그 어떤 자극에도 무감한 두꺼운 껍질을 그에게마저 보이긴 싫었다. 그에게만은 그토록 깊이 숨겨 왔던 순수한 중심을, 참혹한 기억과 어둠에서 빠져나오길 소망하는 진정한 갈망을 보여 주고 싶었다. 망설이지 않고 말하고 싶었고, 남기지 않고 꺼내고 싶었다. 그는 그런 그녀를 이제껏 자상하게 이끌어 주었다. 우리에 양들을 몰아넣듯 매끄럽게.

넬라는 그의 취중 행동으로 당황스런 상황에서도 화가 나거나 주변에 부끄럽다고 느끼기는커녕 이 사람은 어째서 이토록 나를 사랑하는 걸까, 하는 생각밖에 없었던 순간을 기억했다. 터무니없지만, 그의 실수가 클수록 그녀는 그의 사랑을 깊이 느꼈던 것이다.

그래서였을까. 창가를 서성이는 넬라는 오직 그의 괴로움에 대해서만 생각했다. TJ 같은 사람이 그런 행동을 하게 만든 그 괴로움에 대해.

술기운이 오르면 오를수록 그의 입에선 책임, 책임이라는 단어가 계속 반복되었다. 대체 그가 말하는 책임이란 무엇일까. 그녀가 그를 사랑하게 되면서 차마 생각이란 그릇에도 담기를 망설이던 그것일까. 머릿속에 떠오르는 동시에 고개를 흔들게 만들던 바로 그 생각일까. 그럴 것 같았다.

답답했다. 한편 슬프기도 했다. 얽힌 매듭을 확 끌어당기고 싶었다. 아니면 뚝뚝 잘라서라도 정리하고 싶었다. 그게 그녀의 천성이었다. 힘들어하고 있는 그를 위해서라도 그렇게 하고 싶었다. 그러나 넬라는 일생에 처음으로 자신의 언행의 결과를 걱정해야 했고, 두려움을 느꼈다. 그녀가 사랑하는 사람은 TJ이기 때문이다.

그는 넬라의 상상 속에서도 없던 사람이었고, 너무도 빠르게 그녀를 다른 사람으로 바꾼 사람이었으며, 또 언제든 그녀의 생각과 행동을 바꿀 수 있는 사람이었다. 그런 사람을 두고 그녀가 무얼 혼자 결정하고 제안할 수 있단 말인가. 넬라는 적어도 그녀의 사랑만은 그에게 맡기는 것이 옳고 당연한 것이라고 생각했다. 불안과 걱정이 그녀를 수시로 흔들어도 그건 혼자 간직해야 할 고통일 뿐이었다.

넬라는 숙취로 괴로워하며 뒤척이는 TJ를 보며 자신이 그의 취중고백에 대해 전혀 무관한 것처럼, 아무런 고민이 없었던 것처럼 보였을 것 같아 미안했다.

11. 바릴로체(2)

TJ가 눈을 떴을 때는 이미 날이 훤히 밝았다. 온몸에 힘이 빠지고 뼛속이 아픈 것 같은 와인의 숙취에도 불구하고 아직도 늦잠을 자는 넬라를 보는 순간, 자기도 모르게 웃음이 나왔다. 흔들어 깨울까 하다가 멈췄다. 어젯밤 기억이 품질이 불량한 필름처럼 끊겼다 이어졌다 하면서 자신의 추태와 민망한 언사들을 재생시켜 주었기 때문이다. 조금씩 선명해지는 몇몇 장면들은 넬라를 깨우는 게 아니라 숨을 수만 있다면 어디론가 숨고 싶을 정도로 TJ를 당황스럽게 만들었다.

다행스러운 건 넬라가 그를 조심스럽게 부축해서 방으로 데려온 것만이 희미하게 떠오를 뿐 화를 내거나 싫어하는 기색을 보인 기억이 없다는 점이다. TJ는 조용히 욕실로 들어가 샤워기를 틀고 주저앉았다.

일부러 시간을 질질 끌며 꼼꼼하게 샤워와 양치를 하고 나오는데 넬라가 차가운 물을 한 잔 들고 기다리고 있었다.

"헤이 미스터 와일드 드렁커, 밤새 안녕?"

쥐구멍이라도 있으면 숨고 싶었던 그에게 넬라가 가벼운 농담을 던졌다. TJ는 말없이 그녀를 안는 것으로 사과를 대신했다.

"당신 오늘 나하고 나우엘 우아피 트레킹 하기로 한 거 생각나요? 뭐 물어보나 마나 생각이 안 나겠지?"

아차, 싶었다. 어제 그런 말을 하긴 했을 것이다. 그가 계획한 바릴로체 일정에는 여러 차례의 트레킹이 들어 있기 때문이다.

"자, 그러면 떠날 채비를 하시지요. 나가서 간단히 요기하고 샌드위치나 사 가지고 출발하면 되겠네요."

넬라가 놀리고 있었다. 그는 다른 건 몰라도 와인으로 인한 숙취가 심한 날은 꼼짝 않고 쉬어야 했다. 트레킹 같은 걸 하다가는 아마 녹초가 되고 말 것이다.

"아 넬라, 오늘은 도저히…"

넬라가 곤란한 표정의 TJ 얼굴을 두 손으로 감싸며 농담을 거두었다.

"앞으로 절대 그러지 않겠다고 약속하면 오늘 트레킹은 연기해 줄게요. 아무리 화가들이 대부분 술꾼이라 하더라도 술을 멋지게 마셔야지, 술독에 빠진 듯 마시는 건 좀. 내가 늦잠

잔 줄 알겠지만 당신 걱정으로 어제 늦게까지 못 잤다는 거 알아요?"

두 사람은 시내로 나가 아침 겸 점심을 먹었다. 라면이나 된장국이라도 한 그릇 먹으면 좋겠지만, 여기에서는 불가능한 일이고, TJ가 계란과 베이컨, 빵으로 속을 풀 방법은 없었다.

상점가를 벗어나 흰 눈이 덮인 먼 산을 바라보며 앞서거니 뒤서거니 호숫가를 걸을 때까지도 TJ는 여전히 속이 쓰리고 두통이 왔다 갔다 하는 상태에서 벗어나지 못했다.

넬라는 어젯밤에 대해 한마디도 하지 않았다. TJ는 산책길이 멀어질수록 자신이 대답을 기다리고 있다는 걸 알았다. TJ는 어젯밤 실수 속에 담긴 그의 의도를 넬라도 충분히 짐작했을 것이라고 믿었다. 넬라의 마음속에도 TJ와의 관계에 대해 어떤 계획이나, 최소한의 아이디어가 있을 것이 아닌가. 그렇다면 그가 평상으로 돌아온 시간에 그녀는 자신의 의사를 말하든지, 아니면 최소한 그가 뱉은 말에 대해 되묻기 정도는 해야 한다고 생각했다. 그러나 넬라는 재치 있는 농담이나 바릴로체의 풍광에 대한 감탄으로 대화를 이어 갈 뿐, 그가 기다리는 말은 꺼내지 않았다.

자기중심적이고 우둔한 TJ의 생각은 어젯밤에 대해 말하지 않는 넬라의 마음을 제멋대로 해석하기 시작했다. 그녀는 혹시 그들의 사랑을 인생의 한 시점에 일어난 우연한 해프닝 정도로 여기는 걸까, 아니면 그녀의 인생의 전환점으로, 그녀가 계획하고 있을 새 출발의 계기로 여기는 걸까, 그래서 아무것도 묻지 않고 단지 즐기는 것일까, 나이도, 결혼을 했는지 이혼을 했는지도, 가족이 있는지도 묻지 않고?

TJ는 엉뚱한 방향으로 헤엄쳐 점점 목적지에서 멀어지는 자신을 되돌릴 수 없었다. 그는 말이 없어지고 침울해져 함께 걸어도 함께 있지 않은 사람이 되어 갔다.

다시 호텔로 돌아올 때까지 TJ는 어리석은 생각에서 헤어나지 못했다. 몇 번 기분을 돌리려고 애쓰던 넬라도 결국은 말 없는 산책에 동의할 수밖에 없었다.

호숫가를 산책하는 동안 TJ가 무안한 표정의 사과와 함께 속마음을 털어놓을 것이라는 넬라의 기대는 무너졌다.

넬라는 TJ의 행동을 이해할 수 없었다. 어젯밤 만취한 언행보다도 산책길에서 보인 돌변이 더 당황스러웠다. 혹시라도 화를 내거나 토라진 태도를 보일 사람은 자신이었지 그는 아니기 때문이다.

TJ는 어제 틀림없이 추태를 보였다. 넬라를 무시하는 듯한 언사만이 문제가 아니었다. TJ는 그들을 위해 최선을 다하고 퇴근한 엔리코에 대해서도 바람둥이일 거라는 둥, 넬라를 유혹하려고 노래까지 한 것이라는 둥 엉뚱하고 저속한 말을 했다. 심지어는 농담을 가장해서 넬라가 엔리코의 용모와 목소리에 반했을 거라며, 감추지 말고 말해 보라고 그녀를 귀찮게까지 했다. 남들 보기에 창피할 정도로 비틀거리는 그를 방에 데려오는 것도 남자 웨이터의 도움을 받아야 할 정도였다. 넬라는 아버지의 친구들이나 루카 삼촌처럼 술을 많이 마시는 사람들을 보긴 했지만, 그런 취한 모습은 처음 보았다. 오히려 처음이기에, 그게 TJ이기에, 그녀는 창피하고 귀찮다기보다는 신기하고 재미있는 장면으로 치부하고 넘어갔던 것이다.

TJ가 어디서부터 어디까지 기억하는지 모르겠지만, 넬라로서는 기억하지 못한다는 것 자체가 이해되지 않았지만, 오늘 사과해야 할 사람이 TJ라는 건 명확했다. 그건 예의였다.

그러나 TJ는 그렇게 하지 않았고, 오히려 자신이 무엇엔가 화가 난 사람처럼 침묵하면서 넬라를 시종일관 불편하게 했다. 게다가 그녀가 여러 번 침묵을 깨려는 노력까지 기울였는데도 불구하고 자신의 모습을 바꾸지 않았다.

넬라도 의구심이 생겼다. 아무리 이해하려 해도 TJ의 행동은 예의에서 벗어난 것이었다. 그녀는 존중받지 못하는 시간이 싫었다. 이번에는 자신이 앞장서서 상황을 바꾸고 싶지 않앗다. 넬라는 그가 자신이 일으킨 문제를 어떻게 풀어 나가는지 지켜보기로 했다.

넬라는 말도 미소도 없이 저녁 식사를 했다. TJ가 뜨뜻미지근하게 제안했던 와인 주문은 단호하게 거절했다. 어떠한 메뉴도 상의해서 결정하지 않았고 공유되지 않았다. 사실 넬라는 모든 음식을 공유하려는 TJ의 식사 습관에 대해서만은 꺼림칙한 마음이 있었다. 그녀의 나라에서는 볼 수 없는 일이었기 때문이다. 자신이 산책 내내 보였던 행동에도 불구하고 식사 주문을 상의하고 음식을 공유하는 일을 똑같이 하려고 했던 TJ를 넬라는 확실하게 거부했다. TJ의 당황한 모습에도 불구하고 처음으로, 그렇게 했다.

넬라는 서둘러 식사를 마치고 혼자 레스토랑을 나왔다. 형식적인 양해를 구하기는 했지만 실은 일방적인 행동이었다. 그녀는 방으로 올라가지도 않고 발길을 호텔 밖으로 돌렸다.

그러나 시내 쪽으로 두어 발자국을 내딛기도 전에 뒷머리가 뜨거워지는 걸 느꼈다. 지금이라도 이름을 부르며 뛰어나와 붙들면 좋겠지만 등 뒤에서는 아무런 움직임도 없었다.

넬라는 부득이하게, 아무런 계획도 없이 시내를 걷게 되었다. 아직 훤했고 오가는 사람들도 제법 있어 혼자 걷는 게 그다지 눈에 띄는 모습은 아니었다.

걷다 보니 커다란 광장이 나왔다. 시청사나 경찰서, 도서관 같은 관공서가 모여 있는 센트로 시비코라는 바릴로체의 중심지였다. 건물들의 모양이 어딘지 익숙했다. 건물 형태는 물론 도시 배치까지 유럽을 그대로 모방해서인지 넬라의 고향과도 비슷한 느낌이었다.

어딜 가나 광장의 복판을 차지하는 무슨무슨 인물의 동상을 지나는데 돌바닥에 하얀 스카프가 많이 그려져 있었다. 군사 독재 시절[16]에 실종된 자녀들을 찾으려는 어머니들이 머리에 둘렀던 스카프란다. 그저 깨끗함과 평화만 있을 것 같은 이곳에도 국가 권력이나 정치와 이념의 이름으로 행해진 폭력의 역사가 있었던 모양이다. 넬라는 그 그림들과 다시는 반복되지 말아야 한다고 바닥에 써진 'Nunca Mas'란 글자들을 보며 마음이 울적해졌다.

당연히 반복되지도 말아야겠지만, 그보다도 이미 저질러

....

16 20세기 중반 아르헨티나에서 발생한 군부 통치 기간. 특히 1976년 3월 이사벨 페론 대통령을 축출한 비델라 군사 정권 기간에 공산주의·좌파 척결을 명분으로 대대적인 인권 탄압과 '더러운 전쟁'이 일어났다. 이 기간 중 약 3만 명이 실종되거나 살해되었으며, 빈번한 납치, 고문은 물론 반체제 인사의 신생아를 강제로 군 관계자들에게 입양시키는 일까지 발생했다.

진 폭력에 대한 적절한 조치가 반드시 있어야 한다고 그녀는 생각했다. 반성과 사과, 처벌을 무릅쓴 고백과 정확한 조사가 있어야 했다. 추측과 소문으로 자신의 부모와 자녀들, 사랑하는 사람의 죽음을 받아들여야 하는 남은 사람들을 생각해보라. 더러운 힘을 만끽하고서도 아무런 처벌도 없이 막이 바뀐 무대에서 새로운 역할을 하고 있는 사람들이 존재하는 한 비극은 여전히 남아 있는 것이다. 가해자들은 용서와 화합이라는 미명하에 소수를 제외하고는 여전히 자신의 삶을 살아가고 있는데, 피해자들은 손상된 육체를 복구하지 못하고, 잃어버린 재산을 도로 찾지 못해 생존이 어려운 지경에 빠져 있는 부조리를 세상은 어째서 본체만체하는 것인가.

답답한 기분에서 벗어나려 넬라는 걸음을 빨리했다. 호숫가로 내려가는 길이 나왔다. 멀리서는 조용히 고여 있는 것처럼 보였지만, 나우엘우아피 호수의 투명한 물은 잔잔하게나마 쉴 새 없이 움직이고 있었다. 손을 넣으면 닿을 듯한 바닥의 모래와 작은 돌들도 아마 조금씩은 여행하며 자리를 바꾸고 있을 것이다.

넬라는 사라예보의 이십여 년을 생각했다. 자신은 아무런 변화가 없었다고 말해 왔지만 실제로 그녀의 삶도 호수 안의 모든 것처럼 소리 없이, 보이지 않게 움직여 왔을 것이다. 지

319

금에 와서 생각하니 만일 자신의 삶이 그렇게 조금씩 움직였다면 그건 오로지 TJ를 향해 다가가기 위한 걸음이었던 것 같았다. 만나기 위해 오랜 세월이 필요했던 그는 단 일 년 만에 그녀를 바꾸었다. 그를 사랑하면서 넬라는 첫 비행에서 지구를 바라본 우주비행사처럼 자신을, 자신의 삶의 장소를 비로소 아름답게 느끼게 되었다.

TJ에게 미안한 마음이 들었다. 왜 그러느냐고 물어보기라도 했어야 했는데 그것도 없이 식사 테이블에서 혼자 일어났다는 게 부끄러워졌다. 그리고 부끄러워질수록 예의가 아니라고까지 느꼈던 섭섭함은 손에 쥔 눈송이처럼 녹아 버렸다.

술김에 그렇게 책임을 운운했던 그에게 단호하게 그럴 필요 없다고, 난 미국으로 갈 예정이니 당신은 당신의 나라로 돌아가라고 확실히 말하든지, 아니면 당신의 뜻대로 따를 테니 알아서 하라든지, 속 시원하게 대답해 주었어야 했다는 후회가 다시 들었다.

그러나 어떤 게 자신이 바라는 일인지 여전히 확실치 않다는 것이 문제였다. 어쩌면 그것이 산책에서 TJ에게 어젯밤 일을, 그의 말의 의미를 다시 묻지 못한 이유였을 것이다.

이런저런 생각이 이어져 예기치 않게 오래 걸었다. 약간의 피로를 느낀 넬라는 언덕 위에 자리한 제법 큰 성당의 첨탑을 보며 발걸음을 돌렸다. 등 뒤로는 몰랐던 바람이 맞바람이 되자 제법 싸늘했다. 호숫가의 외길을 따라 걸은 성당까지는 꽤 먼 거리였다. 호텔로 돌아가기 전에 어디서 다리쉼이라도 해야 했다. 넬라는 자신이 걷고 있는 방향으로 처음 나오는 카페에 무조건 들어가기로 맘먹었다.

초콜릿으로 유명한 바릴로체의 핫초코를 마시면서 이리저리 목적 없는 눈길을 던지자니 카페 한쪽 구석에서 금발의 여자가 반갑게 손짓을 했다. 이곳에서 그녀에게 아는 척을 할 사람이 없는데 하다 생각하니 엘 칼라파테에서 보았던 스웨덴 여자였다. 그런데 웬일인지 혼자였다. 넬라가 엉덩이를 들려는데 그 여자가 먼저 자신이 마시던 맥주병을 들고 활기차게 그녀의 테이블로 왔다. 맞다. 저 여자의 이름이 피아라고 했던가?

"하이, 넬라! 여기서 또 보네요."

넬라는 그녀가 자신의 이름을 거침없이 부르는 것이나, 자신 역시 그녀의 이름을 기억한다는 것이 신기했다.

"아, 피아. 어쩐 일이에요?"

"그때 우리 일행이 여기서 트레킹 할 거라고 말 안 했나요? 우린 여기 머문 지 꽤 됐어요. 오늘은 닐스와 한바탕하고 혼자 이렇게."

굳이 말하자면 넬라와 같은 신세였다. 재미있는 인연이었다. 그녀가 휴대폰 사진까지 보여 주며 강하게 추천하지 않았다면 넬라는 피츠로이에 갈 수 없었을 테고, TJ와 사이에 가장 중요했던 밤을 갖지 못했을 수도 있었다. 그런데 여기서 다시 만나다니, 그것도 똑같이 혼자서.

"근데 당신은 왜 혼자예요? 나와 닐스야 뭐 맨날 다투지만 당신들은 사이좋은 연인 같던데… 혹시, 곧 따라오는 거 아니에요? 그럼 내가 자리를 비켜 줘야지."

"아니에요. 나도 당신처럼, 똑같이."

넬라도 피아 같은 여자에게라면 거침없이 솔직해지기로 한 것일까, 소리 내 웃으면서 대답했다.

"와, 그럼 잘됐네. 둘이 술이나 마십시다. 공연히 혼자 있으면 집적거리는 놈팡이들이 있어서 귀찮은데."

넬라는 스웨덴 여자의 전형처럼 건강하고 키가 큰 금발의 피아가 금방 좋아졌다. 처음 보기엔 약간 풍퉁한 것 같지만 나름 균형 있고 아주 육감적인 몸매를 가진 여자였다. 단지 자신은 그걸 모르고, 스스로를 와일드하고 직선적인 여자로만 생각하는 것 같았다. 대신 넬라의 아름다움을 너무 과장해서 칭찬해 듣기가 민망할 정도였다. 두 사람은 금방 마음이 맞아 서로의 감정을 스스럼없이 토로하며 맥주를 주거니 받거니 했다.

　피아는 넬라보다 서너 살 많았다. 서너 살 많은 것에 비해 인생 경험은 더욱 다양했다. 물론 넬라가 겪은 것 같은 일은 아니었지만, 나름 상당한 부침을 경험했고, 여자로서 홀로서기를 위해 많은 노력을 한 사람이었다.

　스스럼없이 들려주는 간단한 인생사는 피아라는 사람에 대한 신뢰를 금방 높여 주었다. 교사였다가 결혼 후 전업주부로 생활했지만 남편의 외도로 이혼을 하고, 다시 취업 전선에 뛰어들어야 했던, 그러면서 정신적으로나 경제적으로 독립을 이루어야 했던 얘기는 마치 넬라가 앞으로 가야 할 길을 알려주는 것 같았다.

　그리고 넬라로선 놀랍게도 머리가 시원하게 벗겨진 호남아 닐스는 그녀의 남편이 아니고 남자 친구였으며, 그것도 세 번째 남자 친구였다. 외모는 셋 중 제일 못하지만, 인생을 즐기는 방법을 더 많이 아는, 여자를 잘 모시는 호인이라는 것이다. 그러면서 피아는 넬라와 TJ가 부부가 아니라는 건 처음부터 알았다고 했다.

　"대체 어떻게? 우린 나름 자연스럽게…."

　"바로 그거지. 두 사람은 아주 다정했지만 꾸밈이 있었거든. 나야 눈치가 빨라서 알았지만 아마 다른 사람들은 몰랐을 거야. 어쨌든 그 사람은 동양인치고는 상당히 미남이고 단단한 남자던데."

"당신은 내게 사진을 보여 주는 동안 그를 다 훔쳐봤네?"

넬라는 농담을 하면서도 피아가 정말 눈치 빠른 여자라는 생각을 했다. 피아는 넬라보다 두 배는 빠른 속도로 맥주를 마시면서 남녀 관계에 대한 묻지 않은 얘기도 상담하듯 들려주었다.

남자 친구를 두려면 절대 한 남자에게 두 발을 다 담그면 안 된다. 사랑을 하되 언제든 사랑을 거둘 준비도 해라. 남자는 잦은 용서를 하면 안 된다. 잘못된 행동이나 마음에 들지 않은 일은 두 번이면 족하다. 늘 자를 칼을 벼리고 있어야 한다. 자를 칼이 있다는 것도 알려 줘야 한다. 남자는 경제적으로 육체적으로 감정적으로 좋은 사람이어야 한다. 그렇지 않으면 B급이다. 여자는 B급도 참을 만하지만 B급 남자는 참을 수 없다는 걸 알아야 한다. B급 남자는 알게 되는 즉시, 빠르게 처분해야 한다. 하지만 좋은 남자 친구를 두려면 우선 네가 좋은 사람이어야 한다. 쉬운 일이 아니다. 만일 멋진 남자 친구를 만났다면 사랑하는 동안은 모든 걸 주어라. 아깝지 않게!

막말하는 것 같아도 재밌고, 들을 만한 얘기였다. 넬라는 피아의 요점만 딱딱 지르는 연애담을 듣고, 웃고, 생각하다가 급기야 그녀가 친 거미줄에 걸렸다. 그녀는 피아가 묻지도 않았는데 자신의 고민을 얘기했다.

"뭐라고요, 넬라? 이 여행이 끝나면 두 사람이 어떤 길을 가게 될지 전혀 모른다고요? 게다가 그가 결혼했는지, 이혼했는지도? 당신 정말 대책 없는 여자네요."

말은 과장되게 했지만 표정은 그럴 수도 있다는 것으로 보였다.

"부럽기도 하네. 그래도 그렇게 사랑할 수 있다니. 대체 어떤 남자길래…"

조금 취해서 대담해졌는지 넬라의 날렵한 코끝을 톡 건드리면서 피아는 잠시 침묵했다. 어떤 남자냐는 질문에 정성스럽게 대답하는 넬라의 말을 그녀는 조용히 듣기만 했다. 미소 짓기도 하고, 또다시 넬라의 코끝을 건드리기도 하면서.

쉽게 충고하지 않았다. 그토록 자유분방한 것 같지만 피아는 남편의 외도에서 비롯된 이혼을 경험했고, 그 이후 힘든 나날을 거치며 많은 쓰라림을 겪은 여자이기 때문일 것이다. 아무리 흔한 일이 되었어도 누구에게나 이혼이란 어렵고 힘든 일이 아닌가. 설사 힘든지 모르게 했다 해도 언젠가는 그 결과가 고스란히 자신의 두 어깨를 짓누르는 고통을 당하는 날이 오는 것이다.

조금은 가라앉은 피아의 표정이 보였다. 이혼으로 고통을 겪은 피아는 넬라를 미워할 수도 있다, 얼마든지. 어떤 아름다운 말과 합당한 핑계를 댄다 해도 만일 TJ가 가정을 가진 남자라면 넬라는 그걸 파괴하고 빼앗는 여자가 아닌가. 피아의 입장을 문득 깨닫게 된 넬라는 서둘러 얘기를 마무리했다. 마침 병이 빈 피아의 맥주와 자신의 맥주를 일부러 가지러 가면서 넬라는 잠시 테이블을 떠났다. 조용해진 피아가 아까와는 달리 조금 부담스러워졌다.

"넬라, 난 당신을 처음 보았을 때부터 이상하게 당신에게 끌렸어요. 여기서 다시 만나서 너무 좋았고. 당신이 나보다 훨씬 아름답고 젊으니까 나보다 더 멋진 삶을 살게 되길 바랐어요. 그래서 별것도 아닌 얘기를 막 떠들었어요. 자유로운 여자로 살라면서요. 지금 좀 후회해요. 그러나 넬라, 여자도 인생을 독립적으로 자유롭고 즐겁게 살 수 있고, 그래야 한다는 결론은 동일해요. 다만, 남의 것을 빼앗지는 말자는 게 내 지론이에요. 내 것을 양보하진 않겠지만 남의 것을 빼앗진 않을 거예요. 넬라, 난 세 번째 남자 친구와 여기에 왔고 돌아가면 그도 정리할 여자예요. 그뿐 아니라 결혼이란 굴레에서 자유롭다는 핑계로 중간중간에 다른 남자하고도 부담 없이 섹스를 즐겼던 여자예요. 당신처럼 동유럽 출신의 여자들이나 우리나라에서도 보수적인 여자들에게는 윤리의식이라곤 없는 쓰레기로 보일 수도 있어요. 그러나 넬라, 나에게도 원칙이 있어요. 원 나이트 스탠드라면 모를까, 남자 친구로 사귀려는 생각이 있으면 일단 확인해요. 내 행동이 남의 평안이나 행복을 깰 우려가 있으면 가까이하지 않아요. 아무리 강한 척해도 우린 여자잖아요. 언제든 불행해지기 쉬운 여자가 주변에 너무 많다는 걸 아는, 같은 여자로서 지켜야 할 선이 있다고 난 생각해요. 넬라, 당신은 알 수 없었고, 물을 수 없었다고 했지요? 아직 시간이 있어요. 물어서 알 시간 말이에요. 그 뒤의 일은 당신이 알아서 해야지요. 넬라, 난 이런 말을 할 자격이 물론 없지만 잠깐 보았어도 당신을 마음속으로 좋아하니까, 친구라는 생각에서 말해 본 거예요. 신경 쓸 건 없어요. 당신은 척 봐도 지혜롭고 결단력이 있는 사람이니까 잘 헤쳐 나가리라 믿어요."

피아는 분위기를 바꾸자며 엉뚱한 제안을 했다. 우리의 노예들이 아직 우리 품에 있나 확인해 보자며 그들을 삼십 분 안에 센트로 시비코 광장으로 나오게 하자는 거였다. 거의 일방적으로 호텔을 나오고선 아무 일도 없었다는 듯 다시 돌아가기가 민망하고 주저됐던 넬라의 마음을 안 것처럼. 넬라는 피아의 말에 기대어 TJ에게 전화했다. 당연히 나올 거라고 믿는 게 좀 우습기는 했지만, 반대로 안 나올 거라는 생각은 더욱 우습고 말이 안 되는 것 같았다.

부끄러운 것도 모르는 사람처럼 혼자 앉아 천천히 남은 식사를 했지만, 처음 보는 넬라의 거절과 일방적인 행동은 마치 비몽사몽인 사람에게 쏟아진 찬물 세례처럼 TJ에게 충격을 주었다. 우선 산책 내내 그를 붙들고 있던 어리석은 생각의 악순환이 단숨에 깨졌다. 역시 그건 숙취가 불러온 근거 없는 의구심이거나 잘못된 궤도에 들어선 고집에 불과했는지, 이유를 따지거나 장면 장면을 되새길 여지도 없이 사라졌다.

미몽에서 깬 TJ는 한순간 사고의 공허에 빠졌다. 허공에서 정지된 사고는 레스토랑을 나가는 그녀를 잡으라는 당연한 지시도 내리지 못했다. 그의 몸은 나머지 식사를 디저트까지 전부 입속으로 전달하는, 이미 내려진 지시만을 반복해서 이행했을 뿐이다. 뒤늦게 호텔 밖으로 나갔을 때는 이미 넬라의 모습이 보이지 않았다.

TJ는 넬라를 찾아 시내를 헤매기보다는 방에서 기다리기로 했다. 그가 생각하는 넬라라면 긴 산책 정도의 시간이면 돌아올 것이라고 믿었기 때문이다. TJ는 자쿠지에 걸터앉아 넬라의 체온을 찾듯 그 안을 쓰다듬기도 하고, 산책하던 그를 내려다보았던 넬라의 자리에 서서 창밖을 내다보기도 했다. 그러면서 더 이상의 어리석은 행동을 하기 전에 넬라가 자리를 뜬 게 오히려 다행이라고 생각할 정도로 마음을 정돈했다.

무작정, 떠나온 사람인 TJ는 넬라와 하루하루를 보내면서 자신이 오래 망설이던 제비를 뽑았다고, 마음을 정했다고 생각했었다.

어차피 인생이란 모든 걸 다 해결하고 정리하며 걷는 길이 아니지 않나. 사랑은 사업도 아니고 자격시험도 아니다. 마음의 일이다. 시간이든 장소든 꿈이든 생시든 구애받지 않는 마음의 일에 완벽한 매듭과 정리가 어디에 있단 말인가. 나를 묶고 있는 끈들과, 속박하고 있는 멍에들을 반드시 다 끊고 벗어 버린 뒤라야만 넬라와 미래를 함께할 수 있다는 생각 따위는 이제 버리자. 앞으로의 삶이 이제까지의 삶과는 전혀 다른 베일 뒤의 삶이 되어도 상관없으며, 완전히 미지의 출발점에 선 불확실한 것이라도 상관없다. 삼십억에서 분리된 단둘만의 것이 된다 해도 두려워하지 말자. 필요하다면 지구 반대편이란 거리 안으로 숨어 버리자. 도망칠 수 있으면 도망치자. 어떤 원망도 비난도 겁내지 말자, 라고!

그리고 그렇게 될 것도 같았다. 그를 힘들게 하고, 그를 넬라에게 떳떳하지 못한 연인으로 만드는 지구 반대편의 산을 넬라와 함께하는 시간 동안 잊을 수 있었기 때문이다.

그러나 오늘 TJ는 또 다른 벽이 자신 앞에 있다는 걸 깨달았다.

TJ는 그가 직면한 문제의 당사자가 오직 자기뿐인 것처럼 고민하고 힘들어했다. 그가 내려야 할 결정에서 넬라는 단지 수동적 객체로만 여겨지고 있다는 걸 간과했다. 넬라에게도 선택권이 있음을 전혀 염두에 두지 않았다. TJ는 언제든 자신만 결심하면 된다는 착각에 빠져 있었던 것이다.

그러나 넬라의 거절을 경험한 오늘, TJ는 그녀의 대답이 얼마든지 자신의 상상을 벗어날 수 있다는 걸 알았다. 일방적으로 일어나 호텔을 나간 넬라의 모습은 그만큼 충격적이었다. TJ는 넬라가 가진 대답이야말로 그가 맞닥뜨려야만 하는 가장 가까운 현실이고, 통제할 수 없는 벽이라는 걸 비로소 깨달았다. 그건 지구 반대편의 산과는 전혀 다른 문제였다.

TJ의 고민은 원점으로 돌아간 게 아니라 더 커졌다. 단지 그의 의지를 말하느냐 마느냐에 더해 넬라의 선택이 과연 어떤 것이냐가 문제의 핵심이 된 것이다.

자신이 먼저 얘기를 꺼내고, 넬라를 설득해서 예스를 받아내려는 일은 위험했다. 게다가 자신의 제안은 실상 흠으로 가득한 것이 아닌가. 자신의 제안을 빨리 내놓을수록, 그 제안에 대한 넬라의 결정이 빨라질수록 그나마 허락된 시간을 망칠 가능성이 컸다. 그뿐 아니라 그건 넬라의 행복한 시간마저 훔치는 것일 수도 있었다.

TJ는 마음을 고쳐먹어야 했다.

그는 어떻게든 이 여행을 계속하기로 했다. 만일 그녀가 간직한 대답이 예스라면, 언제든 자연스럽게 알게 될 것이고, 만일 예스도 노도 아니라면 연장된 여행을 통해 대답을 바꿀 수 있다고 생각했다. 아무 말도 못하고 여행이 끝나 죽도 밥도 아닌 결론이 난다 해도 그녀의 노, 를 섣불리 듣는 것보단 나을 것 같았다.

넬라가 피아와 함께 관광객다운 흥취와 조금은 건들거리는 걸음걸이로 센트로 시비코의 동상 아래로 갔을 때 두 남자 모두 거기에 있었다.

오늘 그녀들은 오직 여행만이 줄 수 있는 친구가 되었다. 앞으로 다시 만날 인연을 기대하기 어렵다는 걸 알기 때문에 무슨 말이든 부담 없이 주고받을 수 있었고, 크게 꺼리지 않고도 마음을 열 수 있었다. 아무도 서로의 결정에 영향을 주려 한 바가 없었지만 그들은 두서없는 긴 대화의 끝자락에 이르러 자신들이 갈 방향을 잡았다. 피아는 연인과의 사이를 정리하기로 한 마음을 굳혔을 것이고, 넬라는 넬라대로 TJ에 대해 나름 한 발 더 나간 생각을 했다. 피아의 충고는 그녀가 보여 준 진정성으로 넬라의 마음을 흔들었지만, 무엇을 묻고 대답을 듣는 것이 중요하다고 받아들일 수는 없었다. 어쩌다 보니 그렇게 된 것이든, 짐짓 외면했던 것이든, 두 사람 사이는 이미 묻고 대답할 시기를 한참 지나쳤다. 운명의 의도일까, 우연일까. 넬라와 TJ의 만남에는 이성이 나서서 계산하고 따지고 정리한 뒤에 마음이 따라오는 순서 따윈 없었다. 그들의 사랑은 어느 한밤중 꿈에서 깨어 생각해 보니 이미 깊어진, 그런 것이었기 때문이다. 그러나 넬라가 자신의 길을 조금이라도 더 명확하게 볼 수 있도록 피아가 도움을 준 건 사실이었다.

유쾌한 스웨덴 남자 닐스가 여러 번 카페로 가서 밤새워 마시자는 제안을 했지만, 두 커플은 피아의 원래 계획대로 헤어져 호텔로 향했다. 아주 간단하게, 별 뜻 없는 허그와 뺨 키스를 나누고 각자의 길을 가는 걸 누구도 어려워하거나 어색해하지 않았다.

사람들이 이렇듯 여행에서 만난 사이처럼, 모든 관계를 쿨하게 정리하고 산다면 얼마나 좋을까. 배려나 기대 같은 것에 얽매인 숱한 오해와 불화에서 벗어날 수 있지 않을까. 관심과 애정을 요구하거나 강요하는 가족이나 친구나 타자와의 관계는 왜 이렇게 인간의 삶에 무거운 짐을 지우는 것일까.

사람들은 너무 많은 가지를 가진 나무와 같다. 가지들은 조금의 바람에도 흔들리고 얽히고 부러진다. 뿌리에서 올라가는 수분과 영양분을 도저히 골고루 나눌 수도 없다. 모든 가지가 바라는 모양대로 자라지도 않는다. 스스로 부러지기도 하지만 어떤 경우에는 잘라 내야 한다. 너무 많은 나뭇잎들이 너무 많은 소리를 낸다. 같은 소리를 듣는다는 건 불가능할 정도다. 게다가 이 나무들은 감당이 어려울 정도로 너무 많다. 다닥다닥 붙어 있어 모든 걸 다투기까지 해야 한다. 인간 각자의 삶이 어차피 한 그루의 나무라면 바오밥 나무이면 얼마나 좋을까. 매끈하고 굵은, 흔들리지 않는 줄기가 나무의 대부분을 차지하고, 가지라는 건 그저 모양만 갖추고 우듬지에 조금 있는 바오밥 나무.

여행도 삶의 일부이긴 하지만 그나마 여행이 좋은 건 잠시나마 우리의 삶을 바오밥 나무처럼 만들어 주기 때문이 아닐까. 여행하는 동안만은 잔가지가 없이 미끈하고 굵은 줄기만의 시간을 가질 수 있기 때문에 여행은, 여행에서의 만남은, 여행에서 생기는 일은 즐거운 것이다.

방에 들어서는 TJ와 넬라의 머릿속은 약속이나 한 듯 동시에 비워졌다. 긴 시간 동안 가득 차 있던 어떤 계획이나 결심도, 물음이나 대답도 버티지 못하고 사라졌다. 어리석은 침묵의 산책에 대한 사과도, 일방적으로 호텔을 나갔던 미안함도 아무런 의미가 없었다. 두 사람은 서로 떨어져 각자의 생각을 하며 보낸 시간을 실제보다 훨씬 길게 느꼈고, 그 긴 시간은 두 사람을 목마르게 했다. 하루에도 몇 번씩 목소리를 듣고 아무 때고 보고 싶을 때 만날 수 있는 보통 연인들의 시간과 그들의 시간은 얼마나 다른가.

그들만의 길었던 헤어짐의 시간은 그들만의 열정을 자연스럽게 불러왔다. 인간이 가진 순수와 충심을 억누르던 것들은 더 이상 두 사람을 통제할 수 없었다. 그걸 생각이든 이성이든 양심이든 무엇으로 부르든, 그것들은 더 이상 두 사람의 몸과 행동의 전면에 나서지 못했다. 아무런 지시와 통제 없이도 두 사람은 자신들이 원하는 길을 얼마든지 걷고 뛸 수 있었다. 그들에겐 생각의 문을 거쳐 말과 행동을 풀어 갈 필요도, 겨를도 없었다.

TJ와 넬라는 몸이 알고 있는 모든 문들을 활짝 열어젖혔다.

슬그머니 따라 들어왔던 파타고니아의 냉기는 금방 사라지고, 두 사람의 체온은 빠르게 상승했다. 넬라가 부끄럼 없이

TJ의 이름과 높고 낮은 탄성들을 뱉어 내는 동안 TJ의 온몸은 활처럼 휘었다 펴지기를 몇 번이고 반복했다.

넬라는 갑자기 눈을 뜨고 싶었다.

눈을 감으면 지금 이 순간이 그녀 안에 담겨 있는 다른 모든 기억들과 걸러 내기 어렵게 섞일 것이라는 생각이 들었다. 그렇게 만들 순 없었다. 지금 TJ를 보아야 했다. 하나의 동작도, 하나의 표정도, 한마디의 속삭임이나 신음도 놓치지 않고 담아 두어야 했다. 그래야 할 이유를 넬라는 온몸으로 알고 있었다.

TJ는 열중하고 있었다. 마음을 다해 집중하는 표정은 혹은 일그러지기도 하고 혹은 환하기도 했지만, 넬라에겐 사랑스럽기만 할 뿐 한순간도 추하게 보이지 않았다. 그녀는 깨닫지도 못한 채 밀고 당기고, 달리다 서고, 열었다 닫기를 계속했다.

또다시 갑자기, 넬라는 구름도 도달하지 못하던 저 높고 울긋불긋한 하늘에서 앞이 보이지 않는 어두운 지상으로 떨어졌다. 그러나 이 어둠은 두렵지 않았다. 단꿈을 꾸며 감은 눈과 같은 어둠이었다. 모든 기능이 정지된 기계처럼 소리도 흔들림도 사라져 허전하고 느른했지만 행복했다. 그녀의 온몸에 남겨진 느낌은 형언할 수 없는 것이었다.

넬라는 TJ의 품으로 쓰러지듯 안겼다. 이번에는 TJ도 깊은 한숨과 함께 그녀를 안을 뿐 움직이지 않았다. 처음으로 그녀의 깊은 곳을 닦아 주지 않았지만, 괜찮았다. 그가 어떤 것을 남기더라도, 어떤 것이 몸에 남더라도 이젠 불안하지 않았다. 그대로 몸에 남아 있다가 사라지는 것이 오히려 더 자연스러웠다.

TJ의 고른 숨소리가 들릴 때까지도 넬라는 잠들지 못했다. 침대를 벗어나 창밖을 보니 나우엘 우아피 호수가 조금 남은 불빛이 아니면 알아보지 못하도록 어둠에 깊이 파묻혀 있었다.

피아의 얼굴이 떠올랐다. 그녀의 조언대로 TJ에 대해 묻거나 듣지는 못했지만 개의치 않았다. 넬라에겐 이미 자신만의 행로가 마음속에 자리 잡아 가고 있었기 때문이다.

넬라는 정리하고 있었다.

이 정도면 족하다, 라고!

엘 칼라파테와 엘 찰텐과 우수아이아와 바릴로체만으로도 충분하다고, 그것만으로도 기억하며 추억하기에 너무 많다고 넬라는 생각했다. 아니, 그렇게 생각하기로 했다는 게 더 맞을지도 모른다. 그게 넬라의 최종 결심이 된다면 그들 사이에 있는 어떤 질문도, 어떤 대답도 결과는 마찬가지일 것이다.

넬라는 어떤 만족의 한계점이 자신 앞에 있다고 느껴 왔을 테고, 어쩌면 우수아이아의 레스토랑에서 본 살을 찌르는 이미지가 그런 생각을 더욱 굳혀 주었을지 모른다.

넬라는 벽 너머에 있는 TJ의 세계를 더 이상 외면할 수 없으며, 그 벽 너머의 세계가 자신과는 무관하다는 걸 알았다. 그 세계에는 그녀의 손끝 하나도 들여놓을 수 없고, 또 그렇게 해선 안 된다는 것도 알았다. 지구 반대편 파타고니아까지 오게 된 TJ가 아무리 이해하기 힘든 우연이요, 미스터리라 하더라도 그걸 신이 준 행운이라며 자기 것으로 받아들일 순 없었다. 원하는 것을 무작정 제 것으로 만드는 것이 당연하고도 정당한 인생의 시기는 이미 지났다고 그녀는 생각했다.

그러나 자신의 생각이 그녀의 인생에 처음 찾아온 행복을 스스로 단축시키는 것이라는 아쉬움은 가슴속에 커다란 아픔으로 남았다.

그 후 며칠 동안 TJ와 넬라는 바릴로체를 아끼며 즐겼다.

시간도, 멋진 풍광도, 무엇보다도 자신들을 언제든 제자리에 멈추게 만들 수 있는 생각을 아꼈다. 몸을 한껏 피곤하게 했다. TJ는 출발했다 하면 대여섯 시간을 걷는 트레킹 코스를 선택했고 넬라는 조금도 힘들어하지 않았다. 그들은 최고급 디너 코스를 즐기듯 바릴로체의 명소를 하나하나 맛보았고 만족했다.

그날그날의 일정을 끝내고 호텔로 돌아오면 두 사람은 거의 녹초가 되어 있었다. 그래도 서로 사랑하기를 피하지 않았다. 피로의 정도가 즐거움의 게이지와 같았고, 그들은 게이지를 한껏 높이는 게 목표인 것처럼 꽉꽉 채운 시간 계획에 따라 움직였다. 두 사람이 마음의 짐이 되는 무언가를 표시 나지 않게 미루기 위한 것이라면 그건 아주 효과적인 방법이었다.

어느덧 TJ의 계획표는 막바지에 이르렀다. 그가 넬라와 함께 여행한 곳은 수박 겉핥기처럼 파타고니아를 둘러본 것에 불과했지만, 그의 능력으로는 더 이상의 계획이 불가능했다.

넬라는 일정에 대해 가타부타 말이 없었다. 종료 날짜가 없는 여행이 불편한 점이 많을 터인데도 TJ에게 특별한 질문도, 요구도 하지 않고 잘 따라오고 있었다.

그러나 내일, 푼토 파노라미코 트레킹이 끝나면 더 이상 TJ가 혼자 넬라를 리드해 여행을 지속하기는 어려울 것이다. 그는 더 아는 곳이 없었다. 마지막까지 미루던 앞으로의 일정에 대한 상의를 내일 트레킹이 끝나면 같이 해야 할 것이다. 그렇게 되면 넬라는 일정에 대해서건, 두 사람의 관계에 대해서건, 무슨 말이든 하지 않을 수 없게 될 것이다.

유예는 영원히 계속될 수 없기에 유예인 것이다.

12. 바릴로체(3)

극복할 수 없는 답답함이 거의 통증 단계의 스트레스로 이어져 푼토 파노라미코를 거쳐 스위스 마을로 가는 트레킹을 출발하기 전날 TJ는 잠을 설쳤다. 호텔을 나서는 몸과 마음이 무거웠다.

왕복 거리가 제법 멀어 대부분의 블로거들이 자전거를 추천했다. 걷기를 좋아하던 넬라도 사라예보를 떠난 뒤 처음으로 자전거를 탄다는 기대 때문인지 자전거를 원했다. 그러나 막상 길을 나서니 생각지 못했던 오르막내리막이 많아 자전거 타기가 만만치 않았다. 샌드위치와 음료수를 넣은 작은 배낭 외에는 짐이 없던 그들은 걷는 편이 오히려 나을 뻔했다. 몇 번의 오르막내리막을 경험한 뒤로는 넬라의 환호성이 사라졌고, TJ도 오랜만에 타는 것이라 그런지 허벅지가 금방 뻑뻑해졌다. 공연히 자전거 얘기를 꺼낸 게 미안했다.

그러나 트레킹 코스는 정말 멋졌다. 얼핏 보면 알프스의 어느 호숫가를 달리고 있는 듯했지만, 그곳은 지구의 끝, 아직 사람들이 북적거려 본 적이 없는 처녀지와 다름없었다. 공기가 얼마나 상쾌하고 깨끗한지 앞이 툭 터진 호숫가에서는 두 사람의 이야기 소리가 물수제비를 뜬 것처럼 튀어가 건너편 숲에 닿을 것 같았다.

아무도 없었다. 적어도 두 사람의 시선 안에 사람이라곤 없었다. 숲의 가장자리에 수줍게 모여 핀 보랏빛 꽃들과 비할 데 없는 대기의 가벼움, 팔의 솜털을 간질이는 바람의 흔들림이 넓은 호수를 둘러싼 고요와 묘하게 잘 어울렸다. 작은 소리의 웃음도 소음이 될 것 같아 두 사람이 말을 아껴야 할 정도였다.

여러 번 쉬기도 했지만 푼토 파노라미코까지 가는 데 한 시간이 넘게 걸렸다. 역시 그냥 걸을걸 그랬다고 후회하며 도착한 그곳은 다행스럽게 파노라미코라는 이름에 걸맞은 탁 트인 장관을 선사했다. 며칠 전 눈개가 내리던 해발 1,000미터가 넘는 세로 캄빠나리오[17]에서 본 것과는 느낌이 달랐다. 그곳에서 내려다보는 경치는 전체를 조망하는 장엄한 맛이

....

17 남미의 스위스란 별명의 도시 바릴로체에서 가장 빼어난 전망으로 유명한 장소. 리프트나 트레킹으로 오를 수 있는 정상은 해발 1,052미터에 달한다. 정상에서는 나우엘 우아피 호수를 비롯한 수많은 호수들과 해발 2,000미터 이상의 고봉들을 360도 파노라마로 감상할 수 있다.

일품이지만 너무 멀리 보여 마치 걸작의 대형 풍경화를 마주하는 것처럼 현실감이 크지 않았다. 하지만 여기는 아주 가깝게 호수와 산들, 그리고 검푸른 숲속의 나무들까지 눈에 담을 수 있는 장점이 있었다. 훤칠한 외모에 더해 감추어진 속살마저 보는 감동이었다. 높지 않아도 지형의 이점 때문에 시계가 아주 넓게 트여 있어 과연 바릴로체 제일의 뷰포인트라 할 만했다.

푼토 파노라미코에서 점심 요기를 하고 내리막으로 자전거를 달려 스위스 마을로 갈 때였다. 비포장길에서 몇 번 몸에 부담을 주는 업다운이 있은 뒤부터 TJ는 위장의 불편함과 이곳에 와서 몇 번째인 옆구리 뒤 등 쪽의 통증을 느꼈다. 소화불량이야 그저 불편을 느끼는 정도였지만 등의 통증은 제법 부담스러워 불안했다. 파타고니아로 출발 준비를 하느라 운동을 멈춘 지가 벌써 3주 이상 되었으니 이젠 운동 후 근육통이라 여기는 건 무리였다. 게다가 통증은 점점 나타나는 주기가 빨라지고 괴로운 시간은 늘어나고 있었다. 이미 넬라에게 걱정을 끼친 뒤라 함부로 내색하기도 힘들었다. 조금의 징후만 보여도 선제적으로 해열진통제를 먹었기 때문에 남은 약도 몇 알 없었다.

등의 통증에 대해 걱정하기가 무섭게 TJ는 내리막임에도 온몸에 땀이 솟으면서 체온이 오르는 것을 느꼈다. 예의 그 증상이 다시 온 것이다. 남아 있는 해열진통제는 호텔에 있다. 앞으로 몇 시간 동안 그는 아무런 대책도 없이 통증이 빨리 사라지기만을 기다려야 할 형편이 되었다.

"넬라, 조금 쉬었다가 갈까?"

TJ는 넬라와 얼굴을 마주치지 않으려 애쓰며 말했다.

"벌써요?"

"응, 샌드위치 먹은 게 조금 불편해서."

넬라가 외면하려는 그의 얼굴을 쳐다보더니 대뜸 이마부터 만졌다.

"이런, 이런, 왜 갑자기!"

"아니야, 조금 쉬면 좋아질 거야. 걱정하지 마."

그러나 걱정하지 말라는 말이 끝나기 무섭게 TJ는 옆구리 뒤를 강하게 가격당하는 것 같은 통증을 느꼈다. 참을 수 없는 신음이 절로 새어 나왔다. 통증은 첫 느낌이 온 뒤 십여 분이 지나지 않아서 격렬해졌다. 이젠 내색을 하고 안 하고의 차원이 아니었다.

넬라는 수건에 물을 적셔 그의 얼굴을 닦아 주고 이마에 얹어 주고 했지만 실은 어쩔 줄 몰랐다.

"내가 왜 이러지? 정말 알 수가 없어. 요로결석에 걸렸을 때 한 번을 빼고는 평생 이런 적이 없었거든. 이건 그때 아픈 것과는 다른 거 같은데….”

“TJ, 말하려 하지 말고 우선 좀 쉬어요. 이쪽에라도 좀 눕고, 신발도 좀 벗고.”

넬라는 길옆 평평한 곳을 골라 닥치는 대로 손으로 정리한 뒤 그를 눕혔다. TJ의 어림짐작으로는 한 이삼십 분만 더 내려가면 스위스 마을이 나올 것 같았다. 거기에 가면 그래도 응급약을 구할 수 있지 않을까 싶었다.

“넬라, 내가 좀 참을 테니 일단 내려가는 게 어떨까. 거기 가면 하다못해 해열진통제라도 구할 수 있을지 모르잖아.”

“아니에요, TJ. 내가 혼자 갔다 올게요. 그게 낫겠어요. 억지로 함께 내려갈 일이 아니에요.”

눕지도 못하고 다시 일어나 허리를 부여잡고 있는 상황에서 TJ도 달리 방법이 없었다. 넬라는 부리나케 페달을 밟아 스위스 마을 쪽으로 달려갔다.

치솟는 몸의 열이 정신을 산만하게 만들고 온몸이 공중에 붕 떠서 부유하는 느낌을 주어서인지 오히려 허리 뒤를 때리는 고통의 칼끝이 약간 뭉툭해지는 것 같았다. 그러나 그건 혼자만의 생각이었다. TJ는 통증이 줄어든 게 아니라 통증이 너무 커 제대로 수용이 되지 않는 상태였고, 통증으로 인해 거의 정신을 잃고 있었다.

넬라의 모습이 보이지 않자마자 축축 늘어져 나무에 걸쳐 있는 살바도르 달리의 시계들이 판단력을 잃어버린 시선을 가득 채우며 보이다 사라지기를 반복했다. 초침이 일 초 일 초 까딱이는 모습은 한없이 지루했다. 순식간에 그는 구조대를 기다리는 조난자가 되었다. 자신도 모르게 쉴 새 없이 헛소리를 중얼거리며 초점이 흐려진 눈은 오로지 언덕 아래를 바라보고 있었다.

넬라, 난 떠나기 싫어, 난 떠나면 다시 돌아올 수 없어, 미국에서든 이곳에서든 얼마든지 살 수 있다고 생각했지만 아니야, 넬라 난 그냥, 무작정 이곳에 머물러야 해, 넬라 이 여행을 끝내고 싶지 않아, 넬라 당신이 먼저 말해 줘, 당신이 먼저 말해 주면 모든 게 다 잘될 거야, 왜 당신과 내가 함께 살면 안 되지, 왜! 넬라 우린 아무도 모르는 곳에 있어, 이 지구 반대편이라면 난 할 수 있어, 다 외면하고 끊을 수 있어, 넬라 당신이 있는 이곳이라야만 돼.

아직 언덕 아래에는 움직이는 점 하나도 보이지 않았다. TJ는 땀으로 범벅이 되었지만 넬라가 손에 쥐여 준 수건을 들 여념도 없었다. 생각도 움직일 힘이 있어야 할 수 있는 것이라는 걸 증명하듯 TJ는 얼떨결에 찾은 굵은 나무줄기에 허리를 기대고 앉은 채 꼼짝도 할 수 없었다. 오직 넬라만 기다리는 형국이 되었다. 마치 그녀가 올라오면 아픔이 그대로 그칠 것처럼. 이렇게까지 애타게, 생사를 건 것처럼 그녀를 기다리게 될 줄은 전혀 몰랐지만, TJ의 마음은 그랬다.

넬라, 돈 걱정은 하지 마, 내가 어떻게든 할 수 있어, 우리가 무언가 같이 할 수도 있어, 넬라 당신이 먼저 말해 줘, 당신이 먼저, 넬라 난 돌아가기 싫어, 난 다시는 좌초된 배처럼 살기 싫어, 난 다시는 사랑 없이 사랑하는 척하며 살기 싫어, 난 이제 당신 외에는 아무것도 필요하지 않아, 그래도 충분히 행복할 거야, 자신 있어, 당신이 먼저 말해 줘, 제발 당신이 먼저!

언덕 아래 풍경도, 그가 기대고 있는 나무와 그 옆의 숲도, 막 칠한 물감 같은 푸른 하늘의 흰 구름도 서서히 시야에서 멀어지던 때, 그는 넬라의 손길을 느꼈다. 주변에 누군가 두런거리는 소리도 들었다. 그를 부축하는 억센 손이 넬라의 것이 아니라는 생각도 했다. 갑자기 목부터 저 아랫배까지 시원하게 뚫어 주는 물인지, 음료수인지를 마신 것 같았다. 금방 속이 편안해지는 느낌이었다. 넬라가 낯선 스페인어로 다급하게 말하는 소리도 들렸다.

얼마가 지났는지 알 수 없었지만 TJ가 눈을 떴을 때, 그는 승용차 안에 있었다. 넬라의 무릎을 벤 채로. 눈물 자국이 그대로 선명한 넬라의 얼굴이 보였다. 등의 통증이 오히려 거세지는 걸 보니 열이 내리고 정신도 정상으로 돌아온 모양이었다. TJ는 넬라에게 억지로 미소 지었다. 말을 건네려고 했지만 바짝 마른 입안을 통제할 수 없었다. 넬라는 앞자리의 운전자에게 무슨 말인지 건네느라 처음엔 그의 미소를 보지 못했다. TJ는 눈이 마주치기를 기다려 다시 넬라에게 미소 지었다. 넬라는 함박웃음을 지으면서 말랐던 눈물보를 터트렸다. TJ는 그런 상황 속에서도 사람이 어떻게 동시에 저렇게 환히 웃으며 울 수 있을까 하는 생각을 하다가 다시 깜빡 의식을 놓쳤다.

　TJ가 병원에 도착했을 때는 이미 정규 진료 시간이 끝난 뒤였다. 인구 십만이 넘는 도시치고는 응급 의료시스템이 제대로 갖추어지지 않은 것 같았다. 병원에는 젊은 당직의사 한 명밖엔 전문 인력도 없었다. 그래도 다행스럽게 강한 진통제 주사를 맞을 수 있었다.

　진통제 효과가 나타나 통증이 가시자 병원에 더 머물 필요가 없었다. 열악한 응급실에서 하루를 보내느니 호텔로 일단 돌아가는 게 나을 거 같았고, 당직의사도 어차피 내일 담당과장이 출근해야 정상적인 진료를 받을 수 있을 거라며 퇴원을 권하는 모양새였다. 넬라는 염려스러운 마음에 그래도 병원에 있자고 했지만 이미 통증의 폭풍이 지난 뒤라 TJ는 응급실에서 밤을 보내기 싫었다. 결국 넬라에게 다음 날 반드시 병원 진료를 받겠다는 약속을 한 뒤에 진통제와 해열제를 처방받고 호텔로 갔다.

넬라에게 떠밀리다시피 침대에 누운 TJ는 자연스럽게 오늘 자신이 겪은 일을 되돌아보았다. 그가 정신이 들었다 나갔다 하며 혼수상태까지 경험했던 고통의 시간은 실은 두세 시간에 불과했다. 짧다면 짧은 시간 동안 그런 고통과 회복을 경험했다는 게 전혀 현실감이 없었다. TJ는 해열진통제를 가지고 나가지 않은 것이 후회됐다. 고통의 원인을 모르는 데다 고통이 끝난 뒤라 생각이 단순해졌는지, 그는 약을 상비하지 않은 일만을 자책했다.

엉뚱하게도 TJ는 고통으로 자신의 몸이 힘들었던 것 외에는 다른 건 다 좋았다고 생각했다. 넬라의 충실한 사랑을 확인한 하루였다고, 자신을 위해 물불을 가리지 않는 넬라를 보았던 나쁘지 않은 하루였다고. 스위스 마을로 내려가서 모르는 사람들에게 사정해 가며 설득해서 차를 가지고 달려오는 넬라의 모습, 거의 아무 말도 행동도 할 수 없었던 자신을 대신해 연인으로서, 보호자로서, 마치 아내인 것처럼 모든 일을 처리하는 넬라의 모습을 상상하는 건 어쨌든 행복한 일이었다.

347

TJ는 자신의 얼빠진 독백도 일부 기억했다. 그러나 그의 기억으론 그건 나무에 기댄 채 넬라를 기다리면서 했던 일이었다. 한 번은 술에 취해서, 또 한 번은 고통에 빠져서 계획되지 않은 말을 했다면 얼마나 낭패인가. 그는 그것도 너무 다행스러웠다.

고통의 후유증이든, 진통제가 준 이완이든, TJ의 나이브한 판단은 잠들기 전까지 계속 이어졌다. 그는 엉뚱한 자신감마저 생겼다.

오늘 그가 본 넬라는 그의 어떤 제안도 거절하지 않을 것이라는!

그는 두 사람의 여행을 더 연장하기로 맘먹었다.

몸을 추스른다는 핑계로 멘도사로 가자고 하자, 내일 호텔 시설을 갖춘 멋진 와이너리를 찾아 예약하자, 그곳에서 시간을 보아 말하자, 바로 이곳이라고, 엘 찰텐이든, 엘 칼라파테든, 이곳 파타고니아가 바로 우리의 시작이라고, 다른 무엇에도 구애받지 말고 여기 파타고니아에서 새로 시작하자고!

그러나 그는 쉴 시간을 주려는 듯 로비로 내려간 넬라가 돌아오기도 전에 잠이 들 정도로 약해진 자신의 심신을 자각하지 못했다.

TJ의 계산은 틀렸다. 그는 고통의 극한기에 자신이 나무 아래 있었는지, 승용차 안에 있었는지, 응급실 침대에 있었는지를 전혀 구분하지 못했다. TJ는 자신의 기억이 시간과 장소와 등장인물들이 제멋대로 뒤섞여 있었음을, 거의 코마 상태에서 현실과 환상을 수없이 넘나들고 있었음을 몰랐다.

파젠다 세하도 한 잔을 앞에 두고 호텔 로비에 앉은 넬라는 한동안 멍한 상태에 벗어나지 못했다. 정말 천둥 번개와 같은 하루였다. 고통과 고열로 땀범벅이 되어 찡그리던 그의 얼굴과 거의 미친 사람처럼 당황하고 흥분했던 자신의 모습이 영화 속 한 장면처럼 떠올랐다. 쥐어짜는 듯한 그의 신음 소리와 어떻게든 정신을 잃지 않게 하려고 소리치던 자신의 목소리가 아직도 귀에 쟁쟁했다. 게다가 지금의 평안한 TJ의 모습은 더욱 그녀를 알 수 없게 만들었다. 대체 무슨 병이기에, 무슨 아픔이기에 저럴 수 있는 건지 도무지 짐작할 수 없었다.

그러나 그 정도는 아무것도 아니었다. 넬라를 버티기 어려울 정도로 혼란스런 감정에 빠지게 하는 건 다른 기억이었다. 혼미한 정신 상태에서 터져 나온 독백이었을지언정 그녀는 그의 마음속을 전부, 들여다보았기 때문이다.

이제는 모든 걸 알 것 같았다!

넬라는 마지막 구조의 밧줄을 잡은 듯 그녀의 손목을 꼭 잡고 쏟아 내던 TJ의 말을 전부 들었다. 한 마디 한 마디 기억할 필요도 없었다. 그녀의 이름과 오직 하나의 의미로 통하는 말들이 반복되고 또 반복되었기 때문이다. 고통에 시달리면서도 꼭 해야만 했던 그 말은 그토록 단단했던 규율과 인내의 그릇이 산산조각 나면서 날것으로 드러난 TJ의 속마음이었다.

TJ는 집요했다. 그녀의 목소리가 들리든지, 그녀의 눈동자가 보이든지, 어떤 감각으로든 그녀가 곁에 있음이 느껴지기만 하면 말을 참지 않았다. 그의 말은 그 순간의 감정과 느낌 그대로 넬라의 기억 속에 새겨졌다.

사랑한다고, 함께 살자고, 나와 당신 모두 남은 인생이 많지 않다고, 이대로 서로를 보내면 안 된다고, 지구 반대편에서도 사랑할 수 있었던 사람이 당신이라고, 당신이 있어 다시 살아 있는 나를 느낀다고, 당신은 나에게 허락된 마지막 선물이라고, TJ는 끊임없이 고백했다.

나는 무모할 수 없는 사람이다, 나는 그게 밉다, 나는 멍에가 많은 사람이다, 나는 그게 싫다, 나는 당신에게 마음 가는 대로 말할 용기가 없다, 나는 그게 미치도록 창피하다, 당신이 말해 주면 얼마나 좋을까, 당신이 먼저 말해 주면 얼마나 행복할까, 당신이 말해 다오, 당신이 먼저 앞으로의 삶을 나와 함께하겠다고, 그것만이 행복한 길이라고 말해 다오, 먼저!

일생 동안 누구에게도 보여 주지 않았을 생살을 드러내는 TJ의 독백은 병원으로 가는 동안 아프게 넬라의 가슴을 찔렀다.

모든 것을 알았다고 생각하자 넬라의 마음은 더욱 혼란스러워졌다. 어떤 모양으로든 단단히 뭉쳐져 가던 결심이 산산이 부서져 버렸다. 처음으로 되돌아간 것처럼.

넬라는 TJ도 같은 생각을 하고 있을 것이라고 믿었다!

도저히 넘을 수도, 넘어서도 안 되는 산이 있고, 그래서 어느 때, 어느 선에선가는 멈추어야 한다는, 그리고 그것으로 만족해야 한다는 생각.

취중 실언이나 엘 찰텐에서 돌아오는 버스에서 꿈꾸듯 들은 TJ의 말을 넬라는 전부 자신의 방식대로 받아들였던 것이다.

하고 싶지만, 도저히 그렇게 할 수 없는 마음을 드러낸 것이라고.

그런데 오늘 그녀는 알게 되었다.

TJ는 진정으로 원하고 있었던 것이다!

넬라가 추측했던 것처럼 불가능한 일에 대한 회한을 뱉어 낸 게 아니었다. 그토록 그녀를 원하고 있다는 걸, 그토록 그녀와 함께하고 싶어 한다는 걸 넬라는 몰랐다. TJ의 필사적인 독백은 그저 사랑한다는 것과는 또 다른 차원의 고백이었다.

넬라는 처음으로 그녀의 결심이 과연 진정으로 그를 위한 것일까, 하는 강한 의문이 들었다. 그의 절실함, 그의 필사적인 호소, 혼돈과 각성의 순간을 오가면서도 집요하게 놓지 않았던 그의 소망을 오늘 그녀는 똑똑히 보았기 때문이다.

밖에는 바릴로체에 와서 처음 보는 노을이 불타고 있었다. 농장에서도 가끔 보았지만 늘 너무 멀리 있었다. 그저 끝도 없이 넓게, 셀 수 없는 레벨의 붉은빛들이 퍼져 있기만 했었다. 그러나 오늘은 손을 뻗으면 강렬한 붉은 빛으로 손이 물들 것처럼 가깝게 있다. 나우엘 우아피 호수 전체가 저녁노을의 붉은빛으로 불타고 있었다. 짙어 검게 보이는 보랏빛과 핏빛 붉음의 짧지만 강한 투쟁 같았다.

넬라가 그대로 TJ를 포기한다면 저 핏빛은 아마도 곧바로 그의 피가 되어 흐를 것이다. 넬라가 결심한 대로 실천한다면 그건 TJ에게 낮의 고통은 댈 것도 아닌 고통이 될 것이다. 아니다, 그건 TJ의 피가 아니고, 넬라, 자신의 피가 될지도 몰랐다. 지금은 모르지만 남은 삶의 어느 순간에, 치밀어 오르는 추억이 폭발하는 순간에, 모든 혈관이 터져 흘러나올 자신의 피일지도 몰랐다.

넬라는 너무 혼란스러웠다. 자신이 약한 사람이라고 자책 했다가는 바로 다음 순간에 자신이 사랑을 모르는 사람이라고 원망했다. 힘들고 괴로웠다. 이미 적지 않은 나이에 다다른 그녀의 인생에서 처음 가져 보는 사랑이 이토록 자신을 힘들게 할 줄은 몰랐다. 넬라는 그녀의 사랑이 이제 선택을 요구하고 있으며, 자신은 더 이상 선택을 회피할 수 없다는 것을 아프게 깨달았다.

저녁노을은 순식간에 사라졌다. 대신 어둠이 호수 위를 덮었다. 넬라가 방으로 돌아왔지만 TJ는 서너 번 돌아누웠을 뿐, 아예 깊은 잠이 든 것 같았다.

넬라는 첫날 재미있게 즐기고 한 번도 쓰지 못한 원형 자쿠지에 들어가 쪼그려 앉았다. 여기에서 혼자 발가벗고 사방에서 쏟아지는 기포의 간지러움을 즐기며 그를 생각할 때가 좋았다. 그러나 세상의 모든 일은 멈추지 않는다. 사랑마저도 그랬다. 어느 한순간도 제힘으로 주저앉힐 수 없는 삶은 또다시 넬라를 힘들게 몰아붙이고 있었다.

넬라는 깊은 우물에 가라앉은 바위처럼 앉아 있었다. 모든 생각들을 넘치는 물처럼 밖으로 흘려보내며 애써 모든 걸 비워 냈다. 넬라는 그녀의 모습을 되찾으려 노력했다. 이전의 넬라는 그렇지 않았지만 지금의 넬라는 갖고 있는, 그녀다운 모습을.

그래, 만일 헤어진다 해도, 헤어질 수밖에 없다 해도 지금 이렇게 나를 바짝 끌어안고 있듯, 남은 내 삶을 끌어안고 간다면 견딜 수 있을 거야, 여기에서 멈춘다 해도 난 충분히 행복할 수 있을 거야.

넬라는 길고 복잡했던 상념을 접고 제자리로 돌아왔다. 아니, 그렇게 할 수밖에 없었다.

가만히 그의 곁에 누웠다.

그러나 이번엔 자신의 결심을 찌를 수도 있는 작은 칼을 마음 깊은 곳에 감추어 두었다. TJ가 또다시 호소하고, 부탁하고, 요구한다면 그대로 따르겠다는 결심이었다. 그건 순결을 잃는 것처럼 넬라의 마지막 자기 규제를 포기하는, 자신을 찌르는 칼이 될 수밖에 없지만, 그 또한 귀하게 간직해야만 했다.

13. 바릴로체(4)

TJ는 매 단계마다 삼십 분여를 기다려 피를 뽑고, 소변을 채취하고, X-Ray와 초음파를 찍는 등 검사를 끝낸 후에야 겨우 커피 한 잔을 마실 수 있었다. 그래도 응급실의 당직의 사가 미리 얘기를 잘해 두었는지 영어로 의사소통이 되는 간호사가 배정되어 불편 없이 검사가 진행되었다.

TJ는 담당의사의 방 앞에서 커피를 마시면서 약간의 의구심이 들었다. 그의 증상은 등 쪽의 통증과 고열뿐인데 집중된 검사 부위가 조금 달랐기 때문이다.

마침 의사의 방을 나오던 간호사를 붙들고 물었다.

"아, 응급의사가 요로결석인 것 같다고 했지만, 담당 선생님이 당신의 증상을 듣더니 췌장을 검사하라고 했거든요."

'췌장이라니!'

그제야 TJ는 왜 그런 생각을 못 했나 싶었다. 그의 외삼촌이 췌장암으로 돌아가셨던 것이다. 그가 중학교나 다닐까 하는 시기라 완전히 잊고 있었다. 게다가 어머니는 병 없이 건강하게 사시다 가셨기 때문에 가족력이라는 인식 자체가 없었다. 갑자기 가슴 한복판으로 돌덩어리가 쿵하고 떨어졌다. 커피 잔을 놓고 인터넷을 검색했더니 등의 통증이 췌장암의 주요 증세에 있었다. 정신이 아득해졌다.

의사는 호아킨 페르난데스란 이름을 가진 백발의 거구였다. 악수를 청하는 손바닥이 얼마나 두툼한지 그러지 않아도 작은 TJ의 손이 의사의 손에 쏙 파묻혀 버렸다. 그러나 체구에 비해서 표정과 말투는 온화했다.

"어때요, 통증은 가라앉았나요?"

잔뜩 걱정하며 그의 입만 쳐다보고 있던 TJ의 상태를 알고 있는 것처럼 닥터 호아킨은 심상하게 물었다.

"네, 어제 주사 맞은 이후로 통증은 없었어요."

"처방한 진통제는 더 먹었나요?"

"통증은 없었지만 혹시나 해서 밤에 한 번 더 먹었어요. 오늘은 아니고요."

"좋아요, 그럼 어디 한번 봅시다."

TJ가 불안하게 생각했던 결론이 현실로 다가오고 있었다.

"미스터 킴, 당신이 외국인이고 관광객이라니 이것저것 더 검사하고 물을 여유가 없어 직설적으로 얘기할 수밖에 없네요. 이해해 주세요. 초음파 결과나 당신의 소변 색깔 같은 걸 종합해 볼 때 당신은 췌장암일 확률이 아주 높아요, 그것도 상당히 진행된. 당신이 겪은 간발적인 통증의 양상도 거의 전형적인 증세에 가깝거든요."

"초음파와 소변 검사 정도로 그렇게 확신할 수 있는 건가요? 정확한 진단을 위해 좀 더 다른 검사가 필요하진 않나요?"

TJ는 자신도 모르게 반박하듯 되물었다. 닥터 호아킨은 여러 번 겪어 본 상황인지 신경 쓰지 않았다.

"미스터 킴, 당신이 내 경험을 믿기 바랍니다. 사실 이건 많은 경험조차도 필요하지 않은 케이스입니다. 난 빨리 당신의 나라로 돌아갈 것을 권합니다. 다른 검사로 여기서 시간을 보내 봐야 전혀 도움이 되지 않아요. 빨리 돌아가는 게 최선이에요. 난 당신 나라의 의료 수준을 압니다. 그러니 하루라도 빨리 가서 치료하도록 하세요."

TJ는 머리에 구멍이 뻥 뚫리는 기분이었다. 아니, 몸 전체에 구멍이 뚫린 기분이었다. 혀도 그대로 굳어 버렸다. 너무 절망적이었던지, 아니면 믿기 어려워서였는지 그의 얼굴 위로 씁쓸한 미소가 떠올랐다.

닥터 호아킨은 TJ의 미소가 사태를 잘못 받아들이고 있는 것이라고 생각하고는 어깨를 으쓱하며 다시 한번 강조했다.

"내일이라도 당장 비행기 스케줄을 잡도록 하세요. 췌장암은 생명과 직결된 암이에요. 생존율도 낮고요. 지금 여기에서는 물론이고 부에노스아이레스에 간다 해도 당신네 나라에서 치료받는 거와는 차이가 클 겁니다. 의사소통도 안 되고."

닥터 호아킨은 초점 없는 시선을 벽에 둔 채 말없이 앉아 있는 TJ에게 시간을 주듯 기다렸다. TJ는 도저히 지금 나가넬라에게 이런 상상 밖의 얘기를 전해 줄 수 없었다. 아니, 전하다니. 그건 자신의 얘기였다. 그걸 넬라에게 그대로 반복할 순 없었다. 아무런 생각도 나지 않는 동시에 만감이 교차했다. 갑자기 캄캄한 어둠 속으로 떨어져 거대한 장벽 앞에 홀로 선 느낌이었다.

이윽고 무언가 결심한 듯 TJ가 고개를 들어 닥터 호아킨을 바라보았다.

"하루만 입원하게 해 주세요. 무언가, 아무래도 무언가 생각을 좀 정리해야…."

TJ는 손으로 문밖을 가리키면서 말을 이었다. 에둘러 말할 시간도 이유도 없었다.

"밖에 내 연인이 있습니다. 내가 함께하고 싶은. 그런데 이건 좀 아니잖아요. 그렇지요? 이건 아닙니다. 그러니…."

닥터 호아킨은 거구에 비해 눈치도 빠르고 아량이 있는 사람이었다. 두서없는 말만으로도 TJ가 직면한 상황을 이해한 것 같았다.

"알았어요. 빨리 조치해 줄게요. 그러나 하루 이상은 안 됩니다. 난 당신을 강제하기 위해서라도 내일 12시 이후에는 당신이 병원에 머물지 못하도록 지시해 둘 거예요."

닥터 호아킨은 일어서는 TJ에게 단호한 표정을 지으며 악수를 청했다. TJ의 손이 꼭 죽음의 구렁텅이로 빠지는 왜소한

동물처럼 의사의 손에 다시 한 번 파묻혔다.

넬라에겐 의사가 추가 검사를 위해 하루 더 입원하라 했다고 둘러댔다. 핏기가 싹 빠져나가 버린 창백한 그의 얼굴을 숨길 수 없어 걱정이 됐지만 그녀는 별말이 없었다. 단지 당연히 자신이 입원실에 같이 있어야 한다는 듯 호텔에서 준비를 갖춰서 다시 오겠다고 했다. TJ는 그럴 필요 없다고, 그러지 말라고 넬라를 막았다. 그럴듯한 핑계를 만들 여유는 없었다. 그저 혼자 있는 게 좋을 것 같다는 말만 두어 번 되풀이했을 뿐이다. 다행히 넬라는 굳이 이유를 따져 물을 만큼 어리석지 않았다. 쉽지 않은 상황이었음에도 그녀는 별말 없이 수긍해 주었다.

억지로 넬라를 호텔로 보낸 뒤에도 두어 시간이 지나서야 TJ는 입원실로 안내되었다. 닥터 호아킨의 배려로 좁지만 1인실에 배정되었다. 전형적인 입원실이었다. 침대 머리 쪽 흰 벽 중간쯤에 십자가에 달린 조그만 예수상이 걸려 있고, 침대 외에는 작은 냉장고와 더 작은 탁자와 의자 하나가 전부였다. 입원은 했지만 치료받는 게 없어서인지 아무런 편의용품도 없었다. 물통도 하나 없고 심지어는 환자복조차 가져오지 않았다.

그냥 무관심.

복도 제일 끝 가장한 조용한 방.

아무도 그를 찾아오지 않았다.

멍하니 입원실에 앉아 있은 지가 꽤 되었지만 밖은 아직도 환하다. 다섯 시가 넘기 무섭게 어둠이 추위와 함께 몰려오던 12월의 서울을 생각했다. 내린 눈이 얼어붙어 미끄러운 골목 길과 골목을 휘젓던 매서운 바람을 생각했다. 그뿐 아니었다. 너무 많은 것들이 떠올라 빠르게 또는 느리게 눈앞에 머물다 갔다. 기억의 댐이 무너진 것 같았다. 오래 가두어 두었던, 잊은 줄 알았던 삶의 장면들은 너무도 많았다. 그 장면들은 채 마르지 않은 유화처럼 끈적끈적하고 생생했다.

한때, 그 시절, 옛날에, 어릴 적에, 엄마가 살아 계실 적에, 아버지가 집을 나가셨을 때가 순서 없이 등장했다 사라졌다. 그가 퇴근하면서 현관문을 열면 어떻게 알았는지 문 앞에서 딱 맞춰 기다려 주던, 겨우 기어다니던 딸의 모습에서 화면이 잠시 멈추었다. 저절로 눈물이 흘렀다.

갑자기 왜 이러는 것일까. 결코 그가 의도적으로 꺼낸 회상 들이 아니었지만, 그걸 막을 순 없었다. 일일이 붙들어 되새길 수도 없었지만 그러고 싶지도 않았다. 그냥 멀리, 보이지 않는 곳으로 빨리 떠내려가게 내버려 두었다.

정말일까.

아니다, 등의 통증은 운동 때문이다. 전에도 잘못된 자세의 운동 때문에 심하게 아픈 적이 있었다. 아니면 요로결석일 수도 있다. 아프다 안 아프다 하는 걸 보면 너무 비슷하다. 아픈 부위도 그렇고. 담석일 수도 있다. 생명과는 관계없다. 무슨 벌써. 외가 사람들의 병력이 꼭 나의 가족력이 될 순 없다. 여기 의료 수준을 믿을 순 없다. 일단 서울로 돌아가자. 얼마든지 결과는 달라질 수 있다, 고 믿고 싶었다. 그래야 했다. 그러나 쉽지 않았다. TJ는 자신의 의지와 희망이 닥터 호아킨의 커다란 손에 파묻힌 그의 작은 손처럼 약해져 버린 걸 믿을 수 없었다.

갑자기 엄청난 쓰라림이 몰려왔다. 어제의 고통과는 전혀 다른 고통이었다. 진원지도 아픈 부위도 몸의 어디가 아니다. 그렇다고 마음의 어디라고 할 수도 없었다. TJ는 그냥 침대에 걸터앉아 있는 껍데기일 뿐. 쓰라림은 그의 몸 어디에도 존재하지 않았다. 아마도 왜소해질 대로 왜소해진 그의 몸을 둘러싼 암흑, 그 암흑 전체가 견딜 수 없이 쓰라린 것일까. 수도 없이 예리하게 베어져 나가는 건 피부도 장기도 아니다. 볼 수도 잡을 수도 없는 것이었다. 그러나 쓰라리고 아픈 건 현실이었다. 결코 상상이 아니었다. 그렇게 아프다간 지레 죽어 버릴 것 같은 통증이 거대한 아나콘다처럼 그를 완전히 휘감았다. 그는 아픔을 견딜 수 없었다. 넬라의 이름도 마른 혀에 올릴 수 없었다. 넬라의 웃는 모습, 당황한 모습, 그리고 잊을 수 없는 눈물도 화면에 올릴 수 없었다.

시간은 주저 없이 흐르고 있었겠지만, 모든 건 제자리였다.

그는 운명 같은, 사람은 결국 정해진 길을 가고야 만다는 생각 따위는 해 본 적이 없었다. 어떤 불행과 고난도 결국은 자신의 것이라고, 원인이든 결과든 모두 자신의 것이라고 여기려 애썼다. 행운도 불운도 없다, 단지 자신의 노력과 의지와 다른 결과가 있을 수 있을 뿐이라고 스스로를 다그치며 살아왔다.

그러나 지금 그의 의지는 하릴없이 꺾이고 있었다. 그것도 가장 필요한 시기에, 사랑하는 사람을 곁에 두고서!

TJ는 아무래도 이 모든 일의 배경에 무언가가 있다는, 이 모든 일을 꾸미고 즐기는 심술궂은 무언가가 존재한다는 원망을 억누를 수 없었다. 그런 생각은 밑바닥에 남은 그의 자존심에마저 획획 칼집을 내고 있었다.

TJ는 머리를 세차게 흔들며 일어섰다. 더 이상 회상과 좌절이라는 비에 젖으면 안 되었다. 비를 피해야 했다. 맑게 갠 하늘 아래서 그는 생각할 것이 있지 않은가.

그는 넬라를 위해 조금이라도 빨리 마음을 정해야 했다.

그러나 그가 가진 선택지들은 절망스럽기 짝이 없었다.

무엇을 어떻게 하든, 그는 이제 돌아가야 했기 때문이다!

넬라에게 그의 의지를 말하든 아니든 돌아가야 했으며, 넬라가 승낙하든 아니든 일단은 돌아가야 했다. 넬라에게 그의 희망을 말하려면 자신이 치료될 수 있다는 전제가 있어야 했지만, TJ에겐 의학적 근거는커녕 무모하더라도 가져야 할 확신조차 없다. 그런 상황에서 넬라에게 미래를 말하는 건 파타고니아를 향해 서울을 떠나온 것만큼이나 무작정, 행동하는 것이 아닌가. TJ에게 그런 일은 한 번이면 족했다. 넬라에게까지 그런 행동을 반복할 순 없었다.

그럼 어쩌란 말인가.

TJ는 병실의 지저분한 벽을 주먹으로 두들기며 주저앉았다. 받아 둔 진통제를 용량을 넘어 먹었다. 그리고 다시 잠이 들었다. 그것만이 그가 할 수 있는 일이었다.

다음 날 일찌감치 병원을 나섰다. 닥터 호아킨과 면담은 하지 않았다. TJ는 그의 확신이 두려웠다. TJ는 스스로도 놀라우리만치 빠르게 결단했다. 그의 결심은 침대에서 깨어나 세수하고 옷매무새를 고친 뒤 계단을 내려와 병원 문을 나서는 시간으로 족했다.

내용은 분명했다.

TJ는 돌아가야 한다고만, 말하기로 했다. 나머지는 전부 묻어 버리기로 했다. 기다리라고 할 수는 없다. 몇 달 뒤의 자신이 어떤 사람으로 변해 있을지 그는 알 수 없었고, 그가 보아 온 많은 케이스는 암울했다. 서울에서 떠나올 때와 같은 무모함은 이제 먼 곳에 있었다.

우선은 각자의 길로 가야만 한다.

그러나 메일함만 열려 있다면, 지난 한 해가 그랬듯이 두 사람은 어떤 상황이든 극복할 수 있다고 생각했다. 그가 언제든 다시 연락할 수만 있게 된다면 모든 것은 쉽게 다시 돌이킬 수 있다고 믿었다. 메일을 주고받던 그들의 1년이 바로 기적, 그 자체였던 것처럼.

넬라는 이해할 것이다. 넬라에겐 자세한 설명이 필요 없을 것이다. 넬라는 이 세상에서 TJ의 껍질 없는 본 모습을 본 유일한 사람이니까. 또 그 모습을 사랑해 준 유일한 사람이니까. 넬라는 결코 그에게 괴로운 설명을 바랄 사람이 아니라고 그는 믿었다. 그래서 그는 단지 돌아가야 한다는 것만을 말하기로 했다.

그러나 이대로는 싫었다. TJ는 자신의 상황이 하루 이틀을 다투는 것이라고까지는 생각하지 않기로 했다. 바릴로체에서는 그렇게 하지 않겠다는 것으로 스스로를 위로하고 싶었다.

멘도사로 가자.

넬라와의 시간을 조금 더 갖자, 그리고 말하자.

그러나 병원을 나온 TJ의 발길은 차마 호텔로 향하지 못하고 오전 내내 시내를 방황했다.

넬라가 병원에 도착했을 때 TJ는 없었다. 나름 너무 서두르는 모습을 보이지 않으려고 조금 늦게 간 것이 잘못된 생각이었는지 그는 일찌감치 병원을 나갔단다. TJ의 예민한 심기를 자극하지 않으려는 생각에서 그렇게 한 것인데, 만나지도 못하게 되자 넬라는 그게 자신의 무성의로 받아들여질까 걱정되었다.

넬라는 밤새 불안으로 잠을 이루지 못했다. 어제 TJ는 핏기라고는 없는 창백한 얼굴빛 하나만으로도 넬라의 말문을 막았었다.

어쩌면 넬라는 그런 모습을 다시 보게 될까 봐 병원으로 출발을 망설였는지 모른다. 조금이라도 시간을 더 주면 조금이라도 원래의 모습으로 돌아오지 않을까, 하는 바람에서 정신없이 서둘러야 마땅한 몸을 억지로 주저앉혔던 것이다.

그러나 넬라의 기대와는 달리 그는 병원에 없었다. 당연히 그녀가 올 것을 알고 있을 터인데 기다려 주지 않았다. 오히려 마주치지 않으려는 듯 빠른 시간에 병원을 나갔다.

어제의 TJ도 당황스러웠지만, 지금 자신을 기다리지 않고 사라진 TJ는 넬라를 거의 비틀거리게 했다. 넬라는 두 다리의 힘이 쑥 빠져나가는 걸 느꼈다. 머릿속은 어떤 나선형의 슬라이드를 타고 빠르게 도는 생각으로 어지러웠다. 아니, 그건 생각처럼 손에 잡히지 않는 것이 아니라 어떤 다른 것, 그녀의 피나 뇌수인 것 같았다.

넬라는 복도의 작은 벤치에 거의 쓰러지듯 주저앉았다. 얼굴을 가리고 고개를 숙였지만 울고 있지는 않았다. 그녀는 놀람과 당혹스러움에 더해 마치 빠져나갈 수 없는 함정에 빠진 것 같은 실망으로 어쩔 줄 몰랐다. 무언가 해야 했지만, 어디로든 움직여야 했지만 꼼짝할 수 없었다.

한참을 그러고 있다가 고개를 들었을 때 복도 끝에 서 있던, 누구에게나 눈에 띄기 쉬운 체격이 큰 여자와 시선이 마주쳤다. 그 간호사는 넬라를 한동안 바라보고 있었던 것 같았다. 마치 넬라가 고개를 들 때까지 기다린 것처럼.

어제 TJ를 안내했던 간호사였다. 비척거리며 일어서려는 넬라를 멀리서 손짓으로 말리며 간호사는 빠른 걸음으로 넬라에게 다가왔다. 평소 같으면 그랬을 리 없지만, 넬라는 다시 주저앉았다. 저 여자가 어떻게 날 기억하지, 하는 의문이 뭉실 눈앞에 떠올랐다.

"아, 같이 퇴원한 게 아니었나요?"

"네…."

불안으로 흔들리는 마음이 그대로 드러났는지 간호사는 넬라의 눈을 빤히 들여다보았다. 그러고는 그녀에게 따라오라는 몸짓을 하며 앞장서서 작은 방으로 들어갔다.

"벤치에 앉아 있는 당신을 보면서 잠깐 고민했어요. 일하면서 알게 된 남의 사생활에 괜히 끼어드는 게 아닐까 하고요."

무슨 말을 하려는 건지 알 수 없던 넬라는 대답 없이 간호사를 바라만 보았다.

"어제 페르난데스 선생님한테서 입원 지시를 받으며 부득이 당신들에 대해 조금 알게 됐어요. 그래서 당신을 기억하는 거고요."

"아, 네…."

"그분을 못 만났으면 그분의 상태에 대해서도 모르겠네요? 대충 짐작은 하고 있겠지만…."

"아니에요, 정말로! 아무것도 짐작하는 게 없어요."

넬라가 말을 끊다시피 하며 대답했다. 마치 밤새 이런저런 추측을 하며 불안해한 것이 큰 잘못이라도 되는 양 단호한 말이 튕겨져 나왔다. 잠시 넬라를 바라보던 간호사가 구석 탁자 위 커피 메이커에 내려져 있던 커피를 한 잔 따라 권했다.

"내가 당신에게 말을 해 주어야겠다고 생각한 건 그 환자가 오늘이라도 당장 자신의 나라로 돌아갈 것이라는 얘기를 들었기 때문이에요."

듬성듬성 건너뛰면서도 마치 넬라와 TJ의 관계를 다 알고 있다는 듯, 그게 무언가 비밀스러운 것이라도 되는 듯한 태도가 맘에 들지 않았지만 넬라는 무시했다. 그저 말을 재촉하는 눈치만 확실히 보여 주었다. 넬라는 빨리 결론을 듣고 싶었다.

"페르난데스 선생님은 그 사람에게 빨리 그의 나라로 돌아가라고 말했어요. 그 사람은 하루 시간을 달라고 했고, 아마 그건 당신 때문인 것 같다고 말했어요…"

병원 문을 나서는 넬라는 걸으면서도 공중에 붕 떠 있는 느낌이었다. 정신뿐 아니라 몸의 중심을 잡기도 어려웠다. 밤새 그녀를 괴롭혔던 불안보다도 더 막막하고 넘기 힘든 현실에 맞닥뜨리자 비셰그라드의 밤 이후 처음으로 두려움과 무기력이 만든 심연에 빠졌다.

어디로 가서든 TJ를 찾아야 한다는 생각도 들지 않았다. 넬라는 우선 그녀 자신부터 찾아야 했다. 믿기지 않는 간호사

의 말을 듣자마자 유체 이탈하듯 사라져 버린 자신부터 찾아
야 했다.

넬라는 걷기 시작했다. 무작정. 그녀는 자신이 센트로시비
코의 동상을 얼마나 오래 쳐다보고 있었는지 몰랐다. 걷다가
서고, 걷다가 앉고 하며 나우엘 우아피 곁을 어떻게 맴돌았는
지 몰랐다. TJ를 위해서라도 무엇이든 정리하고 계획해야 했
지만 그럴 수 없었다.

흔들리며 걷는 넬라에게 밑도 끝도 없이 한 단어가 계속
들러붙어 떨어지지 않았다. 마치 TJ에게 들었던 귀벌레 증후
군이 그녀에게 전염된 것처럼.

'운명의 힘'

아무리 흔치 않은 삶이었다 해도 넬라는 한 번도 그녀가
겪은 모든 일을 운명 때문이라고 생각하거나 체념한 적이 없
다. 그런 식으로 손쉬운 결론을 내며 잊으려 애쓴 적도 없었
다. 그러니 '운명의 힘'은 넬라의 단어가 아니었다.

그건 TJ가 그녀에게 알려 준 것이었다. 그는 〈운명의 힘〉
서곡을 함께 들으며 베르디의 오페라를 얘기하지 않고 넬라
가 보지 못한 영화 얘기를 했었다. 《마농의 샘》이란 영화였다.
감동적이고 아주 잘 만든 영화라면서도 TJ는 그런 방식의 운
명의 힘이나, 그에 순응할 수밖에 없는 인생은 인간이 가야

할 길은 아니라고 했었다.

그렇게 들었을 뿐, 그녀에게 특별한 의미를 갖고 존재한 적이 없던 그 단어가 먹이를 낚아챈 거미처럼 지금 넬라의 모든 의식의 날개를 틀어쥔 채 물어뜯고 있었다.

베르디의 비장한 멜로디는 끊이지 않고 그녀의 귀를 괴롭히고 있었고, 넋두리와 같은 탄식들은 한번 나오기 시작하자 억누를 수 없이 터져 나왔다.

같은 끝이라도 이렇게는 아니었다. 그를 보내더라도 이렇게는 아니었다. 넬라는 못다 한 것이 없는 사람으로 TJ를 보내고 싶었다. 넬라는 두 사람이 함께한 시간으로 TJ가 숨기고 억누르며 지내 왔던 열정을 전부 폭발시키고 태우길 바랐다. 비록 당장은 어떤 한계점에서 돌아설 수밖에 없어 힘들다 해도 남은 생의 추억으로는 충분히, 못다 한 것이 없었다, 고 느낄 것으로 믿었다. 그녀로 인해 TJ가 남은 인생을 평안과 여유로 받아들이게 될 것이라고 믿었다.

넬라는 그렇게 하려고 그토록 힘든 결정을 한 것이지, 이런 식으로 그를 보내려 한 건 아니었다. 이런 식이라면 오히려 TJ를 곁에 붙들고 싶었다. 이런 식이라면 TJ는 넬라 곁에 있어야 했다.

하지만 이 먼 곳, 파타고니아에서 넬라가 그를 위해 할 수 있는 일은 없었다. 그를 보내려 했던 모든 합당한 이유들은 사라지고, 오직 보내야 한다는, 한 가지 명령만 남은 현실이 그녀를 너무 아프게 했다.

대체 무얼 주고, 무얼 도로 찾으려는 것이란 말인가…, 그것은!

답답함과 무기력에 넬라는, 주저앉아 울었다.

"사자가 되고 싶었는데… 한 마리의 사자. 자기만의 의지대로, 자기만의 방법으로 꿋꿋하게 살아가는 그런 존재가… 그런데 언제나 이만하면 됐다 싶어 돌아보면 다시 등에 짐만 잔뜩 늘어난 낙타인 거야. 낙타의 삶. 더 강하게, 더 열심히 살면 오히려 더 일 잘하는 낙타가 되어 더 많은 짐을 지고야 마는 낙타의 삶. 그런 게 사람의 인생인가…. 난 그냥 살진 않았는데. 극복하려고 평생 싸웠거든. 그런데 한순간도 원하는 내가 아닌 거야. 사자가 되었나 하고 포효라도 할라치면…"

TJ와 넬라가 늦은 점심 식사를 끝내고 마주 앉았다. 레스토랑에는 서너 테이블 외엔 사람이 없다. 다행히 미남 매니저 엔리코의 모습이 오늘은 보이지 않았다.

넬라는 혼잣말하듯 중얼거리는 그 말의 의미를 알 수 없었다. 물어보아야 하나, 아니면 그냥 혼자 얘기하도록 놔둬야 할

371

까 망설이는 와중에 넬라는 문득 자신이 지금 TJ에 대해 아무것도 모르는 사람이라는 생각을 했다. 맞다. 그는 아직 아무 말도 하지 않았다. 넬라는 앞질러 가면 안 되는 것이다. 넬라는 빨리 물어야 했다.

"그게 무슨 말이에요? 사자라니? 당신은 그렇게 사나운 사람이 아닌데? 당신이 사자처럼 살고 싶은 사람이라고는 생각 못 했는데…."

넬라는 미소 지었다. 가능하면 예쁘게. 그러면서 어린아이가 부모에게 묻듯 물었다.

"응? 아, 모르나?"

TJ의 타고난 성품. 자신이 아는 걸 모르는 사람에게 숨기기 힘든 표정과 가르쳐 주려는 본능은 아직 남아 있었다. 넬라는 묻기를 잘했다고 생각했다.

"한창 사춘기 때 읽었는데,『자라투스트라는 이렇게 말했다』에 나오는 얘기야. 인간의 삶을 세 가지 모습으로 말했지. 낙타와 사자와 어린아이의 삶으로. 그때는 그런 딱 가슴에 들어오는 말만 받아들였을 뿐 읽었어도 제대로 전체를 이해하진 못했고, 나중에는 그런 책을 볼 시간도 없었으니 의미를 제대로 안다고야 할 수 없겠지만…."

그러나 TJ의 가르쳐 주려는 의욕은 넬라의 기대만큼 강하지 않았다. 숨이 찬 사람처럼 그의 말은 끊어졌다 이어지곤 했으며, 넬라가 알아듣는지 아닌지에는 신경도 쓰지 않는, 그 저 말의 이음이었다.

"내가 말한 사자라는 건 맹수의 왕이라는 그런 거 말고, 아니 내가 아니라 니체겠지. 기존의 관습이나 얽매임에서 벗어난 자유랄까, 뭐 그런. 자신에게 아무런 의미도 가치도 없이 그저 지워져 있는 의무에 대해서도 아니오, 라고 말하는 그런…"

넬라는 그것만으로도 그렇다면 낙타의 삶은 어떤 것인 줄 짐작할 수 있었다. 지금 TJ가 말하고 있는 낙타와 사자의 삶과 같은 맥락의 얘기는 이미 그로부터 여러 번 들었기 때문에.

"맞아, 조르바가 있지. 『그리스인 조르바』는 읽어 봤겠지? 바로 그 사람일 거야. 사자와 같은 삶. 그래, 난 아무리 애써 봐야 그의 젊은 보스에 지나지 않겠지만…. 난 다 벗어났다고 생각했거든. 특히 넬라를 만난 뒤로는 더. 그런데 자기기만이었나 봐, 내 못난 행동들을 되돌아보니까…"

언제나 젊은이 같았던 TJ의 활발함이 사라졌다. 가끔은 서툰 실수로 이어질지언정 거침없는 것처럼 보였던 말과 행동은 넬라가 사랑한 그의 특징이었다. 생각지도 않게 그녀를 일으켜 주고 어둠에서 꺼내 준 원동력이었다. 그랬던 TJ가 넬라

373

앞에서 아주 자조적이고 힘없는 목소리를 내고 있다. 넬라는 가슴이 휑하니 비어지면서 날카로운 것으로 저며지는 고통을 느꼈다.

"난 조르바를 참 좋아했어. 나는 조르바처럼 진정한 자유를 가질 용기는 없이 언제나 죽은 지식에 의존하는 사람이 아닐까 생각하며 살았지. 늘 머리가 앞서서 원하는 것과 원치 않는 것을 바꿔 버리는 삶이 왜 내 것이어야 하는지 참 싫었어. 이성이란 것에 묶여 있기보다는 비난받고 미쳤다고 욕먹어도 좋으니 조르바와 같은 자유를 일생에 한 번이라도 누리고 싶었거든. 아니면 진정으로 원하는 무엇을 위해 나를 전부 태워 버리든지."

TJ, 그런 의미의 사자라면 당신은 내가 본 어떤 사자보다도 용맹한 사자예요. 난 당신처럼 스스로에게 의지하면서 말하고 행동하는 사람은 본 적이 없어요. 당신이 내게 한 말 기억해요? 신도 선택을 받았다고 믿는 자보다는 스스로 자신을 선택한 사람을 사랑할 거라고 한 말? 당신이 바로 그런 사람이에요. 되돌아보세요. 당신이 말해 준 당신의 인생을 기억해 보세요. 당신은 사자예요, 숲을 당신의 것으로 만든, 인생을 자신의 것으로 만든.

당신은 이미 조르바예요. 당신은 자유로운 사람이에요. 당신은 훨씬 세련되고 멋진 조르바예요. 단지 만족하지 못하는 것일 뿐!

넬라는 그렇게 말해 주고 싶었다. 그리고 그건 진심이었다. 그러나 넬라는 조용히 있었다. 지금 그녀는 TJ의 상태에 대해 모르고 있는 사람이었다. 그의 병이나 아픔이나 마음의 움직임에 대해.

넬라는 TJ의 손을 잡았다. 손가락 하나하나를 가만히 쓰다듬었다.

작은 손이다. 농장의 탁자 위에서 펜을 쥔 그의 손가락을 보고 그녀는 얼마나 가슴이 떨렸던가. 그 아름다운 손가락을 보자마자 그녀는 곧바로 그림 속의 여인이 자신일 거라고 생각했었다. 왠지 몰랐지만.

넬라는 TJ에게 말을 건네는 대신 오랫동안 그의 손을 구석구석 탐색했다. 애써 모든 감정을 감춘 채 무심한 표정으로.

가끔은 마주 보고, 대부분의 시간은 서로의 시선을 피해 창밖의 호수를 보거나 레스토랑 여기저기를 살피듯 보았지만 실은 그들은 끊임없이 대화했다. 작은 몸짓이나 눈동자의 움직임이 가진 의미를 두 사람은 잘 알고 있었다. 숨소리의 간격도, 한 번에 마시는 물의 양도, 이리저리 움직이는 고갯짓의 각도도 다 안다. 무엇을 말하려는지.

이른 저녁 식사 시간이 되었는지 사람들이 점점 빈 테이블을 채우기 시작했다. 두 사람만의 공간은 점점 좁아졌다. 그들의 몸과 마음을 점점 압박하며 다가오는 답답한 미래처럼.

TJ는 넬라가 이미 모든 걸 아는 것 같은 생각이 들었지만, 그녀가 말하지 않는다면 그도 말해선 안 된다는 것쯤은 알고 있었다. 느끼지 못하는 사이에 튀어나온 푸념이 조금은 후회스러웠지만, 초록빛을 다시 반짝이며 열심히 들어 주는 그녀의 모습을 보는 것으로 넘어갈 수 있었다.

돌아보니 이제 별로 빈 테이블이 없다.

"우리 멘도사에 가자. 한 3일 정도…."

혼잣말처럼 들리는 TJ의 제안에 넬라는 대답하지 않았다. 넬라의 머릿속에서도 많은 생각들이 서로 부딪치며 깨지고 있었기 때문이다. 지금 그녀에게 멘도사에 가고 안 가고는 중요한 문제가 아니었다. TJ는 여전히 할 말을, 꼭 해 주어야 할 말을 하지 않고 있었고, 넬라 역시 해 주지 않은 말에 대답해야 했다. 그러나 넬라는 이제 충분히 이해했다. 그는 전보다 더 힘든 상황에 놓여 있는 사람이었고, 아무것도 넬라 앞에 선뜻 내놓을 수 없는 사람이었다.

넬라는 자신이 하기로 했다. 처음이자 마지막이 될지도 모르지만 더 이상 그를 힘들게 하기는 싫었다. 넬라는 선택해야 했다.

"당신 몸도 좀 추슬러야 하니 여기 하루 더 머물러요."

가능한 가벼운 미소를 지으며 넬라가 대답했고, 이번엔 TJ 가 대답하지 않았다.

"TJ, 당신 미국에서 공부했다고 하지 않았나요?"

"응? 아, 뭐 공부라기보다는… 한 2년…."

뜬금없는 말이었지만, TJ의 가슴은 뛰었다.

"어디였어요? 난 캘리포니아의 산 호세로 갈 거거든요…."

TJ가 먼저 방으로 돌아왔다. 하지만 멘도사의 와이너리를 찾기 위해 노트북을 열지 않았다.

넬라는 뒤에 남아 엘 칼라파테로 전화했다. 그녀의 말을 듣고 반가워하는 루카 삼촌의 목소리를 들으며 넬라는 눈물을 흘렸다.

에필로그

●

미스 넬라 밀렌코비치에게.

넬라, 당신의 이름은 내게 하나도 낯설거나 어색하지 않습니다. 그리고 당신도 내 이름을 기억하리라 믿습니다. TJ는 당신이 나를 확실히 기억할 거라고 말했습니다. 당신을 만나는 동안 여러 차례 나에 대해, 나의 소설에 대해 얘기했다고 하더군요.

나는 오랫동안 당신에게 TJ의 소식을 전하는 것이 과연 그가 원하는 일인지, 또 당신에게 필요한 일인지 많은 고민을 했습니다. 내가 전할 소식이 분명 좋은 소식은 아니기에 더욱 망설였습니다. 그렇지만 좋은 일이든 나쁜 일이든 누구나 자신의 일생에서 소중했던 사람의 소식을 알고 싶어 하는 게 당연하고, 그런 사람에게 마땅히 전해야 할 소식을 감추는 일 또한 옳지 않다고 생각했습니다.

나는 TJ로부터 당신 얘기를 들은 유일한 사람이고, 또 이 세상에서 당신과 TJ를 연결할 수 있는 유일한 사람이란 점에서 그건 내 의무라는 생각도 들었고요.

TJ는 죽었습니다. 오늘이 그를 땅에 묻은 지 일 년 되는 날입니다. 놀랐나요? 어쩌면 짐작하고 있었을지도 모르겠군요. 하긴 짐작했다 해도 놀라긴 마찬가지겠지요. 나이도 나이려니와 당신도 알고 있을 TJ의 모습을 생각하면 그가 세상을 떴다는 건 쉽게 상상하기 어려운 일이니까요. 당신은 그가 갑작스럽게 파타고니아를 떠나기 전에 몹시 아팠던 모습을 봤더라도 그걸 치명적인 병증이라고 생각하진 않았을 겁니다.

그래요, 넬라. TJ는 췌장암이었어요. TJ의 말로는 암이 발견된 건 파타고니아에서 당신과 생애에서 가장 행복한 시간을 보내던 때였다고 합니다. 바릴로체라는, 호수가 아름다운 도시에서요.

돌아와서는 곧 확진을 받았어요. 완치는커녕 얼마나 연명할 수 있을지도 알 수 없는 상황이라 의사들은 수술을 권하지 않았지요. 그는 치료될 가망성도 없는데 죽을 때까지 환자를 고통스럽게 하고, 인간으로서의 존엄성과 가족들과 함께 간직할 추억마저 파괴하는 연명 치료에 반대하던 사람이었어요. 그런 그가 의사들의 권고를 뿌리치고 두 차례나 수술을 하고 고통스런 항암 치료를 견뎠습니다. 영문을 모르는 사람들은 자신의 생명이 걸리니까 할 수 없다고 비웃었는지 모르지만 전 알고 있었어요.

그는 당신에게 어떻게든 돌아가고 싶었던 거였어요. 필사적으로, 생의 마지막 목표로 말입니다.

다시 당신을 찾아가겠다는 의지는 뼈마디를 전부 부러뜨리는 것 같은 병마의 고통 속에서도 전혀 바뀌지 않았습니다. 그는 치료를 마치 무슨 제의와 같이 충실히, 그리고 끝까지 수행했어요. 나는 그게 당신에 대한 마지막 성의요, 충심이었다고 생각합니다.

그가 서울로 돌아와 보낸 세월은 오직 당신에게 돌아가기 위한 병과의 투쟁이 전부였습니다. 수술과 치료를 거치는 동안 오직 고통뿐이었던 이 세상을 혹시 떠나기 싫어했다면 그건 당신 때문이었을 겁니다.

그는 고통 속에서도 의연했습니다. 끝까지 자신의 본모습을 잃지 않았어요. 말을 할 수 있는 시간에는 언제나 나의 소설을 비판했고, 내가 모르는 음악에 대해, 경계를 뚫고 나간 화가들의 삶에 대해 얘기했습니다. 진정한 삶과 예술에 대한 그의 열정은 육신을 움직일 수 있는 조금의 여력이 남아 있을 때까지 마르지 않았습니다. 이제 생각하니 그것도 당신에 대한 사랑의 일부였던 것 같군요.

자신에겐 갑작스런 죽음이고, 당신을 생각하면 너무 불운한 죽음이었음에도 TJ는 많은 회한이나 아쉬움을 말하진 않았습니다. 그토록 염원하다가 뒤늦게 전념하던 그림에 대해서도 그다지 애석해하지 않았습니다. 그런 그를 난 충분히 이해했지만 설명하긴 어렵군요. 남은 작품들은 그를 추억하길 원하는 사람에게 나누어주었습니다. 다만 두 점의 그림은 아직 내가 가지고 있어요. 둘 다 초상화입니다. 그는 의무적인 호의나 편견이 당연히 개입한다는 생각 때문에 초상화 그리는 걸아주 싫어했습니다. 그랬던 사람이 당신을 그린 건 몰라도 나를 그리다니!

당신의 초상화는 원하면 보내 줄게요.

애기가 다른 길로 갔군요. 그가 아쉬워하고 후회한 일은 모두 당신과 관련된 것이었습니다. 당신에 대해 가졌던 주제넘은 생각을 미안해하고 후회했습니다. 물론 다시 만난 뒤에는 버렸지만, 처음 당신을 알기 시작했을 때는 당신을 암흑의 기억에서, 좀비 같은 삶(이건 당신 표현이라더군요)에서 구해 내야 한다고 생각했답니다. 당신이 겪은 참혹한 일들에서 받은 상처를 사랑으로 충분히 치유할 수 있다고 자신하기도 했답니다. 그리고 그게 얼마나 어리석은 생각인지 너무 늦게 깨달은 걸 후회했고요. 병상에 누워 회상하니 단순히 잘못이란 생각을 넘어 대체 누가 누굴 구했는지가 혼란스럽다고 하더군요.

그는 갑작스런 죽음을 당하게 된 자신이야말로 당신에게 큰 신세를 진 셈이라고 했습니다. 당신을 만나지 않았다면 평생 소원하던, 상상과 생각만으로 염원하던 그런 사랑을 못 하고 죽을 뻔했다면서요. 그것만으로도 자신의 죽음이 아쉽긴 해도 재앙은 아니라고 했습니다. 자신이야말로 구원받은 자라고까지 말하면서요. 그의 자만에 빠진 건방진 생각을 당신이 그를 좋아하기 전에 들키지 않은 게 천만다행이라면서, 그게 다 지구 반대편 덕분이라고 말하기도 했어요.

아쉬운 건 좀 더 빨리 당신에게 다가가서 더 많은 시간을 갖지 못한 거라고 했습니다. 비록 파타고니아에서의 하루하루가 그 이전 생애의 몇 해보다도 길고 가치 있기는 했지만, 물리적인 날짜로는 겨우 두 주 남짓에 불과했다면서요.

그리고 또 하나, 당신이 미국에서 새 출발하는 모습을 보지 못하는 것 역시 아쉽다고 했어요. 그는 당신이 미국으로 갔을 것이라고 확신하고 있더군요. 미국이라면 당신이 잘 헤쳐 나갈 수 있을 거라고 말하면서. 이유는 당신이 더 잘 알겠지요?

그는 당신을 제외한다면 어떤 사람과도, 어떤 일과도 상처가 될 회한은 없는 듯했습니다. 말하진 않았지만 내가 보기엔 당신과의 사랑도 그걸로 완성되었다고 생각하는 것 같았어요.

그는 사랑만은 아무런 후회가 없다고 말했으니까요.

당신에게 상처를 주려는 뜻은 없지만, TJ는 투병 기간 내내 가족들의 정성 어린 보살핌을 받았습니다. 처음에는 거절하기도 하고 모질게 혼자 있으려고 했어요. 아마 당신을 두고 그렇게 하긴 싫었던 거겠지요. 하지만 그런 의지는 병마를 이길 수 없었습니다. 또 죽음을 앞둔 남편에 대한 아내의 정성 어린 간병과 아버지에 대한 아들과 딸의 지극한 관심이 그의 마음을 움직였을 겁니다. TJ는 세상을 떠날 때 확실히 가족의 품, 원래의 그의 삶의 장소로 돌아갔습니다. 서울의 그의 집에서, 그의 침대에 누워 운명했습니다.

아마 당신은 벌써 TJ가 원하는 대로 파타고니아를 떠나 새로운 삶을 살고 있을지 모릅니다. 그렇다면 다행한 일이고, 그가 하늘에서 안도하고 있을 겁니다. 아니라면 단단한 돌을 깨듯, 거대한 뿌리를 뽑듯, 당신은 일어서야 합니다. 그렇게 해야 합니다. 그건 그의 진지한 부탁이며 권고입니다.

그리고 부디 내게 짧은 소식을 주면 좋겠습니다. TJ의 말처럼 명석하면서도 강렬한 감수성을 가지고 있는 당신의 인사가 그에겐 필요할 겁니다. TJ의 묘소에 전하도록 하지요. 그러기 위해선 당신이 아직도 가끔 이 메일함을 열어 보는 행운이 있어야겠지요.

난 당신의 얼굴을 압니다. 그리고 당신의 무거운 짐도 압니다. 이젠 먼 곳으로 떠난 TJ보다 아직 세상에 남겨진 당신을 나는 염려합니다. 아무쪼록 인생의 나머지 시간은 당신의 삶을 살기를, 따뜻한 심장이 뛰는 작은 새를 안 듯, 행복이란 것도, 그런 느낌도 가져 보기를 기원합니다. TJ 때문에 나는 당신이 이 말썽 많은 초록별에서 가장 행복해야 할, 행복해져야 할 사람이라는 걸 알고 있습니다.

서울에서, TJ의 친구이자 동생이자, 당신에 대해 아는,

이선우.

P.S. 며칠 전에 나는 TJ의 뜻을 어기고(실은 그의 뜻대로라고 생각합니다만) 그와 당신에 대한 이야기를, 민망하고 미안하게도 소설로 탈고했습니다. 부디 용서하세요.

●

미스터 *Sunwoo Lee*에게.

넬라입니다.

아주 놀랐고, 아프고, 슬펐습니다.

이런 아픔과 슬픔은 처음이었습니다. 겪어 본 적이 없는 아픔과 슬픔이었습니다. 일생 내가 겪었던 아픔이나 슬픔과는 전혀 다른 종류의 것이었습니다. 다른 사람이나, 다른 환경에서 떠넘겨진 것이 아닌 오롯이 나만의 아픔이고 슬픔이었습니다. 아무하고도 나눌 수도, 나누고 싶지도 않은 아픔이요 슬픔이었습니다. 아프고 슬픈 것으로 그가 내게 남는 것 같았습니다. 영원히. 사라질 상처나 추억으로 남는 것이 아니라 뼈가 아프고 심장이 아리고 이마가 뜨거워지고 눈물이 흐르는 지금의 나로, 언젠가 그의 곁으로 가겠지만, 지금 숨 쉬고 울고 있는 나로 남는 것 같았습니다.

그래서 아프고 슬펐지만 무얼 잃어버린 상실감은 느끼지 않았습니다. 아픔과 슬픔이 오롯이 내 것이듯, 내 안의 그가 이제야 온전히 내 것이 된 느낌이 들었습니다. 이젠 아무런 염려도 걱정도 없이 내 안에 있는 그를 느꼈습니다. 그가 이 세상에 함께 있지 못한 지금 너무 이기적인 마음이겠지만, 그랬

385

습니다. TJ도 나도 걱정 없이, 어떤 가책도 없이 서로의 마음속에 있는 서로를 가지게 되었습니다. 그의 죽음으로 비로소.

미안합니다. 이런 말은 오해를 부를 수 있다는 거 압니다. 그러나 TJ는 충분히 이해할 겁니다. 그리고 고개를 끄덕이며 나를 칭찬해 줄 겁니다. 이렇게 그를 영원히 나의 품 안에, 나의 것으로 소유하겠다는 생각에 그는 찬성하고, 자신도 똑같은 마음이라고 말해 줄 겁니다.

그러나 슬픕니다.

당신을 너무 오래 기다리게 한 건, 어떻게든 슬픔을, 아무 때고 터지는 눈물을 좀 다스려야 했기 때문이었습니다. 이 세상 그 누구도, TJ마저도 내가 지금 느끼는 아픔이나 슬픔은 알 수 없습니다.

그냥 슬프고 아팠습니다. 그리고 당연히 그래야 했습니다.

SW, 이렇게 부를게요. TJ도 내게 당신을 얘기할 때 늘 그렇게 했으니까요.

당신이 말한 대로 나도 짐작은 했습니다. 아니, 알고 있었습니다. 다만 그가 얘기하지 않은 일은 나도 모른 체해야 한다는 생각으로 견뎠을 뿐입니다.

우리는 그가 엘 칼라파테로 돌아온 뒤 즐거우면 즐거울수록, 행복(전 이제 이 단어를 자주 씁니다)하면 행복할수록 깊어져

갔던 고민과 걱정거리를 직접 꺼내진 않았지만 알고 있었습니다. 특히 난 그가 짐작한 것보다 훨씬 자세히 그의 생각과 입장을 알고 있었어요. 그는 술이 약한 술꾼(이렇게 쓰고 싶어져요. 사랑스런 표현으로 말이에요)이었고, 자주 심하게 아픈 약골(마찬가지 표현으로)이었어요. 그가 제대로 기억하지 못하는 게 많다는 말이지요.

TJ는 할 말을 다 했어요!

자신이 원하는 것과, 자신이 못하는 것과, 내게 원하는 걸 모두 말이에요. 나는 그걸 알고도 그에게 대답하지 못했어요. 그를 사랑할수록 우리 사랑은 그의 뜻대로 되어야 한다는 생각이 점점 커졌거든요. 그때의 나는, 이전의 나와 전혀 다른 나는, 그로 인해 존재했던 것이기에 더욱 그랬어요. 그래서 난 그냥 그의 뜻에 따르기로 한 거예요. 그의 진심, 마음속에 묻어 둔 강렬한 열망을 알고는 나도 흔들리긴 했지만, 결심은 변하지 않았어요. 물론 내 마음속 숨길 수 없는 어느 곳에 틀림없이 있었던 그와 함께하는 미래에 대한 희망이 물거품이 되는 슬픔은 컸지만요.

병이란 문제가 아니어도 그는 돌아가야 할 사람이라고 생각했기 때문에 난 담담하게 상황을 받아들인 거예요. 난 그때, 좋은 사람이지만, 사랑하는 사람이지만, 내겐 과분한 멋진 사람이지만, 하는 생각에서 멈추기로 한 거지요. 그 정도가 내게 허락된 행운이라며 물러섰어요. 어울리지 않는 딱딱한 표정, 아니 무표정으로 그가 돌아가겠다는 말을 할 때, 난 그의 사랑에 보답(이건 그가 좋아할 표현은 아니지만)하는 길은 그를 보내는 것이라는 걸 알았어요. 마음을 다잡고 미국으로 가는 것, 미국에서 새로운 낼라를 만드는 것밖엔 그의 사랑에 응답할 길이 없다고 생각했고, 그렇게 했어요.

그가 돌아간 지 두 주가 안 되어 난 미국으로 갔어요. 지금은 세르비아계 이민자와 2세들에게 영어와 세르비아어를 가르치는 교사 자리를 얻어 생활하고 있어요. 미안하게도 평안하게 말이에요. 그렇지만 죽음과 연결해서 그를 상상해 본 적은 한 번도 없었어요. 그건 두려운 일이잖아요.

SW, 그가 참혹한 과거의 기억으로부터 나를 구한다, 행복하게 해 준다는 생각을 후회했다고 했지요. 오히려 어떤 의미에서 그가 구원받은 셈이라고 했다지요. TJ다운 말이에요. 슬픔이 좀 진정되고, 끊을 수 없이 이어지던 추억 되돌리기가 멈추자 당신이 한 그 말이 마음속에 크게 자리 잡더군요.

이런 생각이 들었어요. 우리 두 사람은, 말이 되는 소린지 자신은 없지만, 서로를 사랑하면서 성장한 게 아닌가, 좀 더 익고 성숙해진 게 아닌가 하는 생각이요.

거의 이십 대 초반에 정신적 성장판이 닫힌 사람인 나는 당연히 그를 통해 마음의 키도 크고 몸무게도 늘고 말 그대로 어린아이에서 성인이 되었지요. 왜인지 몰라도 난 처음부터 TJ에게는 마음이 열려 있었어요, 너무도 쉽게. 그렇지 않았다면 가끔은 막무가내로 내 과거를 캐내려는 듯한 그의 메일만으로도 우리의 관계는 끝이 났을 거예요. 글쎄요, 그 이유를 좀 아리송하게 말한다면 내 모습을 그린 그의 스케치가 어떤 사실적 초상화나 캐리커처처럼 확실히 나를 닮았다면 아마 그렇게 되지 않았을 거예요. 너무도 아낀 선과, 많은 여백과, 다른 사람이 될 수도 있을 만한 불확실한 인상의 스케치가 그때 내 맘에 쏙 들었기 때문이에요.

그런데 당신의 말을 되새기니 TJ 역시 그런 감정을 가졌겠다는 생각이 들었어요. 그도 나와 함께했던 시간을 통해, 그리고 갑자기 닥친 그의 불행, 죽음이란 종착점을 향해 가는 시간을 통해 많은 것을 느끼고 배우고 깨달았을 거라고요. 자존심 강한 TJ가 들으면 싫어할지도 모르겠지만, 그랬을 거 같아요. 유년에서 청년기를 거치는 것도 어렵지만, 삶의 현장에서 역할이 줄어들거나 없어지면서 겪는 장년기를 제대로 받아들이고 제대로 어른이 되는 일도 정말 힘든 일일 테니까요. 그가 언젠가 말했듯이 사춘기뿐만이 아니라 인생 전체가 질

풍노도의 시기라면 더욱 그럴 거예요. 사람이 무언가를 통해 성숙해진다는 건 일생을 통해 가능한 거 아닌가요? 나와 TJ는 사랑을 통해 그렇게 되었다는 점에서 행운이었어요. 물론 내 행운은 모두 그에게서 온 것이고요.

그런 뜻에서 TJ가 가족의 품으로, 정확히는 아내의 품으로 돌아가서, 그의 집, 그의 침대에서 숨을 거두었다는 말은 전혀 내게 상처가 되지 않아요. 너무나 당연하고 다행한 일일 뿐이에요. TJ가 그럴 사람이라는 거 알고 있었고, 또 그럴 정도의 사람이 아니었다면 넬라는 그를 사랑할 수 없었을 거예요. 진심이에요.

당신이 우리의 얘기를 소설로 탈고했다는 건 아직도 민망하고 어색하네요. 처음엔 아무리 말을 잘하는(좋은 의미로 말이에요) TJ를 통해서 알았다 해도 당신이 나를 얼마나 알까, 짧지만, 결코 짧지 않은 우리 두 사람의 얘기를 또 얼마나 알고 이해했을지 걱정이 됐어요. 우리 얘기가 너무 이상한 연애소설로 변해 세상 사람들에게 읽히지 않을까 하는 염려도 했고요. 그러나 TJ가 인정한 소설가니까, 하는 생각으로 그냥 받아들이기로 했어요. 어떤 스토리이든 세상에 일단 책으로 나오면 더 이상 그 사람들의 얘기가 아니라 독자들의 얘기가 될 테니까요. 소설에 행운이 깃들기를 바랍니다.

그러나 나는 당신과 더 이상 소통하진 않을 거예요. 당신이 이 메일을 읽었다는 표시가 확인되면 이제 메일 주소는 폐쇄될 겁니다. 나의 이런 결심을 당신은 충분히 이해하리라 생각합니다. TJ가 가장 믿고 신뢰하는 친구가 당신이니까요.

TJ가 말했는지 모르겠지만, 전 사라예보에서 예기치 않게 상처를 주었던 사람을 미국에서 우연히 다시 만났습니다. 나는 그 사람에게 사과해야 하고 그 사람은 나처럼 과거에서 벗어나야 합니다. 아마 그 사람은 내가 필요할 겁니다. 이런 일로 TJ가 상처받진 않을 걸로 믿어요. 아니, 그는 오히려 그렇게 하라고 나를 북돋아 줄 사람이니까요. 내게는 아직도 약간의 행운이 더 필요합니다. 당신이 그걸 빌어 주길 바랍니다. 그리고 초상화는 당신이 지니고 있는 게 좋을 것 같습니다. 미국에서의 삶이 진정 새로운 삶이 되려면 그가 그린 나를 매일 바라보아서야….

아마 이것도 TJ가 원하는 일은 아닐 거예요. 이해해 주세요.

그럼 이만.

아, TJ에게 전할 말, 그건 내가 직접 하겠습니다, 당연히.

그와 나는 지난날 지구 반대편에서 그랬던 것처럼 이젠 아무 곳에서건, 아무 때건 만날 수 있으니까요.

넬라가.

한 가지 더 하고 싶은 말이 있어요. TJ에게는 내가 직접 하겠지만, 소설가인 당신에게 알려 주고 싶은.

우리의 도시 이름인 엘 칼라파테에는 여러 의미가 있었더군요. 주변에 많이 자라는 칼라파테라는 관목식물을 말하기도 하지만, 칼라파테는 뱃밥으로 메우다, 상처 난 곳, 빈 곳을 막다, 라는 뜻이 있었어요. 전해 오는 얘기로는 마젤란이 긴 항해 끝에 구멍 나고 뜯기고 상처 난 배를 그 나무를 짓이겨 막았다고 해요. 그리고 새로운 항해에 나섰고요. 엘 칼라파테란 이름의 도시에서 너무도 우연히, 너무나 큰 행운으로 TJ와 내가 만난 이유가 될까요? 칼라파테를 떠나기 전 그 얘길 들으면서 나는 페리토 모레노의 한 귀퉁이가 무너지면서 울리는 먼 천둥소리를 들었어요.